KB022077

이건숙 문학전집 11

거제도 포로수용소

이건숙 문학전집 11

▪

거제도 포로수용소

이건숙 장편소설

문학나무

작가의 말

역사의 흐름 속에 길이 기억될 소설

이 장편을 출판한 지 꼭 32년 만에 전집을 내면서 다시 정리하게 되었다. 만약 그때 전쟁 당시의 증인들을 만나지 않았다면 역사 속으로 사라졌을 역사의 현장을 잡았다는 아슬아슬함을 느꼈다. 이제 이들은 고인이 되었으니 32년 전인 1989년 집필 당시가 한국동란을 생생하게 체험한 역사의 증인들을 놓치지 않은 시기였음을 절감하고 감사하는 마음을 억제할 수 없다.

한국동란은 1950년 6월 25일 시작하여 1953년 7월 27일 휴전을 조인함으로 만 3년 만에 끝난 전쟁이다. 그 당시 포로로 잡힌 17만여 명이 거제도의 360만평 땅에 세워진 포로 천막에 1951년 2월부터 수용되었다. 한국전쟁의 또 하나의 전선이 된 거제도 포로수용소는 세계역사상 유일무이한 전쟁을 치룬 현장으로 포로수용소장이 포로들에게 납치되어 포로가 된 현장이기도 하다. 거제도란 섬에 세워진 포로수용소는 포로들끼리 한국전쟁의 축소판이 되어 남과 북으로 갈려서 치열하게 싸운 전쟁터로 인간의 본성이 적나라하게 들어난 곳이기도 하다.

수용소 포로들을 만나 체험담을 듣고 놀란 것은 모두 자신이 경험한 갇힌 공간의 이야기일 뿐이란 점이다. 여기서 고통을 겪었을 주인공을 만들어 모두의 체험을 종합하여 써내려간 이 장편은 내 나이 40대에 나옴직한 글이지 80이 넘은 지금 쓰라면 못 쓸 것이란 생각이 든다.

아무튼 이 장편은 한국전쟁에서 꽁꽁 숨겨져 사라져버릴 현장을 바탕으로 쓴 전쟁소설이다. 역사의 흐름 속에 길이 기억될 소설이란 점에서 작가도 함께 기억되길 바란다.

2021년 4월
이건숙

| 책머리에 |

6년 집필, 소설이 나를 소설가로 인정했다

소설가 이름을 달고 나오자, 목사님 한 분이 내게 이런 말을 했다. 거제도 포로들의 이야기를 써 보라고. 그리고 그게 내가 작가로 발을 내디딘 이유일 것이며, 하나님이 주신 소명이라고.

다른 것은 몰라도 여자인 내게 군인들이나 전쟁, 더구나 포로들의 칙칙하고 잔인한 소재는 어울리지도 않지만, 오히려 피하고 싶었기에 깜짝 놀라 멀리 도망가버렸다. 전쟁영화를 보기도 싫어하고 심지어는 소설까지도 사람을 죽이는 끔찍한 줄거리면 팽개치는 내게 포로수용소를 써보라니 기가 찼을 뿐이다.

그러나 이상하리만치 집요하게 거제도 포로수용소가 내게 달라붙었다. 지금도 이 소설을 쓰게 된 이유를 정확히 모르겠다. 다만 소명이란 말에 꼼짝 못 했나보다. 아니

더 솔직히 말해 보라면 아마도 내가 작가가 되려면 이 소재를 다루어야만 하고 그게 작가로서 활동할 수 있는 관문이 될 것이란 압박감이 있었던 것이 아닌가 생각해 본다.

이 소설이 나오기까지 나는 너무나 많이 고민했다. 그래서 한국의 역사를 수없이 뒤적였고, 거제도엘 가보았으며, 또 석방 포로들 중에서 목사가 된 사람들이나 크리스천이 된 분들을 수없이 만났다. 이 소설을 쓰기까진 포로수용소 현장에 직접 뛰어들어 전도하신 강신정 목사님의 도움이 가장 컸음을 숨길 수 없다. 숨겨진 많은 자료를 보여주셨기 때문이다.

자료수집과 집필까지 꼭 6년이 걸렸다. 집어던지기도 하고 뜯어고치기도 했다. 네 번을 다시 쓰고 나니 이 소설 근처만 가도 머리를 흔들 지경이었다. 그러나 내 자신이 얻은 것은 너무나 많았다. 한국의 비극적인 역사를 나름대로 보는 시각을 얻었으며, 역사란 과연 무엇인가 하는 고민을 해본 셈이다. 현장에 섰던 사람들은 자기가 처한 단편적인 사실만을 알고 있었으며 그들이 간직한 것은 하나도 이야깃거리가 되질 않았기 때문이다. 그분들은 아직도 감정을 처리 못하고 있었다.

역사를 정리하는 사가(史家)나 그것을 소재로 글을 쓰는 작가는 그래서 전지전능한 자리에 서 있는 것이 아니겠는가. 어쩔 수 없이 나 자신이 처해 있는 시대적 상황을 반영하게 되고, 살고 있는 사회를 어떤 관점에서 보고 있는지 현재 속에 살아있는 과거의 사람을 그려야 하는 입장에 서게 된 셈이다. 그런 의미에서 두고두고 많은 작가들이 한국동란을 소재로 샘물을 퍼 올리듯 계속 새로운 작품을 써내리라 본다.

6·25전쟁이란 영원한 우리의 비극이었지만 또한 이 민족에게 가장 큰 도약의 발판이 되었다는 사실을 나름대로 얻어냈다. 한 개인에게도 고난이란 정금같이 단련되는 계기가 되듯이 이젠 슬픈 역사로만 몰아붙일 것이 아니라 감사의 조건으로 받아들여 역사를 휘어잡는 넓은 안목을 지녀야 하리라. 이건 전쟁을 끔찍이 싫어하는 여자인 내 시각이다.

무거운 짐을 내려놓은 듯이 후련하다. 곰보가 나왔든 예쁜이가 나왔든 나로서는 시간과 정성을 다 바친 작품이라 흠이 있다면 그건 내 소견이 좁고 재능이 모자란 탓으로 돌리리라.

1989년 11월
이건숙

거제도포로수용소

차례

거제도 포로수용소

탯줄

혈인(血印) 명단에서 만난 아버지

금주의 히트송이라고 신문과 잡지가 떠들어 댄 인기 가요가 닥터 강의 방을 잡아 흔들었다. 몸과 영혼이 깨어져 나갈 듯 괴성을 내지르는 털보사내는 영락없이 성난 들짐승이었다. 남자 옆엔 밤송이 모양으로 머리를 요상하게 빗은 백인 여자가 음률을 따라 몸을 흔들었다. 템포가 빨라지자 힘이 모자라는지 몸으로라도 소리를 내려고 두 사람은 뱀처럼 몸을 비틀다가 나중엔 어항에서 꺼내놓은 붕어처럼 헐떡이며 가쁘게 숨을 쉬었다. 이들을 여러 각도에서 찍어 어지럽게 펼쳐놓는 TV 화면이 너무 현란해서 닥터 강민구(姜民救)는 눈을 감아버렸으나 화면의 강렬한 색상들이 잔상으로 남아 눈앞에서 알찐거렸다. 그들 중

여가수의 목에 두른 빨간 스카프가 망막의 끝까지 남아있어 그는 몸을 부르르 떨었다. 살갗을 째고 살을 헤집은 간밤의 수술이 연상되었기 때문이다.

그가 공부했고 지금도 연구하고 있는 의학분야가 저들처럼 화려하게 표현될 수 있다면 얼마나 좋을까! 끝없이 참아야하고 속을 끓이며 용기와 인내심을 가지고 일생을 도전해야하는 그의 학문에 비해 저들의 폭발적이고 자유분방한 표현은 너무나 부러운 것이었다. 그러나 노래를 끝내고 무대를 떠난 저들의 삶은 어떠할까? 이런 질문에 이르자 강민구는 우울해지기 시작했다.

가수들이 무대에 섰을 때, 영혼이 빠져나갈 듯이 열광하는 것은 분명히 저들을 옭아매서 잡아끄는, 눈에 보이지 않는 어떤 줄에 꽁꽁 묶여있기 때문이리라. 그가 수술할 때나 연구할 적에 이상한 줄에 이끌려 꼼짝없이 끌려가듯이 말이다. 그러나 학문의 무대에서 벗어났을 때 밀려오는 이 허전함은 도대체 무엇이란 말인가? 어머니의 뱃속에서 태아의 태반을 연결하고 있는 교질(膠質)의 흰 육관(肉管)처럼 항상 그를 잡아 묶어주는 줄은 없을까? 인간이 최선을 다하고 노력해야 겨우 획득하는 일시적인 그런 줄이 아니고 영원히 평안을 안겨주는 근원적인 줄이 분명히 있을 것이다.

이런 의구심(疑懼心)에 빠져든 것은 강민구가 정형외과 의사로서 명성을 얻은 뒤부터였다. 그것도 어려운 의학

분야에서 마흔여섯의 나이로 자신이 연구한 학문의 정상에 올랐으니 남들이 부러워하고 존경하는 자리에 있건만 그는 지금까지 가졌던 고민과는 판이한 허전함에 빠져들게 되었다.

엄밀히 따지고 들면 그런 이상한 증세는 5년 전부터 시작된 것이었다. 뉴스시간에 방영된 KBS 이산가족의 만남이 사람들과 더불어 있을 적엔 말끔히 사라졌다가 홀로 있을 때 영락없이 그의 머릿속에서 지워지지 않고 녹음테이프처럼 되살아나기 때문이다. 서로를 확인한 순간 부둥켜안고 울어버리는 그 원초적인 몸부림을 담은 화면들이 끊임없이 오버랩 되어 그의 영혼을 편안치 못하게 들볶았다. 팔뚝에 난 상처를, 아니면 배꼽 밑에 있는 검은 점을 찾아 서로의 몸을 더듬는 혈육의 정을 떠올리기만 해도 가슴이 뭉클한 것을 어쩌랴. 태평양 건너에서 일어난 일이고, 코리아란 조그만 나라에서나 발생하는 특종 뉴스감이라고 이웃들은 호기심어린 눈을 반짝이며 구경하건만 강민구는 화면 속에 녹아들어 함께 울어버린 것부터 이상했다. 그를 닮은 사람들이 서로 부둥켜안고 울부짖었으며 아나운서도 흐느끼고 있는 그 화면은 가수들이 혼신을 쏟아 몸부림쳐서 장식하는 화면보다 더 강렬하게 그의 망막에 인각되었기 때문이다. 이건 그가 여직 누려온 평온한 삶을 뿌리째 잡아 흔드는 사건이었다. 수술하고 나선 으레 술집에 들러 술을 마시고 동료들과 끝없이 떠들어대고 눈물이 나오도록 웃어가며 간밤에 건드린 여자이야기로 시시덕거리며 살아온 풍요롭고 화려한 민구의 삶이 휘청거리기 시작한 것이다.

아무튼 이산가족의 상봉장면이 그의 삶 속에 완전히 잊혀서 깊이 감춰진 은밀한 곳을 바라볼 수 있는 눈을 뜨게 한 것이 틀림없었다.

금요일 정오, 햇살이 병원의 키다리 나무 우듬지에 머물 즈음 닥터 강민구는 차를 다운타운의 중심가로 몰았다. 교통사고로 무릎을 다친 환자를 수술하느라고 아침나절 내내 혼신을 기울여 집도했더니 뒷골이 무거웠다. 수술을 성공적으로 끝내고 자신의 방에 홀로 남게 되자 예의 그 이상한 울적한 감정이 스멀스멀 살아났다. 인간끼리 헤헤거리며 일시적으로 묶여 살아가는 가시적(可視的)인 줄이 아니라 영원한 불가시적인 줄을 동경하는 것은 인간이라면 누구나 한 번쯤 가져볼 수 있는 고민이 아니겠는가. 제2의 사춘기라는 중년의 나이에 있기에 이렇게 우울한 것이 아닐까. 거대한 병원 한구석에 자리 잡은 자신의 사무실에 홀로 있을 때 닥터 강은 언제나 수렁처럼 곤죽이 된 허전함에 빠져들었다.

이러던 참에 고등학교 동창, 셀던이 도서관학을 전공하고 나서 사서로 일해오던 뉴욕 공공도서관을 그만두고 민구가 사는 필라델피아로 직장을 옮겼다는 소식을 받았다. 기분도 풀 겸 옛 친구와 허물없이 담소를 나누려고 벼르던 참에 겨우 금요일에야 시간을 냈다. 어린 시절 그렇게 도 가깝게 지냈던 친구였건만 전공분야가 다르고 사는 곳이 다르다보니 크리스마스에나 전화로 서로 '헬로'하는 목소리를 들으며 지냈던 셀던이 며칠 전 느닷없이 민구에게 전화를 했다.

"헬로, 닥터 강. 장로교박물관으로 직장을 옮겨온 지 한 달이 되었어. 이곳 일을 익힌 뒤에 널 만나려했는데 급하게 네 도움이 필요하단 말이야. 시간 내서 와 줄 수 없겠니?"

"어떤 친구라고 내가 거절하겠어. 그곳이 어디냐?"

"네가 근무하는 병원에서 가까운 거리에 있어. 선교사들의 유물과 기록들을 보관한 장로교박물관에 있는 도서관이야."

"그런 도서관을 본 적이 없는데 도대체 어디쯤이냐?"

"시청까지 와서 롬바르트 가(街)로 접어들어 425번지 건물을 찾아라."

"근사한 식당에서 만나 식사를 하면서 담소해도 될 걸, 왜 귀찮게 도서관까지 오라고 야단이냐?"

"한국자료를 분류하는 데 네 도움이 필요해서 그래. 그러니 도서관에 와서 직접 도와줄 수 없겠니?"

"한글이냐, 아니면 한문이냐?"

"한문을 읽어 서명을 영어로 써주고 내용을 요약해 달라는 부탁이야."

"내가 한문을 읽을 수 있다는 걸 너 어떻게 알았니?"

"학교 다닐 적에 네가 우리에게 그런 책을 읽어가며 번역해줘서 반에서 인기를 끈 적이 있었지."

"그랬었구나. 근데 모두 몇 권이나 되니?"

"그렇게 많지는 않아. 사서들이 한문을 읽을 수가 없으니까 분류를 못 해서 서가에 꽂지 못하고 그냥 쌓아놓고 있어서 그래."

"그럼 너도 그냥 놔두렴."

"내가 이 도서관의 사서과장으로 왔는데 그럴 수는 없지. 금주 안에 내게 들려줘."

셀던은 일방적으로 명령을 하고 전화를 끊어버렸다.

도서관이란 정보센터이니 셀던을 만나러 간 김에 한국에 대한 정보나 얻어 볼까하는 생각을 하며 민구는 시청을 끼고 돌았다. 그가 태어나서 10년이나 자란 조국에 대해 그는 너무나 캄캄하지 아니한가. 연감이나 백과사전을 들춰본 뒤 한국전쟁이란 주제로 정리되어 있을 목록함을 뒤지고 그다음은 어딜 찾아봐야할까. 무식하게도 그가 정보를 찾는 방법은 이 단계에서 막혀버렸다. 한국에 관한 정보를 얻어 어쩌자는 것인가하는 생각에 이르자 그는 피식 웃어버렸다. 이런 엉뚱한 생각에 정신을 빼앗겨서인지 필라델피아의 중심지인 시청을 끼고 다섯 바퀴를 돌아도 롬바르트 가(街)를 찾을 수가 없었다. 길들이 거미줄처럼 엇갈려있는 데다가 일방통행이라 자칫 잘못 들어서면 원점인 시청으로 되돌아가서 처음부터 시작해야 했다.

Presbyterian Historical Society(장로교역사박물관)란 간판을 찾는 데 상당히 힘이 들었다. 큰 건물일 것이란 선입관 때문에 425번지 일대에 들어와서도 민구는 진땀나게 헤맸다. 적어도 도서관이 위치한 곳이라면 검둥이들이 우글거리고 소란한 더러운 거리는 아닐 것이란 고정관념이 휴지와 쓰레기가 어지럽게 흩어진 거리를 무의식적으로 피하게 만들었기 때문이다. 지린내라도 물씬 풍길 벽엔, 검둥이들 특유의 죽은 피 색깔 낙서가 피카소의 그림을 흉내라도 낸 듯이 어지럽다. 이렇게 지저분한 곳에 자리 잡은 단층의 납작한 장로교박물관을 찾았을 땐 해가 서쪽으로 기운 오후였다.

"하이, 닥터 강. 잘 지냈어?"

셀던이 목록함을 뒤지다가 민구를 보고 검은 테 안경을 모자처럼 들었다 놓으며 반겼다.

"늘 그렇게 지내지. 넌 어떠냐? 사서답지 않게 건강하구나. 마치 럭비선수라도 된 것처럼 어깨가 떡 벌어졌는데."

"장가들어 새끼들이 태어나고 그들 입에 먹이를 나르느라고 짐을 지니 건강해질 수밖에."

"결혼 못 한 나는 짐을 지지 않았으니 약해 보인다고 말하는 거 같군."

악수를 하고 난 뒤 민구는 정리실 안으로 들어가 셀던

이 책상 위에 수북이 쌓아놓은 한자 섞인 한국어책의 서명을 영어로 표제지에 적어 넣었다. 서명이나 부서명을 읽어도 내용이 확실치 않을 땐 목차를 대강 훑어보고 사서가 분류한 뒤에 지울 수 있도록 연필로 내용까지 또박또박 표제지에 써넣어주었다. 한 시간 내에 모든 책을 전부 친구가 원하는 대로 영어로 요약해놓고 열람실과 수서실로 바쁘게 돌아다니는 셀던을 기다렸다.

"미안하다. 사서직이란 서비스 업종에 속해있어 억지로라도 웃으며 사람들의 기분을 맞춰야해. 그러니 너랑 다정하게 앉아 있질 못하는구나."

"의사보다는 재미있어 보이는데."

"남의 직업은 모두 좋아 보이는 법이야."

"널 기다리는 동안 무얼 하지."

"한국전쟁에 관한 자료가 이 도서관엔 상당히 많단다. 넌 한국태생이니 관심 있으면 내가 퇴근할 때까지 읽어보지 그러니."

"그래, 그거 참 잘 됐다. 내가 한국전쟁으로 인해 고아가 되었으니 그 당시의 기록들을 훑어보는 것도 좋겠군."

"오케이. 이리 와. 여기 이렇게 많이 있어."

셀던이 민구를 한국코너로 데리고 가서 자리를 정해주며 느긋하게 읽어 보라고 윙크를 하고 정리실로 사라졌다. 민구는 한국에 관한 자료들이 꽂힌 서가로 의자를 끌고 갔다. 근 한 세기에 가깝도록 선교사들이 손수 집필한 책과 팸플릿들이 세월의 더께와 곰팡내를 머금고 있어 아주 특이한 먼지 썩는 냄새를 뭉근히 풍겼다. 오전 내내 강행한 수술 탓에 눈이 뻑뻑했지만, 그는 자신이 태어난 나라에 대한 기록을 읽으려고 눈을 비볐다. 벤 프리트 장군과 트루먼 대통령이 쓴 '한국전쟁회고록'은 양이 너무 많아 그가 사는 동네의 공공도서관에서 빌려 읽으리라 작정하고 수첩에 정확한 서명을 적어 넣었다.

헝겊으로 책표지를 싼 '전송가'는 한국 고아들의 이야기라 속독으로 읽어가는 동안 하얀 저고리에 까만 치마를 입은 고아들의 물결이 눈앞에 어른거렸다. 셀 수 없이 많은 고아의 영상을 지우려고 그는 머리를 흔들었다. 민구 자신이 주인공으로 이 소설 속을 통과했으니 이 글을 쓴 헤스보다 더 실감나게 그 정경을 상세하고 사실적으로 묘사할 수 있다는 생각에 이르자 씁쓸한 웃음이 터져 나왔다.

누르퉁퉁한 헝겊으로 책표지를 싼 『한국포로수용소 난동』이란 책을 집어 든 닥터 강민구는 10페이지에 이르자 상을 찌푸렸다. 이 책의 저자는 아프리카 어딜 가도 이런 곳이 있을까 싶은 그런 기록을 남기고 있었기 때문이다.

……옷이 없어 다섯 살 아래의 사내아이들이 벌거숭이로 나돌아 다니고 아무 데서나 똥을 누며 그 똥을 개들이 와서 먹는 나라가 한국이다. 이 나라에서 제일 참을 수 없

는 곳은 화장실이다. 똥과 오줌을 통속에 받아서 그것이 부패하는 냄새가 어찌 지독한지 일을 보러 일단 들어서면 숨이 막혀 기절할 지경에 이른다. 더 놀랄 일은 그 오물이 모이면 두 개의 양동이에 담아 장대 양끝에 매달은 뒤 어깨에 메고 나가 밭에 뿌려 거름으로 쓰기에 아이, 어른 모두 뱃속에 회충이 있는 나라가 바로 한국이다.

하수도를 만들지 않아 골목은 오물 썩는 냄새로 진동하고 파리와 모기가 득실거리며 사람에게서도 고약한 냄새가 난다.

그러나 한국인들의 천성은 영특하고 착하며 몸가짐이 조신해 보인다. 고집이 세고 주장이 강한 민족이다. 문화가 들어가지 않아 그렇지 청년들의 지능이 상당히 높아 잘 가르쳐 놓으면 우수한 문화를 이룰 가능성이 있으며…….

아직도 그가 태어난 한국이 이런 미개지일까? 40년 가까운 세월이 흘렀으니 많이 변했으리란 짐작은 하면서도 그는 가만히 한숨을 삼켰다. 언젠가 흑백의 한국전쟁 다큐멘터리를 본 기억을 되살리며 『한국포로수용소 난동』이란 책을 제자리에 꽂았다. 바로 옆에 보켈 목사가 쓴 '한국의 철조망 뒤'란 팸플릿을 집어 들어 읽으려는 참이었다.

"닥터 강, 지하실 박물관에 가보지 않겠어?"

"좋아 가보지. 거긴 어떤 물건들이 있는데?"

"아주 희귀한 자료들이 전시돼있으니 내려가 보고 와서 책들을 읽는 것이 도움이 될 거야."

"한국에 관한 것들이야?"

"물론이지."

"어디로 내려가지?"

"출입구 왼쪽에 있는 계단으로 내려가서 지하실 복도를 따라 걷다가 오른쪽으로 두 번을 돌면 왼쪽코너 벽에 자네가 입을 딱 벌릴 한국전쟁의 유품들이 걸려 있어."

민구는 셀던이 말하는 유품이 무엇이냐고 묻고 싶었으나 통계를 얻으러 온 손님을 맞느라고 데스크로 급히 가버려서 혼자 지하로 내려갔다. 땅 밑이라 습기가 고여 있어 그런지 곰팡내가 역하게 풍겼다. 흐릿한 형광등으로 인해 벽에 걸린 선교사들의 빛바랜 사진들이 괴상하고 기이해 보였다. 코끝에서 호흡이 떠난 자들의 사진은 아주 특이한 빛깔을 지니고 있어 섬뜩할 지경이었다. 민구의 어린 시절, 서당에서 만난 아이들과 회초리를 든 서당훈장을 연상시켜주는 사진들이기도 했다. 흐리멍덩한 흑백 사진들은 죽음의 빛이요, 저승사자들에게 잡혀가서 기억에서 사라진 인물들임을 알면서도 민구은 어린아이처럼 무섬증을 누를 수 없었다.

민구 이외에는 아무도 없는 지하박물관이 고등학교 시절에 수학여행으로 다녀온 로마의 지하무덤을 연상시켰다. 그래서 무의식적으로 돌아나갈 길을 기억해 두느라고 몇 번이고 뒤를 돌아봤다. 셀던이 가르쳐 준 장소는 막다른 곳이라 민구가 그 앞에 서니 다락을 열고선 듯했다. 번쩍이는 샛노란 깡통과 마른 멸치색의 깡통을 오려서 만든 어른 얼굴크기의 감사패가 오목한 복도가 끝나는 벽 중간에 걸려있었다. 감사패 밑에 써 붙인 쪽지를 민구는 한자씩 천천히 읽어 내려갔다.

> 한국전쟁 당시 북한 포로들이 레이션 깡통으로 만든 작품.
> 하롤드 보켈 선교사의 사역에 감사해서 포로들이 선물함.
> 보켈 선교사가 보관했다가 박물관에 기증.

쓰레기로 버릴 깡통으로 만들었다고 믿어지지 않을 정도로 감사패는 정교하고 완벽해서 예술적 미를 간직한 것이었다. 4cm 두께의 도톰한 감사패는 초가집 형상이었고 한가운데엔 한글로 큼직하게 '축, 미국 장로교 한국 포로 교회'라고 쓰여 있었다. 자를 대고 그린 듯이 아주 반듯하게 새겨진 글씨였다. 감사패의 윗부분엔 별을 인 십자가가 나무에 싸여있고 중앙의 노란색을 살리려고 가장자리에 멸치색 깡통을 오려 테를 둘러놓은 것이 멋들어진 조화를 이루고 있었다.

"진짜 굉장한 유물이지?"

셀던이 소리 없이 다가와서 이렇게 말하며 어깨를 툭 치는 바람에 민구는 유령이라도 만난듯 화들짝 놀라 몸을 움츠렸다.

"포로교회라니?"

"유명한 거제도 포로수용소를 말하는 거야. 도드 준장이 포로들에게 잡혀 곤욕을 치렀고, 세계의 이목이 집중됐던 곳인데 넌 모르니?"

"뭐라고! 너 거제도라고 했니?"

"맞아. 거제도야. 사실은 나도 이곳에 와서 자료를 정리하다가 거제도에 관해서 흥미를 갖게 됐어."

얼마나 오랫동안 잊었던 지명이란 말인가! 민구가 태어난 황해도의 서흥 마을보다 더 깊게 그의 기억 속에 자리를 잡은 곳이 아니던가! 솔직히 고백해서 어떤 바다를 봐도 이 섬이 눈앞에 얼찐거리며 부상할 정도로 그의 머릿속에 아로새겨진 섬이 바로 거제도였다.

"거제도에 관한 아주 희한한 자료를 우리 도서관이 가지고 있어. 넌 한국태생이니 원한다면 보여주지."

"그게 어떤 것인데?"

"블러드 프린트(Blood Print)야."

"블러드 프리트라면 피로 그림을 그렸다는 거냐?"

"보고 이야기하자. 이건 세상 어디에서도 볼 수 없는 희귀한 자료라 넌 놀라 자빠질 것이 틀림없어. 끔찍하게도 수천 명이 자신의 손가락을 면도날로 베어 흘러나오는 피를 엄지에 발라서 지문도장을 찍은 것이니까."

"여기서도 또 피냐?"

닥터 강민구는 매일 수술실에서 집도하며 보는 피도 지겨운데 이곳에 와서까지 피를 접한다는 것이 역겨워 상을 찌푸렸다. 캐비닛을 연 셀던은 보물단지를 다루듯 조심스럽게 아메리카나 연감 크기의 팸플릿 보관함을 가슴에 안았다. 걸음걸이까지 뒤뚱거리고 너무 엄숙한 표정을 지어서 지나치다 싶은 생각이 들 정도로 셀던은 허풍을 떨었다. 얼마를 그렇게 시간을 끌던 셀던은 민구 앞에 보관함을 놓더니 귀중품을 다루듯 떨리는 손으로 내용물을 꺼내놨다. 고등학교에 다닐 적에 어릿광대로 분장하고 급우들을 웃겼던 적이 많았던 터라 우스꽝스러운 몸짓을 하는 셀던의 얼굴을 그때처럼 분장시켜주고 싶다고 민구도 덩달아 너스레를 떨었다.

"농담하는 줄 아는 모양인데 그게 아니야. 죽음을 앞둔 절박한 사연을 호소하는 사람들의 절규가 담긴 자료인데 어떻게 장난을 치겠니."

기껏해야 피로 그려진 토끼형상의 한국지도를 놓고 친구가 이렇게 떠벌리는 것으로 생각하며 여유 있게 첫 장을 넘긴 민구는 전혀 예상하지 못했던 것이 나와서 얼마간 입을 다물 수가 없었다. 아라비아숫자의 포로번호와 셀던이 읽을 수 없는 한자로 쓴 이름이 질서 있게 나열된 일종의 서명날인이었다. 필적이 다양한 포로들의 이름을 거침없이 읽을 수 있다는 자신감과 글자들이 안겨주는 친근감으로 인해 전신을 휘감는 전율을 동반한 희열이 민구의 가슴 깊은 데서 끓어올랐다. 각 사람이 서명하고도 마음이 놓이지 않았는지 그 옆에 피에 적신 지문을 찍어놓은 역사적인 자료는 혈인(血印)이란 한문을 첫머리에 달고 한글은 단 한자도 없었다. 민구의 전신에 서서히 소름이 끼쳤다.

"이 자료를 넘겨준 선교사가 첫 페이지에 연필로 메모한 것을 보면 북송을 거부한 거제도의 반공포로들이 피로 자신들의 결심을 보여준 것이라고 적어놨더군."

"일종의 탄원서군."

"그렇다고 볼 수 있지."

수천 명에 달하는 포로들의 이름을 시간을 끌어가며 하나하나 눈으로 읽어가는 민구에게 셀던이 답답하다는 듯 끼어들었다.

"전부 중국 글자라 난 읽을 수가 있어야지. 여기 네임이라고 쓴 밑에 한자를 발음해 봐라."

셀던은 벌레들이 집을 짓듯이 각 칸마다 무더기로 모여 있는 글자를 민구가 읽어 낼 수 있도록 고서(古書)를 볼 때 사용하는 손잡이 달린 확대경을 그의 손에 쥐여 주었다.

"이것 없이도 읽을 수 있어. 자 들어봐라. 이한승, 윤수복, 정봉석, 홍석향, 정두만……."

"알았어. 그만 읽어. 한국 사람들의 이름은 닥터 강의 이름처럼 모두 딱딱하게 들리고 기억하기도 어렵구나. 아무튼, 중국 글자를 읽어낼 수 있는 너를 존경한다."

그때 마침 자문을 구한 손님이 와서 셀던은 그를 남겨두고 서고(書庫) 쪽으로 사라졌다. 혼자가 된 민구는 와락 포로들의 이름과 혈인 자료를 끌어당겼다. 한 페이지에 스무 명씩 서명했으니 줄잡아 이천 명이 넘는 포로들이 손끝을 찔렀거나 칼로 째서 흘러나오는 피로 지문을 남겼을 땐 얼마나 사정이 다급했단 말인가! 혈인은 그가 어린 시절에 비탈을 뛰어 내려가다 넘어져 무릎을 타고 흘러내렸던 피가 뛰어 노는 동안 말라붙어버린 그런 피 색깔이었다. 검자주색 혈인은 민구가 바짝 가져다 댄 확대경 밑에서 사람의 얼굴 생김새가 다르듯 개성 있는 모양으로 살아났다. 사람의 지문이 이렇게 아름답다니! 엄지의 끝마디 안쪽에 있는 피부의 무늬가 요상한 추상화로 살아나서 민구는 놀라움을 금치 못했다. 그것도 그가 닮기를 소원했던 백인의 지문이 아니고 민구처럼 시커먼 머리에 까만 눈과 누런 살갗을 지닌 사람들의 것이라니…… 한국전쟁포로의 지문이라면 한 세대가 지나버린 역사적 사건의 흔적이 아니겠는가. 사십여 년 전의 혈인이 민구를 그토록 세차게 끌어당기는 것은 무슨 이유일까? 민구 자신과 같은 피를 나눈 사람들의 고뇌가 새겨진 거부할 수 없는 인연의 줄이 세차게 그를 잡아끌었다. 그것도 거제도라니. 아아! 거제도…….

셀던이 참고열람실에서 고객의 질문에 답하는 시간이 길어지자 민구는 혈인 앞에 쓰인 이름들을 하나하나 읽어

내려갔다. 60페이지 중간쯤 오니 포로 번호 75753 안상철, 76135 박재선, 80971 한정화, 그다음에 나오는 이름을 보고 민구는 관격에라도 걸린 듯 얼굴이 하얗게 질렸다.

PW. No 90118 NAME 姜哲熙

몇 번을 확인해서 읽어봐도 그건 민구의 아버지 이름이 아닌가. 밝을 '철'자에 빛날 '희'란 부친의 이름을 민구는 여섯 살 나이에 할아버지의 회초리를 맞아가며 배운 글자이니 꿈에라도 잊을 리가 없다. 그럼 아버지가 포로가 되었단 말인가? 알 수 없는 일이다. 그 순간 전신에 전류라도 흐르는 듯 번쩍 한 생각이 머리를 들었다. 혈인을 찍은 모든 포로 명단을 가지고 한국엘 간다면 그들 중 한 사람이라도 만날 수 있을 터이고 강철희가 누군지 일러줄 사람이 있을 것이 아니겠는가.

"이봐, 셀던. 이 블러드 프린트 모두 카피하고 싶은데."

"너 혹시 이 사람들을 모두 잡아다가 공산주의자들에게 넘겨주려는 계획이냐? 만에 하나 한국에 전쟁이 나서 이북 사람들이 쳐내려오면 여기 사인한 사람들 전부 총살감이라고 하던데."

"그게 아니고 이 명단에 내 아버지 이름이 있어서 그래."

"어! 그래? 이거 일이 이상하게 풀리는군. 그렇지만 동명이인일 수도 있다는 생각이 들어."

"그럴 수도 있고 아버지일 수도 있어."

"그럼 이 사람들을 다 찾아다니며 확인할 거냐?"

"그러고 싶은 마음이 갑자기 드는군."

"누구나 뿌리를 찾고 싶은 본능이 있는 법이야."

이천 명이 넘는 혈인을 모두 카피하는 동안 민구는 가슴이 두근거리기 시작하더니 얼굴이 벌겋게 달아올랐다. 아버지가 살아 계신다면 고희를 넘겼을 나이인데…… 지금까지 살아있는 포로들을 만난다면 아버지에 대한 추억의 편린을 엿볼 수도 있을 것이고, 만에 하나 아버지가 반공포로로 남쪽에 남았다면 만날 수도 있지 아니한가.

"이 귀한 자료들을 어떻게 얻어냈지?"

"그야 한국전쟁에 종군한 보켈(Harold Voelkel) 목사가 내놓은 것이라고 여기 적혀있어. 자, 여기 보관함의 거죽을 보라고."

"그 선교사가 아직도 살아 계실까?"

"글쎄."

셀던은 어깨를 한번 들썩해 보이며 머리를 갸우뚱했다.

"한국동란 중 포로선교로 이름을 날린 선교사인데 살아있다면 여든이 넘었을걸."

"그분의 주소를 얻어낼 수 있을까?"

"물론이지."

셀던은 사서용 서랍을 뒤져 기증자 명단에서 보켈 선교사의 주소를 찾아냈다.

"선교사들이 노후를 보내는 곳에 사시는구나. 산 도밍고 웨스트민스터 가든 캘리포니아."

"아주 전화번호까지 얻었으면 좋겠어."

"걱정하지 마. 여기 다 있어. 자 받아써라. 789-2486. 지역 번호 돌리는 걸 잊지 마라. 그러나 보켈 선교사가 생존해 있어도 그 많은 포로 중에서 특정한 한 사람인 너의 아버지를 서른일곱 해가 지난 지금까지 기억할 수 있을지 의문이다."

"걱정하지 마라. 포로 명단에 오른 강철희가 나의 아버지라면 일은 쉽게 풀린다. 아버진 목사였으니 포로 중에서 선교사의 눈에 가장 인상 깊게 남았을 것이 분명해."

"오우! 닥터 강, 축하한다. 이건 톱 뉴스감이야. 한국전쟁 당시의 선교기록을 넘치게 간직한 이 도서관에 근무하게 된 이유를 이제야 알겠군."

"아아! 이제야 나도 그간 우울했던 이유를 분명히 알게 된 거야. 아버지와 가족을 찾아야 하는데 어디서부터 손을 댈지 몰랐던 거야."

"아버지를 만나 사진을 찍으면 내게도 보내줘야 해."

"알았어."

민구는 장로교박물관을 나와 차에 시동을 걸고는 휘파람을 불며 어깨를 으쓱했다. 이렇게 기분이 좋을 수가 없었다. 아버지의 이름이 그가 고아로 외롭게 살아온 이 땅까지 태평양을 건너 따라와 있었다는 사실에 감격해서 그는 흥분을 삭일 수 없었다.

모세처럼 버려진 아이

어머니는 여덟 살 난 민구(民救)를 남쪽 바다로 가라고 버렸다. 그리고 모세처럼 훌륭한 사람이 되어야 한다고 주문을 외우듯 중얼거렸다. 역청과 나뭇진을 발라 물이 새어 들어오지 못하도록 만든 갈상자에 담겨 하수 가장자리 갈대 사이에 버려진 모세하고 민구가 어떤 줄로 연결돼 있는지 모르지만, 아들을 버리는 여인의 얼굴은 확신에 차 있었다. 서른세 살인 어머니의 치맛자락에 매달려 어릿거리며 걷던 소년은 아직도 어머니의 사랑 이슬을 받아먹어야 할 코흘리개였다.

파도처럼 밀려오며 울부짖는 사람들로 가득 찬 엄청 큰 배 안으로 젊은 어머니는 아들을 난폭하게 밀어 넣었다. 그리고 어머니는 떠나는 배를 향해 이렇게 외쳤다.

"민구, 너는 이제부터 모세다!"

그런 북새통에 밀려가며 벌벌 떨고 겁에 질려 동공이 흐려진 아들에 비해 어머니는 억센 용사였다.

석 달 난 아기 모세는 기저귀를 차고 야자수 이파리만한 갈상자에 누워 목청껏 울음을 터뜨렸을 것이다. 그러나 모세로부터 삼천오백여 년이란 역사적 시공을 초월한 어느 날, 한반도의 남단 부산 앞바다에 버려진 민구는 여덟 살의 나이에 무명옷을 입고 땀과 먼지로 감기는 눈을 비비며 겁에 질려 울지도 못했다.

망망대해에 나뭇잎처럼 떠다니는 아기 모세의 울음소리를 듣고 불쌍히 여기는 마음이 동한 여자는 그 당시 세상을 주름잡던 애굽이란 대국의 왕, 바로의 딸이었다. 미천한 종의 아들로 태어난 모세는 죽임을 당해야 마땅했다. 히브리인의 아들로 태어난 그가 공주를 어머니로 삼은 것은 역사의 길을 바꾸려는 신의 섭리였다고 성경은 기록하고 있다. 모세의 누나, 미리암은 갈대숲 사이에 숨어 동생의 행방을 지켜보다가 친엄마를 젖엄마로 삼아주는 지혜를 가졌으나 민구는 누나가 없었다. 두 살 난 젖먹이 누이동생이 어머니 등에 업혀 있었으니 그 앤 무슨 일이 일어나는지도 모르는 철부지였다. 다행히 여덟 살의 민구는 2년 뒤에 부자 나라, 미국에 실려가 문화와 언어가 다른 가정의 양아들이 되었다. 모세처럼 공주 어머니를 둔 것은 아니지만 배부르게 먹고 마음껏 배울 수 있는 나라에 끌려간 셈이다.

풍요로움 속에서도 그는 알 수 없는 슬픔에 잠길 적이 많았다. 새들이 둥지를 찾아드는 해거름에 그는 침대 밑에 숨어 흐느껴 울며 죽음을 그리워하는 유년시절을 보냈다. 꿈속에서도 그는 항상 우울했다. 그가 사는 땅과 태어난 땅 사이에 가로놓인 바다가 깊이를 측량할 수 없는 칙칙한 색을 뿜어내는 바람에 밤새워 그는 바닷가를 거닐며 두 나라 사이에 가로놓인 깊고도 푸른 바다를 원망했었다.

동맥과 정맥이 흐르는 탯줄은 태아에게 영양을 보급하는 끈이다. 민구를 낳아준 한국이 동맥이라면 그를 길러준 미국은 정맥이니 그는 분명히 두 곳에서 양분을 섭취한 셈이다. 이 줄들이 연결되지 못한 것은 순전히 아버지, 강철희에 대한 몸서리쳐지는 추억 때문이었다.

아버지는 민구가 그렇게 사랑했던 할아버지를 죽게 만든 장본인이고, 그를 고아로 만든 사람이다. 아버지의 목사라는 직업이 그를 외톨이로 만들어 나그네 생활을 하도록 강권적으로 내몬 것이 아닌가. 아버지가 택한 목사직이 그의 가정을 파괴한 탓에 민구는 의식적으로는 물론 무의식의 세계에서까지 아버지가 믿던 하나님을 거부하고 하나님이 없다는 것을 증명하려고 노력해 왔다. 예수님을 판 가룟 유다처럼 거꾸로 떨어져 배가 터지고 내장이 모두 쏟아져 피밭을 이뤄도 그는 절대로 하나님과 그의 아들, 예수라는 인물을 믿지 않기로 결심한 사람이었다. 하나 민구가 이해할 수 없는 것은 아버지와 그 아버지가 사랑했던 하나님에 대한 미움이 그를 명성 있는 의사로 키워준 크나큰 힘이 되었으니 얼마나 역설적인 일이란 말인가. 게다가 아버지가 목사였다는 점이 과거를 추적하는 데 도움을 주다니!

세월 탓인지 모르지만, 아버지나 그가 믿던 예수님으로

인해 조국을 버릴 수 없다는 것이 셀던이 내놓은 혈인 명단을 본 뒤의 결론이 되었다. 그러고 보니 그가 지금까지 키웠던 미움에서 한 발자국 물러선 셈이다. 나이테가 굵어질수록 엷어지는 원리가 그의 생애도 적용되는 것일까.

여직 조국을 찾아가지 않은 것은 그의 학문이 시간을 많이 빼앗았다는 이유를 댈 수도 있지만 피차 연락할 사람이 없으니 간다고 해도 혼자 어릿댈 것이 싫어서였다. 게다가 남과 북으로 나뉘었으니 두 곳을 다 뒤져야 가족을 찾을 수 있다는 것이 그렇게 역겨울 수가 없었다. 더구나 아버지가 버젓이 살아있다면 마땅히 장남인 민구를 찾아 나서는 것이 상식이 아니겠는가. 전쟁 당시의 고아원을 추적해서라도 아들을 찾아 나서지 않은 아버지를 민구는 이 나이가 되어서도 도저히 용서할 수가 없었다.

그런데도 KBS 이산가족의 상봉 장면과 셀던의 도서관에서 카피해온 혈인 명단이 그를 자극해서 도대체 일이 손에 잡히질 않았다. 아버지가 포로였다는 것과 북송을 반대해서 혈인을 찍었다는 사실이 참말이라면 아버지가 지금 남한에 살아있을 수 있다는 뜻도 된다. 더구나 2천 명이나 되는 포로들의 명단을 가지고도 모른 체한다면 이건 민구 쪽에 결함이 있다는 해석도 되는 셈이다. 동명이인이라면 허허 웃고 돌아설 수도 있고 그렇게 추적하는 과정이 탐정처럼 스릴이 있을 것이란 호기심도 발동했다.

마음속에서 두 가지 생각이 다툼을 일으켰다. 가자, 아니다. 이제 가서 뭣 할래. 그럼 네가 포로명단을 카피한 이유는 뭐란 말이냐…… 오만가지 생각이 그를 덮쳐서 싱숭생숭 느끼한 상태로 돌아다니며 신경질을 내고 지냈는데 싫어도 한국엘 꼭 가야 할 일이 민구에게 생겼다. 한국 정형외과학회에서 그를 강사로 초빙한 것이다.

그래서 민구는 과거를 현재로 되돌려 볼 결심을 했다. 만약 혈인 명단에 오른 강철희가 아버지인지 아닌지는 사진, 잡지, 골동품, 신문 등등 무엇이나 과거 것을 조사하면 못할 것도 없지 않느냐는 자신감도 생겼다. 화석을 가지고도 과학자들은 수십억 년 전에 살았다는 생명을 연구할 수 있는 시대에 그는 살고 있지 아니한가. 아버지를 찾아 나서기로 결정하고 나니 그가 조국을 떠난 뒤 서른여섯 해나 아버지나 가족을 찾지 않은 것이 너무했다는 자책감으로 괴롭기도 했다.

그가 찾고자 하는 아버지나 가족들이 긴긴 세월 탓에 옛 모습을 지녔을 리 없고 살아있으리란 보장도 없다. 그러나 탯줄을 확인하기 위해 민구는 이번 여행에서 뿌리를 찾아 나서야 했다.

"내일 있을 재판에 누가 증인으로 나가지?"

"저와 함께 수술팀에 참가했던 닥터 그래햄입니다."

닥터 강민구는 해밀턴, 정형외과 과장이 그의 방에까지 들어와 짐을 꾸리는 것을 심란하게 서성이며 바라봐서 슬그머니 화가 치밀었다. 그의 비위를 맞추기 위해 주저앉고 싶다는 생각이 잠깐 스쳤지만, 이번 기회를 놓치면 일생을 두고 꺼림칙한 삶을 살 것이 분명했다. 그래서 그는 흔들리는 마음을 다지기 위해 영원히 돌아오지 않을 사람처럼 즐겨 읽던 책들마저 캐비닛에 넣고 잠가버렸다.

"꼭 한 달이나 병원을 비워야겠어?"

"네."

"한국 정형외과학회 초청기간이 일주일인데 석 주나 더 머무는 이유가 뭐야?"

"아버지를 찾아야 합니다."

"하하…… 닥터 강은 이따금 귀여운 소릴 한단 말이야. 난 캘리포니아에 사는 아버지를 십 년이나 만나질 못했어. 어쩌다 전화로 '헬로'라는 인사를 하고 생일이나 크리스마스에 선물이나 부쳐드리고 지내지. 그런 게 이 나이의 부자(父子) 관계가 아니겠어."

"전화로 헬로 인사할 아버지를 찾으러 가는 것이지요."

"하긴 고아에겐 누구나 자신의 뿌리를 확인하려는 귀소본능이 있는 법이야."

닥터 해밀턴은 팔짱을 끼고 서서 여전히 민구의 거동을 지켜봤다. 늘 곁에 있을 적엔 그 진가를 몰랐는데 한 달이나 떠나있겠다고 하니 닥터 해밀턴은 걱정이 생긴 모양이다. 수술의사로서 그의 존재는 항시 이 병원에서 막강한 위치를 차지하고 있기 때문이다. 이런 자리를 확보하기 위해 그는 얼마나 피나는 노력을 해왔단 말인가! 피부색깔이 다른 사람들 사이에 끼어 살면서 꼭 필요한 사람이 되기 위해 민구는 최선을 다하지 않았던가. 수술실과 병실, 그리고 연구실과 집을 무대로 그는 젊음을 몽땅 의사의 길에 바쳤던 셈이다. 결혼도 하지 않고 말이다.

간호사들이 끓이는 커피 냄새가 폐 깊숙이 파고들어와 닥터 강은 짐 꾸리던 손을 멈추고 심호흡을 깊이 했다. 옆에 서 있는 닥터 해밀턴의 몸에서 민구가 가장 좋아하는 베이컨냄새가 물씬 풍겼다. 사람들이 매일 죽어나가는 이 병원에 이런 은밀한 평화의 냄새가 깃들어 있다니! 그는 새삼 그가 속한 이 나라와 병원에 대한 신뢰의 깊은 정을 누를 수가 없었다. 베이컨과 커피 내음이 뭉근하게 괸 부엌이나 거실은 이 나라가 그에게 제공해 준 유일한 공간이요, 그의 지친 몸을 감싸주는 평화의 장소이기도 했다. 한국에 가려는 이 마당에 베이컨이나 커피 냄새 버금가는 고향의 냄새는 무엇일까? 그는 기억을 더듬느라고 잠시 일손을 멈췄다.

초가지붕 위에 널린 빨간 고추와 보름달 빛을 받아 위엄을 부리던 둥근 박들, 저물녘 굴뚝에서 매캐하게 피어오르던 솔잎 태우는 냄새…… 아아! 유년의 숲에 숨어있던 고향이 서서히 머리를 들기 시작했다.

닥터 해밀턴의 어깨 밑에 드는 민구의 키는 일 미터 육십을 조금 넘는데다가 머리는 먹물처럼 검어서 십대의 소년으로 착각하는 이들이 많았다. 그래도 고집이 서린 오뚝한 코와 사물을 꿰뚫어보는 강렬한 눈은 쉽게 근접할 수 없는 위엄을 간직하고 있었다. 여자처럼 작고 조금 튀어나온 입술은 닥터 강을 귀엽게 보이게 했으나 고집을 부리면 그 입이 열리기를 애타게 기다리는 간호사들이 많았다. 닥터 해밀턴도 닥터 강의 작은 입이 웃어가며 고분고분 순종해주기를 기다리고 있지 아니한가. 그러나 그는 끝내 입을 열지 않고 스포츠 백에 일상용품을 쑤셔 넣고 문 쪽으로 향했다.

강민구가 속한 주립대학 병원에선 그를 한 달 동안이나 내놓는 것을 무척 꺼렸다. 여름철이니 정형외과 손님이 줄어들어야 정상이다. 그런데 상황은 그 반대였다. 더울 때 눈 덮인 산으로 원정을 가서 스키를 즐기는 바캉스 족이 해마다 늘어나서 뼈를 다친 환자들이 매일 실려와 병실은 항상 만원이었고, 하루도 거르지 않고 대수술을 하느라고 의사들은 진땀을 흘렸다. 이런 시기에 아끼고 믿던 닥터 강을 떠나보내며 걱정에 잠긴 과장에게 민구는 손을 흔들어 인사를 하고 문을 나서자,

"닥터 강, 가능하면 정형외과학회의 강의를 마치고 바로 귀국해요."

마치 흰 모자를 쓰고 있듯이 온통 머리가 하얗게 센 해밀턴 과장이 현관까지 따라 나오며 일찍 돌아올 것을 당부했다.

"십칠 년이나 전 이 병원에서 열심히 일해 왔어요. 이 기회에 병원을 떠나 푹 쉬고 싶어요. 더구나 제가 태어난 땅을 찾아가는 길이니 어쩌면 한 달이 아니라 몇 달 더 늦어질 수도 있어요."

"농담하지 말고 할 수만 있다면 일찍 돌아와요."

과장은 외로운 것이다. 인간이란 어차피 한 가지에만 정력을 쏟을 수밖에 없는 법인가 보다. 그도 민구도 생명을 다룬다는 핑계로 병원 밖의 모든 걸 너무 멀리 해왔다. 닥터 강이 자신의 손발처럼 항상 곁에 있을 적엔 늘 그 자리에 있는 물건으로 착각했다가 갑자기 떠난다니까 과장이 어린애처럼 칭얼대기 시작했다고 할까. 간밤의 호출로 밤새워 수술했더니 눈도 침침하고 목뒤가 뻣뻣해왔다. 교통사고로 일가 네 식구가 부상을 당한 끔찍한 사고가 하필이면 그가 맞는 첫날의 휴가를 망쳐서 피곤으로 맥을 못 추게 했다. 가장 세심한 주의를 필요로 하는 복숭아뼈 수술을 여섯 시간이나 하고 났더니 발등이 소복이 부어올라 구두끈이 닿는 발등 부위가 알알하게 저렸다.

능구렁이 해밀턴 과장이 백인을 제쳐놓고 황색인인 민구를 신임하여 후임자로 기른 데는 그만한 이유가 있었다. 뼈 수술은 첫째 끈기가 필요하고, 다른 하나는 정교한 수술을 할 수 있는 세심한 성격의 소유자여야 했다. 게다가 동양인은 손이 작고 민첩해서 외과수술에는 적합한 구조이고 잔인한 성품이 곁들이면 금상첨화라고 할 수 있었다. 석고를 깬 뒤 물리치료를 할 시기에 환자가 꼼짝 못하도록 강인한 표정을 지을 수 있는 사람으로는 아무래도 한국인인 닥터 강을 따를 인물이 없었다.

아침 러시아워에 하필이면 안개가 짙게 끼어 교통사고가 많겠다고 예상했는데 민구가 병원 문을 나서는 순간 구급차가 엥엥 다급한 소리를 토해내며 응급실로 달려들었다. 혹여나 해밀턴 박사가 뛰어나와 그를 잡을까봐 지하주차장으로 뚫린 계단을 둘 셋씩 단숨에 겅중거리며 뛰어 내려갔다.

키가 작고 얼굴색이 누리께 하다는 것이 항상 그에겐 불만이었다. 눈알이 파랗고 머리털이 노랗거나 갈색이기를 그는 얼마나 소원했던가! 주근깨가 목 밑에까지 덮였어도 그들의 피부색을 닮기를 민구는 얼마나 간절히 원했었단 말인가. 부끄러운 외모를 감추려는 수단으로 그는 남보다 더 열심히 연구했고 극성스럽게 수술에도 달라붙어 지금의 자리를 따내지 않았던가. 이 병원에 부임할 무렵에 과장이 떠나는 그를 이런 식으로 만류했다면 절대로 이렇게 병원을 빠져나가지 않았을 텐데…….

아무튼 충실한 개처럼 직업에 몰두하는 것도 중요하지만 요즘 그의 심사는 핏줄의 문제를 꼭 짚고 넘어가야 안정을 되찾을 상황이었다. 고국방문에 앞서 사회적 지위를 굳힌다고 핑계를 대며 그는 너무나 긴 세월을 의도적으로 태어난 땅 찾는 걸 미뤄왔는데 이젠 그럴 힘이 그에게 없었다.

따지고 보면 대학 시절의 여름방학을 이용해서 다녀옴직한데도 이 나이가 되도록 머무적거렸던 것은 솔직히 말해서 가고 싶지 않은 곳이 바로 그가 태어난 곳이기도 했기 때문이다. 앙금으로 응어리진 미움이 그의 가슴 밑에 고여 있다고 할까.

잔인한 평화

오크 스트리트는 산이라고 부르기엔 너무 작은 앙바틈한 언덕에 자리 잡은 동네로 뚫린 길이다. 왼쪽으로 들판이 시원하게 펼쳐지고 오른쪽으론 울창한 숲을 끼고 있는 이 길을 민구는 속도를 내서 달렸다. 원주민인 인디언이 오리랜드란 마을에 뿌리를 박고 살았었다고 한다. 양지바르고 샘이 맑으며 물속의 피라미가 노니는 것이 훤히 드려다 보이는 개울을 끼고 있는 아름다운 지역이다. 이 마을 한가운데 위치한 고급주택을 닥터 강민구가 샀을 땐 조용한 저항을 받아야했다. 의도적으로 돌을 던져 유리창을 깨뜨렸고 죽은 고양이나 암갈색 다람쥐를 현관문 앞에 버려 그를 놀라게 한 적이 한두 번이 아니었다. 다운타운에서 한 시간 드라이브 거리에 있는 이 백인마을은 철저한 백호주의자들이 모여 사는 곳이었다. 유색인종에겐 절대로 집을 팔지 않기로 서로 묵계가 돼있었는데 그는 용케 여길 파고든 셈이다.

고목의 줄기가 갑자기 쏟아진 여우비를 맞고 까만색으로 변해서 나뭇잎이 더 청청해 보였다. 하늘을 찌를 듯이 치솟은 참나무들은 미국이 이 땅에 나라를 세울 적부터 뿌리내리고 있던 것이 분명했다. 활짝 핀 꽃빛깔이 너무 요란해서 눈에 두드러지게 튀어들어오는 나무는 극락조의 벼슬을 연상케 했다. 자잘한 꽃으로 엮어 만든 화환을 쓴 것처럼 보이는 키 작은 나무가 물기에 젖으니 삼원색을 강렬하게 내뿜어 많은 나무들 중에서 특출하게 눈에 띄는 모양이다. 집과 집 사이에 울타리가 없어 푸른 잔디밭이 시원하게 펼쳐졌다. 도시의 소음과 더러운 공기를 멀리한 이 마을을 민구는 무척 사랑했다. 이웃이 이따금 소란을 피우긴 해도 양어머니가 자잘한 사건을 잘 무마해 나가서 그는 모른 척하며 지냈다. 그러나 간간이 큰 문제도 일어났다. 어제만 해도 이쪽의 양해를 구하지 않고 옆집사람이 민구네 울안의 상수리나무를 잘라버렸다. 이유는 상수리의 가지가 무성하게 우거져 그늘을 많이 던져서 잔디가 잘 자라지 않는다나. 여든이 넘은 양어머니는 힘이 부쳐 그냥 두라고 주저앉았으나 민구는 고소하겠다고 호통을 쳤다. 워낙 일을 잘못 처리한 이웃은 그제야 미안하다며 슬그머니 선물을 디밀었다.

"아니꼽고 저열한 백인자식들."

민구는 안전벨트를 맨 가슴과 배에 팽팽한 조임을 시험

해보려는 듯 몸을 앞으로 팡 밀며 욕지거리를 했다.

아들을 맞는 양어머니는 반가움을 감추지 못하고 몸을 흔들어 기쁨을 드러내보이고는 뛰어나와 차문을 열어주었다.

"왜 이렇게 일찍 들어오니?"

"한 달 동안 여행을 떠나려고 휴가를 얻었어요."

"참 잘 했다. 너도 일에서 벗어나 푹 쉬는 날이 있어야지."

"아주 중요한 일로 떠나는 거예요."

"장가를 가려는 모양이구나. 며느리를 맞으면 난 양로원으로 가야지."

"제발 그 양로원이란 말은 하지 마세요."

"오우! 달링, 내 사랑. 너는 내 모든 것이야."

양어머니는 자신보다 키가 작은 민구를 안아 올릴 듯 힘차게 껴안았다. 솜털처럼 부드러운 머리칼은 백발이 되니 윤기가 가셔서 마치 빛바랜 명주헝겊을 잘라서 머리에 이고 있는 것처럼 보였다. 민구는 양어머니의 뺨에 가벼운 키스를 하고나서 트렁크를 찾으러 다락으로 올라갔다.

"어디로 갈 것이냐?"

"한국으로 갑니다."

"오우! 한국이라고. 참 잘 생각했다. 고향이란 언제나 아름다운 곳이니까. 벌써 다녀와야 했는데 너무 늦은 거야."

"어머니. 제가 이 집에 입양되어올 적에 가져온 서류나 입고 온 옷을 혹시 간직하셨는지요?"

"물론이지. 눈을 감기 전에 네게 넘겨주려고 늘 벼르고 있었단다. 그간 너는 훌륭한 의사가 되려고 너무 몰두해 있어서 어릴 적 이야기를 꺼낼 수가 없었지."

"제가 어머니와 함께 살기 시작한 것이 몇 살 때였나요?"

"열 살이었지. 너와 함께 산 지도 벌써 삼십육 년이 흘렀으니 세월이 화살같다는 말이 틀리지 않는구나."

"제가 어떻게 어머니 집으로 오게 됐나요?"

"돌아가신 네 아버님이 거제도 포로수용소에 근무한 것이 인연이 닿은 게야. 애를 낳을 수 없다는 의사의 진단을 받아 괴로워하고 있는 터에 한국 고아를 입양하는 것이 어떠냐고 네 아버지가 편지해서 나도 허락한 거지."

"아주 기르기 힘든 아이였겠지요?"

"무슨 소릴 하는 거냐. 우리 부부는 널 기르며 하나님께 얼마나 감사했는지 아느냐. 머리가 명석해서 공부 잘 했고, 사려 깊으며, 예의 바르고 순종을 잘 해서 우리 부부에게 항상 기쁨을 주는 아이였단다. 혼자 된 이 어미를 두고 떠나는 것이 싫어 네가 이렇게 독신으로 지내는 것도 나는 잘 알고 있어."

"또 그런 말씀을 하시는군요. 전 독신이 편안해요."

"한국 여자는 시어머니를 잘 모시고 산다는데 혹시 그

래서 가는 것이 아니냐?"

"그런 목적이 아니고 아버지를 찾으러 갑니다."

"뭐라고? 네게 아버지가 있을 리가 없다. 넌 서류에 고아로 기록돼 있었단다."

"육신의 부모를 만나도 절 길러주신 어머니를 떠나지 않을 터이니 염려하지 마세요."

"오오, 달링. 내 새끼. 조금 전에 마거릿이 다녀갔다. 글쎄 그 애가 널 사랑한다는구나. 네가 나 때문에 결혼을 꺼린다며 닥터 강을 잘 타이르라고 하더구나."

"모자란 여자군요. 제가 결혼을 결정하는 것인데 어머니 핑계를 대다니 정신 나간 여자임이 틀림없어요."

"그 여자는 두 번이나 이혼한 경력을 가졌단다. 전 남편 모두를 돈을 못 번다고 버린 여자야. 널 원하는 것도 화려한 생활을 할 수 있는 네 돈벌이 때문이다."

양어머니, 미리암 여사는 골방의 낡아 찌그러진 농 서랍을 뒤적이며 쉴 새 없이 입을 놀렸다. 무 밑동처럼 살이 오른 양어머니의 종아리에 핏줄이 울퉁불퉁 튀어나와 거머리가 들러붙은 것처럼 징그러웠고 나이로 인해 연신 체머리를 흔들었다. 농에서 꺼낸 물건을 든 양어머니의 손이 형편없이 떨리기에 뒤에 서서 안쓰럽게 지켜보던 민구는 가만히 어머니를 밀치고 농 서랍을 빼앗았다.

"어머니, 제가 도와드릴게요."

"넌 몰라. 어디에 둔 것을 내가 아니까 내가 찾아야지."

어머니는 고집스럽게 민구를 밀치고 농 서랍을 뒤지며 계속해서 마거릿을 헐뜯고 있었다.

"첫 번째 결혼 상대자는 검둥이였대. 그건 의도적이었는데 그녀의 조상 중에 검둥이 피가 섞여있어 그랬다는구나. 만약 너와 결혼하면 아이 중에 검둥이가 섞여 나올 수도 있다. 넌 황인종이니 자식도 생각해야지."

미리암 여사는 민구가 사귀는 여자를 놓고 매사에 이런 식이었다. 사실 민구가 사랑하는 여자가 이 나이가 되도록 하나도 없었던 것은 아니었다. 고등학교 졸업반에서 십대의 열기로 사랑한 이태리계 여자 친구가 있었다. 부모의 직업이 장의사에서 시체를 목욕시키는 것이라고 어머니는 펄펄 뛰면서 반대를 했었다. 가슴이 아팠지만 낳은 부모도 그를 버렸는데 그를 잘 길러준 양부모의 말을 거역할 수가 없어서 길들여진 양처럼 순종했다. 그 다음에 사랑했던 여자는 소아과 간호사였는데 그녀와는 약혼까지 했었다. 하필이면 약혼한 달에 양아버지가 돌아가셔서 슬퍼하는 어머니를 혼자 두고 집을 떠날 수가 없었다. 한 해, 두 해 결혼을 미루다가 여자 쪽에서 다른 남자를 만나 사라져버렸다.

바다 건너에서 피부가 다른 아이를 입양한 건 그 나름대로 목적하는 인생관이 작용했을 것이란 선입관을 민구는 지워버릴 수가 없었다. 어머니는 그가 푸들이나 고양이처럼 그녀의 옆에 있어주길 어려서부터 강렬하게 바랐던 것이다.

"이야! 이것 좀 봐라, 민구야. 네가 요렇게 꼬마였는데 이젠 장정이 됐으니."

추억을 더듬는 것은 그것이 추하고 불행했어도 가슴 설레는 즐거운 일인 모양이다. 어머니는 소녀 같은 표정을 지으며 농 서랍에서 찾아낸 것을 번쩍 쳐들어보였다. 민구도 어머니의 손에 들린 것이 무엇인가 보려고 목을 늘였다. 누렇게 바랜 깃 없는 무명 윗저고리와 회색빛에 가까운 짧은 바지는 미라의 석관에서 마악 끄집어낸 시체의 옷처럼 보였다. 그녀는 먼지 쌓인 마룻바닥에 그것들을 펴놓더니 키들키들 웃었다.

"네가 이 집에 처음 왔을 때는 지금처럼 여름이었지. 깃이 없는 옷을 입어 버쩍 마른 가슴과 목이 앙상하게 드러났고 무릎은 얼마나 부잡스럽게 뛰어다니며 놀다가 넘어졌는지 피딱지가 더께로 앉았더구나. 우리 부부를 처음 대하고는 두려움에 질려 눈에 물기가 어렸었지. 지금도 생생하게 기억하지만, 그때의 눈에 나는 반한 거다. 두 눈이 수정처럼 신비로운 빛을 뿜어냈으니까. 그 눈빛이 너는 이 세상에서 제일 장한 내 아들이 될 수 있다는 확신을 내게 심어준 것이다. 공항에서부터 무서움에 질린 너는 우리 집에 당도했을 적엔 뭐라고 지껄이며 흐느꼈단다. 그 말 중에 지금까지 기억나는 것이 있다. '오마니, 오마니'라고. 네가 목이 쉬도록 한 달간이나 울부짖어 네 아버지는 참지를 못하고 네 뺨을 수없이 때리다가 가여워서 널 껴안고 함께 울기도 했었지."

"어머니, 그만 하세요."

민구는 찡해오는 코끝을 실룩거리며 화난 것처럼 음성을 높이자 그녀는 조글조글하게 오므라진 입을 몇 번 다시고 그물처럼 주름진 눈가에 스며든 눈물을 닦아냈다.

어찌 그 시절의 번뇌와 아픔을 잊을 리가 있겠는가! 지금도 그는 달빛이 창문을 파고드는 밤이면 그 시절의 우울함이 되살아나서 잠을 이루지 못하고 뒤척이고 있지 아니한가. 나뭇잎이 떨어지는 가을이 오면 그는 빵을 앞에 놓고 솔 내음 나는 송편을 먹고 싶어 했고, 냇물이 어는 겨울이 오면 그 계절이 주는 추억으로 가슴 아파했다. 제기를 차며 놀던 친구들, 팽이 돌리며 썰매를 탔던 고향산천, 설날을 기다리며 설레던 마음, 정월의 쥐불놀이, 곰삭은 김장김치……. 이 모두가 마흔의 중턱에 이른 나이가 되어서도 그의 가슴을 쿵쿵 뛰게 만드는 추억들이었다.

"여기 너에 대한 기록이 있다만 나는 이 글자를 읽을 수가 없어 무슨 뜻인지 알 수가 없구나. 너를 위해 버리지 않고 남겨두었으니 한국에 가지고 가서 물어봐라."

양어머니가 민구에게 넘겨준 종이쪽은 창호지였다. 나무로 만든 종이와 달리 그 촉감이 질기고 옷감처럼 결이 있어 고향의 종이는 이렇게 다른가 하는 강한 이질감을 안겨주었다.

서툰 붓글씨로 창호지엔 이렇게 적혀 있었다.

아버지 강철희, 어머니 이옥분

고현 옆 마을 한내에 버려진 전쟁고아. 1942년 12월 15일생. 거제도 보급창고 부근에서 도니 밀러 중사가 데려옴. 실로암 고아원에서 2년을 지내다 입양. 피부병이 있어 치료한 적이 있음.

누가 이 창호지에 이런 메모를 남겨두었단 말인가? 고아원의 보모가 썼을 것이 분명했다. 전쟁의 소용돌이에서 태평양을 건너 실려가는 이 불운의 주인공에게 훗날 그의 뿌리를 찾는 근거를 남겨주려는 배려임이 틀림없었다.

진물과 고름이 흐르는 헌데를 파리들이 버글버글 덤벼 빨아먹어도 배고픔에 지친 어린 민구는 그 파리를 쫓을 힘이 없었다. 보급창고의 담이 던져주는 손바닥 크기의 그늘에 쪼그리고 앉아 시름에 잠겼던 시절이 그의 눈앞에 어른거렸다. 창호지 쪽지와 삼십여 년 전에 입었던 낡은 옷을 움켜쥐고 민구는 그저 멍청히 서 있었다.

"오호! 이것 봐라. 이건 네가 잠잘 적에 테디 베어 대신에 안고 자던 공책이다. 여기 적힌 글은 중국 글자라 내 주위에선 아무도 읽을 수가 없었는데 넌 가끔 그걸 들여다보며 즐거워했었지. 삼학년이 돼서야 이걸 내던져버려 이다음 네가 크면 보라고 여기 이렇게 보관했다."

어머니는 둘둘 말아 농 서랍귀퉁이에 처박았던 사륙배판 크기의 도톰한 공책을 민구에게 내주었다. 얼마나 오래 잊었던 그의 과거 한 부분인가! 공책을 받아든 그는 고맙다고 어머니의 양쪽 뺨에 키스를 두어 번 하고 그의 방으로 들어갔다. 한국으로 가는 비행기 안에서 이걸 읽어야지. 짜릿한 희열이 그의 가슴을 뿌듯하게 채웠다. 이건 그가 살아오며 누린 기쁨에 비해 아주 유별난 느낌을 안겨주었다. 민구가 사는 이 마을은 평화로 물들여진 조용한 곳이라 파리도 개도 모두 느려 터졌다. 투지력이 사라진 사람들이 모여 사는 곳이라 이따금 지나가는 차 소리 이외엔 그저 정적뿐이었다.

TV를 틀었다. 갑자기 방안은 총소리와 피 흘리는 사람들과 싸우는 폭도들의 소리로 가득 찼다. 인간이란 타고나길 변화가 있고 스릴 있는 조류를 타야 사는 맛을 만끽하는 모양이다. 인간 내면 깊은 곳에 주기적으로 전쟁과 죽음을 보고 싶어 하고, 괴로움을 참지 못해 내지르는 절규를 듣기를 갈망하는 욕망이 숨어있는 것이 분명했다. 처절한 고아들의 울부짖음과 동물적인 본능으로 허우적거리는 인간의 몸부림을 지켜보는 즐거움이 있어야 사는 맛을 느끼는 것이 인간의 성품인 모양이다. 실제로 이런 소용돌이에 끼는 것은 싫지만 이런 것들로 자신의 행복을 점검해 보려는 엉큼한 속셈이 인간내면 깊숙이 자리 잡고 있는 것을 아는지 TV는 온통 전쟁과 폭력을 즐겨 다루고 있었다. 민구는 이런 문화에 몸담아 살고 있지만, 전쟁이 나 폭력을 다룬 영화나 연속극을 의도적으로 피했다. 그건 어린 시절에 받은 충격이 아직도 그의 무의식세계에 잠재해있기 때문이리라. 이 시간대가 한참 그런 류의 내용이 방영될 시간이라서 민구는 TV를 꺼버렸다.

진정한 의미의 평화란 무엇일까? 물 맑고 산세가 아름다우며 전쟁이나 미움이 없고, 먹을 것이 넉넉한 곳에 깃드는 것으로 유대인들이 자나 깨나 소망했던 "샬롬"을 말하는 것일까. 아니면 사랑하는 사람들끼리 모여 사는 그런 땅에 스며든 행복을 평화라고 하는 것일까. 아무래도 미국처럼 풍요로운 나라에서 누리는 이런 평화는 힘을 과시하는 평화이지 민구가 바라는 그런 샬롬은 아니었다. 한 마디로 잔인한 평화라고나 할까.

양어머니가 넘겨준 노트를 가슴에 올려놓고 침대에 누웠다. 어둠이 서서히 그의 방을 누르기 시작하자 그는 이상한 환상에 빠져들었다. 그의 방이 어머니의 자궁 속으로 변하여 적당히 따뜻하고 아늑하고 어두워서 그는 걱정, 근심 없이 둥둥 떠서 부유(浮游)하는 해파리가 된 것이다. 몸이 뭉게구름 위에라도 실린 듯이 기분 좋게 오르내리는 바람에 그는 눈을 지그시 감고 탯줄을 타고 들려오는 동맥과 정맥의 우렁찬 박동에 귀를 기울였다.

소망의 줄

국제 인종시장

공항까지 갈 콜택시가 문앞에 섰다. 한 달간이나 나가 있는 동안에 연락할 전화번호를 도착 즉시 알리겠노라고 말했으나 양어머니는 그가 영원히 그녀 곁을 떠나는 것이 아니냐고 울먹였다. 이런 어머니를 보며 민구는 끓어오르는 분노를 눌렀다. 어린 시절에 양어머니는 그를 어떻게 대했던가.

'……이렇게 나쁜 아이가 되려면 더러운 네 나라로 돌아가거라. 우리가 아니었다면 넌 황폐한 거리를 헤매는 거지거나 고아원에서 쓸쓸히 살고 있는 버려진 아이일 뿐이니 이 생활에 감사해야 한다. 넌 지저분한 핏줄을 이어받아서 이런 교육을 받으면서도 근성이 살아있는 거야.

속이고 눈치나 보고 이기주의고 게다가 마귀가 들끓는 미운 눈을 부릅뜰 땐 정나미가 떨어져 널 왜 기른다고 데려왔는지 모를 일이라고 후회를 한다. 우리의 순간적인 결정이 이렇게 긴 세월을 두고 속 끓이고 살아야 한다니. 앵무새를 기를 걸…… 차라리 갓난아이를 데려다 기를 걸. 넌 너무 자라서 모든 것이 굳어진 다음이라 펼 수가 없어. 백인아이를 데려다 기를 걸 우리가 잘못 생각했다니까. 이 세상 어디에서 너에게 이렇게 풍족한 음식을 주겠어. 그래도 머리가 좋으면 기회는 이 나리에 많다. 이런 나라에 오게 한 우리에게 감사해야 한다. 고렇게 작은 키에 그런 피부색을 하고 공부까지 못한다면 넌 영원한 이방인이야.'

평상시에 잘 하다가도 가끔 생각 없이 불쑥불쑥 내뱉는 양어머니의 이런 말들이 카세트에 녹음해놓은 것처럼 줄줄 풀려나왔다. 민구는 양부모의 선입관을 없애주고 그들의 신뢰와 사랑을 얻어내기까지 얼마나 피나는 노력을 해왔단 말인가! 눈물 나는 노력 끝에 이젠 그들의 자랑스러운 아들로 위치를 확보했지만, 그의 가슴에 못 박았던 이런 말들이 빙하의 밑동처럼 수시로 모습을 내밀어 그를 우울하게 만들었다.

민구의 수입으로 노후를 호화로운 집과 정원에서 지내는 양어머니는 아들자랑으로 입이 헤픈 여인이 되었다. 앞마당의 수영장에서 놀다가 정원을 거닐며 한낮을 소일

하고, 파출부를 불러 청소와 허드렛일을 시키고 민구가 돌아오면 그날 일어난 일들을 늘어놓고……. 이제 양어머니에게 민구는 삶의 전부였다. 그의 한 마디가 양어머니를 기쁘게도 하고 나락으로 떨어지게도 하고 있으니 말이다.

트렁크를 들고 문을 나서자 양어머니가 따라 나와 눈물을 글썽이며 손을 흔든다. 이런 나약한 노인에게서 어린 시절의 아픔을 상쇄할 그런 아픔을 되받아낼 마음은 없었다. 아아! 세월이란 미움까지 덮어주는 아량을 지닌 것일까? 그를 불행하게 만든 아버지를 이제 찾아나서는 것도 이런 맥락에서 보면 당연한 일인지도 모른다.

"하이, 굳모닝. 닥터 강, 어딜 가요?"

마거릿이 벽돌색의 폭스바겐을 콜택시 옆에 세우며 인사를 한다. 병원에 전화를 걸었다가 그가 오늘부터 휴가인 걸 알아낸 모양이다. 여느 때 같으면 이 시간대에 그녀가 여길 지날 리가 없다. 설익은 앵두와 자잘한 머루모양으로 장식한 챙이 넓은 밀짚모자가 팔월의 햇살을 가려주어 시원함을 끌어안고 있는 그녀의 얼굴은 『바람과 함께 사라지다』에 나오는 여주인공처럼 요염해 보였다. 젖가슴이 반이나 드러난 소매 없는 미색 원피스는 삶은 새우살색의 산호목걸이와 멋진 조화를 이루어 그녀의 몸엔 싱그러운 젊음이 고여 있었다.

"어쩐 일이야, 이 시간에."

"날 이렇게 놔두고 어디로 떠날 참이에요?"

나이가 민구보다 열다섯이 어린 마거릿은 신경을 써야 하는 수술과 환자에 시달려 지쳐버린 민구에 비해 생기가 넘쳐흘렀다. P대학 교수를 아버지로 둔 그녀는 파티를 즐겨하고 외식을 즐기는 어머니를 닮았는지 학문에는 전혀 관심이 없어보였다.

"중요한 일로 떠나는 사람을 막지 말아요, 비행기시간에 대가려면 어서 서둘러라."

양어머니인 미리암이 어느새 다가와 택시 안으로 아들을 밀어 넣으며 그들 사이를 갈아놓았다.

"공항이라면 내 차로 가요. 자! 기사 아저씨. 이분은 제 손님이니 제게 양보하세요. 여기 이십 불이 있으니 섭섭지는 않지요."

마거릿이 이쪽의 의사를 떠보지도 않고 돈을 내밀자 기사는 흐물흐물 웃으며 돈을 받아 넣고 트렁크의 짐을 그녀의 납작한 폭스바겐에 옮겨 실어주었다. 공항까지 가는 고속도로가 얼마나 위험한데 그렇게 작은 차로 가느냐고 울먹이는 양어머니는 당돌한 처녀를 어떻게 나무라야 할지 몰라 당황했다. 인간의 몸은 달걀과 같아서 한 번 깨지면 원상복귀 해놔도 갈라진 금은 남아 있는 법이라고 잔소리를 늘어놓는 미리암을 뒤로 하고 납작한 차는 우드베리 가(街)를 지나 1번 고속도로로 접어들었다.

"섭섭해요. 한 달이나 여행을 가면 당연히 내게 알려야

하는 게 아닌가요. 제 진심을 몰라주다니."

"고아로 불행한 시절을 보냈던 고국을 찾아가는 길이라 마거릿을 데리고 갈 마음이 없었어."

"이 차를 공항주차장에 놓고 당신을 따라가면 안 되나요?"

"절대로 안 돼. 난 지금 한국에 살아있을지도 모를 아버지를 찾으러 가는 길이라 여자를 데리고 다닐 마음이 아니야."

"당신은 미리암 말고도 한국의 노인을 또 모시러 간다이 말이지요. 혹시 양로원을 차릴 계획을 하신 게 아닌가요?"

"내 일에 상관하지 말아줘."

두 사람은 잠시 입을 다물었다. 작은 차가 시속 120마일 이상 속도를 내자 차체가 바람에 견디질 못해 몹시 흔들렸다. 안전벨트를 매고도 불안해진 민구는 손잡이를 단단하게 잡고서 지평선으로 이어지는 고속도로에 눈길을 던졌다.

"한국으로 직행할 거예요?"

"아니."

"그럼 어딜 들려서 가나요?"

"캘리포니아 산 도밍고 웨스트민스터 가든."

"피서지인가요?"

"은퇴 선교사들의 휴양지야."

"거기에 만나볼 사람이라도 있나요?"

"한국동란 중 포로들을 상대로 선교한 목사님이 거기 사시거든. 내 아버지를 아실지도 모른다는 예감으로 찾아가는 거야."

"부라보!"

마거릿이 갑자기 밝은 표정을 짓고는 환하게 웃었다. 민구는 돌변한 마거릿을 우울한 눈으로 흘겨봤다.

"캘리포니아까지 따라갈 수가 있군요. 우린 그곳의 바닷가에서 즐길 수가 있어요. 아이! 신난다."

그녀는 머리를 그의 어깨에 살짝 기대며 보조개가 파이도록 귀엽게 웃었다. 그녀의 화사한 얼굴 위로 구제품을 배급받았던 고아원 시절이 떠올랐다. 줄을 서서 고아들은 보모가 잡히는 대로 나누어 주는 구호물자를 받았었다. 양말, 바늘과 실이 담긴 작은 상자, 오버, 모자, 과자, 껌…… 무엇이 자기 몫으로 돌아올 것인가로 아이들은 모두 가슴을 졸였다. 민구는 사내아이면서 하필이면 노란 머리에 파란 눈알을 굴리는 인형을 받았다. 속옷에 구두까지 신은 살이 토실토실 오른 계집애였는데 서양귀신을 선물로 받았다고 그 누구도 그의 인형을 탐내는 아이는 없었다. 먹을 것을 받은 아이는 즉석에서 먹어치우느라고 소란했고, 옷을 받은 아이들은 입어보느라고 수선을 떨었다. 그러나 아무도 민구가 받은 인형에 관심을 두거나 부러워하는 아이는 없었다. 민구는 인형을 안고 방을 빠져나와 뒤

란으로 갔다. 인형을 보며 이다음에 이런 색시를 얻어야 지 하는 설레는 꿈을 키우며 얼굴을 붉혔다. 먼 훗날 그가 어른이 되면 아들을 버린 어머니를 닮은 여자와 절대로 결혼하지 않겠다는 결심을 한 터여서인지 이상하게도 서양 인형에 끌리는 마음을 떨쳐버릴 수가 없었다. 마거릿은 그 시절 민구가 소중하게 간직했던 서양인형을 그대로 닮았으니 얼마나 신나는 일인가! 그런데 살아있는 인형을 곁에 두고도 그는 옛날 살았던 곳을 찾아가려고 그녀 곁을 떠나야 했다.

"당신 나라 여자들은 어떻게 생겼을까? 당신처럼 키가 작고 눈이 까맣고 무뚝뚝하고 얼굴은 나부데데하고……."

"그런 피를 타고난 나를 왜 좋아하지?"

"당신의 검지도 않고 희지도 않은 살갗과 깊고 깊은 외로움이 깃든 눈이 강렬하게 나를 잡아끌거든요."

"당신과 같은 피부색을 가진 남자들을 만나요."

"그들을 만나면 돼지처럼 생각이 모자라고 깊이가 없는 사람들이란 생각이 들거든요. 당신을 만난 탓이지요. 동양인은 측량할 수 없는 신비함을 지니고 있어요. 중국도 자기를 대하듯 형언하기 힘든 색을 지녔다고 하는 것이 적절한 표현일 거예요."

"우리가 만약 결혼한다면 우리의 아이는 어떤 모습으로 태어난다고 생각해. 난 그것이 싫은 거야."

"호호호……. 바로 그런 사고구조가 당신의 매력이에

요. 어떤 살갗을 가진 아이가 태어나도 하나님이 우리에게 주신 선물이라 무조건 감사하며 받아야지요. 미래까지 뜯어고치려고 고심하는 당신의 반항 심리에 매력을 느껴요. 오늘 일은 오늘로 족하니 내일 일은 내일 걱정합시다. 걱정한다고 변할 건 하나도 없어요. 더구나 아이는 일 년 뒤에나 태어나는 걸요."

"기독교적인 사고방식이군. 난 하나님을 믿지 않는 놈이니 그런 성경말씀을 가지고 날 유도하지 말아줘."

"어머! 신은 죽었다는 무신론자의 이론에 찬성하나 보지요?"

"난 그런 이론에 관심이 없어. 단지 나의 아버지가 믿었던 하나님이니까 무조건 싫어하는 것이지."

"다윗의 하나님, 야곱의 하나님이고 어머니의 하나님, 아버지의 하나님이면 곧 나의 하나님이 아니겠어요?"

"나란 놈은 하나님 때문에 피해를 본 놈이니 어쩌고저쩌고해서 내 신경 건드리지 마요."

하나님이나 예수님이야기만 나오면 닥터 강이 늘 화를 내서 마거릿은 교회나 목사이야기도 의도적으로 피해왔었다. 그러나 그녀가 자란 토양은 기독교니 어쩔 수 없이 대화 속에 자연스럽게 녹아드는 걸 어쩌랴.

"전 죽은 뒤에 하나님 나라에 갈 걸 단 한 번도 의심한 적이 없어요. 비록 생활은 엉망이지만 호호……."

"하나님은 절대로 없어."

"하나님은 절대로 존재해요."

"이 나라 사람들은 기계적으로 하나님을 믿더군. 하나님을 저들의 생활에 이용하고 있다는 인상이야."

"맞아요. 하나님이 없다면 얼마나 허전할까요."

두 사람은 로스앤젤레스 행 비행기에 올랐다. 대륙횡단에 걸리는 여덟 시간을 나란히 앉아 신나게 잡담을 해서 지루한 줄을 몰랐다. 황혼이 내려앉는 시간에 로스앤젤레스에 도착한 그들은 호텔로 직행했다. 마거릿은 여행을 어찌 좋아하는지 콧노래를 부르며 행복한 표정을 지었다. 하긴 평화로운 삶에 지친 사람들에게 여행보다 더 좋은 변화가 어디 있겠는가.

"간첩훈련을 받고 다음날 적지로 보내질 스파이에게 마지막 소원이 뭐냐고 묻는다면 어떤 걸 원했을 것 같아?"

"글쎄 뭘까. 007가방하고 또……."

"그걸 모르다니. 모두가 한결같이 여자를 넣어달라고 했다는 심리학자의 연구보고서를 읽은 적이 있어."

"당신이 설마 미국 스파이로 한국엘 가는 건 아니겠지요?"

"웃기는군."

스파이로 가는 길이 아니면서도 민구는 이상하리만치 마거릿과의 밤을 즐겼다. 그전과 다른 점이 있다면 고아원에서 받은 인형을 껴안는 환상에 사로잡혀 더 센 성욕을 느끼고 있다는 점이다. 또 한 가지는 한국에 간다는 사실이 무의식세계에선 죽음을 연상시켰는지도 모른다. 아버지를 찾아가는 마당에 서양인형과 죽음을 생각하다니 어처구니가 없었다.

"섹스 비디오를 틀까요?"

"그만둡시다. 내일 나는 아주 중요한 사람을 만나거든."

"진을 다 빼서 다리가 후들후들 떨리게 해놔야 한국아가씨들에게 홀리지 않지요. 달링, 한 달이나 헤어져 있어야 한다니, 그건 너무 길어. 이곳 재판소에 가서 결혼식을 올리고 일주일만 신혼여행으로 보낸 뒤 당신은 한국으로 가고 난 그 마귀 같은 미리암에게 가서 그녀를 양로원으로 보낼 게요."

"양로원이라니 무슨 소릴 하는 거야. 날 길러준 어머니는 내 가슴에 안겨 숨을 거둬야 하는 법이야. 난 사실 결혼하고 싶은 마음이 없단 말이야. 이렇게 서로 필요할 때 만나 엔조이하면 되는 것이지."

민구는 결혼해서 구속받을 것이 겁이나 이렇게 둘러댔다. 피가 다른 여인과 죽을 때까지 함께 살 만큼 그의 마음은 평온하지 못했다. 돌아갈 고향이 있어서 나그네란 생각을 늘 떨쳐버릴 수가 없었기 때문인지도 모른다. 더구나 아기를 낳으면 기저귀를 사드리고 아내의 시중을 들어줘야 하고 잔소리에 순종해야 하고……. 병원과 양부모에게 적응하느라고 기막힌 고생을 해왔는데 이제 마거릿에게 길들어져야 한다니 그건 아니다. 등을 돌리고 누워버리자 여자는 그의 등을 뒤에서 부드럽게 안으며 속삭였다.

"여기서 결혼식을 올리자는 건 나의 부모가 우리 사이를 눈치 채고 벌써 날 들볶아요. 당신을 마치 아프리카의 식인종이거나 아니면 그런 부류에 속한 사람이라고 생각해요. 식민지 출신이니 지배받아야 마땅한 사람이고 저개발국가에서 온 저능한 사람이란 고정관념을 가지고 있어요."

"난 엄연히 이 나라의 시민권을 가진 이 나라의 국민이야."

"당신의 뿌리를 말하는 거지요."

"원주민인 인디언을 제외하고 모두가 이민 온 주제에 누굴 지배하려는 건지 모르겠군. 이 나라는 세계 각국에서 이민와 사는 국제인종시장이야."

"맞아요, 달링. 누가 뭐래도 난 당신을 사랑하니 걱정 마요. 뚱뚱해질까봐 겁나서 먹을 것을 보고도 눈물을 머금고 피해야 하고 언제나 똑같은 밍밍한 평화가 깃든 변화 없는 지루한 생활에 넌더리가나요. 애완동물까지 나를 자극하지 못하거든요. 당신만이 나에겐 전부예요."

"그 흔한 골프나 스키로 시간을 보내지 그래."

"그것도 벌써 흥미 없어졌어요."

생활 속에 녹아들어 자리 잡고 있는 하나님도 그녀를

붙잡지 못하고 있단 말인가. 민구는 하나님을 아예 처음부터 부인하지만, 그녀는 하나님을 내세우면서도 저 꼴이니 미국의 하나님, 아니 마거릿의 하나님은 오버 깃에 달린 장식물에 지나지 않는가 보다.

휴가의 둘째 날을 닥터 강은 미 대륙을 횡단하고 마거릿과 즐기는 시간으로 보냈다.

은퇴 선교사 양로원

이른 아침 서둘러서 민구는 마거릿을 데리고 공항으로 향했다. 타인의 눈을 의식하지 않고 그의 뺨에 수없이 키스하며 매달리는 마거릿을 억지로 공항에서 떼어놓고 닥터 강은 보켈 선교사가 사는 산 도밍고로 렌터카를 몰았다. 은퇴한 선교사들의 휴양지이며 양로원인 웨스트민스터 가든으로 향하는 길은 필라델피아에선 기후 탓에 훤칠하게 자라지 못한 종류의 나무들이 여기선 두 배 이상의 크기로 자라서 전혀 다른 종류의 나무를 대하는 것 같았다. 산비탈에 자리 잡은 선교사들의 거처는 입구에 펼쳐진 잘 다듬어진 잔디로 인해 정갈한 인상을 안겨주었다. 도시의 소음이 없는 탓인지 산새들이 한가롭게 지붕 위와 나뭇가지 사이사이에 셀 수 없을 정도로 무리지어 모여 앉아있었다. 바람을 타고 몸을 흔드는 나뭇가지 소리에 섞여 간간히 새들이 푸덕이는 소리를 들으며 민구는 초인

종을 눌렀다. 모기와 날파리를 막는 방충망이 오랜 세월 먼지가 끼고 삭아서 안쪽이 희미하기에 닥터 강은 안을 향해 목청껏 외쳤다. 그래도 인기척이 없어 문을 밀치고 들어설까 어쩔까 망설이고 있을 때 중풍으로 인해 오른발을 질질 끌어 더딘 걸음을 걷는 할머니 한 분이 거실로 나왔다. 오수를 즐기다가 깨었는지 눈가에 퉁퉁 부른 눈곱이 껍질을 벗긴 녹두알 크기로 매달려있었다.

"누굴 찾아오셨어요?"

"한국전쟁에 참가해서 포로선교에 공을 세워 한국정부로부터 훈장을 받으신 보켈 목사를 뵈러 왔는데요."

"누구요?"

노파는 귀가 어두운지 어눌한 표정으로 그의 입을 주시했다.

"해럴드 보켈 목사님을 찾아뵈러 왔습니다."

"아! 장신에 성품이 활달했던 선교사님을 말씀하시는군요."

할머니는 뺨의 근육을 떨며 틀니를 덜겅이더니 영 입을 열려고 하질 않았다. 답답해진 민구가 그녀의 귀에 입을 바짝 대고 '보켈 목사님'이라고 음성을 높여 천천히 발음했다.

"안 되었군요. 어떤 사이인지 모르지만, 그분은 이 세상에 계시지 않습니다."

"돌아가셨단 말인가요?"

그녀는 무덤덤한 표정을 짓더니 머리를 가만히 끄덕였다.

"언제쯤 돌아가셨습니까?"

"1984년 4월 13일 86세로 하나님이 불러가셨습니다."

"제가 한발 늦게 왔군요. 진작 찾아뵈어야 했는데."

"어서 들어와요. 한국인이지요?"

"네."

"우린 그분을 한국이름으로 옥호열 목사라고 불렀지요. 사모님은 목사님보다 먼저 하늘나라에 가셨는데 옥고철이란 한국이름을 가지고 있었고요."

선교지에서 지어준 그분들의 성함을 이미 고인이 된 지금까지 기억하고 있는 이 노인에게 매달리면 추억의 편린이라도 주어들을 수 있으리란 기대를 가지고 민구는 할머니를 따라 안으로 들어갔다. 창가에 줄지어 심겨있는 베고니아가 기름기가 자르르 흐르는 빨간 꽃봉오리를 터뜨려 노인들이 사는 곳이건만 생기가 넘쳐흘렀다.

"기독신우회 회원이신가요?"

처음 듣는 단체이름이라 민구는 예스, 노를 정확하게 답하지 못하고 그저 소리 없이 웃어주었다. 민구가 그 단체를 모르는 걸 눈치 챘는지 그녀는 친절하게 설명을 했다.

"포로 신분으로 예수를 믿고 목사가 된 사람들로 구성된 기독신우회가 옥 선교사님 내외를 돌아가시기 전에 한국에 초대한 적이 있었다오."

"포로 출신 목사님들이 그렇게 많은가요?"

"아주 많데요. 한국전쟁 중 포로에게 전도한 것이 그분의 일생 중 가장 보람을 느낀 시절이라고 했으니까요. 그래서인지 한국인들이 그분이 살아계실 적에 자주 찾아왔었지요."

"옥 목사님에 대해 상세히 듣고 싶어요."

"그분이 여기서 돌아가시기까지 우린 아주 절친한 친구였지, 그분은 자고 깨면 그 시절을 회상하며 몇 번이고 한국전쟁 당시의 일들을 내게 들려주었다오, 그분에 대해서 무얼 상세히 알기 원하우?"

"전 전쟁고아로 미국에 입양되었는데 이제야 아버지를 찾으러 나섰답니다. 제 아버님이 그 당시에 목사였으니 전쟁의 와중에 보켈 목사님이 제 아버님을 만나신 적이 있을 것이란 생각으로 여길 찾아왔어요. 그런데 이렇게 돌아가시고 안 계시니……."

"옥 목사님은 한국전쟁 당시 거제도 포로들에게 선교를 했다고 들었어요. 아버님이 거제도 포로였다는 말인가요?"

"잘 모르니까 찾아뵌 것이 아닙니까. 확실치는 않지만 한 가지 제가 얻은 정보는 반공포로들이 북송을 반대하여 탄원한 혈인명단에 아버지의 이름이 있는 걸 찾아냈습니다. 그러나 그분이 제 아버님인지 아니면 동명이인인지 그건 몰라요."

"포로가 될 가능성은 있었나요?"

낮잠에서 완전히 깨어난 할머니는 선교지에서 일생을 봉사로 일관된 삶을 살아온 탓인지 찾아온 사람을 도와주려는 친절함이 넘쳐 흘렀다.

"황해도 서흥에서 목회를 했으니 전쟁에 끌려 나가 남쪽의 포로가 되었을 가능성이 있다고 봐야지요."

"아! 이런 말을 들은 적이 있었어요. 십칠만 명의 포로 중에 목사가 꼭 한 사람 있었다고요. 그분 때문에 많은 포로가 회개하고 예수를 믿었다는군요."

"그 목사님의 성함을 들으신 적이 있으신가요?"

민구는 긴장해서 마른 침을 꿀꺽 삼켰다.

"한국이름이라 귀에 설어 기억이 잘 안 나는군요. 선교사인 남편을 따라 삼십 년 동안 인도에 가 있었기에 인도 이름이라면 기억해낼 수 있는데."

"혹시 강철희 목사라고 하시지 않았던가요?"

"강철…… 그렇게 부른 것 같기도 해요. 레버런트 강이라고 한 것 같기도 하고……."

민구가 애타게 그녀의 입을 바라보는 것이 딱했든지 그녀는 레버런트 강이라 중얼대고 아마 그럴 거라고 머리를 끄덕였다.

"맞아요. 그분이 바로 제 아버지입니다. 그 당시에 목사의 숫자가 많질 않았고 북쪽에 살았으며 전쟁 당시 아버지의 나이가 서른다섯이었으니 강제로 인민군에 끌려가 포로가 됐겠지요."

"그분이 당신의 아버지였다면 좋은 아버지를 두셨군요."

"옥 목사님이 포로 목사님에 관해서 말한 것들을 제게 들려주세요. 전 전쟁고아로 뿌리를 확인하기 위해 꼭 아버지를 찾아야 합니다. 제 이름은 강민구이며 정형외과 의사입니다."

"하이, 닥터 강. 만나서 반가워요."

베이커 부인이라고 자신을 소개한 그녀는 가볍게 민구를 포옹해주며 반가워했다. 보켈 목사 자신이 아니니 어느 정도 그 가능성을 믿어야 할지 모르지만 민구는 거실의 안락의자에 몸을 깊숙이 묻고 인도 선교사 부인의 이야기에 빠져들었다.

보켈 선교사는 갑작스러운 중공군의 개입으로 함흥에 있던 기독교인들을 살리기 위해 동분서주했다. 함흥에서 흥남부두까지 천 명에 가까운 그들을 데려갈 차편을 마련한 것은 중공군이 함흥에 진격하리라고 예상한 시간이 박두해서였다. 화물열차 열 칸을 부사령관이 내놓았을 적에 기도에 응한 하나님께 감사하느라고 모두 흐느껴 울었다. 흥남부두에서 탄 메러디스 빅토리아호은 14,000명의 피난민을 거제도에 내려놓았다. 크리스마스 기적이라는 이 배는 군수물자를 버리고 많은 피난민을 태워 단일선박으로 가장 많은 인원을 구해 기네스북에 등재되기도 했다. 이 점이 보켈 목사가 포로선교를 하는데 결정적인 도움이 되었으니 선교란 보이지 않는 이의 손에 의해 이끌려가는 것이 확실하다는 간증을 그는 수없이 했다. 그의 선교지가 거제도를 중심으로 정해지고 이곳에 미리 와있던 교인들과 뜨거운 교제를 갖게 되었고 거제도 도처에 학교와 교회가 서기 시작했다. 철조망 밖의 선교는 이렇게 해서 성공을 했으나 철조망에 갇힌 포로들의 선교는 어디서부터 손을 써야 할지 보켈 목사로서는 아주 난감했다.

PW라는 검은 글자가 새겨진 국방색 포로복을 입은 그 많은 포로를 상대로 어떻게 선교를 시작해야 할지 파고들어갈 구멍이 보이질 않았다. 그들은 더구나 유물론에 철저히 물이 든 인민군들로 공산주의를 위해 싸우다가 잡힌 포로들이 아닌가.

보켈 선교사는 여러 밤을 고민하여 잠을 이루지 못했다. 그러다가 철조망을 끼고 맴돌며 첫발을 어디서 어떻게 내딛을까 궁리하느라고 깊은 수심(愁心)에 빠져들었다. 옆에 서 있던 GI가 그의 고민하는 모습을 지켜보다가 불쑥 이런 말을 했다.

"기독교인을 찾습니까?"

"아니요, 북쪽에서 온 저 포로들에게 어떻게 선교를 할까 걱정하는 중이요."

"그건 걱정하지 마세요. 제가 관할하고 있는 수용소 안에 소수의 크리스천이 한 명 목사님을 모시고 예배드리는 걸 목격했어요."

"아니, 포로 중에 목사가 있단 말이요?"

"네, 그 목사를 중심으로 여럿이 둘러앉아 찬송을 부르며 기도하는 걸 이 두 눈으로 똑똑히 봤답니다."

"도대체 몇 명이나 모입디까?"

"그 숫자가 최근엔 폭발적으로 불어나서 지난주엔 광장에 모여앉아 예배를 드립디다."

"어서 가서 그 포로 목사를 데려오시오."

보켈 목사의 명령이 떨어지자 즉각 포로 목사는 그의 앞에 불려왔다. 포로들에겐 면도칼을 주지 않아서 오랫동안 수염을 깎지 못한 털북숭이 사내가 보켈 목사와 마주 앉았다. 몸에 비해 너무 큰 옷을 입은 그는 옷 때문인지 첫 인상이 헐렁해 보였다. 허리께와 소매가 툭 불거진 포로복, 개성 없는 얼굴, 그러나 자세히 보면 그의 눈에선 믿는 이들끼리 감지할 수 있는 광채가 번쩍였다.

"목사가 어떻게 인민군이 되었으며 또 포로가 되었는지 이해가 가지 않는군."

"그것이 바로 하나님의 섭리입니다."

"목사가 어떻게 인민군에 입대해 적그리스도의 앞잡이가 됐단 말이요?"

"저는 인민군이 아니었습니다."

"인민군이 아닌데 포로로 잡혔단 말입니까?"

"그게 바로 하나님의 섭리요, 예정이지요."

포로 목사는 조용한 깊은 미소를 삼키며 사연을 풀어놓았다.

해방되기 오 년간은 일본이 가장 극렬하게 교회를 핍박한 시기였다. 신사참배를 하라고 교인들을 들볶았기 때문이다. 신사참배는 우상에게 절을 하는 것이니 죽어도 못한다고 항거하다가 많은 목사와 장로들이 순교했다. 이런 소용돌이가 끝나고 해방이 되니 북한을 인계받은 소련은 더 강경한 정책을 폈다. 그 주요목표는 교회핍박에 있었다. 그리스도를 부인하고 교회를 미워하는 하나님 없는 붉은 별들에 승복하느니 산골로 들어가 숨어서 목회하겠다는 목사들이 늘어났다. 그중에 포로 목사도 끼어있었다. 교회를 세운 곳은 마차가 겨우 한 대 드나들 수 있는 그런 오지였다. 마을을 둘러싼 산은 울창해서 겨우내 나무걱정을 하지 않아도 될 정도로 낙엽이 쌓이는 곳이었다. 병풍을 세워놓은 것처럼 산들은 골짜기 사이사이에 끼어 접혀있고 그 갈피마다 동양화처럼 아름다운 마을들이 자리 잡고 있었다.

포로 목사가 들어가서 교회를 세운 마을은 돈이 필요 없는 곳이요, 사랑만이 있는 그런 곳이었다. 가을이 오면 마을 사람들은 그를 위해 수확의 십 분의 일을 가져왔다.

한 마리의 꿩이 잡혀도 그들은 목사님을 먼저 생각했고 감을 백 개 따면 열 개를 교회 뜰에 가져다 놨다. 호박을 따도 하나님의 몫이라고 들고 오는 사람들이 옹기종기 모여 사는 마을이었다. 주일이 오면 예배를 드리고 그들이 교회에 가져다놓은 모든 것으로 가난한 이웃을 돕고 그러고도 남으면 잔치를 해서 음식을 나누어 먹으며 서로서로가 뜨겁게 사랑을 나누었다. 큰 나무나 바위에게 절하던 사람들이 사랑에 녹아들어 하나님을 만난 뒤에 아름다운 동화의 나라를 이루었다. 교회가 그들의 학교였고, 안식처였으며 그들의 우주가 되었다. 엿새를 일하고 교회 종이 울려 퍼지는 주일은 온전히 하루를 쉬면서 말씀을 듣고 배웠으며 성도들끼리 코이노니아(친교)를 가져서 깊은 사랑을 맛보는 그들은 영원으로 이어지는 나라를 영안을 뜨고 볼 수가 있었다. 산마을 사람들은 죽은 뒤에나 간다는 천국을 이 땅 위에서 이미 누리고 있었던 것이다.

산에서 거목을 베어다 교회를 짓고, 돌을 주어다 담도 쌓았으며 교회 울안엔 그들이 가꿀 수 있는 갖가지 꽃을 심어 아름다운 화원을 가꾸었다. 이런 마을에 살면서 포로 목사는 바깥세상이 어찌 변하는지 모르고 지냈다.

1948년 여름 어느 날 갑자기 들이닥친 인민군들이 산골에 잠입해서 인민을 우롱하고 서양종교를 퍼뜨렸다는 죄목으로 그를 묶었다. 울며 매달리는 마을 사람들 앞에서 종각의 십자가가 내려졌고 교회는 불타버렸다.

겨우 구부리고 앉을 수 있는 독방에 갇힌 포로 목사는 행동의 자유는 물론 말할 자유까지 빼앗겼다. 하루, 이틀, 열흘, 한 달, 두 달……. 미칠 것 같은 답답함에 시달려야 했다. 성경까지 빼앗긴 그는 할 수 없이 머릿속에 기억된 찬송을 부르고 암송한 성경 구절을 수없이 외워보고 불타버린 교회와 울부짖던 교인들을 생각하며 바울이 빌립보 교인들에게 써 보낸 편지의 내용을 수없이 더듬었다.

'형제들아, 나의 당한 일이 도리어 복음의 진보가 된 줄을 너희가 알기를 원하노라……. 내가 그를 위하여 모든 것을 잃어버리고 배설물로 여김은 그리스도를 얻고 그 안에서 발견되려 함이니……. 주 안에서 항상 기뻐하라 내가 다시 말하노니 기뻐하라…….'

입은 이렇게 중얼대고 있었으나 육신은 더 이상 이런 가혹한 좁은 장소에 갇힌 것을 참아낼 수 없을 지경에 이르렀을 때 그들은 포로 목사를 끄집어내서 '하나님은 없으니 천국도 없다'라는 선전을 한다면 풀어주겠노라고 달래기 시작했다. 미국사람들이 한국을 식민지로 만들기 위해 있지도 아니한 하나님이란 우상을 내세우고 있다고 야단치는 사람들의 눈에 핏발이 섰다.

"보이지도 않고 있지도 아니한 하나님을 부인하든지 우리 사회주의를 따르든지 둘 중 하나를 택하라우요."

"내가 얼마나 더 살겠다고 날 구원해 주신 하나님을 부인하겠소. 차라리 죽음을 택하겠소."

“기독교에 들어가면 이상한 편견에 빠져 사고력을 상실한 동물이 되어버린다니까. 이 자를 다시 가둬놓고 하루에 한 끼만 주라우요. 그래야 정신이 버쩍 나디.”

어둔 곳에 갇혀 있다가 갑자기 빛을 보니 눈이 시려 앞을 보지 못한 그는 무릎이 굳어버려 앉은뱅이걸음으로 갇힌 곳으로 되돌아왔다. 이런 지경에 왜 죽지를 않는지 모를 일이었다. 끌려 나가 괴롬을 당하고 또 갇히고……. 이런 생활을 2년이나 하면서 서서히 그의 몸은 죽어가고 있었다.

차라리 사는 것보다 죽는 편이 낫겠다고 절규할 즈음 갑자기 불길이 번졌다. 꼼짝없이 타죽을 지경에 이르렀는데 감옥 문이 열리는 것이 아닌가. 하나님이 그의 고통을 아시고 베드로에게 하신 것처럼 감옥 문을 이런 방법으로 부순 것을 알고 그는 너무 기뻐 ‘주여, 주여!’를 연발했다.

인천상륙 작전이 성공해서 물밀 듯이 북진해 오는 유엔군에 항거도 못하고 인민군들은 모두 도망가버렸다. 심지어 감옥을 지키던 사람들도 갇힌 자들을 죽이지도 못하고 불을 지르고 도망간 것이다. 불 속에서 구원해주신 하나님께 감사하며 포로 목사는 산골교회로 갈 생각에 가슴이 뛰었다. 단지 불편한 몸이 걱정이었다. 그러나 가족과 만날 기쁨에 들뜬 그는 기운차게 일어섰다. 처음엔 걸을 수 없었으나 서서히 무릎이 펴지고 발목에 힘이 생긴 그는 그리운 사람들이 있는 곳으로 향하는 마음이 몸보다 더

바빴다. 2년간의 옥고는 비렁뱅이의 몰골을 그에게 심어 주어서 어깨까지 자란 머리와 턱을 덮은 수염은 광인의 모습 그대로였다. 산골마을을 행해 천천히 아픈 몸을 지팡막대에 의지하고 걷던 그는 후퇴하는 유엔군과 마주쳤다. 압록강 물에 손을 담가보고 초스피드로 남하하던 유엔군은 길에서 만나 그를 오열로 몰고 가서 참으로 어처구니없게 그는 포로가 된 셈이다.

외양이 추해서 포로가 된 사람, 너무 깔끔해서 의심이 간다고 잡혀온 사람, 울어도 의심하고 웃어도 이상하다며 잡혀온 사람들……. 전쟁은 척도를 상실한 소용돌이였다.

사랑하는 가족과 교회를 지척에 두고 잡힌 몸이 된 그는 기가 막혔다. 남쪽으로 끌려가는 그는 뭉게구름처럼 의심이 피어올랐다. 어떻게 하나님이 이럴 수가 있단 말인가? 주무시지도 않고 깨어있어 그를 사랑하는 자들을 돌보신다는 분이 이런 일을 내게 일어나게 하다니, 저들이 나를 세뇌하려 애쓴 것처럼 하나님은 계시지 않는 분인지도 모른다. 공산 치하의 그 가혹한 옥살이가 하나님 보시기에 적었단 말인가. 내가 이런 지경이 이르렀으니 어찌 하나님은 공의로우시며 선하시며 사랑이 많다고 말할 수가 있단 말인가. 남쪽으로 한 발자국씩 내디딘다는 것은 그만큼 사랑하는 이들과 멀어진다는 뜻이다. 그가 이 지상에서 이뤄놓은 천국과 이별하는 것이라 그는 가슴을 치며 울부짖고 수없이 기도도 했으나 하나님은 그에게 숨 막힐 정도로 침묵할 뿐이었다.

보켈 목사가 손수 끓여준 커피를 달게 마시며 포로 목사는 남의 이야기를 전해주듯 아주 담담하게 그의 지난날들을 피력했다. 이야기를 마친 그는 눈가에 진득하게 고인 눈물을 닦았다.

"지금도 하나님은 침묵하고 계십니까?"

"아닙니다. 하나님이 하시는 일을 그때는 알지 못했으나 이제는 그의 뜻을 알게 되었습니다."

"그게 뭔가?"

"그것이 이 포로수용소의 미스터리입니다. 포로 중에 일곱 살 난 아이도 있고, 환갑이 지난 노인도 있습니다. 심지어는 낙오된 국군도 있으니 요지경이지요."

"믿을 수가 없군. 왜 이런 착오가 일어났다고 생각되는가?"

"포로를 잡아들인 미군들이 한국을 모르기 때문입니다. 단일민족이니 모두가 비슷해 보여 육십대의 노인을 이십대로 보고 어린아이를 청년으로 착각한 것이지요. 그래서 투항한 인민군과 골수분자인 인민군들과 왜 잡혔는지를 모르는 순진한 민간인들이 모두 함께 갇혀있습니다."

"맙소사. 이건 난센스야."

"아닙니다. 이것이 하나님이 고의로 만들어 우리에게 주신 기막힌 기회입니다. 이 일을 위해 하나님은 나를 필요로 하신 것입니다."

"뭐라고?"

"거제도라는 남단의 섬에 하나님은 남녀노소를 집합시킨 것입니다. 한반도의 모퉁이 부산만을 남겨놓고 하나님은 마지막 회개의 기회와 전도의 터를 주신 것입니다. 무딘 마음 밭에 복음이 이렇게 쉽게 뿌리 내리는 걸 저는 처음 경험했습니다. 보켈 선교사님도 하나님이 주신 이 황금어장을 그냥 지나가시면 안 됩니다. 십칠만 명이 그물에 갇혀 끌어올려지길 기다리고 있습니다. 전 그걸 체험하고 확신하기에 목숨을 걸고 전도하고 있지요. 낙망한 포로들에게 우리가 가진 소망의 줄과 생명의 줄을 던져주어야 합니다."

보켈 선교사는 눈만 유독 반짝이는 포로 목사의 바짝 마른 손을 덥석 잡았다. 하나님이 선교사 자신보다 앞서서 좋은 동역자를 예비해 놓고 있었기에 좀 전의 걱정이 부끄러워 얼굴을 붉혔다.

베이커 부인이 포로 목사에 대한 긴 이야기를 마쳤을 때 으스름 저녁 빛이 거실 안까지 파고들어왔다. 새들도 둥지를 찾아가느라고 쏜살같이 날아가고, 대지와 숲은 수면준비를 하느라고 조용히 버석거리고 있었다.

"내가 한 이야기가 닥터 강의 아버님과 연관이 잘 되나요?"

"제 아버지도 북한의 서흥이란 마을에서 목회했으니 들려주신 이야기와 비슷한 처지지요. 더구나 아버지는 일본서 대학을 다니신 분이니 포로선교에서 리더십을 발휘하셨을 것입니다."

"1951년 성탄절에 그 포로 목사가 얼마나 많은 포로들에게 설교한 줄 아세요?"

"글쎄요, 한 이백 명쯤이나 될까요?"

"그것 봐요. 아무도 상상을 못 한다니까요. 보켈 목사님이 수없이 그 숫자를 말해서 내가 기억하고 있어요. 자그마치 사천 명이 넘게 모여 마이크도 없이 고함을 치며 설교를 했다는군요."

"아아! 놀랍군요."

"그게 한국전쟁에서 하나님이 보여주신 기적이라고 보켈 목사님은 늘 말씀하셨지요."

"포로 목사님이 하신 일 중 또 어떤 일들이 있었나요?"

"성경학원을 운영하여 단계적으로 포로들을 교육했으며 성경통신학원도 열어 포로들에게 성경을 배울 기회를 주었다는 이야기도 들었어요."

"혹 포로 목사님의 가족 관계에 대하여 들으신 적이 있나요?"

"그분은 공산당에 끌려가 순교했다고 알려진 인물이래요. 그러니 가족들은 그가 죽은 거로 알고 있겠지요. 닥터 강이 그분의 아들이라니 이건 놀라운 일이예요."

베이커 부인은 감격해서 그의 손을 잡아서 가슴에 안고 수없이 손등에 키스했다.

"그분이 제 아버지라는 확신이 생겼어요."

"아! 축하해요. 참으로 훌륭한 아버님을 두었으니, 그런데 이상도 하지요. 왜 삼십여 년이 지난 지금에야 아버지를 찾아 나선 거요?"

"그분을 이제야 찾아 나선 것도 인간의 힘으로 풀 수 없는 수수께끼가 아니겠어요."

"맞아요. 우린 모두 그분의 신비한 줄에 매여 끌려갈 뿐이니까요."

"옥호열 목사님의 유품 중에 그분이 제 아버지랑 찍은 사진이 없을까요?"

민구는 아슴푸레하게 아버지의 모습을 기억하기에 사진을 보면 흐리마리 하지만 금세 알 수가 있을 것 같은 심정이었다.

"유품은 없어요. 가족들이 모두 정리해서 박물관에 보냈거나 자녀들이 기념으로 몇 점을 가지고 갔지요."

"옥 목사님의 모습을 보고 싶어요. 여기엔 그분의 사진이 단 한 장도 남아있지 않단 말입니까?"

"아! 있어요. 그분이 돌아가시기 몇 달 전 생일 케이크를 자르며 나와 함께 찍은 사진이 있어요."

그녀는 긴 이야기를 하고 난 터라 밀려오는 피곤을 주체 못해 손을 심하게 떨면서 사진첩을 뒤졌다. 얼마를 힘겹게 앨범을 뒤적이다가 초점이 흐린 컬러사진 한 장을 뽑아서 닥터 강에게 내밀었다. 멍청이처럼 인자해 보이는 평범한 노인이 사진 속에서 미소를 짓고 있었다. 개를 끌고나와 할 일 없이 공원을 어슬렁거리는 노인, 흔히 우리 주변에서 볼 수 있는 그런 백발의 노인이 사진 속에서 힘없이 웃고 있었다. 이분이 아버지를 만난 사람일지도 모른다는 생각에 이르자 닥터 강은 눈이 흐려올 때까지 오랫동안 사진을 들여다봤다.

베이커 부인은 그 밤을 묵고 가라고 성화였으나 그는 밤길을 더듬어서 차를 몰아 로스앤젤레스로 나왔다. 한국행 비행기표를 예약해 놓고 호텔에 여장을 풀었다. 묘한 기분에 빠져들어 그는 잠을 이룰 수가 없었다. 아들인 민구를 희생제물로 바친 대가로 아버지는 그렇게 큰일을 했단 말인가. 믿음의 조상 아브라함도 그의 외동아들 이삭을 하나님의 명령에 따라 모리아 산에서 제물로 바치려 하지 않았던가. 결국 아버지, 강철희 목사는 여덟 살짜리 민구를 바다에 제물로 바치고 하나님의 축복을 받아 남한에서 굉장히 유명해졌단 뜻일까. 모를 일이다.

사십 년을 광야에서 헤매다가 그의 백성을 구하려고 애굽에 돌아온 민족의 지도자 모세가 형 아론과 누나 미리암을 만났다는 기록은 있어도 부모를 만났다는 기록을 읽은 적은 없었다. 부모에 대하여는 레위 족속 중 한 사람, 아브람이 레위 여자 요게벳에게 장가들었더니 그 여자가 잉태하여 준수한 아들을 낳았다고 기록돼있다. 닥터 강의 경우, 어머니가 그를 바다에 띄우면서 그에게 모세가 되라고 한 말은 과연 어떤 의미가 있단 말인가.

어쨌든 민구는 한국으로 가서 아버지를 찾아야 한다. 사천만 명이 넘는 인구를 가진 남한이지만 한 달 동안 헤맨다면 아버지를 못 찾을 리가 없다는 확신도 왔다. 다만 아버지가 지금까지 살아 있을까가 문제였다. 그러고 보니 아버지는 벌써 고희를 넘긴 일흔 둘이었다.

날이 밝자 민구는 양어머니가 준 노트를 보물단지 아끼듯이 가슴에 끌어안았다. 가족들이 그를 못 알아볼 경우를 대비해서 내놓을 유일한 증거물이었기 때문이다. 인도에서 남편을 먼저 하늘나라에 보내고 산 도밍고 웨스트민스터 가든 양로원에 있는 베이커 부인이 그의 손을 잡고 드린 기도 내용이 또렷하게 그의 머리에서 살아났다.

'포로로서 선교활동을 할 수 있는 놀라운 믿음과 리더십을 포로 목사에게 주셨던 것을 감사합니다. 그에게 놀라운 목회를 주셨고 포로수용소에서 견딜 아름다운 영혼을 허락하셨으며 인내를 주셨던 사랑의 주님이여! 가족과 헤어진 긴 세월을 붙들어주셔서 고아가 이렇게 장성하여 닥터가 되어 아버지를 찾아 나서게 해주시니 또한 감사합니다…….'

고아원을 떠나서 미국에 입양된 이후 얼마나 잊고 살았던 하나님인가! 그를 버리도록 만들었던 아버지의 하나님을 미워해서 양부모를 따라 교회 가는 것조차 거부해온 그가 아니었던가. 그러나 베이커 부인이 기도할 때 가슴 저리게 파고든 전율을 어떻게 설명해야 할지……. 그 떨림이 밤을 지내고 났는데도 그의 마음에 아직도 살아있어서 민구는 눈을 지그시 감았다. 아버지는 아들을 버렸지만 몸 바쳐 일한 포로목회로 선교사들에게 존경을 받았다니 위대한 아버지를 둔 것임이 틀림없다. 그러나 마땅히 누려야 했던 어린 시절의 아늑한 부모의 사랑을 잃은 민구는 어디서 그걸 보상받아야 한단 말인가.

아무리 아버지를 미워하지 말자면서도 가슴 깊이 깔린 아버지를 향한 증오를 지울 수가 없었다. 요셉은 자기를 팔아버렸던 열 명의 형들에게 하나님이 그 가족을 구하기 위해 예비하신 것이라고 당당히 말했다지만 닥터 강은 그런 용기를 조금도 가질 수 없고 사무치게 억울하다는 마음뿐이었다.

아버지가 포로들에게 던졌다던 소망의 줄과 빛깔이 다른 것이긴 하지만 민구는 아버지를 만날 수 있다는 소망의 줄에 끌려가며 눈을 반짝였다.

끊어진 줄

아버지 찾아 삼만 리

다음날 닥터 강민구는 서울의 중심가 프라자 호텔에 짐을 풀었다. 시청 앞에 고풍스럽게 자리 잡은 덕수궁이 아니었더라면 뉴욕의 한 모퉁이에 있는 고급 호텔에 묵고 있다고 착각할 정도로 서울은 미국의 도시와 흡사했다. 낮과 밤이 바뀐 탓인지 몸이 이상하게 무거웠다. 밤 11시인데도 잠이 오질 않아 민구는 프런트로 나갔다. 유니폼을 입은 20대의 남자가 미국사람처럼 기계적이고 사무적인 어투로 "무엇을 도와드릴까요?"라고 말하며 경쾌하게 웃었다. 대답이 없자 그를 흘끔 한 번 일별하더니 움직일 기미가 없자 신경이 쓰이는지 중얼거렸다. "이 사람 일본 사람은 분명히 아닌데 한국어를 잊어버린 교포인가 왜 말을 못 하지." 이래도 빙긋이 웃으며 여전히 청년의 곁을 떠나지 않자 일본말로 무엇이라고 물었다. 그래도 그가 가만히 있으니까 영어로 물었다.

"메이 아이 헬프 유?"

"한국어로 말할 수 있어요."

"그럼 왜 장승처럼 서 계세요. 재미교포이신가요?"

"그래요. 정확히는 미국으로 보내진 고압니다."

"아하! 전쟁고아란 말씀이지요. 아저씨 나이가 사십 줄에 있으니 돈을 많이 벌어가지고 구경 나오셨군요. 저도 고아가 돼서 미국으로 갔으면 얼마나 좋았겠어요."

"그렇게 미국에 가고 싶소?"

"이 나라는 지긋지긋해요. 부자들만 잘 살고 날마다 학생들은 데모해서 눈이 맵지요. 직장은 재미없고 갑갑해서 그래요. 전 화산이라도 터지는 멋진 사건이 나서 가난한 사람도 살맛나는 구경을 하고 싶다는 엉뚱한 생각을 하는 놈이지요. 기적이 내게도 일어나 미국이나 캐나다에 이민 갈 케이스라도 생길까 하는 기대도 하고요."

"미국이 무엇이 그리 좋다고 그러우."

"미국에서 오신 분들은 다 그런 말을 하더군요. 행복하니까 다른 사람의 사정을 어찌 알겠어요."

"난 이 땅에 36년 만에 왔어요. 김포공항에서 여기까지 오며 보니 너무 변해서 놀랄 지경이에요."

"거죽만 변했지 속은 더 황폐해진 걸요."

"자, 이렇게 큰 도시에서 어떻게 찾는다……."

민구가 혼잣말로 이렇게 중얼거리자 청년은 호기심 어린 눈으로 그를 올려다봤다.

"누굴 찾으러 나오신 모양이지요?"

"남쪽에 살아 있을지 모를 아버지를 찾으러 나왔답니다. 그리고 북쪽에 있을 어머니, 누이동생, 할머니, 사촌들……. 이 중에 누구든지 만나 소식이라도 듣고 싶어요."

"아저씨가 내 친척이라면 좋겠네. 나를 미국으로 데려가게."

프런트의 청년은 민구의 가족 찾기에는 관심이 없어 보였다.

"이 나라엔 연고자를 찾아주는 무슨 기관이 없을까요?"

"KBS 이산가족 찾기로 알아보세요. 아저씨도 텔레비전에 나오고 껴안고 울고 야단하시겠네요."

"혹시 청년 주변에 거제도 포로수용소 출신이 있으면 소개해 주겠어요. 그런 사람을 만나면 아버지가 유명한 목사였으니 금방 찾을 수 있을 거예요."

"유명한 목사라면 이름을 대보세요. 어머니가 교인이라 웬만한 목사 이름은 다 알지요. 충현교회 김창인 목사, 소망교회 곽선희 목사, 순복음교회 조용기 목사, 동도교회 최훈 목사…… 아저씨 더 댈까요?"

"그 이름 중에 내 아버지는 없군."

"아저씨의 아버지성함은 뭔데요?"

"강철희, 밝은 철자에 빛날 희자야."

"어라! 유명한 목사 리스트에선 못 본 이름인데. 강달희 목사는 깡패가 목사가 됐다고 하니 아저씨 아버지도 깡패였나?"

"청년이 거제도 포로 출신을 좀 알아봐 주겠어? 난 한 달을 이 호텔에 묵을 예정이요. 모레부터 있을 학회에 일주일간 참석하고 나면 가족을 찾는 일뿐이 없으니까요."

"그래요. 거제도 포로를 수소문해서 만나면 연락드릴게요."

황금색 양탄자에서 올라오는 비릿한 냄새를 참지 못해 뒤척이던 민구가 낮을 밤 삼아 한숨 늘어지게 자고 났지만, 육체적으로나 정신적으로 개운치가 않고 몸과 마음이 함께 니글거렸다. 끼니바라지를 해줄 양어머니마저 없으니 속이 비어 그런가 하고 그는 시계가 오후 4시를 가르키는 것을 보고 일어나 양치질을 했다. 거울에 비친 그의 모습은 평상시와 달라 보였다. 버터냄새가 밴 그런 미국놈도 아니고 머리가 노랗고 살색이 흰 그런 사람도 아니었다. 영어를 유창히 구사하는 미국의 알려진 의사로 연봉이 십만 불이 넘는 그가 거울에 비칠 때 왜 이렇게 이상하게 보이는 것일까. 진정한 사랑을 줄 수 없는 마거릿에게서 떨어져 나온 해방감 때문일까. 아니면 분단된 조국에 와있어서 이 땅에 뭉근히 고여 있는 슬픔이 전염된 탓일까. 아무튼, 한국서 맞는 첫날은 그에게 개운치가 않았다.

여기서부터 그가 태어난 황해도가 가까우니 차를 몰면 3시간 이내에 갈 수 있는 거리다. 그런데도 갈 수 없으니 속이 상했다. 어머니와 동생이 살고 있을 고향, 서흥을 찾아가려면 지구를 한 바퀴 돌아야 갈 수 있으니 이 나라는 도대체 어떤 나라란 말인가. 같은 피를 나눈 한 민족이 서로 총을 겨누고 싸우고도 직성이 풀리지 않아 아직도 으르렁대고 있으니…….

문화의 꽃을 미국보다 먼저 피웠던 그 고고한 역사와 흔적을 어디다 던져버리고 이 민족은 이렇게 서로 물어뜯어 피를 흘리며 아파해야 하는가. 나는 누구이며 이 나라는 나와 무슨 관계가 있단 말인가. 나는 어차피 한 달을 이곳에서 보내고 미국으로 가버리면 그곳의 시민이니 영원히 미국인으로 남을 수 있다. 그러나 정말로 나는 미국이란 나라에서 이방인이 아닌 주인으로 편안한 삶을 누릴 수 있을까.

전화벨이 울렸다. 감던 머리를 제대로 헹구지도 못하고 그는 수화기를 들었다.

"헬로, 달링. 식사는 제때에 하는지 걱정이구나."

양어머니 미리암의 다정한 목소리가 태평양을 가로질러 생생하게 그의 귀에 들어와서 마치 바로 옆에서 속삭이는 것처럼 명쾌하게 들렸다.

"아, 어머니세요. 저 지금 일어났어요. 별일 없으시지요?"

"잘 지낸다. 네 걱정이 돼서 가끔 몸이 떨리긴 하지만."

"걱정하지 마세요. 전 아주 새로운 경험을 하고 있답니다."

"설마 영원히 거기서 살겠다는 뜻은 아니겠지?"

"돌아갈게요. 어머니 곁으로."

"네 부모는 살아계시지 않을 것이다. 입양할 적에 분명히 고아라고 했거든. 그러나 네가 태어나서 어린 시절을 보냈던 곳이니 많은 것을 보고 오기 바란다."

"거긴 밤이지요. 굿 나이트, 맘."

민구는 어머니의 인사말을 기다리지 않고 먼저 수화기를 놔버렸다. 서른여섯 해가 지난 지금 양어머니는 그가 없이는 살 수 없는 외로운 여자가 돼버린 것이다. 병원에선 닥터 해밀턴이 그가 없이는 수술할 수 없듯이 말이다. 그는 미국이란 나라에 가서 정말로 필요한 인간으로 살아남은 셈이다. 그러나 그것이 어떻단 말인가? 뒤를 돌아보니 모든 것이 헛되어서 떨떠름할 뿐이요, 밀려오는 요상한 슬픔은 마음 한 귀퉁이가 비어 허전한 나그네의 심정 비슷한 것이었다.

점심 겸 저녁을 먹으려고 일층 식당으로 내려가니 남자보다 여자들로 붐볐고 저들의 화려한 여름 옷 색깔로 인해 경쾌한 분위기였다.

"재미교포아저씨, 안녕하셨어요?"

엊저녁에 만난 프런트의 청년이 활짝 웃으며 그의 앞에 서 있었다. 유니폼을 입고 있지 않아 성숙한 어른으로 보였다.

"거제도 포로를 찾아달라는 부탁으로 내가 오늘 저녁식사를 사리다."

"동행이 있는데요."

"어떤 동행인지 이리 오도록 하지."

민구는 그의 대답을 기다리지 않고 창가 널찍한 곳에 자리를 잡았다. 청년은 빨간 티셔츠에 청바지를 입은 처녀를 데리고 왔다.

"아! 데이트를 즐기는데 이거 미안해서."

"아닙니다. 제 옆집에 사는 아가씨인데 다음 학기등록금 때문에 절 보고 일자리를 구해달라고 이렇게 조르지 뭡니까. 제 주제에 어디 여대생 아르바이트를 구할 수 있습니까."

처녀는 그에게 머리를 숙여 인사하고 살짝 볼을 붉혔다. 청년이 그와 마주 앉고 처녀는 민구의 곁에 앉았다.

"제일 비싼 것으로 시켜요. 이래봬도 난 돈이 많다고. 더구나 한국엔 아는 사람이 한 사람도 없거든. 자네들이 유일한 내 친구가 된 셈이지. 이곳의 특급요리가 뭐지?"

"전 이런 고급스러운 분위기에 거부감을 느껴요. 그러나 돈 많으신 재미교포시니 달러를 이 나라에 떨어뜨리기 위해서도 열심히 먹어줄 의양이 있어요. 전 비프스테이크

2인분이요."

민구 곁에 앉은 처녀가 이렇게 당돌하게 말하자 청년은 눈을 크게 뜨고 나무라는 듯 입술을 잘근 씹더니 눈을 흘겼다.

"미안합니다."

멋대로 구는 여대생을 대신해서 청년이 사과했다.

"아, 괜찮아. 난 이렇게 솔직한 아가씨가 마음에 들어요."

세 사람은 두 시간 동안이나 같은 자리에 앉아서 후식으로 커피와 아이스크림까지 먹으며 두서없이 떠들었다.

"아버지를 찾으러 오셨다고요?"

청년이 귀띔했는지 여자가 이렇게 물었다.

"맞아요."

"줄이 닿았습니까?"

"아직 손도 못 대고 있어요. 우선 일 주일간 예정된 일이나 마치고 나설 참이지. 나 혼자 힘으로 어려울 것 같아. 거제도도 가보고 여기저기 살아있을 포로들을 만나야 할 터인데 덥기는 하고 야단났어. 열 살까지 이 나라에서 사용한 내 한국말 실력으로는 아무래도 힘겹다는 생각이야."

"미국사람들 틈에서 그만큼 우리말을 기억하고 있다니 놀랐어요. 그 비결이 뭐지요?"

"녹음테이프를 사서 듣기도 했지만 한국 책들을 계속 읽었지."

"어머! 거기에도 한국어 책을 파는 서점이 있나요?"

"직장을 쉬는 날 나는 항상 차를 몰고 다운타운의 공공 도서관엘 갔었어. 거긴 한국 책을 모아놓고 한국말을 하는 방이 따로 있었으니까."

"그만한 실력이면 이 나라를 혼자 돌아도 문제없겠네요."

"그래도 날 도와주는 동행이 있었으면 해요."

그러자 청년이 따발총처럼 말했다.

"그럼 이 처녀를 비서로 쓰시면 어때요. 국문과라 장차 소설을 쓴다고 여행을 다니고 싶어 했는데 적격이군요."

"그것도 좋은 생각이야. 그러나 내가 남자라 무섭지 않아?"

처녀는 피식 웃으며 두 손으로 턱을 고인 자세로 물었다.

"중요한 건 한 달 일하면 얼마 주시겠어요?"

민구는 곁에 앉은 처녀의 목소리만 듣다가 흘끔 훔쳐봤다. 어깨까지 내려온 생머리는 웨이브가 없어 얼마나 싱싱해 보이는지 가슴이 짜릿해왔다. 젊음을 대한다는 것이 참으로 즐거운 것이지만 자신이 늙었다는 걸 인식하는 순간이기도 했다. 훤히 드러난 팔뚝은 감람유를 바른 듯 매끈하게 기름기가 돌았고 복숭아털이 뽀얗게 피어오른 볼의 하얀 피부가 금방 꽃잎을 터뜨린 노랑 장미처럼 냄새가 물씬 풍겨올 것 같았다.

"제 이름을 아셔야지요. 전 서울에 있는 ○○대학 국문과 이학년에 재학 중인 강앵주에요. 잘 부탁합니다."

"앵주라니 예쁜 이름인데, 게다가 강씨라니 반가워요. 나도 강씨거든. 그래, 얼마를 줘야 일을 할 것인가? 난 이곳 사정을 모르니까 말해 봐요."

"젠 등록금을 벌려고 야단이니 등록금을 대주고 일을 아주 많이 시키세요."

"등록금이라면 얼마나 되는지 말해 봐요."

"팔백 불이면 되겠지?"

청년이 앵주 쪽을 향해 턱을 약간 들며 동의를 구했다.

"아침 여덟 시부터 저녁 여섯 시까지예요. 전 그 이상 일을 못 해요."

"그럼 이렇게 하지. 난 아버지를 찾아 어쩌면 전국을 누빌지도 몰라. 그러니 다 따라 다니는 거로 하고 2배를 주지 여관에 들 때는 방값이랑 식사비 일체 내가 부담하니까 앵주는 고스란히 목돈을 버는 셈이야."

"좋아요. 언제부터 일할까요?"

"다음 주부터 시작해요. 그러나 출근은 내일부터 해서 정보 수집을 해놔요."

"찾으실 분의 성함과 인적사항을 주세요."

"오케이. 받아써요."

앵주는 기자처럼 가방에서 만년필과 수첩을 꺼내들었다.

"이름은 강철희. 밝을 철자에 빛날 희자. 1915년 정월 보름생. 전쟁 전에 살았던 곳은 황해도 서흥 과수원집."

"됐어요. 아버지를 찾으시면 보너스도 주셔야 해요."

"오케이."

민구는 오랜만에 즐거운 시간을 보내서 머리가 아프도록 뿌옇게 끼었던 안개가 산뜻하게 개는 기분이었다.

전쟁의 비극

일주일간 맡겨진 강의를 학회에서 하고 나니 묵은 피곤이 밀려와서 아침 9시가 넘었는데도 닥터 강민구는 눈을 뜰 수가 없었다. 이 시각이 미국 그의 생활대에선 침대에 들 시간이기 때문에 더더욱 몸이 무거웠다. 전화벨이 신경을 자극하게 울렸다. 이 시간에 누굴까.

"아저씨, 저 앵주에요. 일을 시작해야지요."

"아니 벌써 왔어."

"제겐 직장인 걸요. 한 달이긴 하지만."

"나 잠을 자야 하는데."

"KBS 이산가족 찾기에 가서 정보를 얻어 왔어요."

"좋았어. 그럼 내려가지."

앵주의 전화를 받고 민구는 그녀를 비서로 둔 것에 만족했다. 적극적으로 아버지를 찾는 일에 들어갈 계기를 마련해주고 있기 때문이다. 일층 식당에 내려가니 앵주는 일주일 전에 식사했던 똑같은 자리에 앉아있었다. 곁으로 바짝 다가갔으나 그가 온 것을 모르고 열심히 공책에 무엇인가를 메모하고 있었다.

"강철희란 사람이 KBS 이산가족 리스트에 올라 왔던가?"

"내려오셨군요. 한 사람이 있어 전화와 주소를 적어 왔어요. 그러나 이 경우엔 여러모로 분석해야지요. 첫째, 우리가 찾고 있는 분이 돌아가셨다면 여기에 나올 리가 없다는 점이지요. 둘째 살아있더라도 과거의 피치 못할 죄로 나오지 않았을 경우도 있다 이거지요. 예를 들면 사상성이 작용하는 거지요. 그 경우엔 이쪽 남한 사람들을 의식해서 의도적으로 피한다고 할까요. 그러니 강철희 씨를 찾지 못하더라도 실망하지 마세요. 우선 제가 찾아온 이 분을 만나 봅시다. 동명이인일 수 있으나 요행이라는 것이 있으니까요."

두 사람은 햄버거로 점심을 먹고 민구는 비서인 앵주와 밖으로 나왔다. 팔월의 뙤약볕이 살갗이 따끔하도록 파고들었다.

"제가 전화를 드렸더니 강철희란 분은 아프리카 어느 지역인가에 출장갔고 부인은 절에 갔다는군요."

"절이라고? 이상한데……."

"찾으시는 분과 같은 이름이니 찾아가 보는 것이 좋겠지요."

"강철희란 분이 없는데 오늘 가도 소용없겠네."

"그래도 가 봐요."

"그럼 이산가족 찾기에서 강철희란 분이 찾는 사람이 누구였지?"

"강철희가 피난 나오다 헤어진 여덟 살 난 아들을 찾는다고 적혀있었는데 아들의 이름이 강민구는 아니더군요. 그러나 아저씨의 이름이 그 사이 변했을 가능성이 있고 그분을 통해 다른 정보를 얻을 수도 있겠지요."

"내 이름은 변한 적이 없어. 동명이인이니 가볼 필요가 없겠군. 집에 사람이 없는데 가서 뭣해."

"할머니가 계셔요. 그분이 우리가 찾는 이유를 대니까 너무 큰 소리로 우셔서 이대로 물러설 수도 없어요."

"집 보는 노인을 위로하고 다닐 때가 아닌데."

"아저씨는 꼭 가보셔야 해요. 이 나라가 걸어온 험난한 길을 이해한다면 아버지를 못 만나고 미국으로 돌아가셔도 위로가 될 테니까요."

"아저씨란 칭호가 날 노인으로 만드는 것 같아 기분 나빠."

"그럼 뭐라고 부르면 좋을까요?"

"글쎄."

"성을 떼고 민구 씨라고 부를까요?"

"좋아, 그럼 난 앵주를 미스 강이라고 부르지."

"아니에요. 그냥 앵주라고 불러주세요."

압구정동 현대아파트를 찾는데는 힘이 들지 않았다. 바이올렛 화분이 백여 개가 넘어 꽃밭을 이룬 거실에서 그들은 강철희의 어머니를 만났다. 여든이 넘어 보이는 백발의 할머니는 한마디도 없이 민구의 손을 잡고 통곡해서 민구는 맨송맨송한 눈으로 그런 할머니의 손에 잡혀 한참 몸 둘 바를 몰랐다. 얼마나 그렇게 울다가 할머니 쪽이 먼저 입을 열었다.

"어디서 헤졌지요?"

"어머니가 흥남에서 아주 엄청나게 큰 배에 태워주고 그게 마지막이에요."

"쯧쯧…… 세상이 험해서 얼마나 고생을 했겠소. 내 손자는 대동강에서 잃어버렸으니 번지수가 다르군 그려. 그러나 어린 나이에 대동강이니 바다니 하는 걸 구별할 수 있었겠나. 어디 우리 서로 맞춰봅시다. 이름이 뭐유?"

"강민구입니다."

"손자 놈은 강복동이야. 그것도 다르니 이를 어쩌나. 근데 말하는 어투가 영 어설프니 전쟁 충격으로 그런가 보지."

민구의 어눌한 말씨에 어린 시절에 받은 정신적 고통으로 이해한 그녀는 치맛자락으로 끊임없이 흘러내리는 눈물을 닦았다.

"전 전쟁고아로 미국으로 보내졌다가 이제야 아버지를 찾으러 나왔답니다. 그러니 말이 유창할 리가 없지요."

이때 앵주가 두 사람 사이에 끼어들었다.

"할머니 어떻게 남쪽에 내려와 살게 됐으며 손자를 찾아 얼마나 헤맸는지 말씀해 주세요."

앵주는 의도적으로 민구에게 이 나라의 비극을 보여주어 그의 과거의 상처와 연결해 카타르시스 시키려는 듯 구체적인 대화의 길을 텄다.

파출부가 깎아 내온 참외를 할머니는 그들 앞으로 밀어주며 많이 먹으라고 자꾸 권했다. 맛있게 먹는 민구의 얼굴을 연신 보면서 노인은 천천히 입을 열었다.

남편이 인민군에 강제로 끌려 나간 뒤 스물다섯 살 해주댁은 여덟 살 난 복동이와 시어머니를 모시고 품팔이를 했다. 농토를 많이 가진 것이 죄가 돼서 자본가의 자식이란 딱지가 붙어다녀 살 수가 없었기 때문이다. 부산을 남기고 전부 차지했으니 이제 남반부 해방은 시간문제라고 떠들던 사람들이 갑자기 침묵하기 시작했고 그 며칠 뒤 남편이 낙동강 전투에서 전사했다는 통지를 받았다.

"어멈아, 아범도 죽은 마당에 여기 살 필요 없다. 땅을 다 빼앗기고 그 곁에 살자니 미칠 지경이다. 차라리 남쪽으로 가자."

"그래도 조상 대대로 살아온 곳이요, 조상들 산소가 있는데 어디로 갑니까. 여기서 살겠습니다."

"아니다. 미국 사람들이 물밀 듯이 북진해서 곧 이곳까지 온다더라. 이 통에 어서 남쪽으로 가자."

세 식구가 대동강 가에 닿으니 쌕쌕이의 폭격이 시작됐다. 다리가 순식간에 날아가고 강 둔덕에 엎드려 피난민들과 우왕좌왕하는 사이 그들은 복동이를 잃은 것이다. 이틀을 거기에 머무르며 시체를 뒤지고 두고 온 집엘 가봤으나 없어진 아이는 찾을 길이 없었다. 대포 소리는 점점 가까이 들려오고 압록강까지 간 미군들이 철수한다는 소문이 파다했다. 다급해진 피난민들은 부서진 다리 위로 곡예를 하듯 매달려 결사적으로 강을 건넜다. 강둑에 나와 앉아 이걸 바라보던 시어머니가 결단을 내렸다.

"피난민들의 물결이 남쪽으로 밀리니 어린 것이 따라 내려갔을 것이다. 우선 빨갱이를 피해 도망가는 것이 급하다. 남쪽에 가면 아이를 찾을 수 있다."

"못 갑니다. 복동이는 이 근처를 돌아다니며 울고 있을 텐데 어떻게 우리만 살자고 갑니까."

울부짖는 며느리의 팔을 잡아끌고 그들은 부산까지 내려갔다. 피난민들이 사는 천막촌이나 국제시장을 두 여자는 미친 듯이 돌아다녔으나 잃어버린 아이를 찾을 길이 없었다. 남편과 아들을 잃은 해주댁은 꼭 미친 여자처럼 흥얼거리기도 하고 울다가 웃다가 했다. 생활력이 강한 전형적인 이북 여자인 시어머니는 이렇게 지내다가는 모두 굶어 죽겠다는 생각이 들었다. 먼저 바쁜 장사를 해서 며느리의 정신을 빼앗고 천천히 복동이를 찾자는 계산이었다. 처음엔 자본이 얼마 들지 않는 군복을 사서 검을 물을 들여 이득을 남기고 팔기 시작했다. 밀주를 빚어 팔기도 하고 수수부꾸미에 팥소를 넣어 번철에 지져 팔기도 했다. 시어머니와 며느리는 돈이 모이자 제일 복잡한 곳에 다방을 차렸다. 사람들이 모이면 잃어버린 아이의 소식을 들을 수 있을 것이란 계산에서였다. 그러나 이게 웬 일인가. 장사가 어찌 잘 되는지 돈 모으는 재미와 드나드는 사람들을 상대하느라 아이를 잃은 설움이 차차 무디어 갔다. 간혹 이들 손님을 통해 아이의 소식을 들을까 해서 귀를 기울였으나 모두 허사였다. 다행히 예전처럼 가슴이 타는 아픔이 많이 가셨다. 그때 이 다방에 매일 찾아오는 장교가 있었다. 2년이 다 돼가도록 중위인 그는 다방 구석에 앉아 이 다방의 젊은 여주인을 기다렸다. 별말도 없이 그녀를 먼발치로 바라보고 눈이 마주치면 수줍음을 타며 피식 웃는 것이 고작이었다.

"아가. 아무래도 저 중위가 네게 마음이 있는 모양이야."

"무슨 말씀을 하시는 거예요. 제겐 복동이를 찾는 일밖에 없어요."

"착한 사람이고 외로운 남자 같구나."

"함경도가 고향인데 혼자만 월남했대요. 서울에 유학 온 사이 전쟁이 났으니 가족이 몽땅 이북에 있는 셈이지요."

"쯧쯧…… 가엾은 사람이군. 어쩐지 그 군인을 보면 죽은 아범이 와서 앉아있다는 착각이 드니 이상하지."

"어머니, 무슨 말씀을 하시는 거예요."

"내가 너에게 못 할 짓을 했지. 네 말대로 그냥 이북에 머물렀다면 복동이를 잃어버리지 않았을 터인데, 내가 널 이 지경으로 만들었으니 내 마음이 어찌 편하겠니."

"어머니 인제 와서 무슨 말씀이세요. 다 지나간 일이예요."

"시어머니가 추진하는 결혼은 실수가 없는 법이다. 복동이를 꼭 찾는다는 보장도 없는데 널 이대로 늙힐 수 없다. 마땅한 신랑감이 나왔으니 혼례를 치르도록 하자. 그 중위를 내 아들 삼고 또 아이를 낳으면 손자 삼아 과거의 아픔을 잊어보자꾸나."

"아아! 어떻게 어머님이 그런 말씀을 하실 수 있습니까. 전 어머니를 모시고 이렇게 사는 것이 제일 좋아요."

"여자란 나이가 있는 법이다. 몇 십 년이고 기다려 전사한 네 남편이 돌아온다면 모를까 이 시점에선 더 나이 들기 전에 재혼하는 것이 너나 날 위해 최선의 길이다."

시어머니의 성화도 있었겠지만, 말없이 매일 저녁 다방에 나와 차를 마시며 그녀를 바라보는 눈길은 어느 틈에 둘 사이에 사랑으로 자랐다. 외로운 사람끼리 결혼을 하고 곧 아들을 낳아 그들 모두는 웃음을 찾았고 워낙 예쁜 외모를 지녔던 복동이 엄마도 제 모습을 찾아 곱게 단장하고 집에 들어앉았다. 새로 낳은 아들의 이름을 복길이라고 했다. 매일 저녁 복길이를 애 보는 할머니에게 맡기고 새댁은 따끈한 밥을 지어 전 남편의 어머니가 혼자 경영하는 다방에 가져갔다. 죽은 남편의 어머니지만 이들 부부는 친어머니 이상으로 극진히 모셔서 더욱 사랑이 샘솟는 사이였다.

그러나 이런 행복은 길지가 않았다. 비가 부슬부슬 오는 어느 저녁, 복길 엄마는 시어머니에게 밥을 날라주고 집으로 돌아오는 길에 행방불명이 된 것이다.

"어머니, 분명히 그 사람이 다방엘 들렀었지요?"

"그럼, 그날 반찬이 내가 좋아하는 갈치구이여서 내가 더 기억하지. 아무래도 에미가 차 사고가 난 것이니 병원마다 돌아봐야겠어. 그러지 않고야 겨우 한 달 된 아기를 놓고 이틀씩이나 소식도 없이 나가 있을 리가 없어. 아이쿠! 이를 어쩌나. 이제 겨우 재미있게 살만하니 또 이 꼴을 당하니 내 팔자가 왜 이렇게 기구한지."

시어머니는 온종일 병원으로 돌아다니고 대위로 진급한 복길이 아빠는 신문사에 가서 복길이 엄마을 찾아주는 자에게는 후사하겠다는 광고를 내고……. 집안은 아이 울음소리와 한숨 섞인 탄식으로 온통 먹구름이 끼었다.

그 난리를 치르며 닷새가 지난 저녁이었다. 복길이 엄마는 울어서 눈두덩이 퉁퉁 부어오르고 머리를 풀어헤친 채 얼빠진 사람처럼 비틀거리며 집에 돌아왔다.

"아니 여보, 당신 미쳤어. 어딜 갔다 온 거야."

"아가, 무슨 일이냐. 어딜 갔었어."

맨발로 뛰어나가 돌아온 며느리와 아내를 맞는 두 사람은 나무라기보다는 반가움에 어쩔 줄 몰랐다. 그러나 새댁은 이렇다 저렇다 말 한마디 없이 방으로 뛰어 들어가 흐느껴 우느라고 옆에 뉜 복길이도 쳐다보지 않았다. 그때 수염이 덥수룩하게 자라고 얼굴이 검붉게 탄 건장한 사내가 대문을 밀치고 들어섰다. 의아해서 거지꼴인 낯선 나그네를 식구들이 쳐다보는 사이 그는 마루에 걸터앉더니 긴 한숨을 쉬는 것이 아닌가.

"어머니 절 몰라 보갔시오. 저 강철희야요. 아들이 살아 돌아왔어요."

"아니, 이게 누구냐!"

"부산에서 떠돌다가 아내의 소식을 들었지요."

"아니 네레 진정 사람이냐, 귀신이냐. 갸가 죽었다는 전사 통지서를 내가 받아서 이 두 눈으로 똑똑하게 봤으니까네."

"길티만 내레 전투 중에 살려고 도주했는데 그 사이 그 부대가 전멸한 거디요. 어머니 어서 올라와 절 받으시라요."

어머니는 아들을 껴안고 울다가 절을 받은 뒤 난처한 표정을 짓고 며느리가 있는 방문을 흘끔 훔쳐봤다.

"나만 이 집에서 나가 너와 같이 살면 된다. 이건 순전히 내 잘못이다. 복동이를 잃어버리고 넌 죽었다고 하고 젊은 것을 그냥 두기 애처로워 내가 강제로 시집보냈느니라. 네 처를 원망하지 마라. 이 징그러운 전쟁이 가져다준 아픔이니 다 잊어버리고 넌 나랑 이 집을 떠나자."

"못 갑니다. 제 아내를 두고 어딜 갑니까."

"길세, 어카갔다고 이라노."

"아내의 잘못도 아니고 기건 부정한 일을 저지른 것도 아닙니다. 내레 식구를 찾아 헤매는 동안 아내가 폭탄으로 팔다리가 잘렸다 해도 살아있기를 바란 놈입니다. 전 아내를 포기할 수 없습니다."

방에선 새댁이 숨죽여가며 울고 마당 한구석엔 대위, 복길 아빠가 머리를 숙이고 서 있고 마루에선 얼굴이 파래진 어머니가 가슴을 치며 울음을 삼키느라고 끼룩거렸다.

"아범아, 아이까지 낳고 겨우 안정을 찾았는데 어쩌누. 넌 다시 장가들 수 있어. 우리 모자만 이 집을 빠져나가면 된다."

어머니는 아들의 손을 잡아 흔들고 등을 토닥이며 달랬다.

"메라구요. 내레 임자 없이 어케 혼자 살가시오."

"아이쿠! 내가 몹쓸 년이지. 어쩌자고 이런 지경에 이르게 일을 꾸몄는지 모르겠어."

"절대로 아내를 포기할 수 없습니다. 태어난 아이는 제 자식으로 알고 맡을 테니 자네가 나가줄 수 없겠는가."

돌아온 강철희는 대위 앞에 무릎을 꿇고 애원하기 시작했다. 한참 허공을 응시하며 눈물을 삼키던 복길이 아빠는 군인답게 결단을 내렸다.

"내가 물러나겠소. 원주인이 돌아왔으니 돌려드려야지요."

그는 군말 없이 필요한 서류와 옷가지를 손가방에 넣고 홀가분하게 대문을 나서는 것이 아닌가.

"여보, 그렇게 떠나면 어떻게 해요."

새댁이 버선발로 마당을 가로질러 대위를 부르며 달려나갔다. 뒤에서 남편이 그녀의 허리를 우악스럽게 껴안아 잡아당겼다. 대위는 대문 밖에서 잠시 멈춰서더니 그윽이 아내의 눈을 응시하다가 뒤도 돌아보지 않고 골목을 돌아 사라져버렸다. 새댁은 울음을 참지 못하고 통곡하다가 며칠 곡기를 끊더니 몸져누워버렸다. 열이 대단한 병이었다. 같이 살적엔 그렇게까지 정이 든 줄 몰랐는데 이렇게 떠나버리니 더 그립고 미안하고 죄스러워 새댁은 말을 잃었다. 어린 아들, 복동이를 생이별한 여자가 정붙인 두 번째 남자를 죽었다던 본남편이 돌아와 또 생이별했으니 드러내놓고 울지도 못 하는 일이다. 너무 괴로워하는 아내를 보다 못한 남편은 어렵게 빼앗은 아내를 절에 보내 마음을 진정시켜 보려 했다. 그녀는 오늘도 남편이 외국으로 출장간 사이 절을 찾아갔다.

"할머니, 복동이는 어떻게 되었을까요?"

"지금도 그 어린 것이 산야를 헤매며 에미, 아비를 찾고 있겠지. 난 잠을 잘 때도 그 애의 울음소리에 몇 번이고 잠을 깬다우."

"그 손자가 살아있다면 이분처럼 나이가 들었겠지요."

앵주가 닥터 강민구를 가르치며 웃어주었다.

"아니야. 내 손잔 어른이 못 되고 지금도 어린아이야. 차라리 어른이 됐다면 내 마음이 이렇게 아프질 않을 텐데."

민구와 앵주의 입에 사탕을 넣어주며 끝없이 울어대는 노인을 뒤로하고 거대한 아파트촌을 빠져나왔다.

"이 비극을 누가 책임져야 하는 거지?"

택시를 잡으려고 택시 정류소에 줄을 서서 민구가 혼잣말로 중얼거렸다.

"남북을 가르는데 실제로 그 기반을 닦아놓은 일본이 져야지요."

"후지오 문부성이란 작자가 한 말을 보면 오히려 한국민에게 책임이 있다는 투던데."

"그 말은 우리 쪽이 해야 하는 거지요. 실력을 기르지 못해 이런 수모를 당하는 우리민족이 스스로를 돌아보고 한 말이라면 얼마나 좋겠어요. 일본, 미국, 소련 모두가 저지른 죄를 저들은 외면하고 있어요. 우린 힘을 길러야 해요. 미국도 일본도 소련도 우릴 깔보지 못하도록 힘을 길러야 하는데 우리의 경제 상태며 정치가들의 의식구조가 문제예요. 이 나라엔 너무 닥친 일들이 많아 진정한 지도자가 나와야 하고 민도(民度)도 높아져야 해요. 민중의 힘이 자라야 한다 이 말이지요."

"통일이 어서 돼야지. 남북이 합치면 힘이 자랄 터인데, 아버지가 이북에서 가족들과 함께 살고 있을지도 모른다는 생각이 불현듯 드는걸."

"그럴 수도 있겠지요. 미국 시민이니 남한에서 찾다가 없으면 또 북쪽에도 가 찾아보세요."

벌써 러시아워인지 길은 쏟아져 나온 사람들로 붐볐다. 유별나게 큰 사람도 없고 그렇다고 아주 작은 자도 없는 사람의 물결이 흘러가고 있었다. 거대한 흐름이라 그 물결이 엄청나게 커 보여 한국이란 나라를 상징하는 도도한 강을 이루고 있었다.

"이제 어디부터 손을 대서 아버지를 찾지?"

"거제도 포로였다니 거제도에 가면 그 실마리를 찾을 수도 있지요."

"여기서 더 찾아보고 나중에 가는 것이 좋겠어."

"그럼 그렇게 하지요."

고집을 부리지 않고 다소곳이 말하는 그녀의 입술이 농익은 앵두처럼 보였다. 미국에 두고 온 마거릿이 갑자기 떠올랐다. 그녀의 입술은 매일 루즈 색을 바꿔 인상도 달라 보였었다. 그러나 앵주의 입술은 루즈를 전혀 바르지 않은 살색 그대로였다. 싱싱한 젊음이 넘치는 입술이고 창조주가 주신 그대로의 태곳적 아름다움을 간직한 입술이었다. 꾸밈이 없다는 것은 가면을 벗은 상태라 더 아름다운 것인가 보다.

"무얼 그렇게 생각하세요. 사업을 하시는 분 같기도 하고 그렇지 않은 것 같기도 하고, 아저씨는 미국에서 뭘 하세요."

"또 아저씨라 부르는군."

"미안해요. 민구 씨라고 부른다고 해놓고."

"맞춰 봐. 내 직업이 뭔가."

"가발가게를 운영하는 상인."

"노우."

"그럼 공장에서 막일하는 노동자. 가만있자. 손을 보면 막노동한 손은 아니고. 혹 고등학교를 나오고 기술을 닦아 어느 공장의 엔지니어로 일하지요?"

"노우."

"그럼 이렇게 한국을 나와 다니는 걸 보니 일시 해고당해 쉬고 있는 공장노동자지요?"

"그래 쉬고 있는 무직자야. 아하하하."

"무직자라니 동정이 가요. 미국 간 이민들이 전부 그런 고생을 한다고 들었어요. 제 수고비를 반으로 깎아드리지요."

"그럴 필요는 없어. 미국에선 일한 만큼 돈이 나오니까

가서 벌면 돼. 앵주는 신랑감으로 어떤 직업을 가진 낭군을 맞을 거야?”

“피이, 생각해 본 적이 없지만 전 의사를 제일 싫어해요.”

“왜 그럴까 의사가 돈을 제일 많이 버는데.”

“친구 오빠가 의사인데 날마다 공부만 하고 인간적인 맛이 깨알만큼도 없거든요.”

“그럼 의사는 신랑감으로 소개하지 말아야겠군.”

“아직 결혼할 생각은 없으니 수고하지 마세요. 내일은 일요일인데 쉴까요?”

“우리 교회에 가지. 내일 나를 안내해 주겠나?”

“그러지요. 아침 열 시에 준비하고 계세요.”

야자수 잎처럼 생긴 핸드백을 어깨에 메어 줄이 긴 백이 그녀의 궁둥이에서 달랑거렸다. 뒷모습을 지켜보는 민구에게 앵주는 손을 높이 들어 빠이빠이를 했다.

아버지의 연결고리

열한 시에 대예배를 드리는 본당은 앉을 자리가 없을 정도로 가득 찼다. 앵주와 닥터 강민구가 맨 끝줄 의자를 채우며 마지막으로 앉자 묵도를 위한 은은한 종소리가 울려 퍼졌고 철컥 출입문을 닫는 소리가 들렸다. 모두가 눈을 감고 머리를 숙여 묵상기도를 하는 사이 민구는 머리를 들어 강대상을 훔쳐봤다. 쫓기듯 사람들에 밀려들어오느라고 미처 보지 못한 성구액자가 강단 양쪽에 걸려있었다.

'여호와는 나의 목자시니 내게 부족함이 없으리로다.'

'수고하고 무거운 짐 진 자들아 다 내게로 오라. 내가 너희를 쉬게 하리라.'

왼쪽 성구 옆엔 양을 안고 있는 예수님이 구름처럼 따라오는 양 떼를 거느리고 시냇물을 향해 서 있는 유화가 벽 전면을 채우고 있었다. 오른쪽 성구 옆엔 예수님이 바위에 엎드려 기도하는 장면이 그려져 있었다. 겟세마네 동산에서 잡히기 전날 밤 땀이 변하여 피가 되어 흐르도록 기도하는 고뇌에 찬 예수의 얼굴 위로 빛이 쏟아져 내리는 그림이었다. 어둡고 칙칙한 배경에 하늘로부터 내려오는 밝은 빛은 가슴을 뭉클하게 만드는 힘을 지니고 있었다.

교독문을 읽은 뒤 찬송을 부르고 신앙고백을 하는 동안 민구는 완전히 이방인이 된 기분이었다. 닥터 강이 지금까지 생각해 왔던 한국교회는 마룻바닥에 무릎을 꿇고 앉아 기도하고 예배를 드렸던 강철희, 아버지의 교회를 떠올렸기 때문이다. 한 세대가 지난 다음에야 돌아온 처지에 교회만은 변하지 말고 옛날 그대로 있으라고 우길 입장이 아닌데 자꾸 마음이 꼬였다.

마을 한가운데 가장 아름다운 정원을 가지고 있는 아담한 교회는 양부모가 적을 두었던 교회였다. 양아버지의 장례식을 치른 칠월은 교회 뜰에 장미가 만발했었다. 민구는 5년이 지난 지금도 장례 차에 실리는 아버지의 관 옆으로 펼쳐진 꽃밭을 잊을 수가 없었다. 노란 장미, 분홍 장미, 하얀 장미, 흑장미가 흙으로 돌아가는 양아버지의 죽음을 슬퍼하는 그에게 땅속에 이런 물감들이 녹아 있다고 일러주는 듯해서 '아버지는 장미가 되는 것이다.'라는 엉뚱한 생각을 한 적이 있었다. 그러나 민구가 찾아온 이 교회 뜰은 빈틈없이 시멘트로 입혀져 흙을 볼 수 없었고 설령 손바닥 크기 꽃밭을 남겨서 힘들여 심은 장미가 피어있다 할지라도 밀려오는 사람들의 몸에서 스며 나오는 독기로 병든 장미였을 것이란 생각을 했다.

설교가 시작되었다. 목과 소매에 감색 우단을 댄 것을 보니 철학박사학위를 지닌 목사인 모양이다. 흰 머리가 한 올도 보이지 않는 젊은 목사였다. 숨을 죽이고 설교를 받아쓰는 사람, 맞는 말이라고 머리를 주억거리는 사람, 감격해서 '아멘! 아멘!'을 연발하는 사람……. 모두가 경건해서 숨이 막혔다.

옆에 앉은 앵주를 보니 설교는 듣지 않고 다른 생각을 하는지 수첩 위에 낙서하고 있었다. 너무나 엄숙한 분위기라 귓속말도 할 수 없어 민구는 앵주의 수첩 위에 이렇게 적었다.

"하나님은 참말로 존재하는가?"

민구가 쓴 이 말을 받아 앵주도 이렇게 써서 답했다.

"있을 수도 있고 없을 수도 있어요."

"있을 수도 있다고 생각하는 이유는?"

"많은 사람들이 믿는 걸 보면 있을 수도 있다는 생각이 들어요."

"난 하나님은 없다고 확신한다."

민구가 이렇게 쓰자 앵주가 키루룩 웃더니,

"그럼 왜 교회에 가자고 하셨어요?"

"아버지가 목사였으니까. 지금까지 살아 계신다면 아버지는 이 시간에 설교하고 있을 거란 생각이 들어서 교회에 온 거야."

"하나님께 인사드리러 왔단 말이에요?"

"하하……."

민구가 너무 크게 웃어버려 뒤에 서 있던 여전도사가 가만히 다가와 민구의 등을 조용히 하라는 신호로 두어 번 토닥였다. 연달아서 예배가 계속되어서 밀려나오는 사람들과 다음 예배를 드리러 들어오는 사람들로 좁은 교회 뜰은 서울역을 연상할 만큼 상당히 번잡했다.

"대한민국 사람들이 모두 예수를 믿는 모양이지?"

어깨를 비비며 교회 문을 빠져나온 민구가 탁한 공기로 인해 숨을 제대로 못 쉬다가 큰길로 빠져나오자 이렇게 물었다.

"다섯 중 한 사람 꼴로 교회를 다닌다고 해요."

"이젠 불교 국가가 아니라 기독교 국가군 그래."

"시대가 불안하고 의지할 것이 없으니 위로를 받으려고 교회에 몰려드는 것이지요."

"앵주는 크리스천이 아니잖아?"

"맞아요. 전 자유인이지요."

"나도 자유인이야. 아버지처럼 예수를 믿어 자신과 가족을 희생할 정도로 병신 같은 짓을 안 할 작정이지."

"저 사람들이 불쌍하다고 생각지 않으세요? 인간과 인간, 국가와 인간, 사회와 인간, 이 모두의 줄이 끊어지자 보이지 않는 하나님과 관계를 가져보려고 허우적이고 있으니."

앵주와 민구는 교회 근처의 식당에서 냉면으로 점심을 먹으며 밀려들어가고, 나오는 교인들이 너무 어리석어 보인다고 서로 어깨를 으쓱하며 지껄이다가 헤어졌다.

닥터 강은 혼자가 되자 밀물처럼 밀려오는 불안과 우울함은 무슨 연유일까? 호텔 방에 누워서 그는 얼굴 표정까지 변해가며 환희에 넘치는 목소리로 찬송을 부르며 진지하게 귀를 기울이던 수많은 사람들을 생각했다.

'인간이란 왜 사는 것일까? 늙고 병들어서 죽은 다음에 어떻게 되는 것일까?'

병원에서 그렇게 많은 죽음을 대하면서 생물학적으로 심장이 정지한 뒤 5분이 경과하면 죽었다고 밀어놓고 의젓하게, 활기차게, 바쁘게 지낼 수 있었던 나날들이 왜 갑자기 이상해지는 것인지 모를 일이었다. 말할 수 없는 허전함이 밀려와서 민구는 깊디깊은 외로움에 빠져 들어갔다. 인간이 낼 수 있는 가장 아름다운 소리로 화음해서 하나님을 찬양하는 확신에 찬 저들의 대열에 끼지 못한, 동질성에서 제외된 심리적 여파일 것이라고 의사답게 스스로의 병 증상에 대한 진단을 내려 보았다. 그것은 그들의 신앙이 부러워서가 아니라 미운 오리새끼처럼 홀로 있는 것에 대한 아픔이었다. 아버지와 자신의 핏줄인 친척들을 만나면 이런 요상한 기분이 가셔질 것일까? 모를 일이다.

춤추는 줄

꼽추 광대

혼자 있는 것이 두려워진 민구는 위스키라도 몇 잔 마시면 잠이 올 것 같아 일층으로 내려갔다. 첫날 프런트에서 만났던 청년, 미스터 김이 반색을 하며 메모지를 높이 쳐들어 요란하게 흔들다가 그의 손에 넘겨주었다.

"조금 전에 얻어낸 정보예요. 너무 좋은 소식이라 뛰어올라가 전할까 생각하다 이 시간에 주무실 것 같아 망설였어요."

"일전에 부탁한 거제도 포로 출신을 만났다. 이 말이지?"

메모지엔 '거제도 포로 출신. 이기호, 재성빌딩 경비원'이라고 쓰여 있었다.

"수고했네, 정말 고마워."

"사방에 수소문했는데 영 만나기 힘들더니 글쎄 이 근처에 두고 그랬지 뭡니까."

"지금이라도 만날 수 있을까?"

"아유! 급하시긴. 지금이 몇 신데요."

민구는 벽시계를 올려다봤다. 시계의 큰 바늘이 자정에서 조금 비껴가고 있었다.

"잠이 오질 않아서 그래."

"그렇게 아버지를 만나고 싶으세요?"

"찾아 나선 길이니 빨리 만나야지."

"그분이 요 뒤에 있는 빌딩을 지키는 경비원이니 지금 가도 이야기를 나눌 수 있지만, 너무 늦어서. 그래도 가시겠어요?"

민구는 마음이 조급해졌다. 거제도 포로였다면 어쩌면 아버지의 소식을 잘 알고 있을지도 모른다는 기대감에 이 밤을 이대로 넘길 수가 없었다.

"아저씨, 왜 멍청히 그러고 계세요. 예스에요, 노우에요."

"물론 예스지."

"팁을 듬뿍 주셔야 해요."

"물론이지."

미스터 김은 함께 근무하는 청년에게 눈짓으로 자리를 맡기고 그를 안내하며 밖으로 나갔다. 뉴욕중심가의 차량보다 더 많은 차들이 밀려가고 있었다. 어둠에 갑갑증을 느꼈는지 주책없이 하이 빔을 켠 기사에게 에티켓 없다고 클랙션을 마구 누르는 바람에 거리는 갑작스런 소음과 저들이 뿜어내는 탁한 가스로 숨쉬기가 곤란할 지경이었다.

두어 발자국 앞장서서 걷던 미스터 김이 뒤를 돌아보며 민구가 잘 따라오나 확인을 했다. 헐렁한 차림으로 나와 지갑을 잊고 나온 걸 뒤늦게 깨달아서 닥터 강은 슬그머니 다가가 그의 등을 두드리며 친절하게 속삭였다.

“날이 밝으면 내 방으로 와요. 팁을 아주 듬뿍 줄게요.”

민구보다 머리 하나는 더 큰 미스터 김은 피식 웃으며 서양 사람처럼 어깨를 으쓱해보였다.

“아저씨는 날 어떻게 보시는 거예요. 돈에 미친놈은 아닙니다. 아저씨가 찾으시는 아버지를 만났으면 좋겠다는 바람 때문에 이렇게 나선 거지요. 이산가족이 만나는 것은 언제 봐도 모두를 울리는 일이랍니다.”

그러고 보니 청년의 웃는 얼굴이 마음을 편안케 해주는 동질감을 지니고 있었다. 그의 쪽 째진 두 눈이 잔잔한 미소에도 질끈 감기고 납작한 코가 위로 약간 쳐져서 벌름거리는 것을 지나가는 택시의 불빛으로 훔쳐볼 수가 있었다. 호텔 뒤에 있는 주차장을 지나 검붉은 벽돌로 지어진 빌딩으로 뚫린 골목으로 그들은 들어섰다. 필라델피아의 뒷골목처럼 지저분한 곳이 아니라 종이 한 장 떨어지지 않은 정결한 골목이었다. 셀던의 도서관에서 읽었던 책의 한 페이지가 떠올랐다. 이름은 잊었지만 그 미국인이 한국인은 더러운 민족이라고 비아냥거리며 써낸 한국에 대한 편견이 잘못이었다는 확증을 본 탓에 민구는 가슴을 활짝 폈다.

“경비 아저씨, 오늘 밤샘은 신나시겠어요. 포로수용소 소식을 캐려고 태평양을 건너오신 분을 모시고 왔어요.”

청년은 한쪽 눈을 찡긋해서 민구에게 애교스러운 윙크를 보냈다. 반백의 노인이 공중전화 박스만한 크기의 경비실에서 밖으로 나왔다. 노인은 자정이 지나 찾아온 사람을 경계심도 없이 반갑게 맞아주었다. 작은 몸집에 바짓가랑이 폭이 넓고 허리도 푼더분한 옷을 입고 있어서 민구는 그가 아직도 PW가 새겨진 포로복을 입고 있는 것이 아닌가 하는 착각을 했다. 하필이면 바지색이 국방색이어서 그렇게 생각했는지도 모른다.

“처음 뵙겠습니다. 미국에 보내진 전쟁고아로 아버지를 찾아서 이제야 한국에 나온 강민구라는 사람입니다.”

닥터 강이 어린 시절 한국에서 배운 대로 허리를 깊숙이 꺾어 인사를 했다. 신분이 높아 보이는 남자가 한밤중에 나타나 현대인답지 않게 허리를 직각으로 꺾으며 인사를 하니 경비 할아버지는 너무 송구스러워 그의 양손을 덥석 잡으며 당황해서 몸 둘 바를 몰라했다.

“삼십여 년이 넘은 이제야 처음 조국을 찾아왔단 말이요?”

“네.”

“미국에 그렇게 오랜 세월 사신 분이 한국말을 참 잘 하시는군요. 암, 암! 그래야지요. 제 나라말을 못하는 놈은 한국 피를 받았다고 볼 수 없지요. 외국에 산다는 이유로 제 나라 말을 못하는 놈들은 누가 뭐래도 얼빠지고 썩은 매국노지요."

경비 할아버지는 민구의 한국말에 감탄해서 한없이 주절거렸다.

"아저씨가 거제도석방포로라고 들었는데요."

"내가 포로가 된 것은 빨갱이라 붙잡힌 것이 아니고 귀순했는데 멍청한 미국놈들이 실수한 것이라 이 말입니다."

노인은 자신이 얼마나 자유대한을 그리워했으며 공산당을 미워했는가, 정신없이 늘어놓느라고 민구를 복도에 세워놓고 경비실 안으로 들어가잔 말도 잊었다.

"할아버지, 전 제 아버지를 찾으러 왔습니다."

"그분도 포로였다 이 말씀이요?"

"그분이 아버지인지 확실치는 않지만, 우연히 반공포로 혈인서명지에 쓴 아버지의 이름을 찾아냈습니다."

"동명이인일 수도 있지. 한국 사람은 같은 이름을 가진 사람이 상당히 많으니까."

"십칠만 명의 포로를 다 기억하실 리가 없지만 제 아버지는 목사라는 특이한 신분이라 어쩌면 지금까지 기억에 남아있을지도 모른다는 기대를 가지고 왔습니다."

"아! 아버님이 목사라고요? 나도 포로생활 중에 예수를 믿게 된 사람이요. 참 반가워요. 우리는 주안에서 형제니까요."

노인은 민구의 어깨를 와락 껴안더니 자기 아들이라도 만나듯 반가워서 어쩔 줄 몰라했다. 약간 거리감을 두었던 경비 할아버지가 목사의 아들이란 말 한마디에 갑자기 친근하고 곰살갑게 나가자 민구도 마음을 놓고 그가 이끄는 대로 좁은 경비실에 들어가 무릎을 맞대고 앉았다.

"목사님의 성함이 무엇이지?"

"강철희입니다. 포로로 잡혔다면 목사였으니 그 역할이 대단했을 것이라는 생각을 하고 있습니다."

민구는 인도 선교사 부인인 미세스 베이커가 보켈 목사를 통해 듣고 전해준 회고담을 떠올리며 이렇게 말했다.

"우리 포로들에게 전도를 한 포로 목사님이 한 분 있었지. 낮에는 미국 선교사인 옥호열 목사가 강신정 목사와 함께 천막 안에 들어와 설교했지만, 철조망 안에 갇힌 포로 목사가 한 일이 더 많았지요."

"그분이 제 아버지일 겁니다. 지금 어디에 살아 계신가요?"

경비 할아버지는 당황해서 말을 못하고 흥분해서 들떠 있는 민구를 한참동안 응시했다.

"제 아버지가 살아계시겠지요? 어디서 목회를 하시나요? 이북에 두고 온 가족을 만나 함께 합쳐졌나요?"

사십 년 가까이 떨어져 혼자 살아온 것이 큰 함정에 빠져있었던 것이 아닌가 하는 조급한 마음을 안겨주어 잘못을 저지른 아이처럼 그는 설쳐댔다. 이런 그를 가엾다는 듯이 지켜보던 경비 할아버지가 대답은 하지 않고 되물었다.

"지금 미국에서 뭘 하고 있지?"

"전 열심히 살았습니다. 성공해서 유명한 인물이 되지 않으면 자살하겠다는 각오로 임했습니다. 드디어 저는 그 분야에선 알려진 의사가 됐답니다. 돈도 많이 벌었지요. 근데 왜 그렇게 허전한지……. 이 나이가 되니 절 버린 어머니와 아버지를 용서하겠다는 넓은 마음을 갖게 되었지요."

"아아! 놀라워요. 미국처럼 큰 나라에서 한국 사람인 자네가 의사가 되었다니!"

"이젠 아버지 앞에 서도 부끄럽지 않다고 생각합니다. 어서 그분이 살고 계신 곳을 가르쳐 주세요."

경비 할아버지는 당황한 빛을 감추지 못하더니 오랫동안 입을 열지 못하고 쭈뼛거리다가 마지못해 입을 열었다.

"자네를 실망시켜 미안하네만 어쩌나. 포로 목사는 강철희가 아니었다네. 이를 어쩌지."

"네! 강철희가 아니라고요? 북에 두고 온 가족을 해칠 것이 두려워서 가명을 썼을 가능성도 있어요."

민구는 말끝을 흐리며 노인의 말이 믿기지 않아 머리를 세차게 흔들었다.

"포로 목사는 단 한 사람이었고 너무 유명해서 웬만한 포로들은 모두 그분을 기억하고 있지."

"그분의 성함이 무엇입니까?"

"임한상 목사님이야."

"아아! 이를 어쩌지요. 전 그분이 제 아버님일 거라고 찰떡같이 믿었는데, 그럼 전 어디서부터 찾아 나서야 하나요?"

기대하고 있던 것이 와르르 무너지자 민구는 두 손으로 머리를 감싸 안으며 신음했다. 이런 민구를 안쓰럽게 바라보던 경비 할아버지가 한참 머리를 떨구고 있다가 불쑥 이런 질문을 던졌다.

"만약 자네 부친이 포로였다면 내가 있던 캠프에 일 만 오천 명이 함께 있었으니 뛰어난 사람이라면 기억할 수도 있어."

KBS 이산가족들이 혈육을 확인하느라고 기억하고 있는 모든 걸 동원했던 것처럼 민구도 아버지의 육체적 결함이나 특징, 그리고 특기가 뭔지 곰곰이 생각했다. 아버지는 교회에서 기도한다고 집을 비웠고 어떤 때는 전도를 다닌다고 며칠씩 집에 들어오질 않았었다. 자신의 아들인 민구보다 동네 아이들에게 더 많은 사랑을 보였던 분이었다. 한밤중에 돼지를 낳았다는 소식이 와도 그 집을 찾아가 함께 즐거움을 나누던 아버지였다. 동네 아이가 병들어도 매일 그 집에 찾아가 기도해주고 피곤한 얼굴로 밤늦게 잠자리에 들었던 아버지의 얼굴을 민구는 지금도 잊지 않고 있었다. 그러나 어린 시절 그의 뇌리에 박혀진 얼굴이 이렇게 기나긴 세월이 흐르는 동안 그대로 있을 리도 없고 그때의 모습을 설명한다고 해도 경비 할아버지가 그의 머릿속에 있는 분의 모습을 사진 찍듯이 옮겨갈 리도 없고…….

아버지에 대한 추억의 조각들을 더듬다가 문득 섬광처럼 떠오르는 것이 있었다. 아버지는 하모니카를 잘 불어서 해가 지는 으스름녘에 문지방에 걸터앉아 발끝을 까닥이며 자신이 부는 가락에 취해 흥겨워했었다. 그의 유년시절, 땅거미를 타고 간드러지게 울려퍼졌던 음률이 민구의 귀에 생생하게 살아났다.

"아버지는 음악의 천재였지요. 목사보다 음악 쪽으로 나갔더라면 크게 성공했을 거란 말을 자주 들었어요."

"가만있자, 아버지 강철…… 뭐라고 했지, 아! 생각나는 사람이 한 사람 있어요. 광대라고 부르다가 깡철이라고 별명을 붙여준 사람인데 그분이 혹시 자네 부친이 아닐까?"

"그럴 리가 없어요. 제 아버님이 광대라니요."

"이마가 좁고 얼굴이 외씨처럼 기름했지. 왼쪽 눈썹 바로 위에 녹두 알만한 검은 점이 두드러지게 눈에 띄는 것이 특징이었지. 어린 나이에 본 아버지를 그렇게 상세하게 기억할 수 있을지 모르겠군. 게다가 눈두덩에 검은 점을 가진 사람이 어디 한 두 사람이겠나."

"글쎄요. 기억이 영 안 나는군요."

"정강이를 훤히 드러내고 맨발로 춤을 출 때 왼쪽 발등에 인두자국 형상의 흉터가 있었어."

"발등에 인두자국이라고요!"

"그래. 왜 그 비슷한 상처가 아버지의 발등에 있었나?"

"제가 어릴 적에 장난을 치다가 화로를 뒤집어엎은 적이 있었어요. 그 안에 넣어둔 인두가 아버지의 버선 벗은 발등에 떨어져 할머니가 제 볼기짝을 눈물이 나도록 때렸지요. 덴데다 감자를 갈아 붙인다, 된장으로 싸매준다 야단이었지요. 그분이 제 아버님일 가능성이 있어요. 그분을 어떻게 불렀다고요?"

닥터 강은 이산가족이 만나 몸의 흠을 찾느라고 서로 몸의 여기저기를 들추던 정경을 떠올리며 괜스레 코끝이 시큰해 왔다.

"노래 잘 하고 하모니카를 잘 불며 이따금 꼽추춤을 신나게 추는 그 사람을 우린 모두 깡철이라 불렀어. 게다가 영어를 잘 해서 미군하고 쏼라거려 철조망 너머로 초콜릿이나 껌을 얻어내서 더 인기가 있었지."

영어를 잘 했다면 아버지일 가능성이 있었다. 아버지는 그 시대에 뛰어나게 영어를 할 수 있는 사람이라고 어머니가 말해준 적이 있었다. 더구나 인두자국의 추억이 어쩜 아버지를 찾을 끈이 될 것 같아 닥터 강은 바짝 긴장했다.

"깡철이란 분과 같이 지냈던 시절을 들려주세요."

"벌써 사십 년이 가까워져오는 옛일이고 그분이 자네의 아버지란 확증은 없지만, 이 나라의 비극의 현장을 들어두는 것이 아버지를 못 찾고 태평양을 건너가 살아도 도움이 되겠지."

경비 할아버지는 손목시계를 봤다. 벌써 세 시였다.

"피곤하신데 내일 올까요?"

"아니야. 난 어차피 이 밤에 잠을 자선 안 돼. 밤 보초를 선 경비니까."

경비 할아버지는 천천히 입을 열었다.

해가 떨어지면 포로수용소는 어둠으로 인해 모두 머리를 무릎 사이에 묻고 막막한 표정을 감추지 못했다. 바로 옆의 캠프에선 어제 인민재판이 열려 다섯 명이나 죽었고 아래 캠프에선 죽인 사람을 토막 내서 똥통에 담아 바다에 지고 나가 버렸다는 소문이 돌았다. 이런 소용돌이가 전염병처럼 번져 그들이 묵고 있는 캠프에도 파고들어와 오늘 밤 그런 끔찍한 사건이 일어날지도 모른다. 두려움이 달고 온 이런 공포는 포로들 모두의 입을 다물게 했다. 두려움에 오줌이 마려워도 뒷간을 가지 못하고 숨을 죽이는 사람들도 있었다. 이때 용감하게 포로들 가운데서 벌떡 일어나 외치는 자가 있었다.

"사람을 개, 돼지 죽이듯이 살인하는 자들은 모두 빨갱이들이요. 우리가 이대로 있다가는 너나없이 개죽음을 당할 터이니 한데 뭉칩시다."

그러자 몇 사람이 여기에 응해서 '옳소, 옳소' 하고 일어섰다. 전직 경찰관이었던 김두호란 청년은 그렇게 말해놓고는 이렇다 할 조직을 하지 않고 싱겁게 물러섰다. 빨갱이를 싫어하는 사람들은 그들이 뭉치듯이 그렇게 뭉칠 정도로 대항해서 나설 용기나 조직력이 없었다. 어둠을 가르고 보름달이 하늘 한가운데로 떠오르니 한 가닥 열어놓은 천막자락을 비집고 달빛이 파고들어왔다. 구름 한 점 없는 하늘에 둥실 떠오른 달은 이 험한 포로수용소를 평화의 장소로 변하게 했고 밝은 달빛이 닿는 곳엔 아련하게 두고 온 고향산천이 얼찐거렸다.

여기 갇힌 포로들은 앞으로 어떻게 되는 것일까. 북으로 보내진다면 비겁하게 포로가 되었다고 규탄을 받아 처형되는 것이 아닐까. 남쪽에 남는다고 해서 이 캠프로 들어왔지만 그런 소원이 이뤄질 것인가. 제 나름대로 깊은 생각에 빠져들어 천막 안은 점점 짙은 괴기가 감돌았다. 이런 두렵고 답답한 공기를 가르고 갑자기 하모니카 소리가 들렸다. 포로들은 두 귀를 곤두세우고 그 음률에 빨려들어갔다.

울밑에선 봉선화야

네 모양이 처량하다

길고긴 날 여름철에

……

하모니카 소리에 홀려 포로복에 몸을 감춘 사내들은 목을 외로 꼬고 자신들이 이 나라의 장정으로 전쟁에 나와 포로로 잡혔다는 신분도 잊고 눈물을 흘렸다. 누군가가 기어들어가는 목소리로 선창을 하자 포로들은 하나, 둘, 나중엔 전원이 일제히 따라 부르기 시작했다. 한두 사람이 흐느끼기 시작하자 전염병처럼 포로들은 따라 울며 코를 훌쩍거리기 시작했다.

"그 소리 애간장을 녹이는구먼. 따지고 보면 한 피를 나눈 동족에게 이렇게 잡혔으니 뭐가 뭔지 모르겠수다. 내일 몽조리 잡아내서 죽이겠다는 것인지 떠도는 소문처럼 우리를 세균전에 쓰려고 실험실용으로 우리에 가두어 둔 건지 이거 정말 불안해서 살 수가 없시오."

울음소리가 잦아질 즈음 맨 가에 누운 포로가 이렇게 말하자 한가운데 누운 아까의 그 김두호란 청년이 불쑥 일어섰다.

"우리끼리 뭉쳐야 합니다. 이웃한 캠프는 김일성 찬가를 부르고 적기가가 울려나와 김일성에게 충성을 다짐하는데 우리는 노(No) 빨갱이를 자원해서 이 캠프로 왔지만, 저들의 극성에 눌려 떨고만 있으니 이래선 안 됩니다.

남반부인민해방을 위한 것이라며 저들은 저렇게 밤낮없이 애쓰고 있는데 우리는 여기 이러고 웅크리고 있다가 북쪽으로 보내지면 어케 되는 겁니까."

"그럼 우리도 저들처럼 뭉쳐서 전투태세를 가집시다."

"옳소, 옳소!"

노 빨갱이로 자원한 것은 일주일 전이었다. 갑자기 몰려든 유엔군들이 포로들을 막사 한가운데 비어있는 광장에 집합시켰다. 겁에 질린 포로들을 일렬로 세우고 코쟁이들이 목청껏 소리쳤다.

"빨갱이, 노(no) 빨갱이."

"빨갱이, 노(no) 빨갱이."

통역하는 사람도 없이 이렇게 난리를 친 심사에서 그 뜻을 제대로 알아들은 포로들은 미군들이 줄로 세우며 가리키는 빨갱이 줄과, 노 빨갱이 줄을 놓치지 않고 초등학생들처럼 자리를 찾았으나 어릿대는 포로들은 아무데나 서는 촌극도 벌어졌다.

그러니 이 캠프에 온 사람들은 노 빨갱이 줄이 섰던 포로들이었다. 울밑에 선 봉선화란 노래가 끝나고 잠시 숨을 돌릴 즈음 김두호가 아주 구체적인 안을 내놓았다.

"우리 오늘 밤 반공포로로 청년단을 결성합시다."

전직이 경찰인 김두호다운 착상이었다. 유도 삼 단이란 그는 체격도 우람하고 말에도 힘이 있었다. 그러나 그에게 동조하는 사람을 꼭 세 사람뿐이고 나머지는 벙어리처럼 입을 다물었다.

“쉬! 여기가 어디라고 그런 소리를 해. 오늘 침투해 들어온 저 두 사람이 수상할 수도 있어.”

낮에 새로 들어온 포로들을 말하는 것이다. 그중에 한 사람이 하모니카를 불고 있으니 말이다. 그러자 막사 안은 금세 쥐 죽은 듯이 조용해졌다. 하모니카를 불던 포로가 다시 울밑에선 봉선화를 불기 시작했다. 떨림 음과 꾸밈 음까지 간드러지게 넣어 부는 것이 정상에 오른 수준급이었다. 그러나 그 하모니카 소리에 우는 사람은 없었다. 혀를 끌끌 차며 몸을 뒤척이는 포로가 몇 있을 뿐, 민족의 애환을 담은 민요에 마음을 쓰는 사람이 없었다.

한숨을 꺼지게 쉬던 김두호는 잠을 이루지 못하고 뒤척였다.

“이봐요, 김두호 씨, 자네 이러다가 쥐도 새도 모르게 죽임을 당해요. 지금이 어떤 때라고 반공 운운하는 거요.”

거친 음성이 어렴풋하게 잠이 든 포로들의 귀에 들어왔다. 그 누구도 그런 사람이 누군가 보려고 일어나지 않았으며 깊이 잠든 것처럼 짐짓 코를 고는 포로도 있었다.

“너 정말, 이러긴가. 이리 나와.”

달을 등지고 서 있는 거인들이 김두호를 천막 밖으로 개처럼 끌고 나갔다.

“퍽 퍽, 퍼 퍼 퍽…….”

“아이쿠! 사람 살려!”

김두호가 세차게 매질을 당해도 아무도 그걸 말리려고 나가는 사람이 없었다. 모두 숨을 죽일 뿐이었다. 얼마나 시간이 지났을까. 김두호가 엉금엉금 천막 안으로 기어들어 왔다. 밤새 숨이 넘어갈 듯이 끼룩댔던 그 밤은 너무나도 숨이 막히고 무더운 긴긴 밤이었다. 다음날도 하모니카를 부는 포로는 그저 침묵할 따름이었다. 말이 없는 것이 이럴 때는 더 무서운 법이었다. 그 속에 무엇이 들어있는지 알 수 없기 때문이다. 아침을 먹고 식곤증에 절어 조는 녀석들 사이에서 그는 포로복 소매를 잡아당겨 하모니카의 구멍구멍을 닦아내고 있었다.

"여기 하모니카 부는 사람이 있지?"

이 시간대에 갑자기 들이닥친 사람은 미군을 동반한 한국경비병이었다. 미군은 그를 향해 뭐라고 씨부렁댔고 이에 응해서 하모니카 포로는 만면에 웃음을 띠고 미군이 건네주는 봉투를 받은 것이 아닌가. 그도 뭐라고 하는지 유창한 영어로 대답을 해서 그 순간부터 그에 대한 눈초리가 달라지기 시작했다. 영어를 한다는 것은 적어도 빨갱이가 아니라는 증거가 됐기 때문이다. 그가 받은 봉투의 내용물에 대해 포로들 모두의 관심이 집중된 것은 당연한 일이었다. 노 빨갱이를 통솔할 비밀지령문일 수도 있었기 때문이다. 그런 속마음을 읽었는지 모두가 볼 수 있도록 앞에 쏟아놓은 내용물을 보고는 포로들은 입을 삐죽이고 돌아섰다. 굵기가 다른 여러 개의 철사 줄이 봉투에서 나왔기 때문이다. 게다가 미군들이 먹고 버린 케이크 상자까지 끼고 도니 정상적인 인물로 보이질 않았다. 한 주일을 그는 하모니카를 불지도 않고 그 케이크 상자를 가지고 무엇인가를 만들고 있었다. 미군하고 말을 하는 것을 보면 벙어리는 아닌데 그와 함께 들어온 포로랑 간단한 말을 주고받을 뿐 다른 포로들과는 전혀 말을 나누지 않았다.

일주일이 되자 그의 손엔 기타가 안겨있었다. 케이크 상자의 오동반자를 앞 뒤판으로 하고 운두를 레이션 깡통으로 만든 근사한 기타였다. 굵은 G선을 마지막으로 붙들어 맨 뒤에 그는 기타 줄을 튕기기 시작했다. 하모니카보다 더 멋지고 흥겨운 가락이 그의 손끝에서 살아났다. 함께 들어온 그의 친구가 포로 윗옷을 단추가 뒤로 가게 입고는 그 가락에 맞춰 춤을 추기 시작했다. 등에 넣으라고 양말을 뭉쳐 던져주는 포로가 있어 막사 한가운데가 꼽추춤을 추는 무대가 되어버렸다. 신바람이 난 하모니카 광대도 친구를 따라 우스꽝스러운 몸짓으로 꼽추춤을 추기 시작했다.

그날부터 그들 두 사람을 포로들은 광대라고 부르기 시작했다. 찌는 듯이 더운 한낮엔 그들, 광대 두 사람은 포로들이 나가앉은 밖으로 무대를 옮겼다. 그들 짓거리론 흥이 부족하다는 걸 깨달은 다른 포로들이 합세하기 시작했다. 어떤 이는 군용도시락을 두드려댔다. 어떤 이는 레이션 깡통을 돌로 득득 긁었다. 숟가락으로 가락에 맞춰 짝짝대는 사람도 있었다.

비단 장사 왕서방
명월이 한테 반해서
비단 팔아 모은 돈
……

중국 사람처럼 발을 뒤뚱거리며 춤을 추는 무리가 늘어나자 둘러선 사람들은 포로라는 신분도 잊어버리고 까르르 까르르 웃으며 어린아이들처럼 손뼉을 쳐가며 박자를 맞췄다. 철조망을 곁에 두고 벌어진 이 멋들어진 원시적인 오페라에 끌려 철조망 밖을 맴돌던 미군이 다가왔다. 그는 뭐라고 지껄이더니 그 말이 통하질 않자 피식 웃고는 포로들 모두가 알아들을 한마디를 했다.

"코리안 넘버원, 코리안 심포니 오우 케이."

그러자 이쪽에서도 지지 않고 외쳤다.

"할로 오우 케이. 까댐. 기미 찹찹 매니매니 오우 케이."

포로들이 아는 영어를 모조리 긁어모아 한다는 소리가 이 정도였으나 미군은 무슨 생각을 했는지 주머니를 뒤져서 껌 한 통을 포로들을 향해 휘익 던져주었다. 껌뿐만 아니라 초코릿도 날라오고 담배도 철조망을 넘어 날라들어왔다. 이걸 줍기 위해 포로들은 넘어지고 깔리고 울고 웃고 야단들이었다.

이렇게 왁자지껄하게 떠드는 동안 김두호는 천막에 혼자 앉아 있었다. 며칠 전 밤에 끌려 나가 맞은 볼이 아직도 퍼렇게 멍들어있었고 다리를 세차게 맞았는지 잘 걷지를 못했다. 그는 혼자 처량하게 앉아 종이쪽에 무엇인가를 끄적거리며 천장을 올려다보고 눈물을 글썽거렸다.

끔찍한 사건은 바로 그 밤에 일어났다. 미군들을 상대로 먹을 것이나 구걸하고 깽깽이를 만지작거려 포로들의 정신을 죽이고 있는 저 광대들을 인민재판에 부치자는 것이었다. 반공포로 캠프라고 알려진 막사에 언제 침투해왔는지 친공포로들이 살기로 등등했다. 사실 이 캠프는 과거 국군낙오병, 경찰, 기독교인, 관리, 민보단원 등 우익들이 다수를 이루고 있었다. 그런데도 아무도 반항하고 나서는 이가 없었다. 이런 혼란의 와중에 다수의 포로들 중 과연 누가 누군지 모르기도 하지만 친공포로들의 막강한 조직을 당할 재간이 없다는 것을 이미 이들은 체험을 통해 알고 있었기 때문이다. 어떻게 하면 살아남을 수 있을까를 모색하느라고 각자는 눈치를 보며 전전긍긍했다. 어둠이 내리면 미군경비병들은 일제히 철수하고 모든 캠프는 포로들의 세상이 되는 것이다. 이런 밤에 무슨 수를 써서라도 살아야 한다는 것이 이들이 체험한 진리였다.

한밤중에 포로들이 자석에라도 끌리듯이 모두 광장으로 불려 나갔다. 비판대회가 열린 것이다. 두 명의 광대와 반공청년단을 결성하자고 나섰다가 매를 맞은 김두호, 이렇게 세 사람이 대상이었다. 제일 먼저 김두호의 이름을 불렀다. 반항하며 발버둥치는 그가 와르르 덤빈 포로들의 힘에 밀려 검불처럼 군중의 한가운데로 밀려 나갔다. 아아! 언제 이 모든 포로들이 북쪽 편이었을까 하는 공포로 모두 한마디씩 거들지 않고는 죽임을 당할지도 모른다는 무서움에 들떠서 제멋대로 고함을 치기 시작했다.

"과거에 경찰을 한 놈이요."

"그놈은 악질반동이요, 우리애국지사들을 학대했소."

"미군과 연락하며 혼자 숨어서 지령문을 받아쓰는 걸 봤소."

"그자가 우리를 세균전에 팔려고 음모하는 비밀지령문을 읽는 걸 보았단 말이요."

"죽여라, 죽여라. 저놈을 죽여라."

"내 눈으로 똑똑히 봤는데 그놈은 미제국주의자들과 붙어 우리 인민들을 백 명이나 죽였단 말이오."

그 밤은 비가 부슬부슬 내리고 있었고 팔월에 흔한 태풍이 부는 밤이라 철럭이는 바닷물소리가 요란했다. 가랑비가 장대비로 바뀌어 억수로 퍼붓기 시작하자 포로들은 한 사람, 두 사람 자리를 뜨기 시작했다. 그때 누군가가 소리쳤다.

"비를 피해 들어가는 사람도 반동이요."

그 한마디가 무서운 위력을 발휘했다. 배터리의 힘으로

움직이던 인형들이 전류가 끊어졌을 때처럼 일제히 동작을 멈춘 것이다. 천막 안에 이미 들어간 사람들은 기어나와 비가 퍼붓는 광장으로 뱀처럼 몸을 굴렸다. 중간쯤 달리던 사람은 손발이 얼어붙어 움직이지도 못해 우스꽝스런 동작으로 그 자리에 서버렸다가 서서히 꼭두각시처럼 움직여서 느리게 광장으로 모여들었다.

"이 자를 어떻게 할까요."

"특급으로 죽여버리라우요."

"일급으로 쳐 죽이시오."

"아니오. 이급으로 합시다."

"저렇게 벌벌 떠는데 삼급으로 합시다."

목구멍이 바늘구멍 같아서 음식을 먹을 수 없다는 아귀들처럼 군중들은 떠들기 시작했다. 특급은 돌 작업으로 타살하는 것이요, 일급은 태형이 이백 대요, 이급은 백 대, 삼급은 오십대로 이런 린치를 당한 사람치고 살아남는 사람이 있다면 기적이었다.

"비가 이렇게 오는데 어서 해치웁시다. 특급으로 합시다."

"옳소, 옳소."

포로들은 성난 짐승처럼 포효했다. 바람을 동반한 빗발이 너무 굵어지니 바닷물이 흉용해서 성난 바다의 울부짖는 소리가 저들을 더욱 춥게 해서 그 분풀이가 김두호란 반동분자에게 있다고 생각한 모양이다. 모두가 오른손을 쳐들고 저마다 그를 어서 죽이라고 외치기 시작했다.

건강한 청년들이 김두호를 둘러쌌다. 비판대회에서 결정한 형을 집행하는 기관이 이미 조직되어 있는데 놀라버린 포로들은 비에 푹 젖어 생쥐처럼 오그라든 몸을 덜덜 떨었다. 동질화의 압력에 휩싸여 모두가 형을 집행하는 이들의 편이 됐다. 이들과 합세하지 않고 잠잠하면 큰일이 날 것처럼 잘잘못을 가리기에 앞서 힘 있고 권력 있는 쪽 편을 들었다. 역도와 운동으로 단련한 몸집이 큰 특별행동대원들이 빗속에서 장대한 귀신들처럼 보였다. 거제도의 산비탈은 빛깔이 고운 진흙이라 비가 오니 피 빛깔의 속살을 요염하게 들어냈다. 번개가 번쩍 칠적에 순간적으로 드러난 흙 색깔은 아가리를 딱 벌린 뱀의 입속처럼 섬뜩해서 모두 진저리를 치며 어서 이 순간이 끝나기를 기다렸다. 몽둥이가 사정없이 김두호의 몸 위에 떨어졌다. 처음에는 우윽하는 신음을 토하더니 나중엔 뱀을 토막으로 잘라놓은 것처럼 팔 다리를 바들바들 떨었다. 머리에서 흘러내린 피가 빗물과 섞여 이미 드러난 붉은 황토를 더 짙게 물들였다. 어서 빨리 죽어주기를 모두 기다렸으나 그의 목숨은 끈질기게 이어졌다. 경찰이라는 직업이 죽음에서도 저렇게 여력을 발휘하는 모양이다.

아무튼, 그는 매를 맞다가 정신이 들면 벌떡 일어나 앉았고 또 난타당하고는 모로 쓰러지기를 수십 번했다. 그날 밤이 꽤 깊어 새벽이 다가올 즈음에야 그는 숨을 거두었고 그런 김두호를 묻으라고 파놓은 구덩이까지 옮기는 책임이 두 광대에게 주어졌다. 그 밤에 비가 오지 않았더라면 이들 두 광대도 김두호처럼 붉은 법정에서 사라졌으련만 신의 도움이었는지 그 시간에 몰아친 태풍으로 인해 연기된 셈이다. 몸이 가지색으로 물들고 빨갛게 충혈된 두 눈을 무섭게 부릅뜬 김두호의 시체를 두 광대는 들어올리지도 못했다. 죽으면 그렇게 무거워지는 것인지 두 사람은 빗물과 피에 젖어 축 늘어진 시체를 놓고 꼼짝 못했다. 네 사람이 더 불려나가서 여섯이서 겨우 숨이 떨어진 김두호를 들었다. 시체에서 흐르는 물과 피가 운반하는 이들의 옷을 흠뻑 적셨다. 죽으면 그렇게 몸이 빨리 식는 것일까. 시체는 뻣뻣하고 돌처럼 단단하고 차가웠다. 입에서 피가 울컥 쏟아지는 바람에 하모니카를 불던 광대가 머리를 받치고 가다가 기겁해서 놓아버렸다. 바로 그 순간 무엇인가 죽은 이의 몸에서 땅에 떨어졌다. 하모니카를 불던 광대가 잽싸게 그 떨어진 물건을 주웠고 그 행동이 너무 민첩해서 아무도 순간적으로 일어난 일에 신경을 쓰는 사람이 없는 것 같았다. 시체는 천막 뒤에 우물을 판다고 한 길이 넘게 파놓은 구덩이에 던져졌다.

새벽빛이 천막 사이로 파고 들어오자 간밤의 사건을 악몽으로 여기고 포로들은 머리를 흔들며 침묵했다. 서로 믿지 못해 눈도 크게 뜨지를 못하고 피차 눈이 마주치는 것도 피했다. 해가 동쪽 하늘을 타고 기어오르자 모두 천막을 나와 서성거렸다.

한낮이 기울 즈음 돌연히 포로들이 멀거니 보는 앞에서 하모니카를 불던 광대가 미군이 있는 철조망을 향해 달음질하는 것이 아닌가. 철조망은 이중으로 쳐져 있었고 그 사이가 넓어 두 개의 철조망을 넘어야 하는데 과연 그는 성공할 것인가. 그는 나무를 타고 올라가듯이 그 철조망을 기어오르기 시작했다. 포로들은 손에 땀을 쥐고 그저 멍청히 이성적으로 불가능한 일을 행하는 하모니카 광대를 바라볼 뿐이었다. 포로들과는 할로 오우 케이, 코리안 심포니 넘버원으로 통하고 어쩌다 먹을 것을 던져주었던 착해 뵈던 미군이 하모니카 광대가 기어오르는 철조망 저쪽에 서 있었다.

"저놈을 잡아라. 저놈이 첩자다. 특급으로 간 김두호의 지령문을 저놈이 인계했다. 오늘 어두워지면 저놈을 인민재판에 부치려던 참이다, 저놈을 잡아야 자본가자식들이 어떤 음모를 세웠는지 알 수가 있다."

간밤에 힘을 자랑했던 무리가 이렇게 외치며 그를 따라 철조망으로 우우 몰려갔다. 그러자 예서제서 수군거리기 시작했다. 저 하모니카 광대가 정말 미제국주의새끼들이 파견한 첩자일까? 어쩐지 영어를 잘 지껄이더니 그런 내막이 있었군. 하모니카 부는 멋이나 손수 만든 기타 솜씨는 일품인데 가엾게도 그런 짓을 했다니. 둘러선 포로들은 아연해서 죽음을 각오하고 철조망을 기어오르는 광대를 지켜봤다. 그리고 모두가 그가 진짜 광대이기를 바랐다. 줄을 타는 광대처럼 아니 원숭이처럼 아니 새처럼 훨훨 이중으로 쳐진 철조망을 훌쩍 넘어가기를 염원했다. 철조망의 가시에 찔려 그의 몸에서 흘러내리는 피가 간밤에 내린 비로 아직 젖어있는 흙을 시뻘겋게 물들이기 시작했다. 이렇게 피를 흘리면서도 어찌된 일인지 그는 첫 번째 철조망의 중간쯤에 매달려 더 이상 움직이지를 못했다. 가시에 몸과 옷이 찔려 걸린 탓도 있겠으나 철조망을 타는 사람이란 이 세상에 없기 때문일 것이다. 그는 거기에 그렇게 매달려 잠자리가 거미줄에 날개가 걸려 있듯이 한참을 비비적거리고 있었다. 특별행동대원 한 사람이 그를 잡아 내리려고 철조망으로 달려들었다. 할로우 오우케이 미군 병사가 겁을 먹고 총을 꼭 껴안은 채 철조망의 사건을 지켜봤다. 케이크 상자와 기타 줄을 구해다주었던 바로 그 병사였다. 필사적으로 철조망을 기어오르던 광대는 그의 두 다리를 붙잡고 늘어지는 행동대원의 힘에 끌려 떨어지지 않으려고 발버둥쳤고 그 바람에 철조망 가시에 찔린 허벅지에선 피가 뭉클뭉클 쏟아져 나왔다.

"빨리 어서 잡아당겨. 그리고 그 자식 호주머니를 뒤져봐. 어제 특급으로 간 녀석이 숨기고 있던 지령문을 저놈이 전해 받았다는군. 어서 그 쪽지를 찾아야 해."

"그는 음악을 좋아하는 단순한 깡깽이 광대일 뿐인데……."

이렇게 철조망에 매달린 광대를 동정하는 소리도 있었다. 그러나 그 소리는 기어들어가는 모기소리라 힘을 발휘하지 못했다.

"시체를 운반하던 포로가 두 눈으로 정확히 보았대요. 죽은 김두호의 주머니에서 떨어진 지령문을 하모니카 광대가 잽싸게 감췄다는군요."

포로들 속에서 이렇게 외치는 목소리가 사열하는 군대를 향해 호령하듯 우렁차고 쇳소리가 나게 울려 퍼져 웅성거리던 포로들은 모두 숨을 죽이고 철조망에 매달린 두 사람을 지켜봤다.

진땀을 흘리면서 이들의 대결을 지켜보던 할로우가 땅바닥에 흘러내리는 피의 양이 점점 많아지자 허리춤에서 권총을 꺼내더니 그들을 향해 겨냥했다. 숨 막히는 순간이었다. 철조망 이쪽과 저쪽이 어떤 판단을 내리기도 전에 할로우의 총구는 불을 뿜었고 놀란 포로들은 뒷걸음질을 치며 뒤로 물러섰다. 툭 한 사람이 철조망에서 떨어졌다. 광대의 두 다리를 잡고 늘어지던 덩치가 큰 포로였다. 하모니카 광대는 여전히 철조망을 기어오르느라고 허우적거려서 피가 강을 이루어 흘러내렸다. 그 순간 경비병들이 들이닥쳤고 총을 쏜 미 병사는 무릎을 꿇고 앉아 우우 신음하며 동물처럼 울음을 토해냈다. 철조망에 매달려 사색이 되어있던 하모니카 광대는 미군들과 한국경비병들이 가져온 들것에 실려 나갔고 배에 총알이 관통해서 죽은 포로는 행동대원들이 어느새 감췄는지 경비대들이 들어와 샅샅이 뒤져도 허탕이었다. 그 뒤 하모니카 광대는 강한 철처럼 주장이 단단하고 멋진 사나이였단 뜻에서 광대란 별명에서 강철 같은 사나이란 뜻의 "깡철"이라 불리기 시작했다. 강철 같은 사나이는 무서워서 이리저리 방황하며 몸을 도사리는 포로들에게 우상 같은 존재였고 비록 들것에 실려 나가긴 했지만 철조망을 빠져나간 유일한 사람이었다.

도심지의 새벽은 사람 소리와 자동차 소리로 깨어나기 시작했다. 더럽게 때가 묻은 감색으로 물든 동쪽하늘이 밝아왔다. 닥터 강민구는 경비 할아버지의 이야기를 들으며 묵묵히 앉아 잠깐씩 고개를 끄덕일 뿐이었다.

"그 뒤에 그분은 어떻게 되셨나요?"

"아무도 모르지, 철조망 가시에 찔려 피를 너무 많이 흘렸으니 야전병원으로 옮겨가 죽었을 것이라는 소문도 돌았고 살아났다면 할로우의 도움으로 철조망 안엔 절대로 들어오지 않았을 거란 소문도 돌았지."

"그 쪽지는 찾았나요?"

"그걸 찾으러 거제도 캠프의 친공포로들이 혈안이었다니 그 사람 다시 수용소에 돌아왔다면 살아남지는 못했을 거야."

"꼽추춤을 췄다는 포로를 아시나요?"

"하모니카 광대 옆에서 꼽추춤을 잘 추었던 광대 말인가? 그걸 어찌 알 수가 있나."

"왜 갑자기 꼽추춤을 추던 친구를 버리고 혼자 철조망을 기어올랐을까요? 그럴만한 사건이 그 전에 있었겠지요."

"그 밤에 인민재판을 받고 죽을 것이니까 혼자라도 살려고 그랬겠지."

"아니에요. 잘 기억을 더듬어 보세요."

"그전에 일어난 사건이라면 G-밥통 사건뿐이 없었는데."

"그게 무슨 밥통인데요?"

"아하하…… 양색시들이 이따금 그런 식으로 들어왔거든."

"전 시시하게 양색시 이야길 들으려는 게 아니에요. 그분이 혹시 살아계시다면 주소를 얻을 수 있을까요?"

"글쎄, 하도 오래전에 일어난 사건이라 놔서."

경비 할아버지는 머리를 갸우뚱거리며 생각에 잠겼다.

"아! 이 사람을 찾아가면 그분의 주소를 얻어낼 수도 있을지 몰라. 강신정 목사라고. 포로 선교를 맡았던 목사지. 우선 거길 찾아가 보고 며칠 후에 내게 들리구려. 나도 수소문해 보지."

"강신정 목사님의 주소는 어떻게 얻지요?"

"유명한 목사님의 전화번호니 전화번호부에서 찾아보

구려."

민구는 종이쪽지에 '강신정 목사님'이라고 받아썼다. 허탈감과 실망이 민구를 덮쳤다. 아버지는 목사직을 버리고 어쩌자고 광대노릇을 했단 말인가?

"할아버지 감사합니다. 저녁에 다시 들르지요."

"너무 상심 마시라요, 다 지나간 일이 아닌가. 흐르는 물이 큰 바위에 걸려 빙빙 돌듯이 어쩔 수 없이 우리세대가 휩쓸려 들어간 급류니, 잊어버리게. 내래 어케 그걸 잊을 수 있갔디오만 기래두 잊어야제."

잊었던 이북사투리를 뒷말에 넣으면서 민구를 배웅하는 눈곱 낀 노인의 눈이 조금 붉어졌다. 밤새 말한 것이 허리를 아프게 했는지 노인은 두어 번 허리를 두드렸다. 호텔로 돌아오며 민구는 짙게 밀려오는 피곤으로 대수술을 한 것만큼이나 목뒤가 뻐근해 와서 이제 완전히 밝아진 희뿌연 하늘을 향해 머리를 뒤로 젖혔다. 아아! 아버지가 깽깽이를 치며 춤이나 추었던 광대로 변신했다니……. 누를 수 없는 연민의 정이 그의 가슴을 저몄다. 아버지에 대해서 태어나 처음 느껴보는 그런 류의 아픔이었다.

역사 속에 숨겨진 흔적

강철희, 그의 아버지는 유명한 목사로 닥터 강민구 앞에 나타났다가 며칠 사이에 하모니카 광대니 꼽추 광대니

하는 이상한 사람으로 그의 앞에 다가왔다. 존경받아야 할 목사님이 어째서 광대로 변신해야만 했을까? 참으로 기막힌 일이고 모를 일이다.

우주를 생각하고 그것과 비교하여 자신을 분석할 수 있는 사람은 겸손해진다고 한다. 게다가 철학적 깊이를 더한 사람은 영혼의 울림을 듣고 세상 만물이 내는 미세한 소리까지 들을 수 있어 시인이 되는 것이 아니겠는가. 그런 사람이 되지 않는다 해도 죽음을 해결하려고 방황하던 사람은 창조주를 찾아내서 하나님을 믿는 크리스천이 되었을 것이다. 불가시적인 것을 가시적인 것으로 여기는 믿음은 은혜로 신(神)이 선물한 것이 틀림없다. 그 경지까지 이른 믿음을 가졌을 목사인 아버지는 아무리 어려운 지경에 부딪혀도 범인으로 행동할 수 없을 것이다. 고난 가운데 정금처럼 다듬어진 믿음의 사람들 이야기가 주변에 얼마나 많단 말인가. 꼽추춤이나 추다가 하모니카를 불고 손수 만든 기타를 치며 사람들을 웃겨서라도 자신의 목숨을 연명할 정도로 아버지는 나약한 믿음을 소유한 바보였단 말인가. 그렇다면 너무나 큰 실망을 민구에게 안겨줄 것이다. 아버지는 민구가 요 며칠간 믿어왔던 존경받았던 목사가 아니라 목숨에 연연한 바보스러운 평범한 인간이었기 때문이다.

그가 한국행을 결정하고 아버지를 찾기로 결심한 것은 그를 버린 아버지가 성공해서 유명한 목사님이 되어 있을 것이란 은밀한 바람을 내심 지니고 있었음을 숨길 수 없었다. 설령 생존해 있지 않다고 해도 부끄러운 삶을 살지 않았으리란 확신도 있었다. 어쨌든 아버지는 기름부음 받은 목사가 아닌가. 살려고 발버둥친 아버지가 기이한 옷을 입고 이상한 몸짓으로 씰룩거리며 춤을 추는 모습이 그의 눈앞에 어른거렸다. 아아! 불쌍한 아버지……. 어쩌면 아버지는 민구를 위해서 또 할머니와 어머니, 동생 민숙이 때문에 이렇게 해서라도 살려고 했던 것일까.

솔직히 고백하자면 유명해진 아버지를 만나 그의 무의식 속에 숨어있을지도 모르는 깊은 사랑과 정을 시험해 볼 의향이 있었다. 이산가족이 만나 부둥켜안고 우는 것처럼 말이다. 이국에 보내져서 사랑을 받는데도 너무 긴장했었고 그곳에서 경험하는 사랑은 덤덤하고 밍밍한 것이어서 울부짖을 정도의 짙은 사랑을 그는 동경하고 있었다. 그러나 만약 경비 할아버지가 말한 하모니카 광대가 아버지라면 그는 목사직도 버리고 북쪽에 있는 가족도 만나지 못하고 폐인이 되었거나 광인이 되었을 것이다. 누더기를 걸치고 거리를 방황하는 거지노인이 그의 눈앞에 알찐거려 가슴이 답답해 왔다.

거제도 한내에 가야 한다. 아버지가 남쪽에 남았다면 분명히 아들인 민구를 찾아 그곳엘 갔을 것이다. 그 섬에서 아버지는 지금도 아들인 민구를 찾으며 거지, 광인으로 길에서 헤매고 있는 것이 아닐까. 그러나 반대로 북쪽으로 갔다면 아버지는 어머니를 만나 한 가정을 이루고 살 것이 분명했다. 그래서 아버지는 아들을 찾을 수 없었는지도 모른다. 북한에 살면서 어떻게 미국에 있는 아들을 찾을 수 있단 말인가. 북으로 간 것이 확실하다면 거기에 가서라도 더듬어 알아볼 필요가 있었다. 어떤 일이 있어도 병원으로 돌아갈 날짜를 연장해서라고 아버지의 행적을 더듬어 보리란 결심을 했다.

아버지와 헤어진 어린 시절엔 아버지를 이해 못 했지만 사십이 넘은 나이에 이르니 죽음의 소용돌이에서 광대로 변신해야만 했던 아버지를 이해하고 싶었다. 목사인 아버지는 애증으로 인해 심한 거부감과 배신감을 안겨주었는데 광대인 아버지는 연민의 정을 누를 수 없을 정도로 그를 잡아끌었다.

"앵주에요. 오늘 스케줄은 어떤가요?"

벌써 9시가 된 모양이다. 한숨도 못 자서 벌게진 눈을 비비며 민구는 앵주에게 그날의 일을 지시했다.

"이산가족 찾기에 기록된 명단을 열거해보고 하모니카 광대나 꼽추 광대를 찾는 사람이 있나 알아봤으면 해."

"이상하네요. 이름도 없이 웬 광대예요?"

"그게 어제 밤새워 얻어낸 정보야."

"알았어요."

"저녁 6시에 호텔 로비에서 만나지."

앵주를 보내놓고 민구는 강신정 목사님 댁을 방문하려

고 여기저기 수소문했다. 다행히 연락이 닿아서 그는 택시를 잡았다. 신흥마을이라 집들이 개성을 살려 지어져서 나름대로 아름다움을 지닌 동네였다. 상추와 쑥갓이 먹음직스럽게 자란 채마밭을 끼고 강 목사는 살고 있었다. 전화하고 와서인지 사모님이랑 반가이 맞아주었다. 백발의 머리에 넉넉한 성품, 둥근 얼굴에 다정한 미소를 짓는 강 목사 앞에서 민구는 아주 오랜만에 멀리 떠났던 제집에 돌아온 기분이었다.

"거제도 포로수용소에 관한 걸 묻겠다고 하셨지요?"

"네, 전 전쟁고아로 미국에 입양되었습니다. 지금은 정형외과 의사로 미국에 살고 있습니다. 귀소본능이랄까 이 나이에 핏줄을 찾으러 나왔답니다."

"왜 하필이면 거제도 포로수용소에서 아버지를 찾겠다고 생각했지요?"

"인민군 포로면서 북쪽으로 가지 않겠다는 서명운동이 있었지요. 우연히 북송반대 혈인명단에서 강철희란 제 아버님의 함자를 찾아냈답니다."

"혈인이라면 거제도 반공포로 이야기인데 그 서명란에 자네 아버지의 성함이 있었단 말이지요?"

민구는 북장로교 박물관의 도서관에서 복사해온 아버지의 이름이 들어있는 혈인지를 그의 앞에 펼쳐놓았다. 강 목사는 감개무량한 듯 그 종이쪽을 들고 드려다보다가 민구가 붉은 줄을 그어놓은 강철희란 이름 밑에 와서 잠시 시선을 멈추었다.

"한국인의 이름은 동명이인이 많게 마련이니 어떻게 이 사람이 자네의 아버지란 걸 알 수 있겠나."

"그래서 지금 이렇게 추적하고 있는 것이 아닙니까."

"벌써 서른일곱 해가 지난 이야기야."

"아버진 목사였답니다. 목사가 그의 신분을 숨길 정도로 상당한 고통을 당한 모양입니다. 하모니카 광대였다는 이야기도 들었어요."

"목사였다면 왜 신분을 숨겼겠나?"

"저도 그 점이 이상해요."

"미국에서 예까지 나왔다니 이 나라의 역사를 이해하고 가는 것도 좋을 걸세."

민구는 같은 성씨인 강 목사에게서 아버지를 떠올렸고 갑자기 강렬한 친근감을 느꼈다. 그는 안방으로 들어가서 한참 무엇인가 찾는 듯 멈칫거리더니 빛바랜 사진들을 들고 나왔다. 그리고 말없이 사진 다섯 장을 골라주었다. 민구는 두 손으로 정중하게 그것을 받았다. 물자가 귀한 시절이라 그랬는지 삼사 센티 정도의 사진은 명함의 절반 정도뿐이 안 되는 아주 작은 것들이었다. 옛 사진이 다 그렇듯이 인물중심이 아니고 배경에 신경을 써서 찍은 탓에 사람 얼굴은 깨알만하고 멀리 미루나무와 산이 보이고 벌판이 찍혀있었다. 발등까지 치렁거리는 치마를 걷어 올린 듯 천막 끝이 말려올라간 셀 수 없이 많은 막사들이 점점

이 펼쳐져 있었다. 컬러사진이 아니라 그 당시의 정확한 옷 색깔을 짐작할 수 없었지만 국방색 일색임이 틀림없었다. 헐렁한 몸베바지 스타일의 포로복을 입은 한 남자가 찬송가와 성경을 쌓아놓고 담요로 탁자를 둘러친 단 앞으로 나와 상을 타고 있는 장면을 담은 사진이 인물을 가장 크게 클로즈업시킨 것이었다. 사진 속 인물들의 머리로 봐선 새까맣다고 짐작되어 젊음을 지닌 청년들임을 부인할 수가 없었다. 천막 앞에 붙여놓은 팻말엔 '교회'라고 쓰여 있고 그 밑에 영어로 CHURCH라고 새겨진 사진의 한복판에 강신정 목사가 지금과는 판이한 잘 생긴 청년으로 웃고 서 있었다.

"포로들이 살았던 장소와 복장 그리고 그 상황을 짐작하라고 이 사진을 보여주는 것이요."

민구는 광장에 셀 수 없이 촘촘히 앉은 사람 중에 어쩜 강철희, 자신의 아버지도 있을 것 같아 아무리 눈을 크게 뜨고 훑어봐도 점으로 찍힌 사진 속의 인물을 그 누구도 알아볼 수 없었다.

"거제도 포로수용소에 대해서 듣고 싶어요."

"거제도 포로수용소는 가장 놀랍고도 전율한 만한 이야기를 지닌 곳이라고 할 수 있지. 하나님은 이 나라에 특별한 뜻을 두었던 것이 틀림없어요. 한군데에 몰아넣고 남북 간에 치열했던 전쟁을 작은 섬에서 재현시켰고 그의 종들을 보내 사역하게 이끄셨지요. 1951년 9월 17일부터 좌익포로들이 폭동을 시작해서 완전히 두 쪽으로 갈라진 거제도 포로들은 천막에 갇혀 자기들끼리 이데올로기 싸움을 벌인 셈이 됐지요. 행동반경이 좁아진 상태에서 그들은 자기존재의 문제와 죽음, 또 삶의 가치를 깊이 생각해야 하는 아주 절박한 장소가 되었으니 황금어장으로 변했다고 할 수 있겠지요. 포로석방 후 신학교 희망자가 642명이었으며 그들이 지금은 남한 땅 요소요소에서 교회를 맡아 일하고 있어요. 심지어는 미국이나 유럽에 나가 선교사로 일하는 목사들도 많아요. 짧은 시일에 전격적으로 복음이 전파된 지역이 바로 이 거제도 포로수용소라고 할 수 있지요. 윤번으로 시청각선교를 할 때도 활동사진을 보려고 포로들이 장터처럼 몰려왔을 정도였으니까요. 왕중왕, 창조주, 탕자의 비유, 오순절, 나아만, 요셉이란 영화가 주로 상영되었으니 갇힌 그들에게 복음이 얼마나 크게 작용했겠어요. 반면 북쪽 편인 포로들이 바짝 더 난폭해진 계기도 되었어요. 한마디로 두려웠던 거야요. 1951년 12월 14일 유엔군 군종감인 파커 소장이 워싱턴에서 거제도에 와서 포로선교 상황을 시찰하며 브리핑을 듣고는 감탄을 연발했으니 그때의 전도파급이 얼마나 강렬했는지 짐작하겠소?"

"레이션 깡통으로 만든 감사패를 미국장로교 박물관에서 봤습니다. 놀라울 정도로 예술성이 뛰어나더라고요."

"아하! 그거라면 아직도 내 기억에 생생하지요. 일주일

예정으로 포로전시회를 열었는데 출품작을 보고 모두 감탄했어요. 전시관은 캠프의 중앙인 광장을 이용했는데 깡통으로 서울시를 만들고 주변에 철도를 놓아서 그 철길이 북으로 연결되어있고 함흥 질소공장의 모형도 만들어놨지요. 프로펠러가 돌아가는 비행기를 만들어 공중에 매달아놓고 웅덩이에 물을 넣어 배를 만들어 달리게도 했어요. 전시관 앞엔 곰을 만들어 사람이 들어가면 입을 딱 벌리며 혀를 쑥 내밀어서 모두 함성을 질렀지요. 레이션 깡통으로 만든 액세서리는 어찌 정교한지 나도 꽃병과 재떨이를 선물로 받았는데 간직하질 못했어요. 한 길이 넘는 크기로 깡통 조각을 오려만든 마돈나 상은 어찌 예술적인지 미군들이 달라고 졸랐지만, 포로들이 그걸 내게 주어서 장승포 교회에 기증했는데 아마 다 녹슬어 없어졌을 거야요. 여름철에 열려서 민간인들이나 밖의 군인들이 많이 가져갔다고 들었어요. 일본에 주둔한 맥아더 사령부의 고급장교들이 와보고는 탄복하면서 이렇게 농담을 하더군요. 이대로 두면 이들이 비행기를 만들어 공중으로 도망칠까 봐 걱정이라고. 우리 민족은 한국동란을 기해서 비극을 겪었지만, 하나님의 택한 백성으로 급속한 훈련을 받은 셈이지요. 달란트를 많이 받은 이 민족이 서서히 태동을 시작한 것이니 그 겁나던 고난도 이제 생각하면 우리에게 유익해서 그저 감사할 뿐이지요."

"참으로 놀라운 시각입니다. 여자포로들도 있었나요?"

"여자포로들이 육백여 명이었다고 기억되는군요. 그중에서 백오십여 명이 민주의 딸 일동이란 이름으로 왜 강도의 흑막 속으로 다시 집어넣으려 하느냐며 진정서를 냈는데 그 혈서에 혈흔이 임리(淋漓)하여 눈시울이 뜨거웠지요. 우리민족은 이스라엘과 유다가 남북으로 나뉘어 동족끼리 전쟁을 치른 비극의 역사를 왜 답습해야 하는지……."

"그것도 하나님의 뜻이란 말입니까? 그건 전적으로 인간의 잘못입니다."

"역사를 주관하시는 분은 하나님이니 우린 영안을 뜨고 긴 안목으로 봐야겠지요."

강신정 목사의 너무 도식적이고 편견적인 사고에 그는 벽이 막아섬을 느꼈다. 그의 신앙이 어느 면에선 답답할 정도로 고지식하고 융통성이 없는 사람으로 만드는 것이 아닐까. 그의 아버지가 그랬던 것처럼 이분도 울컥 메스꺼움을 안겨주었다.

"제 아버님이 목사였으니 이렇게 많은 크리스천이 운집했을 때에 그냥 숨어 있진 않았을 것이란 생각이 드는데요."

"성경학원도 운영되었고 사경회는 물론 새벽기도모임까지 했으니 그 당시의 기록을 들추면 혹시 강철희란 이름이 나올지도 모르겠네요."

"그런 서류를 가지고 계신가요?"

"큰 귤 상자에 넣어도 차고 넘칠 만큼 간직하고 있어요."

"지금 볼 수가 있나요?"

"어허! 성급하기는. 삼십칠 년이 넘도록 보자는 사람이 단 한 사람도 없었는데 그걸 왜 버리지 않고 잘 보관했는지 이유를 알겠군. 그러나 오늘은 힘들어요. 광 구석 여기저기 넣어놨으니 나도 하루는 걸려서 찾아야지."

"그럼 내일 다시 방문할까요?"

"그러지."

민구는 강 목사님 댁을 나오며 이러다간 아버지를 찾는 일이 벽에 부딪혀 허탕치고 미국으로 돌아가는 것이 아닐까 하는 불안을 떨쳐버릴 수가 없었다.

앵주와 약속한 시간보다 한 시간이 빠른 시각이라 호텔로 돌아온 민구는 에어컨이 돌아가는 커피숍에 자리를 잡았다. 그리고 유명한 탐정처럼 아버지의 행적을 어떤 방법으로 추적해야 할까를 곰곰이 생각했다.

"어머! 여기 계셨군요. 이럴 수가 있어요. 이걸 보세요."

앵주가 깊은 시름에 잠겨있는 민구 앞에 공처럼 튕기며 앉더니 흥분을 감추지 못해 얼굴까지 붉히고 숨을 헐떡였다. 그녀는 떨리는 손으로 백을 뒤적여 수첩을 꺼냈다.

"일이 잘 됐어?"

"그럼요. 아주 쉽게 찾아냈어요. 하모니카 광대를 찾는 분이 있었어요."

"그래. 찾는 사람은 누구야?"

"이름도 없이 꼽추 광대라고 쓰여 있어요."

"정말이야."

앵주의 손을 덥석 잡는 민구의 얼굴에 금세 화색이 돌았다. 얼마나 희한한 일인가!

"저도 꼭 귀신에 홀린 것 같았어요. 민구 씨가 하모니카 광대니 꼽추 광대니 해서 이상하다고 생각했거든요."

"주소는 알아냈어?"

"꼽추 광대의 주소는 기록돼 있지 않고 연락처로 전화만 032로 시작했는데…… 알아보니까 안양 근교래요."

"됐어. 잘 됐어. 우리 거길 찾아가 보자고."

"내일 갈까요?"

"내일은 강 목사님을 찾아가고 내일모레 가기로 하지."

민구는 신바람이 나서 커피숍의 사람들이 다 쳐다보도록 소리를 내서 껄껄 웃었다.

안개 속 아버지

아침안개가 아직 걷히지 않은 이른 시간에 앵주와 민구는 강신정 목사님 댁으로 향하는 차에 올랐다. 한국에 머무는 며칠 동안 켜켜로 역사 속에 깔려박혀 있는 많은 사건을 조금 뒤적여보았을 뿐인데도 그의 매끄럽고 단조로운 생활에 끼어든 변화로 인해 정신을 차릴 수 없었다. 해서 민구는 빛을 따라 기지개를 켜는 도심지의 정경을 시무룩한 표정으로 바라보며 입을 열지 않았다. 이런 그를 앵주가 흘끔 보더니 퉁명스럽게 한 마디 던졌다.

"우리의 역사엔 아리랑고개의 한이 서려있고 지금도 그런 한을 품고 살아가고 있지요."

"이 민족은 뭔가 좀 이상해. 어째서 한 피를 나눴다는 배달민족이 서로 미워하고 죽이고 야단이야. 그게 한이란 말이야?"

"피이! 전 우리의 조상들이 바보스럽게 저지른 과거의 역사를 나무라자는 것이 아니에요. 우리가 지금 처한 상황이 숨 막히는 것이지요."

"인권이 짓밟힌 경험을 한 자들에게 인정이 더 많은 법인데……. 이 나라의 역사는 이럴수록 더 단결해서 다른 나라가 뭐라고 말하든 우선 통일을 하고 이상적인 나라를 건설하면 잘 살 수도 있잖아."

"민구 씬 미국물이 들어서 그래요. 한(恨)이란 그렇게 논리적이고 도식적인 면에서 이해될 수 있는 것이 아니에요. 힘과 평등이란 단어가 왜 생겼겠어요. 힘이 있는 자들 때문에 한이 맺힌 민중은 평등을 동경하는 것이 아니겠어요. 과거보다 더 중요한 것은 현재 우리가 처한 상황이에요."

"민중이란 단어를 들으니 생각나는군. 라틴 아메리카의 해방신학이 유명하듯이 한국의 민중신학이 미국에서도 널리 알려져 있어."

"한 맺힌 사람들의 삶에 대한 애착이나 그들의 무섭도록 끈질긴 증오와 평화로운 사회에 대한 소망을 어떻게 민구 씨가 이해하겠어요. 미국의 시민권을 가졌다는 것은 자기나라를 버렸다는 뜻도 되고 이미 이 나라 사람들이 가지고 있는 한을 이해할 수 없는 위치란 뜻도 되겠지요."

같은 외모를 지녔는데도 동질성을 인정해주지 않는 그녀의 발언에 발끈 화가 치밀었으나 그는 입을 다물었다. 당차게, 아니 상대방을 생각하지 않고 퍼붓는 공격적인 말들을 이 나라에 와서 이미 여러 번 경험한 탓에 맞서서 싸우고 싶지 않았기 때문이다.

꽃집에 들러 노란 치자꽃이 탐스럽게 핀 화분을 사 들고 방문하니 목사님은 귤 상자 가득 그 당시의 기록들을 쌓아놓고 읽고 있었다. 미국인들이 쓰는 타자 용지가 삼십여 년 세월을 견디지 못해 보기 싫은 누르퉁퉁한 색으로 변질되어 있었다. 게다가 때 묻은 가장자리가 안쪽보다 더 빛이 바래서 기이한 빛깔이 감도는 서류뭉치를 강 목사는 패물을 다루듯이 쓰다듬다가 민구에게 내주며 읽으라고 했다. 도톰한 서류의 겉장은 단기 4285년 1월 17일 각종 통계조사표란 제목을 달고 제68수용소를 위시해서 65, 64, 63, 95수용소의 내역을 담고 있었다. 우익진영의 통계표엔 직업별로 국군, 경찰, 학생, 교원, 관리, 사원, 상업, 농업별로 인명수가 기록돼 있었고 좌익진영 통계엔 남로당, 북로당, 민청, 인민군, 빨치산, 우익진영 살해자 및 살해 기도자, 좌익세포원으로 폭동음모 및 선동자들을 상세하게 숫자로 표기한 다음 그 정보의 근원지가 단기 4285년 1월 7일 현재까지 좌익악질조사명단에 의한 것이란 주를 달아놓고 있었다.

각 수용소는 육, 칠천 명이 넘는 거대한 수용인원을 가졌으므로 그의 아버지를 이들 중에서 강신정 목사가 기억해내기는 불가능할 것이 뻔했다. 그래도 마음을 쿵 울리는 부분이 있다면 제64수용소의 도별 및 군별 통계표에서 황해도의 인민군 출신이 3명이나 기재된 것인데 그것이 너무 반가워 민구는 기적을 바라는 마음이 간절해졌다. 황해도 출신의 포로들을 추적해서 만나면 어느 정도 아버지에 대한 소식을 들을 수 있으리란 확신이 왔기 때문이다.

"혹시 포로끼리 모여 예배를 드렸다는 기록이 있는지요?"

그의 아버지, 강철희는 목사이니 아무래도 믿는 사람들 틈에 끼어있어 기록을 남겼으리란 강렬한 바람을 떨쳐버릴 수 없어 이렇게 물었다.

"있고 말구."

강 목사는 그런 질문을 기다렸다는 듯이 사륙배판 크기의 공책을 민구에게 주었다. 첫 장을 들치니 매일 예배드린 기록이 생생하게 남아있었다.

"아버지 존함이 무엇이라고 했지?"

"강철희 목사입니다."

"으음."

강 목사님은 지그시 눈을 감고 그 당시에 수고한 목사들의 이름을 죽 나열했다. 선교사로는 한국명으로 이름을 바꾼 옥호열 목사(Harold Voelkel)와 감의도(Bruce A. Cumming) 목사, 한국인 목사로는 포로로서 목사 역할을 감당한 임한상, 수용소 밖에서 매일 안으로 들어가 전도한 강신정, 박지서, 김건호, 강응무, 남기종, 황용만, 임재수, 김윤찬……이런 분들이 목숨을 걸고 전도한 사람들이었다.

"제 아버님은 무슨 이유에서인지 끝까지 목사임을 숨겼나봅니다. 그래서 저는 더 열심히 아버지의 발자취를 더듬고 있지요."

"목사였다면 숨길 필요가 없이 마음껏 일할 수 있었는데, 왜 그랬을까 참 이상하군."

"글쎄 말이에요. 거제도 포로 선교에 대해선 다른 곳에서 충분히 많이 들었어요."

"어디서?"

"보켈 목사님을 찾아갔다가 돌아가시고 안 계셔서 못 만나고 함께 계셨던 인도 선교사 부인에게서 들었답니다."

"아! 옥호열 목사를 찾아갔었다고! 나하고 단짝이었었는데."

"어머! 거제도 포로수용소에서 그랬었단 말이군요?"

"그럼."

"그 당시 사건 중에서 기억에 남는 것을 들려주세요."

"역사를 주관하시는 주님은 칠순 노인부터 일곱 살 아이까지 남북에서 온 사람들을 몽땅 거제도라는 한 섬에 포로 신분으로 모아놓고 선교의 대상이 되도록 섭리하신 거야. 동란 그 자체는 민족사적으로 큰 비극임이 틀림없지만 끔찍한 피의 역사 속에서도 무신론 공산주의자들을 15만 가까이 모아놓고 진리의 복음을 전할 수 있는 황금어장을 그곳에 주님이 강권적으로 만드신 거지. 한국동란 중의 포로선교는 예상보다 더 큰 열매를 맺어서 많은 공산주의자가 개종했고, 수백 명의 교역자를 배출해서 조국 복음화와 세계선교에 큰 몫을 해냈지. 어두운 역사를 고난을 통해 밝은 방향으로 이끌어 가시는 현존하신 하나님의 섭리였음을 나도 이제야 깨닫고 있지만, 그땐 영안을 뜨고 먼 시야를 볼 수 없을 정도로 전쟁의 와중은 참담했단 말이야."

"포로선교는 언제부터 시작했나요?"

"최초에 참여했던 선교사와 한국목사들이 모두 타계했기에 그 내막을 잘 모르겠지만 포로들이 한 말을 종합에 보면 동래수용소에 갇힌 포로 신자들이 자발적으로 모여서 예배드리고 전도를 했다고 하더군."

"동래수용소라니요?"

"모든 포로를 일단 동래수용소에 보내서 거기서 카드에 이름과 신상에 관한 것이 기록되고 적당한 시기에 거제도로 이송된 거지."

“제 아버지도 그들 속에 끼어 있었을 거예요.”

“그때의 기록에 의하면 부산이나 동래수용소에 억류돼 있던 이종오, 김원상, 김희현 세 사람을 중심으로 해서 많은 신앙청년들과 억류된 처지에도 불구하고 영혼의 갈증을 느낀 사람들이 모여 예배드리고 천막을 찾아다니며 꾸준히 전도했다더군.”

“동래수용소의 포로들과 신자들이 거제도로 이송돼서 함께 수용되었다니 처음 듣는 말이네요.”

“그런 셈이지. 1951년 3월 16일에 저들은 거제도로 이송돼서 주로 73, 82, 83수용소에 이감되었고 그 즉시 거기엔 천막교회가 세워졌고 일주일 뒤에 타요한 선교사와 박지서 목사가 때 맞춰 거길 들어갔고 새로 서는 수용소마다 교회직원을 적절히 파송하는 전략을 폈지.”

“타요한 목사 이야기는 처음 듣는 것 같아요.”

“김아열과 타요한 선교사는 거제도에 차례로 잠시 일하다가 떠났으니까 잘 모를 거야. 제일 유명한 분이 옥호열 목사로 흥남철수작전 시에 군용선인 빅토리아아호에 많은 기독교인을 수송하도록 주선하는데 큰 공을 세웠지. 김아열 선교사 후임으로 와서 포로선교에 주역을 나와 같이 담당했다고.”

어제 만났을 때와 달리 그는 더 친근감이 느껴지는 어투로 민구의 마음을 편안하게 해주었다.

“그때도 새벽기도회를 포로들이 드렸다니 놀랍군요.”

민구는 강 목사가 준 신앙일지에 새벽기도 란을 읽어 내려가며 가슴을 스치고 지나가는 전율을 금할 수가 없었다. 잉크가 없으니 물감에 펜을 담가 쓴 것이 틀림없었다. 흐린 하늘색, 북청색, 진달래색 등의 여러 물감을 찍어 기록한 신앙일지는 종이의 변색에도 불구하고 그 당시의 날짜와 기후, 설교자, 본문, 제목, 찬송을 상세히 적어놓고 있었다. 놀라운 것은 하루도 거르지 않고 매일 새벽과 저녁에 포로들이 모여 예배를 드렸다는 사실이었다. 그 시간에 선교사들이나 한국인 목사들이 들어갈 수 없으니 자체 내에서 그렇게 예배를 드리며 기록을 남겼으니 참으로 믿기지 않았다.

1951년 12월 31일 월요일, 비, 새벽기도회의 설교자, 이 집사님, 찬송가 65장(아름다운 주님의 세계), 본문 누가 6:41~43, 제목 좋은 열매를 맺자.

같은 날, 저녁기도회 설교자, 김 집사님, 찬송가 67장(할렐루야 찬미) 본문 행16:22~27, 제목 심야의 찬송 등등 노트엔 그 당시의 포로들이 수용소 안에서 어떤 신앙생활을 했는지 손바닥을 보듯 잘 기록해 놓고 있었다. 노트의 끝부분까지 대강 훑어보던 민구는 1952년 4월 8일 화, 운(雲) 후(後) 우(雨)라는 난에 이르러 눈을 멈추고 기성을 발했다. 새벽기도회의 설교자 명에 강철희란 이름이 있지 아니한가. 이틀 뒤인 4월 10일 기록엔 이런 후기가 있었다.

'석방 후의 거주지를 결정하는 심사로 인하여 인원 관계에 매우 변동이 많았음. 교인 중 월북을 희망하여 이동된 자 중에는 우리 천막 교회에서만도 세례교인 10명, 학습 교인 5명, 원입교인 15명이니 참으로 애석한 일임. 북에 두고 온 가족을 못 잊어 가는 것이라고 함.'

"아아! 아버지는 북쪽으로 가시지 않은 것이 확실해요. 남한 땅에 남은 것이 틀림없어요. 이렇게 설교를 하신 걸 보면 남한 땅 어디엔가 살아계실 거예요."

이렇게 말하면서도 '북에 두고 온 가족을 못 잊어'란 구절이 마음에 걸려 어둠이 얼굴에 깔렸다. 앵주까지 그의 얼굴을 직시해서 애써 태연한 척, 민구는 강철희란 이름 밑에 부쳐진 직함을 주의 깊게 관찰했지만, 거기는 공란으로 비어있었다.

"왜 무슨 증거라도 찾았나?"

"여기에 제 아버지 성함이 있어요. 이것 보세요."

"기적이군! 자네 아버지라면 참 놀라운 발견이야."

민구는 수첩을 꺼내 신앙일지에 기록된 여러 사람의 이름을 적어 넣었다. 이것을 단서로 아버지를 추적해야하기 때문이다. 강신정 목사가 민구에게 보라고 앞에 밀어놓은 신자증감비교표에서 1953년 총회에 보고한 신자숫자가 16,937명인 것을 상기했다. 그러니 그가 낮에 잠시 들려 설교하고 세례를 준 처지에 과연 그의 아버지를 기억할까 망설이면서도 포로들이 쓴 일지를 그의 앞에 내밀었다. 그 이름을 한참 보던 그는 머리를 흔들었다.

"성경 암송대회에서 요한계시록과 시편을 암송해서 박수를 받은 포로의 이름이 바로 이 이름인 것 같기도 하고……."

"포로들이 성경을 암송했나요."

"그럼. 요한계시록을 몽땅 암송해서 상을 탄 포로가 십 명이나 되었었지. 절에 다니던 스님도 암송해서 상을 탔는데."

"스님이라면 중이지요?"

"동경제대를 나온 젊은이가 인생이 무엇인가라는 회의에 빠져 배운 지식을 충분히 발휘할 수 없는 일제치하에서 가정과 사회를 등지고 절에 들어가서 중이 되었다가 포로가 된 사람이었지."

"성경을 암송한 것은 상을 탈 욕심이었겠지요."

"상에 욕심이 있었을 거야. 물자가 귀한 시대에 책과 사전을 상으로 뿌렸으니까."

"그분도 요한계시록을 암송했나요?"

"아니야, 특이하게 요한복음과 요나서를 암송해서 모두 기이히 여겼었지. 아! 여기 놀라운 자료가 있네. 이건 나중에 박물관에 보내 보관해야 할 것이지."

민구는 강 목사가 준 종이를 받아들고 읽어 내려갔다.

탄원서

세계인류의 적 - 공산주의를 대적으로 하고 싸우고 잇는 미국을 위시한 민주주의 정신으로써 세계평화와 인류평등의 정의를 위하야 단결된 국제연합본부와 대한민국정부와 포로수용소본부에 세계평화와 한국의 통일을 위하야 희생의 제물이 되는 한국인민의 애달픈 사실 중에 포로들에 사정이야 말노 세인이 상상도 할 수 업는 적 - 공산주의자들에게 위협과 압박에 떨고 있는 사정을 탄원하는 바이다. 탄원하는 우리들은 근어일년간에 포로생활 중에 당한 경험을 통하야 그 - 매처지는 비참한 사실에 일예를 들어 탄원하는 바는 현재 십오만여에 포로 중에는 대다수가 포로의 자격이 업는 비전투원인 피난민과 국군 중에 불행히 낙오되엿다가 포로된 이와 북한에 수복지구에 치안을 담당하고 치안공작에 투쟁하던 대원들을 오인하여 포로하여논 순진한 대한의 국민으로써 억울하게 강금되어 잇는 많은 사람들은 실로 진정한 포로의 자격이 업는 줄도 생각하는 바이다.

그럼에도 불구하고 민족으로 참 원수가 되고 인류의 적이 되는 악질 공산자들과 분간 업시 혼합수용하야 차별없는 대우를 하며 궤도에 탈선한 자유를 방임하야 포로들은 날이 갈사록 행동이 완악하여지며 사상적으로 악화되여 공산주의선전세포조직을 하고 순진한 포로들과 진실한 교인들을 위협공갈하며 민주주의사상을 지지하는 대한의 청년들은 그들노

더부러 싸우다가 심지어 인민재판의 단죄를 받고 사형선고를 받으며 공포에 떨다가 타살당한 억울한 희생과 사상자를 낸 것은 그 수 얼마인가! 고로 연약한 일반포로는 부득불 그 위압에 눌니여 공산자들에 복종하며 그 선전에 맹종하게 된다. 일언으로 말하면 포로수용소는 공산주의자양성소가 되고잇는 것을 부인할 수 업는 것이다. 그러나 수십개소의 수용소 중에는 포로자치책임자들이 민주청년으로 조직된 수용소의 공산자들노 조직된 수용소에 현저한 결과로서 그 사실을 증명할 수 잇는 것이다. 민주청년들의 지도 밋헤 잇는 수용소에 질서안정과 교회발전과 일반포로의 사상전환의 아름다운 동향과 결과를 볼 수 잇고 반면에 공산자들의 지도하에 있는 수용소에 악영향을 형헌할 수 업는 것이요 그 실예로 금번 9월 중에 발생된 각 수용소에 폭동사건이 그 사실을 증거하는 것이다.

고로 이 사실를 우리는 미리 미종군목사를 통하야 혹은 정보관들을 통하야 보고하며 당국의 선처를 바랏던 것이다. 그러나 급기야 금번에 애석한 수십명의 희생자를 내게 됨에 따라 부드기 우리의 애원을 별증과 여히 탄원하는 바이다.

탄 원 사 항

1. 악질공산주의자를 선발하야 별단 수용하기를 원함.

2. 인민포로와 민간인포로를 구분하여 별치하여주기를 원함.

3. 악질적 선동분자를 엄형처단하여주기를 원함.

4. 포로의 자치권지도책임자는 민주청년으로 허락할 것.

5. 무죄한 민간포로는 속히 석방하여주기를 원함.

포로 대표자들, 종군목사보좌목사들, 미종군목사 일동.

"아버지가 광대가 된 것은 이런 수용소의 무서운 여건 때문이 아니었을까요?"

"그래도 목사가 신분을 숨긴 것은 이해가 안 가는군."

"극한 상황에 처하면 인간이란 변한다고 생각합니다."

"글쎄…… 여기 사진들을 보구려. 자네 아버지가 끼어 있을 리 없지만."

포로생활이 끝이 난 뒤 신학교에 들어가겠다는 사람들의 사진을 붙여놓은 앨범을 그는 민구 앞으로 밀어놓았다. 삼백 명이 넘는 흑백증명사진의 주인공들은 모두 이십대의 젊음을 지닌 짧은 머리의 청년들이었다. 이름 석 자를 밑에 달고 증명사진 속의 작은 얼굴들이 십육 절지 크기의 사진첩 앞뒤가 꽉 차게 붙어 있었다. 민구는 그 사진들을 이름까지 확인하며 차례로 훑어나갔다.

"아까 말씀하신 스님이 여기 있나요?"

"글쎄."

"요나서를 암송해서 상을 탔다던 포로를 기록한 명부가

없나요?"

그의 질문에 강 목사는 한참 여기저기 귤 상자를 뒤적이다가 작은 공책을 끄집어냈다.

"아아! 찾았어. 요나서를 외워서 일영사전을 탔군. 그래. 이름이 차영호라고 되어 있어."

"그 사람을 만나보고 싶어요."

삼십여 년 전 포로를 만나야겠다는 엉뚱한 제안에 당황해진 그는 닥터 강을 한심스럽다는 듯이 훔쳐봤다.

"나처럼 밖에서 자고 전도할 때나 수용소를 드나든 사람보다 포로끼리 통할지 모르니 지금까지 서울에 살고 있을 포로 출신들을 찾아가 보는 것도 도움이 될 걸세."

중으로 요나서를 암송했다는 차영호, 포로로서 회심하여 목사가 되었다는 분들의 이름을 전부 앵주를 시켜 수첩에 기록하게 하고 민구는 귤 상자 속의 자료들을 읽어나갔다.

피얼스 박사의 도움으로 수용소 안에 쏟아져 들어간 공급물품 목록은 오랜 세월 본래의 빛을 잃고 양회부대 색을 띠고 있었다. 걸레처럼 손에 더러움을 묻혀주는 자료를 뒤적이며 내내 자석처럼 그의 마음을 끄는 딱 한 사람이 있었다. 그가 이 나라를 뜨기 전에 꼭 만나보고 싶은 포로 차영호. 이산가족 찾기 리스트를 다시 확인하리라 결심하며 눈은 기록들을 더듬었다. 그저 기록일 뿐인 역사의 자잘한 파편들……. 누군가가 여기에 역사성을 부여해야 살아날 것들이었다.

그중 공급물자의 내역을 읽어 내려갔다.

회중신약전서, 유엔찬송가, 영문신약성서, 사복음서, 쪽복음서, 마태복음주석, 약주신약, 산상설교, 전도용소책자, 각종전도지, 달력, 어거스틴, 천로역정, 신앙생활, 노트, 연필, 모필, 철필촉, 잉크, 먹, 한지, 머리빗, 십자메달, 모조지, 물먹, 각종교과서, 영어독본, 풀, 백묵, 지우개, 신앙교양지, 철필대, 영한콘사이스, 기독공보, 기독신보, 세계지도, 아코디언, 압지, 하모니카, 클라리넷, 만년필, 나팔 3종, 풍금, 등사기, 바이올린, 인생과 그리스도 등 책을 위시해서 잡지, 신문, 악기, 필기구류 등 총수량이 1,365,579점에 달했다.

이렇게 많은 크리스천의 사랑의 손길이 뭉텅이로 쏟아져 들어간 수용소에서 아버지가 목사임을 숨긴 이유가 무엇이었을까? 이런 여건에서 아버지는 충분히 목사의 역할을 할 수 있었는데 어쩌자고 광대가 되었을까? 아니면 민구가 엉뚱하게 아버지가 아닌 진짜 광대를 찾아 이렇게 헤매고 있는지도 모를 일이었다. 어떻든 민구는 고깔을 쓰고 너울너울 춤을 추는 승무의 환상을 지울 수가 없었다. 그건 차영호란 포로가 스님이란 점에서 강렬한 인상을 받았기 때문인가 보다.

사랑의 줄

간신히 찾은 틈새

세계의 강대국, 미국이란 나라의 시민권을 가졌고 다 쓸 수 없을 만큼 많은 돈을 벌 수 있는 전문기술을 습득한 의사, 민구에게 조국이란 미국이었다. 미국은 개인을 위해 최대한의 자유를 주어서 자신의 행복만을 위해 철저히 무장하는 법을 배운 그에게 아버지의 나라는 깊이를 모를 신비를 지닌 나라였다. 요렇게 작은 땅이 감당할 수 없을 만큼 많은 고난을 지닌 이유가 무엇일까. 하나님이 이스라엘을 택하여 시험대에 올려놓고 일방적으로 종적인 계약을 하거나 횡적인 계약을 해가며 훈련시켰듯이 하나님은 이 나라를 통해 무엇인가를 이룰 계획을 하고 있단 말인가. 그건 바꿔 말하면 하나님이 선택한 민족이란 뜻도 된다. 강대국들 사이에 끼어 고난을 겪는 틈새국가가 된 조국은 축복의 땅이요, 선택된 민족인가.

인천상륙작전이 성공하여 압록강까지 파죽지세로 올라갔던 아군이 압록강에 손을 씻어본 뒤 중공군 개입으로 영하 30도의 혹한에 후퇴하기 시작했다. 미 10군단은 흥남서 해상으로 철수해 부산으로 간다는 계획이었다. 후퇴하는 국군과 미군을 따라 피난민이 파도처럼 밀려왔다. 길이 196m, 폭 20m, 7,600톤급 화물선에 무려 1만 4,000명이나 되는 피난민들이 탔다. 이 배가 흥남을 떠난 것은 12월 23일 오전 11시 10분, 24일에 부산항에 입항하려하였으나 부산은 이미 포화상태, 25일 뱃머리를 돌려 거제도 장승포로 향했다. 협소한 장승포항에 배를 댈 수 없어 피난민은 수송선(LST)에 옮겨 태워 포구로 실어 날랐다.

어머니가 아들 민구를 개미떼처럼 밀어닥치는 피난민들과 함께 메러더스 빅토리(Meredith Victory) 호에 실어 보내며 모세가 되라고 기구한 그 배후엔 이 민족이 당한 얼마나 많은 슬픔과 고통이 숨어 있었단 말인가. 그것이 그가 아버지를 향해 무의식 속에 품고 있었던 미움에서 한 발자국 전진한 이해의 시작이었다.

아버지가 유명한 목사가 되어 남한에 살아있다면 이제 아버지가 필요 없는 나이의 닥터 강은 그 앞에서 큰절이나 하고 TV에 나온 이산가족처럼 울 수 있는가를 시험해 보고 아버지의 가슴을 도려낼 비수 같은 한 마디를 던지고 떠날 셈이었다. 그러나 그의 예상과는 정반대로 아버지가 광대흉내를 내가며 생명을 건지려고 발버둥쳤다면 이 아버지는 과연 어떤 연유에서 그렇게 해야만 했단 말인가. 그런 아버지가 측은해서 가슴이 아팠다. 태어난 땅에서 살 수 없어 바다를 강제로 건너가 유년시절을 보낸 슬픈 사람이 바로 닥터 강이었다. 가슴이 멍울로 얼룩진 그는 이렇게 성장해서 닥터가 되었어도 그를 그렇게 만든 장본인인 아버지에 대한 지울 수 없는 미움의 앙금을 간직하고 있었다. 그런 아버지를 동정하게 된 것은 삼십팔년 만에 민구가 처음 느껴 본 감정이었다. 이제 아버지란 꼭 돌봐야 할 사람이며 반드시 찾지 않으면 일생 그의 삶의 구석구석에 도사리고 앉아 따라다닐 것이란 압박감마저 그를 찍어 누르기 시작했다.

팔월의 중턱을 바라보며 더위는 극성을 떨었다. 아침부터 후덥지근한 공기가 한낮의 더위를 예고했다. 인터폰이 울렸다. 시계처럼 정확히 9시에 앵주는 로비에 나와 있었다.

"만약에 아버님이 북한으로 가셨다면 내년에 한 달간 휴가를 다시 받아내야겠네요."

"날 보고 북한에 가란 말같이 들리는군."

"미국 시민이면 갈 수 있다고 하던데요."

"아버지는 목사였으니까 절대로 이북으로 가실 리가 없어. 남쪽 어디엔가 살아 계실 거야."

"그러길 바라요. 저…… 며칠간 혼자서 다니실 수 있으세요?"

"아버지의 과거를 추적하는 일엔 앵주의 힘이 절대적인데, 왜 그래?"

"제 신상에 어려운 일이 생겨서 그래요."

"내게 말해 봐. 내가 도울 수 있으면 돕고 싶은데."

"제 문제는 제가 해결할 수 있어요."

앵주가 다부지게 대답했다. 도대체 이 아가씨는 감정의 변화가 심했다. 삶에 대해 무한한 애정을 가진 것처럼 행동하다가도 삶을 해치는 일들을 목격하면 불같이 화를 내고 증오해서 곁에 있는 사람까지 겁나게 했고 어떤 땐 엄청난 비전을 가지고 우울한 얼굴을 해서 철학자처럼 보이기도 했다. 미국서 만난 요 또래의 여자들은 거죽을 치장하고 여행하기를 좋아하며 자기를 향한 이기적인 사랑이 전부인데 이 아가씨는 갈피를 잡을 수 없이 깊은 계곡을 오르내렸다.

"꼽추 광대의 주소는 가지고 있겠지?"

앵주는 대답 대신 머리를 끄덕이고 피곤을 참지 못하겠다는 듯 눈을 비비더니 하품을 했다. 집으로 돌려보내고 민구 혼자 아버지를 찾아다닐까 생각했으나 등록금을 벌려고 나와 착실히 일하는 그녀의 근면성에 재를 뿌리고 싶지가 않았다.

"전화번호가 032로 시작한다고 했지?"

"기억력이 좋으시네요. 그 번호면 서울이 아니고 경기도 안양 근교래요."

앵주는 힘없이 일어나 무거운 걸음걸이로 근처에 있는 공중전화로 갔다. 천천히 다이얼을 돌리더니 몸을 벽에 기대며 머리가 아픈지 수화기를 쥐지 않은 손으로 이마를 눌렀다. 민구는 의사라는 직업적인 본능으로 앵주가 병들었음을 직감할 수가 있었다. 얼마동안 전화박스 안에서 시간을 보낸 앵주가 힘없이 민구에게 돌아왔다.

"만나기를 아주 꺼려해서 며느리인지 딸인지 모르지만 설득하느라고 혼났어요. 우리가 가도 정상적으로 대화를 나눌 수 있는 상태가 아닌가 봐요. 아마 중풍이라도 걸려 반신불수로 누워있는 모양이에요."

"그렇다고 물러설 수는 없어. 이 만남이 내게 결정적인 단서가 되니까. 하모니카 광대가 내 아버지가 아니라면 그다음 우린 어디부터 시작해야 할지 미로에 빠져들게 돼 난감해질 거야."

"아버지가 포로인 것이 확실하니 포로출신들을 계속 만나보면 적어도 수용소 내에서 어떻게 지냈는지 그 당시의 소식만이라도 들을 수 있겠지요."

"이 시점에서 아버지가 포로였는지조차 모르겠어. 혈인명단에 있는 아버지 이름 하나만 가지고 이렇게 일을 시작한 것이 너무 무모하지 않았나 하는 생각이야."

렌터카를 타고 갈까 생각했으나 길을 잘 모르니 택시를 하루 빌리기로 했다. 안양시를 벗어나니 시원한 공기 속에 논밭의 녹음이 짙었다. 이차선인 산업도로로 접어들어 십오 분을 달린 끝에 인천과 반월이 갈리는 길에 나왔다. 전화 속의 여자가 일러준 곳은 반월의 반대 길로 들어서서 두 개의 저수지를 지나면 왼쪽으로 포도밭이 있고, 포도밭 끝에 뚫린 길로 접어들면 산허리를 돌아 나오는 목장이라고 했다. 택시기사는 이 길을 한 달 전에도 왔었다며 조금도 더듬거리지 않고 단숨에 차를 몰았다. 가파른 붉은 지붕의 불란서식 현대 건물과 축사 두 채가 남향으로 자리를 잡고 나란히 서 있었다. 산비탈은 소를 먹일 잡풀들이 소복히 자라있어 마치 알프스 목장의 한 모퉁이를 떼어다 놓은 것 같았다.

정말 아버지는 알 수 없는 인물이었다. 포로였다면 얼마나 좋은 황금어장에 들어갔단 말인가. 절망한 포로들을 위로해 주고 위해서 기도해 주고 소망을 심어줄 뿐만 아니라 성경을 가르치고 찬송을 불러주는 등등……. 아버지는 그 직분에 맞는 일을 해낼 수 있는 곳에 적절하게 배치를 받은 것이 아니겠는가. 송아지나 망아지처럼 세상에서 날뛰던 사람들이 2년간 좁은 장소에 갇혀있으니 얼마나 전도하기 좋은 장소며 절호의 기회란 말인가! 그런데 아버지는 임한상 목사처럼 전도자의 사명을 다 한 것이 아니고 겨우 유행가나 민요를 하모니카로 부르며 친구와 꼽추춤이나 추었다면 정말 속상하는 일이었다. 지금 찾아가고 있는 꼽추 광대가 아버지의 친구가 아니기를 바라는 마음이 불뚝 일어섰다.

그들을 맞아들인 여자는 전화 속의 목소리로 미루어 젊은 여인일 것이란 예상과는 달리 월남치마를 입고 아프리카 여인처럼 고수머리 파마를 한 할머니였다. 전화로는 그렇게 싱싱하고 발랄한 목소리라 십대나 이십대의 여인인 줄 알았다고 앵주가 손으로 입을 가리고 웃었다. 천장에 매달린 샹들리에가 거실 공간에 비해 어찌나 큰지 순간의 미동에도 떨어져 내릴 듯했다. 목장에서 날아온 파리들이 니스를 칠해 매끈한 마루 위로 무리지어 돌아다녔다. 할머니는 낯선 방문객들에게 들어와 앉으란 말도 없이 그저 멍청히 서서 그들의 처사를 기다리는 태도였다.

"할머니 포로로 계셨던 할아버지를 찾아뵈러 왔는데요."

앵주가 민구를 제쳐놓고 앞장섰다.

"그 포로란 말 집어치울 수 없소. 아주 지긋지긋해요. 포로생활이 내 남편을 이 지경으로 만들었는데 아직도 포로란 말을 하는 사람이 있다니 참을 수가 있어야지. 한국 사람들끼리 싸우고 무슨 포로요, 포로는……."

할머니는 분풀이할 상대를 기다리다 이제야 만났다는 듯 사뭇 싸울 태세였다. 민구와 앵주는 머쓱해서 봉숭아와 맨드라미가 흐드러지게 핀 마당구석의 꽃밭에 눈길을 두었다. 마음은 바쁜데 이 노인과 어떻게 대화를 이끌지 몰라 고심했다.

"아버지를 만나러 오신 손님들인가 보지요? 전쟁으로 인해 병든 아버지를 기억하시는 분들이 있다니 반갑군요. 어서 이리 들어오세요."

민구 나이 또래의 사내가 소똥냄새를 물씬 풍기며 그들을 안내했다. 할머니는 그런 아들의 태도에 반발하지도 않고 휭하니 뒤란 쪽으로 사라졌다.

"어머니의 저런 심정을 이해해 주세요. 아버지는 포로로 갇혀있는 동안 받은 충격이 너무 커서 아직도 그 악몽에 시달리고 계시니까요."

"어머! 아직도 한국전쟁의 상흔을 안고 아파하는 사람이 있다니 정말 놀라운 일이군요."

민구가 측은하다는 표정을 지으며 놀라자 사내는 소똥이 말라붙은 손을 씻으려고 마당가 수돗물을 틀며 덤덤하게 입을 열었다.

"주기적으로 발작이 나면 간질병을 앓듯이 몸부림을 치십니다. 지금도 그 증상이 일어나서 어머님이 저렇게 심란해하신답니다. 제가 아버지의 포로생활을 늘 들어서 많이 알고 있으니 물어보실 것이 있으면 대신 답해 드리리다."

"하모니카 광대를 아십니까?"

"아! 알지요. 아버지 친구로 포로생활을 같이하셨지요."
"하모니카 광대를 찾고 있어요."
"KBS 이산가족 찾기에 아버님이 그분을 찾으러 나가셨었지요."
"하모니카 광대의 성함을 아십니까?"
이렇게 묻는 민구의 뺨 근육이 심하게 경련을 일으켰다.
"물론이지요."
"강철희가 아닙니까? 밝을 '철'자에 빛날 '희'자."
"성함은 맞는데 한자는 잘 모르겠군요."
"강철희 씨의 직업이 무엇이었는지 아십니까?"
"목사라고 들었습니다."
"혹시 고향이 어딘지 아십니까?"
"아버지와 같은 황해도 출신인데 그분의 고향은 서흥이랍디다."
"아아! 제가 그분의 아들입니다. 강 목사의 아들 강민구."
이렇게 쉽게 아버지를 아는 사람을 만나리라고 생각을 못 했던 민구는 너무 감격해서 어쩔 줄 몰라 사내의 두 손을 와락 잡았다. 그러자 좀 전에 보였던 친절함이 싹 가신 그는 냉담하게 잡힌 손을 빼냈다.
"자네 아버지 때문에 우리 아버지가 이 지경이 되었소."
"무슨 말씀인지 모를 일이군요."
"한 마디로 자네 부친이 혼자 살려고 나의 부친을 버렸소."

"어떤 사유인지 모르지만 자식된 도리로 사죄를 드립니다."

"세월이 흘렀고 이제 우리세대도 이렇게 늙어가는 마당에 누굴 원망하겠습니까. 다만 아버지의 일생이 불쌍하고 또 우리 가정이 겪어온 고통이 생각나서 그럽니다."

격해서 호흡이 빨라지며 언성이 높아진 사십 줄의 사내에게 민구는 담배를 권하고 라이터에 불을 당겨주었다.

"저는 아버지를 찾으려고 미국에서 태평양을 건너왔습니다. 전쟁고아로 미국에 입양됐다가 이제야 아버지를 찾으러나와 여기까지 온 것입니다. 제 아버지를 만나셨는지요?"

"저도 뵌 적이 없어요. 아버지를 찾아 한 번도 우리 집에 오신 적이 없으니까요. 아무리 친구 사이였어도 인간이라면 미안해서 찾아올 수 있겠어요. 아마 남쪽엔 없으신 것 같습니다."

그는 무를 칼로 쌍동 썰 듯이 차갑게 말했다.

"그럼 북한으로 가셨단 말입니까?"

"그럴 수도 있겠지요."

"의심이 가는 점은 아버지는 목사였는데 어쩐 일로 포로들 앞에서 하모니카를 불며 춤을 추는 광대가 됐을까요."

"제 아버님도 광대였는데요. 아까 전화로 찾으실 때도 꼽추 광대라고 하셨다지요?"

꼽추 광대의 아들이 이렇게 묻자 앵주는 얼굴을 붉히며 혀를 날름 내밀었다.

"직업이 광대였나요?"

"호호…… 직업적 광대라니요? 다 그 안에서 살기 위해 변신한 것이지요. 제 아버님은 댁의 아버님처럼 일본에서 대학을 나왔고 전공은 철학이지요. 그쪽 부친은 영문학을 하셨다고 들었는데."

"맞아요. 그 후에 신학을 평양에서 하셨지요. 전 여덟 살에 고아가 되어 열 살에 미국으로 입양되었는데 거기까지만 기억합니다. 그나저나 아버지가 철조망을 탈출한 이유를 듣고 싶습니다."

"아! 그 사건도 알고 계셨군요. 그 밤에 저의 아버지랑 함께 인민재판에서 처형되기로 한 모양입니다. 아버지를 남겨놓고 갑자기 한마디 의논도 없이 강철희 씨 혼자 탈출을 기도해서 캠프 안은 삼엄한 분위기로 변했고 아버지는 혼자 남아 밤마다 상당히 무서운 린치를 무자비하게 당했다는군요. 지금도 그 악몽에서 깨어나질 못하는 것이지요."

"제 아버님이 미제의 앞잡이로 간첩노릇 했다는 말이 맞나요?"

"빨갱이들의 수법이 남을 의심하는 정치가 아닙니까. 소비에트가 스파이정치로 권력을 지탱하는 걸 그대로 모방한 것이지요. 미국은 원수나라고 자본주의는 인류의 적이며 공산주의만이 가장 좋은 제도라고 떠드는 자들이 밀폐교육을 받고 제정신이었겠습니까. 수용소 안은 밀고, 처형, 피의 대결로 아수라장이었답니다. 의심스런 자를 자유로이 처벌하는 무법천지요, 지옥을 닮은 공포의 도가니였으니 제 아버지도 저렇게 되셨지요. 아버지의 몸부림을 보면 정치니, 사상이니 이 모두에 환멸을 느낍니다. 그래서 재산을 다 정리하고 이곳에 들어와 동물을 벗하고 살지만."

"아버지가 포로에서 풀려난 뒤 어떤 일이 일어났나요?"

"제 아버지 건강상태를 묻는 모양이군요. 간간이 몸을 뒤틀며 부르짖는 단어들은 피피피……."

그는 눈물을 글썽이며 말끝을 흐린다.

"늘 그런 악몽 상태입니까?"

"멀쩡하시다가도 달이 없는 그믐이 오면 주기적으로 어둔 곳을 찾아가서 가마니를 뒤집어쓰고 신음을 하시지요. 내일이면 발작하는 병이 나으셔서 집안에 들어와 주무실 것입니다. 그러니 사회생활도 제대로 못 하시고 국가에선 이런 사람들을 돌볼 힘이나 관심도 없으니 가족들이 가슴에 한을 품고 몸부림치지요."

"제 아버님이 죽은 김두호란 포로의 주머니에서 떨어진 걸 숨겼다는데 그 쪽지에 어떤 내용이 적혀 있었는지 들어보셨어요?"

"그것도 전 모릅니다. 강철희 씨가 들것에 실려 나가기 전의 사건만을 알지요. 제가 아버지의 말씀을 뜯어 맞춘 것이지만."

민구가 담배를 한 가치 다시 권하자 마음이 처음보다 느긋해진 그는 그제야 통성명을 했다.

"제 이름은 김상근이라고 합니다."

"전 강민구라고 합니다."

"누추하지만 안으로 들어가시지요."

뙤약볕을 받으며 마당에 서 있던 민구와 앵주는 상근이라 소개한 사내를 따라 마루로 올라갔다.

"지금 댁의 아버님을 만나 뵐 수 없을까요?"

이야기가 길어질 것이 걱정되었는지 앵주는 밖에 세워 놓은 택시에 신경을 쓰며 이렇게 물었다.

"아버지는 지금 발작상태라 대화를 못 나누십니다."

앵주는 그 정도로 아픈 노인이 집안 어디에 있나 보려고 방 쪽을 기웃거렸다. 더워서 방문들이 모두 열려있었으나 어딜 봐도 노인은 보이지 않았다.

"언제쯤 그분과 만날 수 있을까요?"

"내일이면 가능합니다."

"그럼 왜 제 아버지가 포로가 되었는지 아십니까?"

"그것도 모릅니다. 다만 내가 알고 있는 부분만을 말해 드릴 수 있습니다. 내일 아버님이 제정신이 드시면 물어 보세요."

상근은 한국전쟁을 멀찍이 서서 재조명하며 조리 있게

다음과 같은 이야기를 늘어놓기 시작했다.

잡탕이 섞인 나라, 미국은 인종이 하도 다양해서 혼합된 피 탓에 생김새가 다양했다. 그런 외양에 익은 미군들은 순수한 피를 지닌 한국인을 구별할 능력이 없었다. 납작한 얼굴에 코도 입도 눈도 모두 엇비슷하고 머리도 일제히 새까매서 신경을 써서 얼굴의 특징을 기억하지 않으면 모두 똑같아 보였다. 그래서인지 잡아드린 포로만 해도 엉망이었다. 진짜 전쟁포로인 악질 인민군도 있었지만, 만인이 배를 잡고 웃을 사람들을 포로라고 잡아넣기도 했다. 전쟁터를 피해 갈팡질팡하던 피난민이 포로로 잡혀 오기도 했고 유엔군의 개선을 환영한답시고 가두에 나갔다가 스파이로 오인돼서 포로로 수용된 사람도 있었다. 전선이 하도 뒤바뀌니까 제대로 훈련을 못 받은 얼뜨기 국군도 포로로 끌려왔고 개인적인 감정으로 미워하는 사람을 중상모략해서 빨갱이 누명을 씌워 잡아 보낸 포로도 있었다.

대통령도 백성을 버리고 도망 가버린 판이니 유엔군이 후퇴할 때 그들이 구세주나 되는 줄 알고 뒤를 줄줄 따라다녀 포로로 붙잡혀온 어린아이들과 일흔이 가까운 노인들도 있었다. 북괴군이 부산 근처까지 쳐들어왔을 때 잡힌 한국군 포로들은 더욱 불행한 입장이었다. 북괴군은 병력을 보충하려고 한국군포로를 총알받이로 북괴군에 강제 편입시켰기에 살려고 인민군이 됐다가 포로가 된 사람들이다. 대다수 사람은 사상이 뭔지도 모르고 왜 전쟁이 났는지도 모르는 처지였다. 따지고 보면 저들은 극소수의 자원 의용군을 빼놓고 거대한 힘을 지닌 총칼이 무서워 강제로 끌려 나온 제단의 희생 제물들이었다. 이런 사람들을 공산군 포로라는 일률적인 낙인을 찍어 감시와 제재를 가하고 철조망 안에 쓸어 넣었던 것이다.

처음엔 파죽지세로 진격하는 유엔군의 승세로 1950년 크리스마스엔 모두 석방된다는 풍문을 믿고 잔잔한 포로생활을 했다. 너무 조용해서 그건 폭풍전야의 적막 같은 두려움을 안겨주었다. 아니나 다를까. 정전회담설이 나오고 포로 문제가 나오자 포로들은 술렁거리기 시작했다. 1951년 2월 1일 포로들이 거제도로 옮겨지기 시작했고 이때부터 좌익포로들은 수용소의 헤게모니를 잡아 공산화하려는 노력을 시작했다. 이유는 저들이 석방된 뒤 사회에 나가 받을 규탄이 두려웠기 때문이다. 공산치하에 들어가서 수용기간의 투쟁업적을 자랑함으로 포로가 된 죄과를 용서받으려는 음충한 속셈이 작용한 것이다. 이런 와중에서 포로들은 진정 인민을 위한 사회주의이론을 좋아한 것이 아니다. 자신이 지닌 사상으로 남이니 북이니 좌니 우니 갈라선 것이 아니고 그 캠프의 힘이 북으로 기울어지면 살기 위해 북으로 기울고 남쪽의 세력이 많은 캠프는 그쪽 편을 들어 밀려다녔다. 거제도란 섬으로 옮겨온 포로수용소의 정세는 이러했다. 수용소 안은 포로의 세력 아래에 있었고 철조망 밖은 미군과 한국군의 지배를 받았다. 이런 상황에서 수용소 안은 전쟁터로 둔갑할 제반 조건을 갖추고 있었던 셈이었다.

62수용소에 배치된 김호식과 강철희는 점점 강해지는 좌익의 세력에 속수무책이었다. 좌익들은 사회에서와 동일하게 행정부면, 선전부면, 정보부면, 군사부면, 특히 포로들을 압박한 공포의 대상인 숙청부면 전반에 걸쳐 물샐 틈 없는 활동을 개시했다. 사회에서 군경이었거나 형무관, 포로가 된 뒤에 유엔군 당국에 협조했던 전범자, 좌익분자를 구타한 자들, 국군낙오병들 이런 포로들을 무자비하게 군중 앞에 끌어내서 인민재판이란 명목 하에 죽여버렸다. 끔찍하게 이성을 잃은 파괴가 밤마다 막사 안에서 일어났다. 좌익계열의 갖은 학대와 피에 굶주린 만행이 자행되는 현장에선 피를 보고 모두 복종하는 원시적인 공포가 넘쳐흘렀다. 피를 본 군중은 흥분해서 두 가지로 반응을 보인다고 한다. 반항해서 덤비거나 무서워서 오므라드는 두 가지 면이 인간 심리엔 숨어있다. 역사에선 피를 보고 죽기를 각오하고 항거하여 혁명이란 이름을 획득한 사례도 있으나 이 수용소의 경우는 무서움에 모두 항복하고 칼을 휘두르는 자에게 무조건 입을 다물고 침묵했고 순종했다.

세계 역사상 어느 전쟁터에서도 볼 수 없는 특이한 형

태의 포로들을 미군이 파악할 리가 없었다. 철조망 안은 피에 주린 사람들의 핏발선 눈들이 번쩍였고 드럼통을 잘라 버린 칼을 들었거나 쇳물이 녹아내리는 새빨간 쇠 꼬치를 든 자들의 천국이었다.

김두호가 죽임을 당한 다음날 강철희가 철조망을 기어올랐고 그를 저지하려다 미군에 의해 사살된 포로는 즉각 막사 안에 매장되었다. 미군과 한국경비대는 매일 들어와 시체를 내놓으라고 아우성이었다. 이런 시체 수색작전은 삼일이나 계속되었다. 좌익이 노리는 것은 적십자에서 파견된 조사단들이 들이닥치면 미군이 포로를 총살하는 만행을 저질렀다고 세계만방에 알리겠다는 선전을 위해 암매장을 했다. 군견이 동원돼서 사흘 만에 끄집어낸 시체는 여름 복더위로 뭉그러져 악취가 풍겼으나 군의관들이 지문을 떼어가는 소동을 빚었다. 전쟁으로 셀 수 없이 많은 사람이 죽어가는 마당에 미군들은 포로 한 사람의 인권이 중하다며 지문을 채취하니 포로들의 야유가 무섭게 그들을 향해 폭발했다. 포로가 미군이 쏜 총에 맞아 죽어 그들이 기거하는 천막 옆에 묻혔다는 사실은 포로들을 똘똘 뭉치기에 충분한 조건을 안겨준 셈이다.

강철희가 실려 나간 지 나흘이 되는 밤, 달마저 몸을 감춘 깜깜한 자정 무렵 김호식은 인민재판을 받기 위해 끌려 나갔다.

“달아난 강철희와 무슨 관계인가?”

"동무입니다."

"강철희와 함께 광대로 위장한 미제 스파이지?"

"아닙니다."

"우리가 죽인 미제첩자 김두호의 주머니에서 떨어진 비밀문서를 강철희란 자가 빼돌렸다는 정보를 이미 입수했다. 여러분, 그자와 단짝이던 김호식이 양키들의 첩자노릇을 했다는 증거를 가진 사람이 있는가?"

그때 군중 속에서 외치는 사람이 있었다.

"저놈은 영어를 합니다. 꼽추춤을 추며 미국 새끼와 쏼라대서 이곳의 정보를 주는 것을 목격했습니다."

"옳소, 나도 봤소."

"그럼 어찌할까요?"

"특급으로 죽입시다."

"아니요. 이급으로 합시다."

"죽여라, 저놈을 죽여라."

포로들의 외침이 극에 달해 이번 재판은 인민의 의견이 정당하게 반영되었으니 참형을 당하는 것을 목격해도 양심의 가책을 받을 필요가 없는 그런 분위기였다. 그때 어둠을 가르고 나타난 사람이 있었다. 불을 등지고 그들 앞에 서 있어서 키다리 아저씨를 연상케 했다. 다리가 모기의 뒷다리처럼 한번 꺾여서 길디긴 그림자를 그들에게 드리웠다.

"동무들, 잠깐 내 말을 들이시오. 오늘 밤은 이대로 넘깁시다. 철조망 총살사건 이후 미제들이 스파이를 우리 수용소에 넣었다는 정보를 입수했소. 우리가 죽이기로 점찍어놓은 사람을 죽이는 일을 며칠 미뤄도 되지 않겠소."

김호식은 죽음 직전에 살아난 이 기적 앞에 용기를 내서 목소리의 주인공을 보려고 얼굴을 들었다. 어깨에 별을 달고 가슴팍이 실하며 몸집이 주위에 둘러선 사람들보다 머리 하나가 더 큰 자가 포로들 앞에 군림했다. 군화를 신은 발끝부터 더듬어 올라가던 김호식의 눈이 그의 얼굴에 멎는 순간 그는 후르륵 숨을 삼키며 얼떨결에 몸을 움츠렸다.

"넌, 넌 김경종이 아니냐."

김호식은 몸을 부르르 떨며 막혀오는 호흡을 가다듬느라고 지그시 눈을 감고 신음을 삼키며 중얼거렸다. 그 말을 들었는지 김경종이라고 불리는 사내는 잠깐 몸을 움찔했다. 포로들에 둘러싸여 죽기를 기다리던 호식은 경종을 알아본 뒤부터 기가 죽어 얼굴을 들지 못했다. 그때 포로 중에서 한 사람이 일어서더니 다른 사람을 걸고 넘어졌다.

"여기 앉아 있는 이 사람도 악질반동이요."

그 말이 떨어지자 일제히 악질반동을 보려고 눈을 돌리는 찰나 악질반동으로 몰린 이십대의 젊은이는 새파랗게 질려 순간적으로 면도칼을 꺼내 팔목의 동맥을 끊었다. 수돗물이 터지듯이 피가 쏟아져 나왔다. 이 광경을 지켜본 포로들은 일제히 숨을 죽였다. 인간이라 양심이 꿈틀한 것이다. 입술을 깨무는 사람, 눈물을 흘리는 사람, 무거운 한숨을 삼키는 사람……. 그러나 어느 누구도 반기를 드는 사람이 없었다.

그때 누군가가 한 마디 했다.

"내일 아침, 고기밥 감이 또 생겼군."

이 한마디에 군중은 최면에 걸린 듯이 술렁이기 시작했다. 끌려 나간 김호식을 죽이라고 아우성이었다. 그러나 그 밤 행동대원들은 좀 전에 동맥을 끊는 사건을 목격한 탓도 있지만, 어깨에 별을 단 김경종의 출현으로 증오의 열기를 꺼버렸다. 그 밤을 그렇게 넘긴 것은 김호식에게 김경종이 자신의 존재를 과시하기 위한 것이었는지도 모른다. 사흘을 두고 매일 끌려 나가 죽지 않을 정도로 맞고 천막으로 업혀 돌아온 호식은 나중에 기절해서 철조망 가에 내던져진 뒤에야 경종의 사슬에서 벗어날 수 있었다.

"김경종이 누굽니까?"

"강철희, 김경종 그리고 제 아버님인 김호식은 어린 시절부터 삼총사였답니다. 나중에 사상이 갈려 김경종은 이름난 빨갱이가 되었다지만."

"제 아버님은 친구를 버리고 철조망을 기어올랐고 빨갱이가 된 친구는 옛 우정을 잊지 않고 친구의 생명을 살려주었다, 이 말이군요."

"글쎄. 그렇다고 봐야 하는 건가."

김경종이 김호식의 생명을 구한 일에 대하여는 한 번도 생각해 본 적이 없었는지 김 노인의 아들은 묘한 웃음을 입가에 그리며 뒷머리를 긁었다.

"택시가 기다리는데 어떻게 할까요?"

날이 저물어 오자 앵주가 불안하게 대문 쪽을 보며 말했다.

"내일이면 아버님이 제 정신이 돌아옵니다. 그때 만나 보시려면 여기서 묵으셔도 됩니다."

김호식의 아들, 상근은 처음 보였던 적의감을 감추고 약간 퉁명스러운 말투로 이런 제의를 했다. 내일이면 아버지와 함께 자라 비극을 겪은 그 과정을 더 들을 수 있고 아버지를 찾을 수 있는 어떤 줄을 잡을 수 있을지도 모른다는 생각에 민구는 앵주만을 택시에 태워 서울로 보내고 꼽추 광대의 집에서 자기로 했다.

아버지의 첫사랑

김호식 노인은 축사 뒤 오동나무 밑에 지어진 허름한 우리 속에 짚을 깔고 개구리처럼 무릎을 오그리고 엎드려 있었다. 이런 자세는 다가오는 무서운 타격을 피해 마음을 졸이며 숨어있는 상황임을 몸으로 설명하려는 듯했다.

"지금 저 순간은 아버지만이 알고 있는 것이지요. 아마 그때의 급박했던 상황 속을 헤매고 있을 것입니다."

"무의식 세계에 깊숙이 묻힌 것을 의식세계로 끌어올려서 대화하면 고쳐질 수 있습니다."

"그것을 몇 번 시도했으나 실패했답니다."

두 손으로 가린 얼굴은 공포로 파랗게 질려 있었고 손으로 가리지 못해 드러난 옆얼굴의 살갗이 갈가리 칼로 난도질해 놓은 듯이 푸들푸들 떨리고 있었다. 그의 머릿속에 묻힌 그 무서운 현장은 입에도 담을 수 없을 정도로 징그러운 것이기에 자신의 속에 묻어두고 영원히 역사 속에 잠재우려는 것일까.

"진정제를 잡숫게 하고 방으로 옮깁시다."

의사인 민구는 직업의식이 살아나서 명령조로 말했다.

"몇 번 그래 봤습니다. 그러나 저렇게 숨어있는 것이 마음의 아픔을 견디기에 훨씬 수월하다는 것을 발견했답니다. 무서운 고문을 당한 그 시기의 날씨나 여건이 비슷하면 수시로 발작하는 걸요. 약을 잡수시면 그 발작 횟수를 더 늘릴 뿐입니다. 지금이 그 악몽의 순간을 피해 있는 아주 편한 자세인데 약으로 넘기면 더 심한 발작이 연달아요."

그의 말에 닥터 강은 머리를 흔들며 중얼댔다.

"인간의 두뇌란 참으로 신비한 것이지요. 현대의학이 절대로 터치 못 한 신(神)의 영역이 아니겠어요."

다음날 점심때가 되어서 김호식 노인은 간질병 환자가 발작 끝에 부스스 털고 일어나듯이 지친 얼굴로 집을 찾아들었다. 맑은장국에 갈치구이를 맛있게 든 노인은 정신이 드는지 눈에 서서히 생기가 돌기 시작했다.

"아버지 이분이 강철희 씨 아드님이랍니다."

상근이 노인의 귀에 입을 바짝 대고 큰 소리로 말하자 처음엔 덤덤하던 노인이 그 의미가 머리에 서서히 전해졌는지 부들부들 떨기 시작했다. 민구는 그런 노인의 왜소하고 삶에 지친 모습에서 차마 눈길을 뗄 수가 없었다.

"네가 정말 철희의 아들인가?"

김호식 노인은 왈칵 민구의 손을 잡아 뺨에 대고 비비기 시작했다. 끈적끈적한 것이 민구의 손에 묻어났다. 노인은 소리 없이 흐느끼고 있었다.

"절 받으셔야죠."

손을 빼낸 민구는 어린 시절 익숙히 봐온 풍습대로 두 손을 이마에 모아 무릎을 꿇고 앉았다.

"철희를 빼 박았구나. 명철함이 흐르는 눈매랑 코, 팡팡한 뺨이랑 아주 똑 닮았어."

"제 아버지는 어떻게 되셨나요."

"철조망을 타고 도망간다고 매달려 소란을 떤 다음 일은 나도 모른다. 피를 많이 흘렸으니 살아남았다고 보긴 어렵지."

"친구랑 함께 남지 왜 혼자서 탈출을 시도했을까요?"

"처음엔 철희 저 혼자 살려고 그랬다고 생각하니 아주 괘씸했었지. 결과적으로 나만 혼자 포로수용소에 남아 고생을 했었으니까. 그래서 아플 적마다 강철희, 이놈 어디 두고 보자 하고 악담을 퍼부은 적이 많았어. 그러다 뒤늦게 그 이유를 나름대로 추리해냈지. 그래서 철희를 만나려고 이산가족 찾기가 한창일 때 한 달간이나 여의도에 나가 있었지만."

"친구를 버리고 혼자서 철조망을 기어오른 이유가 무엇인지 알아내셨단 말입니까?"

민구가 다급하게 물었으나 대답하지 않고 노인은 무릎이 아파오는지 얼굴을 찡그리고 고통을 참느라고 끙끙거렸다.

"제 아버님 때문에 린치를 당해 이렇게 고생하신다고 하니 너무 죄송합니다. 제가 의사니 미국으로 모셔가서라도 고쳐드리도록 노력하겠습니다. 전 대학에서도 강의를 맡은 정형외과 의사입니다."

이런 민구를 한참 그윽이 바라보던 노인의 눈가가 흥건히 젖어왔다.

"말씀해 주세요. 어떤 것이라도 이해할 수 있습니다."

"꼭 들어야 하겠는가. 아버지의 과거를?"

"네."

민구는 간절한 눈으로 노인을 보며 그의 입이 열리기를 기다렸다. 주기적으로 무릎이 아파오는지 그걸 애써 참는 노인의 입에서 단내가 물씬 풍겼다.

"수용소 안에서 해방동맹계획이 세워졌고, 놈들은 포로

부대를 편성해서 철조망을 부수고 한 · 미군 경비대를 습격하여 거제도를 점령한 다음 남해안에 착륙, 지리산과 태백산에 들어가 그곳의 공비와 합류하여 남조선을 통일한다는 거였어. 미군이 그런 상황에 실수한 것은 일반포로와 투항귀순자를 구별하지 않고 동일시했으니 그 소용돌이는 태풍을 능가하는 무서운 것이었지."

"하모니카를 불었다는 것이 죽임을 당할 이유가 된 것입니까?"

이 말에 노인은 한참을 있다가 한숨을 쉬고 중얼거렸다.

"여자 때문이야. 여자가 거길 들어왔거든."

"네! 여자라고요? 남자들이 있는 수용소에 어떻게 여자들이 들어옵니까. 그건 있을 수도 없는 이야기입니다."

김호식 노인은 눈을 지그시 감더니 머리를 흔들며 자신있게 입을 열었다.

"철희, 그 녀석이 그렇게 혼쭐나게 도망치게 된 것은 그 여자가 나타났기 때문이야. 그걸 내가 처음에 몰랐다니 나도 어지간히 둔한 놈이었어."

노인은 한숨을 푹 쉬며 한참 뜸을 들이다가 입을 열었다.

김두호가 간밤에 천막 밖으로 불려 나가 몰매를 맞은 사건으로 천막 안은 어두운 그림자가 드리워져있었다. 공포분위기로 인해 모두가 가위눌린 사람들처럼 주눅들어 있는 수용소에도 비가 철조망 밖과 똑같이 추적추적 내렸다. 바닷바람을 타고 점점 빗발이 거세져서 우비를 쓰고 철조망 밖에 작업을 나갔던 포도들이 휘몰아치는 빗속을 종종걸음으로 들어왔다. 경비들이 지키고 있지만, 워낙 비가 억수로 퍼부을 땐 몸뚱이를 보고 점검할 뿐이지 다리를 세보는 사람은 없었다. 포로들 모두에게 담요 석장과 우비가 지급되어 비가 오면 우비를 입고 나가 일할 수가 있었다. 그 우비 속에 다리가 둘이어야 하는데 넷도 되고 여섯도 되었다. 날씬한 포로는 양공주를 둘이나 우비 속에 감추어 들여올 수가 있었던 것이다. 성욕이란 가장 참기 어려운 것으로 그건 사상을 초월하는 것이었다. 풍요로운 배에 기름이 낀 사람에게만 성욕이 사치처럼 달라붙는 것이 아니었다. 굶주린 사람에게나 억류된 포로에게까지 분별없이 일어나는 교묘한 것이 바로 성욕이었다.

한 여자를 놓고 여럿이 덤비다가 빗속으로 도망 나온 여자를 쫓아 달음질하는 포로도 있고 이를 지켜보고 배꼽을 잡고 웃는 포로들도 있어 이럴 땐 수용소 안이 빗소리와 박수 치는 소리, 웃음소리로 사회 같은 분위기였다. 이내 미군들과 한국군이 들어와 여자를 잡아내가는 촌극이 비오는 날이면 속출해서 양공주들은 유일하게 철조망 안을 드나들 수 있는 특권계급에 속했다.

강철희에게 큰 사건을 일으킬 빌미를 안겨준 날은 구름도 끼지 않은 맑은 날이라 여자들이 철조망 안을 기웃거리지 못하는 날씨였다. 포로들의 밥을 나르는 밥통은 변압기 비슷한 것으로 이백 명 분의 밥을 담을 수 있는 소위 G-밥통이라는 것이었다. 외부와 접촉할 기회가 많은 취사장 부근에서 수용소 안까지 밥을 가져오려면 몇 군데의 감시소를 통과해야만 했다. 그날 우연찮게 무슨 생각에서였는지 엠피가 밥통을 지고 가는 한 사람을 불러 세웠다. 아마 눈에 띄게 밥을 운반하는 포로가 벌벌 떨었는지 아니면 이백 명 분의 밥이 무거워서 걸음걸이가 요상했는지 어쩐 연유인지 모르지만 아무튼 그 밥통은 점검에 걸려들었다. 밥을 지고 가던 포로가 의젓하게 그것을 내려놓고 응수했으면 밥통뚜껑까지야 열어보지 않았으련만 그는 이상하게 허둥대더니 밥통을 내동댕이치고 포로들 속으로 자취를 감추는 바람에 엠피는 억지로라도 그 밥통을 열어볼 수밖에 없었다. 포로들이 와와 몰려나와 무슨 일인가 하고 숨을 죽이고 엠피가 밥통을 여는 것을 지켜봤다. 뚜껑이 열리는 순간 엠피도 너무 의외라 '우왓'하고 기성을 발했다. 밥통 속에서 눈이 부신 듯 어릿거리며 나온 것은 강아지나 어린 아이가 아니었다. 이따금 살갗이 그리운 포로들이 강아지를 도둑질해 와선 며칠 데리고 놀다가 돌려보내기도 하고 피난민 아이를 숨겨 들여와 아이의 재롱을 보며 시름겨운 삶을 달랜 적이 있기 때문에 뭐 그런 유가 나오려니 기대했던 포로들은 웃지도 못하고 입을 딱 벌렸다. 머리에 밥알을 하얗게 뒤집어쓴 젊은 여자가 나왔기 때문이다. 일시에 수용소 안은 박수를 치며 웃어대서 극장 안처럼 요란했다. 엠피도 너무 상상하지 못했던 일이라 피식 웃고는 그녀의 목덜미를 잡아끌었다. 남성 포로들만 사는 이색 지역에 들어온 홍일점, G-밥통의 여인은 이런 상황에서 기가 죽어야 하는데 꼴사납게 밥알을 뒤집어쓴 여자는 암팡지게 엠피의 손을 뿌리쳤다.

"포로 새끼들이 뭐 잘났다고 웃어, 사람을 처음 봤나."

포로하고 사람이 다르다는 논리를 성노리갯감으로 밥통에 숨어들어온 여자가 지껄이고 있으니 포로들이 흥분해서 '우우'하며 곧 무슨 사건이라도 터뜨릴 것처럼 웅성거렸다. 그 순간 여자는 둘러선 포로들을 표독스러운 눈으로 흘겨보며 당당하게 두 주먹을 불끈 쥐고 이렇게 외쳐대는 것이 아닌가.

"혁명성이 없으니 반동보다 더 악질들이 아닌가. 지금이 웃을 땐가. 한두 명의 퇴폐한 새끼들인 미제국주의 놈들을 그냥 보고만 있을 것인가. 동무들! 지금이 어느 때라고 이러고 있소. 어카 갔소. 바보처럼 당할 것이요."

'반동'이란 단어가 괴기스러운 힘을 지녔는지 아니면 같은 피를 나눈 여자가 미군에게 수모를 당하는 것에 의분이 돋았는지 정확한 이유는 모르지만, 그녀의 날카로운 견책에 포로들은 조금씩 동요하더니 "와아!"하고 엠피에게 덤벼들었다. 수용소 안에선 법적으로 금해서 무기를 소지하지 못한 경비들이 포로들의 난동에 겁을 먹고 뒷걸음질해서 정문 쪽으로 달아나기 시작했다. 그 소동 속에서 자취를 감췄던 여자는 몇 시간이 흐른 뒤에 당당한 모습으로 포로들 앞에 나타났다. 포로복으로 남장한 G-밥통 속의 여인은 바람처럼 그들 사이를 누비고 다니면서 죠지 오웰의 소설 속의 주인공인 빅 브라더 행세를 했다. 날마다 경비들이 들어와 여자의 행방을 물었으나 아무도 입을 여는 사람이 없었다. 캠프 안에 변화가 서서히 일어났다. 그 여인이 들어온 뒤 62캠프는 적색기가 나부끼기 시작했고 목이 터져라 부르는 군가로 고막이 얼얼했다. 그 여인은 평양에서 박사현이 급파한 세력이라 그녀의 그림자가 얼찐거려도 적색기는 더 힘차게 나부꼈다.

G-밥통 사건이라면 그가 서울에 처음 도착해서 만난 경비 할아버지에게서 들은 적이 있었다.

"그 여자가 들어온 뒤 강철희는 무섭게 떨기 시작한 거야."

"양공주였겠지요?"

"그 여자가 들어온 뒤부터 강 목사는 얼굴을 제대로 들지를 못하고 늘 뒷자리에 몸을 숨겼고 한번 화장실에 가면 나오질 않고 그 안에 숨어있기가 일쑤였지. 나중에 안 일이지만 그 여자가 글쎄 송가실이란 첫사랑의 옛 연인이었지 뭔가. 나도 철희의 애인인 가실을 잘 알았는데 오랜만에 보니 몸집도 불어나고 하도 당당해서 처음에 알아보질 못한 거야."

"송가실이라고요?"

"맞아. 탈출하는 첫날 밤, 철희는 내게 이렇게 말했어. 이 여자 때문에 나는 망했다고. 이 여자로 인해 지은 죄를 하나님은 결코 용서하지 않는 모양이라고 괴로워했었지."

"아버지가 저를 낳기 전에 다시 말해서 목사가 되기 전에 본부인인 제 어머니보다 먼저 사랑한 여자가 있었다는 뜻인가요?"

"맞아. 그 여자가 한을 품었는지 거기까지 철희를 따라온 것이지. 여자의 한은 오뉴월에도 서리가 내린다더니 이 경우를 두고 한 말일 것이야."

"아버지를 찾으러 온 것이 아니라 임무수행으로 포로수용소 안에 잠입한 것이겠지요."

"아니야. 이 여자와 자네 아버지 사이는 아주 특별한 사이였으니까."

"그 여인에 대하여 알고 싶어요."

"쉬었다가 하지. 내가 너무 힘이 들어서."

노인은 돗자리 위에 새우처럼 허리를 휘고 옆으로 누웠다. 양말과 바지 사이로 뼈가 앙상하게 드러난 종아리를 보며 민구는 이런 생각을 했다. 한발 늦어 이분이 돌아가신 뒤에 왔더라면 어쩔 뻔했단 말인가. 이렇게라도 아버지와 인연이 닿은 사람을 만난 것이 눈물이 날 정도로 신기해서 들뜬 기분을 누를 수가 없었다.

송가실, 송가실이라…… 어머니가 그를 흥남에서 배에

태워주고 적어준 거제도의 주소에 살고 있어야 했던 여인이 틀림없다.

'아버지가 잘 아는 집안이니 이 난리에 널 안전하게 보호해 줄 것이니라. 강철희의 아들이라고 하면 박대는 안 할 것이여. 이 난리가 지나면 찾으러 가마.'

어머니의 음성이 생생하게 민구의 귓가를 맴돌았다.

이룰 수 없는 인연

비가 추적추적 내리는 아침, 김 노인은 어제 초저녁부터 계속 잠속에 빠져 죽은 사람처럼 늘어져있었다.

"열 시가 넘어야 기동하실 겁니다. 너무 기진하셨거든요. 강 선생님도 밤낮이 바뀌어 얼굴빛이 말이 아니니 아침나절 푹 주무시지요."

농에 개켜 넣은 이부자리를 상근은 아랫목에 깔아주며 일찍 일어나 서성거리는 민구에게 더 자라고 권했다. 간밤에 푹 자고 났는데도 그간 이런저런 사람들을 만난 피로가 소음이 걷힌 시골에 오니 한꺼번에 밀려들어서 상근이 시키는 대로 민구는 못이기는 척 굵은 베 이불을 덮고 누웠다. 눈을 감고 잠을 청했으나 정신이 점점 더 맑아 왔다. 비가 들이치지 않도록 이어 달은 생철지붕 위에 빗방울 부딪히는 소리가 실제의 빗소리보다 더 요란했다. 어린 시절 할아버지의 팔을 베고 누워 들었던 그런 소리여서 아스라한 푸른 꿈이 피어오르고 오줌을 눈 뒤에 진저리를 치듯 유년시절의 우윳빛 설움이 실로 오랜만에 그를 사로잡았다. 민구는 치과에서 벌레 먹힌 어금니를 갈 때 엄습하는 전율을 참아내려는 것처럼 눈을 지그시 감았다. 시골 냇가에서 동네어른들이 똥개인 복술이를 잡아 죽일 적에 그러지 말라고 민구는 결사적으로 어른들에게 매달려 울부짖으며 몸부림쳤었다. 이런 민구를 슬픈 눈으로 바라보았던 죽음을 앞둔 개의 눈이 유년의 숲에서 떠올랐다. 죽음이 무엇일까를 생각하며 막연히 느꼈던 슬픔과 고독이 가슴속을 찍어 눌러 소리 없이 베개를 적시며 울었던 어린 시절의 우울함이 생철지붕 위에 떨어지는 빗소리와 함께 되살아났다.

아버지는 어째서 당당히 예수를 믿어 훌륭한 목사가 되지를 못했을까? 고아원에서 미국으로 입양된 아들을 찾아 나서지 않은 이유가 무엇일까? 아버지는 도대체 어디로 가버린 것일까? 김 노인의 말대로 송가실이란 여자 때문에 숨어버렸다면 얼마나 웃기는 일인가. 남쪽에 남았다면 무슨 이유로 가장 사랑했던 친구 김호식을 찾지 않았을까? 아니면 북으로 가서 소식이 끊긴 것일까. 아버지가 북으로 갔다면……. 그건 있을 수도 없는 일이다. 목사가 북으로 갈 리 없다. 종교의 자유가 없는 북으로 갈 만큼 아버지는 어리석지 않았을 것이다. 아버지가 믿는 하나님 때문에 얼마나 많은 아픔을 이 가정이 겪었단 말인가! 과거의 여인을 따라 사랑하는 아들, 민구까지 버리고 북으로 갈 만큼 아버지는 이성 간의 사랑을 중히 여겼단 말인가. 어떻든 김호식 노인에게서 아버지의 과거를 다 듣다 보면 좋은 단서를 잡아낼 수도 있을 것이다.

벌써 이 집에 온 지 사흘이 되었다. 의사가 되기 위해 얼마나 바쁘게 살아왔단 말인가. 이렇게 한가하게 누워있자니 이런저런 생각 속에 빠져들어 민구는 한숨을 삼키며 몸을 뒤척였다. 오랜 세월 침대의 푹신함에 젖은 민구는 온돌 위에서 자는 것이 힘이 들었다. 몸이 모두 쑤셔 와서 이불까지 요 위에 깐 뒤 그는 깊이 잠이 들어 참으로 오랜만에 느긋하게 쉬었다.

점심을 먹을 때야 깨어난 김호식 노인은 아주 다른 사람이 되어 민구와 마주 앉았다. 젊은 시절 철학을 전공한 탓인지 고희에 가까운 나이인데도 눈빛은 침착하고 깊이가 있었다. 아버지가 살아계신다면 이 만큼의 늙음과 이런 모습이려니 하고 민구는 노인을 그윽이 우러러봤다. 아침 내내 내린 비를 맞고 울안 담을 따라 만발한 봉숭아가 붉은 빛을 함초롬히 뿜어내서 눈이 시렸다. 김호식 노인은 무슨 생각을 하는지 그 꽃들에서 눈을 떼지 않았다.

"송가실이란 여인에 대해서 듣고 싶어요."

"다 지나간 옛이야기를 알아서 뭘 한다고. 강철희가 그 여자를 만난 것이 악운이었지만 그만큼 강한 사랑을 받았다고 할 수도 있겠지. 인간이 한번 태어나서 죽는 것이 정한 것이니 그런 사랑의 고통을 주고받으며 짧고 굵게 살아도 되는 거 아니겠어."

"송가실이란 여인이 지금 어디에 살아있는지 아세요?"

"아마 북쪽에 있을 거야. 가난하지만 지상 유토피아를 꿈꾸었던 사람들이 다 그랬듯이 이 여자도 열렬한 공산당원으로 변신했었으니까."

"아버지와의 사이에 아이가 있었나요?"

"자네보다 네 살 위의 아들이 있었다고 기억되는군."

"혹시 제 어머님과 여동생, 민숙이 소식을 들으셨나요?"

"아마 자네 어머니는 할머니 모시고 아직도 이북에 살아계시겠지. 참 비극이야. 형제가 남쪽에 하나 북쪽에 하나 헤어져서 만나지 못하고 피붙이를 두고 서로 생사를 모르고 지내다니."

"전 남쪽도 아니에요. 태평양을 건너 미국으로 갔으니."

"흩어진 백성이 된 거군…… 세계 각국으로 흩어져서 살아야 하는 것은 조국이 시원찮아서 그렇게 된 거야. 조국이 힘을 키워야 한다니까. 알겠는가, 이 사람아."

그는 조국이란 말에 힘을 주어 말하며 얼굴의 근육을 떨었다.

"송가실이란 여자를 아버지가 어떻게 알게 되셨나요?"

사흘 전 민구를 처음 대했을 때 무뚝뚝했던 김 노인의 아내가 수박과 참외를 쟁반에 먹음직스럽게 담아서 그들 앞에 놓았다. 송아지가 외양간에서 어미를 찾느라고 길고

느리게 애처로운 울음을 토해냈다.

황해도의 분지, 서흥에서 소학교를 졸업한 아이들은 경의선을 타고 해주나 서울, 아니면 평양으로 공부하러 갔다. 강철희는 과수원집 아들답게 서울로 가서 중학교에 다니게 되었다. 일찍 기독교를 받아들인 아버지, 강기붕이 서흥교회의 장로님이었기에 철희는 기독교 학교인 배재학당에 입학하게 된 것이다. 서울로 유학을 갔으니 서울생활과 학교생활이 바쁘다고 여름방학에도 집에 오질 않던 철희가 가을이 한창 무르익을 무렵 서흥엘 왔다. 부모님의 따뜻한 울안을 오랫동안 벗어났다가 돌아오니 새삼 가정이 안겨주는 정겨움과 평안함에 젖어 과수원을 끼고 흐르는 냉천을 따라 걸었다. 홍옥, 국광, 목이 긴 병처럼 생겼다고 누구나 즐겨 부르는 병배가 영글어 가지가 휘었고 고추잠자리들이 냇가에 핀 코스모스 주변을 한가롭게 맴돌았다. 과수원 뒷산에 밤이 입을 벌리기 시작했고 냉천 가에 펼쳐진 밭엔 아직 피지 아니한 목화의 열매, 다래가 곧 입을 벌리면 하얀 솜이 꽃처럼 피어오를 것이다. 개울은 송사리까지 볼 수 있을 정도로 맑았고 매끈한 자갈들이 개울을 덮어 흙을 볼 수 없었다. 작은 폭포가 쏟아지는 소리도 변함없었다. 냉천에 지천으로 깔린 돌을 들추고 가재를 잡던 어린 시절을 그리워하며 철희는 노인들이 장기를 두는 정자로 향했다.

여기서 보낸 어린 시절은 얼마나 재미있었던가! 마음껏 개울에서 텀벙거리며 물고기를 잡았고 큰 돌을 가만히 들어 올렸을 적에 죽은 듯이 꼼짝 않고 있던 가재를 발견한 순간의 그 짜릿한 기쁨을 어디에 비길 수 있단 말인가. 매미, 메뚜기, 개구리, 뱀을 잡겠다고 누비고 다녔던 산천이 그를 반겼다. 철희는 가슴을 펴서 신선한 공기를 폐 깊숙이 천천히 마셨다. 몇 년은 긴장한 탓에 세월이 급행열차가 달리듯 흘러갔건만 그 생활도 어느 정도 궤도에 오르고 보니 고독이란 고급스러운 감정이 그의 마음 한가운데를 파고들어왔다. 오솔한 마음으로 바라본 서쪽 하늘이 연시 빛으로 물들 무렵 그는 정자를 빠져나와 계집아이들이 밤이면 목욕을 하던 작은 폭포 밑으로 갔다. 폭포는 여전히 그 자리에 있어 소리를 내며 떨어졌다. 우두커니 돌 사이로 흘러가는 냇물을 바라보던 철희는 휘파람을 불며 큰길로 나왔다.

소꿉친구 경종이 어딜 가나 그의 머리에 자리를 잡고 있어 그는 세차게 머리를 흔들었다. 목수의 아들인 김경종은 철희보다 몸이 커서 장군감이라고 사람들이 늘 말했었다. 둘이는 소학교를 다닌 6년간 늘 붙어 다녔다. 냉천 오른쪽의 산과 들은 모두 철희네 것이어서 소작농들이 가을이면 추수해서 져 나른 곡식들이 안마당에 그득했고 과일을 딸 무렵이면 손이 모자라서 경종의 아버지인 김 서방은 목수일보다 과수원 일 거드느라고 항상 철희네 과수원서 살았다. 경종은 그런 아버지를 따라 가을이면 철희네 과수원에 와서 함께 놀았다. 봄이면 헛간이나 돼지우리를 고치느라고 김 서방은 철희네를 자주 들리는 바람에 두 가정은 항상 함께 지내는 시간이 많았다. 철이 들기 전엔 철희와 경종 사이에 벽이 없었다. 냉천으로 밤나무가 지천인 산으로 과수원으로 폭포 밑으로…… 해가 떠서 질 때까지 항상 붙어 다녔던 세상에 둘도 없는 친구였다. 참외서리에서 따온 배꼽참외를 풀숲에 숨어서 반으로 쪼개 나누어먹던 사이였다. 그러나 누가 가르쳐 주지 않았는데도 십대의 소년으로 커가며 그들은 과수원집 아들과 목수의 아들 사이의 거리를 재기 시작했다. 철희 쪽보다 그건 경종이 쪽이 더 심했다. 그것은 배고픔과 연결되었기 때문이다.

저녁노을은 점점 검은색을 더해서 사라질 것이며 어쩌면 이런 것은 죽음을 앞둔 이생의 빛일 거란 내밀한 서러움으로 철희는 슬픈 눈을 하고 하늘을 바라봤다. 사리원으로 통하는 큰길가를 따라 코스모스가 한창이었다. 꽃한 송이를 꺾어 따로 보면 예쁜 줄을 모르겠는데 셀 수 없이 많은 코스모스가 한데 어울려 석양을 이고 가을바람에 하늘대니 한 폭의 그림처럼 아름다웠다. 형용할 수 없는 공동체의 아름다움이 극치에 달하는 조화를 이루어서 그는 넋이 빠질 지경이었다. 비포장 길로 트럭이 지나가자 흙먼지가 뽀얗게 피어올랐다. 철희는 코스모스에 바짝 붙어 서서 손으로 입과 코를 막았다. 덜덜대며 사리원 쪽으로 사라지는 트럭을 향해 상을 찌푸리며 멍청히 서 있는 강철희의 시야에 하얀 저고리에 검은 치마를 입고 코스모스 우거진 논둑에 앉아 있는 처녀가 눈에 들어왔다. 가운데 가르마를 타고 머리를 두 가닥으로 곱게 땋아 양어깨에 하나씩 늘어뜨리고 꽃향기에 도취한 듯 눈을 살짝 내리뜨고 있는 얼굴이 부끄러움을 무척 타는 소녀처럼 보였다. 누굴까? 어떤 처녀가 외딴 이곳에 더구나 이런 시간에 나와 있단 말인가. 그 순간 얼굴이 확 달아오르고 사내답지 않게 가슴이 후드득 뛰었다. 그는 잠시 멈춰 서서 심호흡을 깊이 하고 태연하게 그녀가 앉아 있는 곳을 향해 걸었다.

내일 날씨가 맑을 징조를 보이며 서녘 하늘은 온통 붉게 타오르고 있었다. 그 석양을 안고 그녀의 얼굴은 엷은 연시 빛을 머금고 있었다. 하얀 저고리와 하늘거리는 코스모스가 멋진 조화를 이뤄 저고리의 흰 천은 갖가지 색의 코스모스로 수를 놓은 것처럼 곱게 보였다. 그는 불타는 하늘을 이고 선 보헤미안이며 이 거대한 자연에 비해 얼마나 초라한 존재인가 하는 사색에 애써 빠져들며 초연한 척 그녀의 앞을 지나갔다.

"강철희 씨가 아닌가요?"

여자 쪽에서 먼저 아는 체했다. 그는 자석에 끌리듯이 멈춰 서서 소리 나는 쪽을 향해 머리를 돌렸다.

"누구시지요?"

"송가실이에요."

"아, 네……."

강철희가 사는 마을에서 재를 하나 넘으면 할아버지와 친히 지내는 이용식 씨 집이 있어 설이면 할아버질 따라 세배를 가야했다. 어른들의 대화에 싫증이 나서 마루로 나오면 허리까지 치렁하게 머리를 땋아 늘이고 볼이 발그레하며 눈이 큰 여자아이가 그를 겁 없이 뚫어져라 쳐다봐서 사내대장부 쪽이 여자와 눈이 마주치는 것이 두려워 눈을 내리떠야했었다.

"제가 바로 이용식 씨네 붙어살던 행랑채 아범의 딸, 송가실입니다. 저녁에 이 길을 산책하시는 걸 보고 저도 여기 나왔지요."

그러고 보니 머슴의 딸로는 아깝다는 소문이 파다하게 났던 바로 그 처녀였다. 당돌하게 눈싸움하듯이 그를 응시했던 어린 소녀가 성숙한 처녀로 변해 그의 눈앞에 나타나다니……. 송가실은 타고난 미모에 눈이 크고 맑으며 머리가 총명해서 사람들의 눈에 잘 띄는 소녀였다. 천자문은 물론 논어, 맹자까지 어깨너머로 익혔다고 한다. 동갑내기인 주인 딸이 벗 삼아 같이 배웠는데 가실이 쪽이 너무 명철해서 오히려 주인집 딸이 주눅이 들었다고 우물가의 아낙들이 쑤군덕거리던 소문이 산을 넘어 옆 마을에 사는 철희의 귀에까지 들어왔었다. 이따금 풋사랑의 열기로 혼자 그녀를 그리워한 적이 있었다. 사춘기 소년의 가슴에 짜릿한 설레임을 안겨주었던 소녀가 성장해서 어떤 모습을 지녔을까 만나보고 싶다는 호기심이 동한 적이 가끔 있었으니 말이다.

“여기 앉으세요.”

여자는 철희가 앉기 좋게 풀을 쓰다듬어 평평하게 했다. 그를 쳐다보며 살짝 웃을 때 왼쪽 빰에만 보조개가 깊이 파였다. 한쪽 빰에만 보조개가 지는 것이 그녀를 더 귀엽게 만들었다. 송가실의 눈은 서글서글하고 파도가 일지 않는 작은 호수처럼 깊고 그윽했다. 철희는 뭐라 대꾸도 못하고 그 눈빛에 홀려 그녀의 곁에 앉았다. 가까이서 마주친 그녀의 눈은 저녁노을을 머금고 영롱한 빛을 뿜어내서 그는 감전이라도 된 듯이 몸이 얼어 숨을 제대로 쉴 수가 없었다.

“서흥 교회에 온 선교사를 따라 서울로 가게 됐습니다. 철희 씨가 간 서울로 가서 공부하려고 얼마나 애를 태웠는데요. 부잣집이나 양반집 처녀들은 감히 저처럼 나와 다닐 수가 있나요. 머슴의 딸인 전 자유인이지요. 속박에서 풀려 난 한 마리의 파랑새라고 할까요.”

“서울 가서 뭘 할 겁니까?”

“선교사들이 세운 학교에 다닐 것입니다.”

송가실은 남자인 철희보다 훨씬 활달했으며 참새처럼 재재거리다가 간간이 천한 여자처럼 목청껏 웃음을 터뜨렸다. 토끼풀 꽃을 따서 반지를 만들어 끼기도 하고 팔찌를 엮어 그의 손목에 묶어주며 감빛 하늘이 잿빛으로 변하는 서쪽을 향해 양갓집 규수는 절대로 흉내 못 낼 '푸른 하늘 은하수'란 노래를 멋들어지게 부르기도 했다. 땅거미가 검은 천을 깔아놓을 듯이 내려앉을 즈음 논둑을 벗어난 과수원 근처에서 가실을 먼저 보내고 철희는 들뜬 가슴을 누르며 과수원 길을 혼자 걸었다. 발끝이 보이지 않을 정도로 땅거미가 발을 덮더니 무릎을 휘감고 차올랐다. 갑자기 등 뒤에서 그의 팔을 잡는 손이 있었다.

"철희, 너 정말 이러긴가?"

아직도 가실을 만난 가슴을 진정시키지 못해 귓불이 얼얼해 있는 철희는 예기치 못한 장소에 나타난 불청객의 출현에 가슴이 뜨끔했다.

"누구지?"

"나, 경종이다."

"이 시간에 여길 왜 나왔나?"

"그 여자를 건드리지 마라."

"……."

"가실은 내 색싯감이다. 알겠니?"

철희는 그런 경종을 싹 무시하고 뚜벅뚜벅 어둠을 향해 걸었다. 그의 뒤를 바짝 따라오며 경종은 아주 자신만만한 목소리로 말했다.

"난 목수의 아들이고, 송가실은 머슴의 딸이다. 과수원이랑 논밭을 가진 대지주의 아들인 네겐 연분이 닿지를 않아."

"만약 포기하지 않는다면?"

"그런 일은 있을 수도 없어."

경종이 그의 왼팔을 난폭하게 잡아당기며 성난 눈으로 철희를 노려봤다.

"조상 대대로 우리의 피를 빨아먹고도 모자라 불쌍한 여자까지 건드리고 버릴 작정이야."

"무슨 소릴 하는지 모르겠다. 누가 누굴 건드린다는 거냐."

"사랑엔 반상이 없는 법이다. 부자인 너만 사랑할 수 있다고 생각하지 마라. 내가 사랑하고 있는 여잘 왜 갑자기 가로채느냐 이 말이다."

"네가 가실을 사랑한다고?"

"그렇다. 그러니 가실을 건드리지 말아다오."

"내가 가실을 건드린다면 어쩔 테냐?"

철희는 힘이 주어진 경종의 손을 홱 뿌리치며 성난 음성으로 이렇게 대꾸하자 경종의 주먹이 그의 턱을 무섭게 난타했다. 철희보다 머리 하나가 더 큰 장신에 몸도 우람한 그의 주먹 힘은 대단한 것이었다.

"만약 다시 한 번 가실을 놓고 그런 말을 하면 그땐 죽여버릴 테야. 가실을 건드리는 녀석은 다 죽여버릴 거야."

악을 쓰는 경종일 버려두고 철희는 과수원 한가운데 자

리 잡은 집으로 바삐 돌아왔다. 배재학당까지 두 사람은 함께 유학을 갔다. 철희의 아버지 강장로가 머리가 영특한 경종을 그냥 시골에 두기 아깝다고 학비 보조를 해주었고 어려서부터 철희와 경종인 주일학교도 같이 다녔고 친하게 자라서 서울 가서도 의지하라고 둘을 함께 보냈던 것이다. 키가 작아 앞자리에 앉는 철희와 키가 커서 맨 뒷줄에 앉는 경종은 가실이를 놓고 다툰 뒤부터가 아니라도 커가면서 이상하게 그전처럼 친하질 못했다. 비록 경종이 공부를 잘했고 철희도 잘해서 서로 일 이등을 다투었으나 예전과는 달리 경종의 눈에 증오의 빛이 이따금 순간적으로 번쩍 지나갔다. 더구나 철희가 서울 와서 사귄 김호식은 서홍에서 가까운 신막 출신인데다가 역시 과수원 집아들이었다. 두 사람은 통하는 바가 많아서 늘 붙어 다녔기에 노골적으로 적의를 표하진 않았지만 지주의 아들끼리 친하게 지내는 것을 경종은 늘 못마땅한 눈으로 흘겨봤다. 그 시절 내적갈등이야 어쨌든 경종은 앙큼하게 가면을 썼고 겉으로는 삼총사란 말을 들으며 세 사람은 늘 붙어 다녔다.

다음날 저녁, 철희는 착잡한 마음으로 다시 그 길을 찾아 나섰다. 가실이 나와 있을까 하는 기대감과 이미 다른 사내와 정을 통하는 걸 보면 다분히 행실이 바르지 못한 여자이니 경멸해주리라 하는 엇갈리는 마음으로 두 손을 바지 주머니에 찌르고 머리를 숙이고 천천히 저녁놀을 향해 발걸음을 떼었다.

"여기 이쪽이에요."

가실이 어제 만나던 그 자리에서 조금 떨어진 콩밭에 몸을 숨기고 있다가 얼굴을 내밀고 귀엽게 웃는다. 철희도 허리를 굽히고 콩밭으로 숨어 들어갔다. 가실은 어떤 의도인지 모르지만 철희 쪽에선 경종의 눈을 피하려는 속셈이 무의식적으로 허리를 굽히게 한 것이다. 가실이 뭐라고 재잘댔으나 철희는 그저 무뚝뚝하게 콩잎을 따서 짓이기고 있었다.

"왜 화나셨어요?"

"경종이 널 색싯감이라고 하던데."

"피…… 난 그런 남자 싫어해요."

"남의 진실을 무시하지 마."

"싫다니까요."

가실은 도리질을 배운 갓난아이처럼 아양을 떨려 세차게 머릴 흔들었다.

"경종일 가난하다고 버리는 것인가?"

"날 그렇게 천하게 보지 말아요. 아무나 날 건드릴 수 있다고 생각하면 큰 오산이에요. 난 내가 갈 길을 내 의지로 찾아서 가는 여자에요. 만약 타인에 의해 내 운명이 좌우된다면 난 벌써 머슴의 아내가 돼서 부엌에 묻혀있을 거예요."

그래도 철희가 계속 콩잎을 따서 던지며 말을 하지 않

으니까 가실을 새초롬해서 등을 돌리고 있다가 인사도 없이 가버렸다. 경종의 개입이 도리어 그들 사이를 더 가깝게 해서 저녁마다 그들은 사람들의 눈을 피해 사리원으로 뚫린 큰길가의 논둑에 앉아 시시덕거렸다. 가랑잎이 바람에 날려도 웃음을 참지 못하는 나이요, 바람에 치마가 날려도 웃어대는 젊음이 아닌가.

둘 사이가 서로 손을 잡고 노래를 부를 지경으로 친근해졌을 무렵 그들 앞에 바람처럼 나타난 경종이 비참할 정도로 얼굴을 찡그리며 철희를 노려보더니 가실의 손을 잡아 모지락스럽게 끌었다. 발악을 하며 끌려가지 않으려고 거세게 반항하는 가실을 그는 번쩍 안다시피 해서 과수원 옆 마을 쪽으로 끌고 갔다. 이런 경우 어떻게 해야 할지 몸 둘 바를 몰라 철희는 쩔쩔맸다.

철희는 한참을 망설이다가 가실이 끌려간 쪽을 향해 급히 걸으며 그저 막막할 뿐이었다. 사람들이 북적이는 큰길로 나선 경종은 호기심을 가지고 몰려드는 사람들 앞에서 가실의 멱살을 잡고 모두가 들으라는 듯이 호통을 쳤다.

"넌 내 색시다. 근데 지주아들 철희가 나타나니 거기 대고 꼬릴 흔들어. 지금 당장 철희 집으로 가자. 가서 널 그 집 며느리로 맞을 것인가 물어보자고."

워낙 힘이 센 경종의 팔에 잡혀 가실은 울상을 하고 끌려갔다.

젊은 남녀의 사랑이야기는 꼬리를 달고 퍼져나가 가실을 끌고 가는 경종을 구경하려는 사람들로 길을 메웠다. 과수원 옆 마을로 가실을 끌고 다니면서 시위를 하자 동네 조무래기들이 히히덕거리며 줄이어 따랐고 동네아낙들도 울타리 뒤에 숨어서 머리를 내밀며 은밀한 웃음을 흘렸다. 동네사람들 앞에서 시위한 경종은 가실을 끌고 철희 집, 안채로 당당하게 들어갔다.

"송가실은 이용식 씨 행랑아범의 딸입니다. 어른께선 이 여잘 며느리로 맞을 작정이십니까?"

갑자기 웅성거리며 몰려드는 사람들을 보고 무슨 일인가 해서 방문을 열고 막 나선 철희 아버지, 강 장로는 마당에 끌려온 가실과 혈기로 얼굴이 벌게진 경종을 보고 뒷짐을 지고 호령했다.

"이런 경거망동이 어디 있나. 어험! 고얀 놈이군."

"아드님이 저녁마다 재 너머 사는 머슴의 딸, 가실을 콩밭으로 끌고 가서 희희낙락거리고 있으니 하는 말이 아닙니까."

"뭐라고, 네 이놈, 누굴 모함하려는 것인가."

경종이 여자를 잡았던 손이 힘을 푸니 가실은 잽싸게 몸을 빼내서 사람들 사이를 비집고 달아났다. 그때 마침 집안으로 들어서는 철희를 아버지는 말없이 노려보다가 방안으로 잡아끌었고 연이어 종아리를 맞는 소리가 밖에까지 들려왔다.

"네 이놈, 고얀 놈 같으니! 하라는 공부는 아니 하고 계집 뒤를 따라다녀. 그것도 머슴의 딸이라니. 아비 얼굴에 똥칠하고 하나님 앞에서 죄를 지은 놈 같으니라고."

밖에서 경종이 안방 쪽을 향해 큰소리로 외쳤다.

"송가실은 제 색시입니다."

둘러 서 있던 사람들이 그의 말에 우와 웃음을 터뜨렸고 그는 입가에 묘한 웃음을 지으며 사람들 사이를 비집고 빠져나갔다.

김호식 노인은 강철희의 옛사랑 이야기를 누웠다 일어났다 하며 힘들여 민구에게 들여 주었다. 어느새 저녁때가 되었는지 칼국수에 생김치 버무리가 먹음직스럽게 놓인 상이 들어왔다.

"송가실이란 여자가 그래서 김경종의 아내가 되었나요?"

"성미가 급하군. 그 점에서 자네가 철희를 많이 닮았어. 그들의 사랑은 그렇게 쉽게 결론이 나질 않았어."

"송가실이 그 뒤에 어떻게 되었는지 더 듣고 싶습니다."

"아따, 이 사람아 쇠털같이 많은 날 천천히 들어도 돼. 내가 몸이 그리 안 좋으니 내일 또 계속하지."

닥터 강민구는 김 노인의 목장에서 또 하루를 이렇게 보냈다.

하늘과 땅 사이

민구가 일어났을 적엔 김 노인까지 모두 밭에 김을 매러나간 뒤였다. 어제 내린 비로 잡초가 몰라보게 자랄 것이라고 걱정하더니 햇살이 퍼지기 전에 서둘러 들로 나간 모양이다. 아버지가 포로로 잡혀 광대짓을 해서 그나마 아버지의 끈을 잡을 수 있었으니 그것 또한 기이한 일이었다. 미 대륙을 횡단하고 태평양을 건너와 아버지의 죽마고우를 만났고, 아버지의 첫사랑의 연인 송가실에 대한 이야기를 듣게 되었으니 인간이란 서로서로 연결한 줄에 이끌리어 세상을 살아가게 마련인 모양이다. 아버지로 인해 모진 고문을 당하고 저렇게 일생 상처를 안고 살아가는 김 노인을 어떻게 보상해줘야 할까 하는 생각에 잠겨 있을 때, 김 노인이 검정고무신에 짧은 바지차림으로 집안에 들어섰다.

"벌써 일어났나. 더 자지 않고."

김 노인은 어제와는 달리 전신에 생기가 넘쳐흘렀고 목소리에도 카랑카랑 힘이 있었다.

"병원의 바쁜 스케줄을 미뤄 놓고 와서 조금은 불안합니다."

"뿌리를 확인하러 온 사람이 느긋하게 몇 개월을 잡아야지 번갯불에 콩 구워 먹듯이 과거를 추적한다면 속속들이 이해하기 어려운 법이야."

"송가실 문제로 학교에서도 두 분은 여간 거북했겠네요."

"두 사람은 언제나 격렬하게 말다툼을 했고, 번번이 경종이 철회를 누르고 이겼지."

"예를 들어주세요. 어떤 논쟁을 벌였나요?"

"들어두는 것이 아버지를 이해하는 데 도움이 될 것이야."

배재학당 졸업이 가까워질수록 출신이 비슷한 철회와 호식은 사물을 보는 가치관에서 공감대를 가졌지만, 경종은 언제나 비꾸러져나갔다. 철회와 경종이 기억에 남을 만하게 가장 격렬하게 이견(異見)을 보인 논쟁은 춘궁기에 일어났다. 이 나라의 춘궁기는 쑥과 소나무 껍질을 벗겨 먹고도 배가 고픈 시기였다. 학비는 이럭저럭 철회 집의 도움으로 해결했다지만 식량은 목수인 아버지에게서 가져와야해 경종이 늘 배고픈 것은 당연했다. 동생들이 여덟이나 되었던 경종은 먹질 못해 부석하니 얼굴에 부기가 돌았고 감기몸살까지 겹치자 닷새가 지나도록 학교에 나타나질 않았다. 굶어서 더 기동을 못 한다는 걸 안 철회와 호식은 용돈을 털어 쌀 한 되와 두부 한모, 숯 한 둥치를 사 들고 그를 찾아갔다.

봄의 한기는 겨울보다 더 썰렁한 법, 그의 자취방은 불기가 없어 구들에 닿은 발바닥이 얼음을 딛고 선 듯이 아렸다. 호식이 풍로에 불을 피우는 동안 철회는 쌀을 씻으려고 우물가로 가서 두레박을 우물에 넣고 첨벙거렸다. 검은 무명 이불을 머리끝까지 뒤집어쓰고 앉은 경종은 친구들이 밥 짓는 광경을 창호지문을 열어젖히고 멀뚱히 내다봤다. 소금과 고춧가루를 듬뿍 넣고 끓인 두부찌개와 아직 뜸이 덜 들어 설익은 밥을 게걸스럽게 먹고 난 경종의 뺨에 핏기가 돌았다. 배가 부르자 경종의 눈은 술에라도 취한 듯 게슴츠레하게 풀렸다. 하숙 밥을 먹기에 집에서나 서울에서나 밥 지을 기회가 전혀 없었던 두 사람이 서툴게 지어준 밥을 경종이 맛있게 먹자 밥상머리에 앉은 철희와 호식은 좋아서 아주 만족한 웃음을 감추지 못했다.

"이 한 끼의 밥으로 너희들이 할 일을 다 했다고 생각하지 마라. 이건 마땅히 내가 찾아먹어야 할 내 몫이니까."

언제나 도전적이고 자존심이 강한 경종의 성격을 잘 아는 그들은 그저 흐물흐물 웃으며 '그래, 많이 먹어라. 이 녀석아.' 해가며 대수롭지 않게 받아넘겼다. 머쓱하게 방안에 앉아 귀공자들이 지어준 밥을 받아먹기가 얼마나 쑥스러우면 그런 식으로라도 자존심을 살리려는 심사겠지 하고 철희와 호식은 허허 웃어넘겼다. 친구들의 뼈 없이 웃어주는 얼굴을 얼마간 매서운 눈으로 쏘아보던 경종이 정색을 하고 진지하게 입을 열었다.

"완전한 자유를 개인에게 안겨주면서 완벽한 공동생활을 실현하는 사회를 건설해야겠어."

"역사를 통해 입증된 것은 인간이 인간의 최대의 적이라는 점이야. 그런 적대관계에서 문화는 발전하고 이런 도전적인 관계에서 과학도 발전하는 것이 아니겠어. 타고난 재능과 개성이 다른 사람들을 어떻게 한 테두리 안에 묶어 획일적인 수준의 사회로 만들 수가 있겠어. 그건 꿈이고 이론일 뿐이야. 젊은 시절에 한 차례씩 누구나 앓는 유토피아를 향한 열병이라고 할 수 있지."

잔뜩 심술이 고여 투정을 부리는 경종이 입을 연 것이 좋아서 철희가 경종의 말을 받아 자신의 의견을 폈다.

"넌 지주의 아들이니 배고픈 것이 얼마나 슬픈 것인지 모르고 있어. 왜 이 세상의 물질을 몇몇 특정 인물들이 움켜쥐고 있어야 하는지 모르겠어. 이건 더러운 만행이야. 양심적으로 따지면 그들이 인간이면서 인간을 착취하고 있다고 스스로 고백할 수 있어야지. 인간으로 태어났으면 노동한 만큼 정당한 대가를 받아서 평등하게 서로 나누어 가지고 살아간다면 이 지상은 얼마나 아름다운 곳이 되겠느냐 이 말이야."

경종이 눈에 핏발을 세우며 너무나 자신을 가지고 당당하게 이론을 내세워 철희와 호식은 말문이 막혔다. 사실 그들은 집안에서 고임을 받으며 자란 몸이라 보릿고개를 모르고 살아가는 가문의 출신들이었다.

"공산주의 이론을 피력하는 모양인데 그 제도에도 모순이 있으리라고 봐야해. 인간이 모인 집단에 언제나 권력을 잡고 지배하는 층이 나오게 마련이니까."

호식도 한마디 해서 경종을 눌렀다. 이에 힘을 얻은 철희도 반격을 가했다.

"인간의 핏속에 원죄가 녹아있다고 하더라. 그 죄가 인간의 본성 속에 녹아있는 한 진정한 의미의 네가 꿈꾸는 그런 사회건설은 어려운 거야."

"인간의 본성까지 혁명으로 바꿔버리면 되지."

경종이 아주 자신 있게 말했다.

"인간본성의 혁명이라……. 만약 그런 혁명에 가담하지 않는 사람이 있다면 어떻게 처리할 것인가?"

"한 손에 코란을 또 한 손에 칼을 들었던 마호메트를 보라고. 혁명에 응하지 않을 땐 죽여버리는 거야. 위대한 혁명을 이루는 과정에서 어쩔 수 없이 치러야 하는 희생이지. 이 나라를 이런 사회로 건설하기 위해 나는 목숨을 걸고 나설 참이야."

경종은 벌써 혁명가라도 된 듯 어깨를 으쓱이며 자신 있게 말했다.

"인간의 힘을 나는 믿을 수 없어. 혁명으로 인간의 마음속에 자리 잡은 악한 본성을 제거할 수 있을까? 인간의 원죄를 해결할 힘은 역시 불가시적인 신의 힘이 아니겠어."

철희가 머리를 갸우뚱거리며 경종의 이론에 이의를 제기했다.

"그렇다면 넌 예수가 인간을 개조할 수 있다고 생각하니?"

"인간보다 위대한 힘을 지녔으니 그렇다고 믿어."

"너의 아버지, 강 장로는 하나님을 재산 축적의 수단으로 삼고 있어. 진정으로 하나님을 사랑하는 사람이라면 먼저 하나님 앞에서 평등해야지. 가진 재산을 움켜쥔 자세로 가난한 이들 위에 군림한 사람을 어떻게 기독교인이라고 할 수 있겠어. 그러니 종교로는 인간개조가 불가능해."

"무슨 뜻이냐? 너도 열심히 나랑 주일학교에 다니며 하나님을 믿지 않았니."

"나도 너의 아버지처럼 내 배를 채우기 위해 하나님을 믿는 척한 것이지."

"나쁜 자식. 우리 아버지 덕분에 네가 이 만큼 공부하고 감히 어떻게 그런 말을 할 수가 있어. 이 배은망덕한 놈아!"

강철희가 경종의 뺨을 한 대 힘껏 때리자 그는 미묘한 웃음을 삼키며 계속 입을 놀렸다.

"기독교로 인해 중세기는 암흑시대였어. 그래도 인간은 참으며 의(義)가 거하는 땅을 지상에 세우길 고대했지. 그러나 이젠 더 이상 기다릴 수 없어. 아무것도 이룰 수 없는 허상인 예수에게서 그 바통을 빼앗아 인간의 힘으로 그 꿈을 이뤄야 해."

이미 공산주의에 관한 책들을 두루 섭렵한 경종을 어떤 말로도 이겨낼 수가 없었다. 자신이 옳다고 철석같이 믿고 있는 경종 앞에서 어떤 이론도 받아들여질 수 없었기 때문이다.

가실과 경종이 신랑 색시라는 소문이 자자한 그해 겨울에 철희는 부모가 골라준 색시를 아내로 맞아들였다. 할아버지의 친구 이용식 씨의 손녀였으니 가실이 함께 자란 주인집 딸, 이옥분이었다.

호식과 함께 일본 와세다 대학에 입학한 철희는 영문학을 전공과목으로 택했다. 부모가 맺어준 아내와 의무적으로 덤덤하게 살다가 일본으로 가서 공부하는 동안 어느 정도 가실에게 가졌던 풋사랑의 상처가 아물 즈음 느닷없이 그녀가 그의 앞에 나타난 것이다. 놀랍게도 행랑아범의 딸, 가실이 동경유학을 온 것이다. 두 번째 만남은 현해탄을 건너간 뒤의 만남이요, 풋사랑의 얼떨떨함에서 벗어난 성인의 사랑이어서 철희와 가실은 물불 가리지 않는 열렬한 사랑에 빠져들었다.

"본처인 이옥분이란 여자를 사랑하나요?"

"부모님을 모시고 있으니 그저 든든한 머슴이나 소가 집에 있듯이 그저 그런 기분이야."

"저도 든든한 소나 머슴으로 착각하는 것인가요?"

"아니, 당신은 내가 사랑해서 고른 내 영원한 연인이지."

"당신에게 아들을 낳아드리겠어요. 그 길만이 영원히 우리 사이를 이어줄 줄이 될 터이니까요."

"우린 지금 공부하는 학생이야. 학생이 아일 낳으면 공부를 포기하겠단 뜻이야. 가실이, 우리 이대로가 좋지 않아. 그냥 이렇게 만나며 지내자."

"서홍에서처럼 당신은 사라져버릴지도 몰라요. 당신이란 분은 지주의 아들답게 중심이 약해요. 저처럼 잡초로 태어나면 한을 품고 있어 산을 허물고 홍해를 가를 만한 놀라운 힘을 소유해서 자기의 주장이나 인생을 끈질기게 물고 늘어져 요리할 수 있지만, 당신은 달라요. 지극히 윤리적 도덕적이고, 의로운 척하지만 연한 서양 꽃을 닮아서 믿을 수가 없어요. 그러니 전 애를 낳아야 마음이 놓이겠어요."

"우리 냉정하자고. 지금의 아내를 정말로 사랑한 적이 없어. 내가 유일하게 사랑한 여자는 가실이 당신이니 걱정하지 말고 어서 졸업하고 귀국해서 학교선생이라도 하면 그때 우린 아기를 가질 수 있어."

"고만두세요. 당신은 내가 선생이 되면 나의 위치가 무서워 저를 만나주지도 않을 분이에요. 전 제 인생을 제가 요리해서 아기를 벌써 가졌으니 걱정하지 마세요."

"뭐라고?"

"벌써 삼 개월이 넘었어요. 추호도 당신을 괴롭힐 마음은 없으나 전 당신을 주인집 딸인 옥분에게 빼앗길 수가 없어요. 다른 것은 다 참고 양보하지만, 당신만은 양보할 수 없으니까 두고 보세요."

"내가 당신을 사랑하는데 왜 그래. 설마 장희빈처럼 본부인을 독살할 생각은 아니겠지."

"제가 아들을 낳으면 전 당당히 당신의 부모님을 만나 아이를 내밀고 당신 곁에서 살아갈 거예요."

"난 장로의 아들이야. 우리 집안에선 본부인 이외에 여자를 용납하지 않아."

"그렇다면 난 뭐에요?"

"나도 몰라. 그저 당신이 좋을 뿐이야."

"하나님을 믿는 것보다 더 중요한 것은 사랑이에요. 누구도 당신과 연결된 내 사랑의 줄을 끊을 수는 없어요."

송가실은 강철희를 혼자 독차지할 욕심을 버릴 수가 없었다. 주인집 딸인 옥분은 그저 착하고 개성 없고 연약하고 울기 잘하는 울보일 뿐인데 가실은 그런 옥분을 충분히 깔아뭉갤 수 있다고 확신했다. 행랑아범의 딸이란 신분으로 얼마나 매사에 옥분에게 많은 것을 양보하고 울며 지냈던가. 종의 신분을 벗어나는 방법으로 선교사를 찾아가 공부할 의사를 밝혔고 학생을 모집하던 선교사 부부는 그녀를 받아들여 사랑을 듬뿍 주었다. 일본에 가서 공부할 수 있는 것은 순전히 미국 선교사의 도움이었다. 너무 영특한 그녀를 K선교사 부부는 딸처럼 사랑해서 양딸로 삼고 귀여워해서 일본 유학보다 미국에 가서 공부하라는 것을 어기고 그럴듯한 이유를 대고 철희를 찾아 일본엘 왔다. 그녀가 믿는 하나님은 허상이요, 교회에 나간 것은 형식이요, 그저 그런 척하는 신앙이지 속에는 그 양놈의 하나님을 향해 늘 숨어서 흉을 보는 처지였다.

"선교사의 양딸이 유부남을 사랑해서 애를 낳았다면 양부모는 절대로 돈을 부쳐주지 않을걸. 그러니 우리 냉정합시다. 우리 집도 일본놈들의 수탈이 너무 심해서 내 학비를 부치는 일이 어려운 처지인데 이 동경 천지에 둘이 버려지면 어떻게 살아."

"당신은 의지가 약한 것이 흠이에요. 우리 둘이서 비둘기처럼 살아요. 문간방을 얻어 죽을 끓여 먹어도 행복할 수 있으리라 믿어요. 제가 나가 고구마를 구워 팔아도 되고 정 일거리가 없으면 남의 집에 가서 막일해서라도 우린 굶지 않고 살 수 있어요. 문제는 당신이 얼마나 강하게 저와 결합할 수 있는가 그거지요."

"그렇다고 어린 시절부터 믿어온 하나님을 어떻게 속일 수가 있겠어."

"하나님이 어디 있어요. 제겐 당신뿐이 없어요. 미국사람들은 참 이상한 족속들이에요. 죽어서 흙에 묻히면 끝난다는 사실에 무척 두려움을 지니고 있어요. 그래서 죽으면 가는 나라를 상상으로 만들어 놓고 그걸 믿으려고 안간힘을 쓰지요. 여러 학설을 만들어 정당화시켜가며 불확실한 가상의 신을 있다고 우기는 웃기는 사람들이지요."

"그래도 성경을 인용한 글들은 상당히 깊이가 있단 말이야. 난 가끔 잠언이나 전도서 또 시편을 읽으며 감탄하는 사람이야. 철학적 문학적으로 따지면 고뇌가 제법 깊고 그 묘사가 아주 우수해. 욥기도 읽어보면 무언가 있는 것 같은데 내 실력으로는 잘 이해가 안 가지만 역시 성경은 역사적으로 또 문학적으로 연구해 볼 가치가 있다고 생각해. 더구나 난 장로의 아들로 아버지의 하나님, 어머님의 하나님을 걷어차기가 힘들단 말이야. 당신과 이렇게 사는 것이 사실 하나님 앞에서 엄청 두려운 적이 많아."

"담대하지 못한 인간이 그런 마음을 갖는 법이지요. 선교사들도 그런 마음을 가지고 있더군요. 제게 사랑을 베푸는 선교사 부부는 병든 동물을 보고도 눈물을 찔끔대는 마음 밭이 여린 사람들일 뿐이에요."

가실이 확신에 찬 투로 당당하게 이렇게 말하자 철희는 그녀의 눈에 고여 있는 그 깊이를 모를 안개에 진저리를 쳤다. 가실이 아들을 낳은 동짓달은 무척 추웠다. 십계명을 어기고 간음한 여인으로 낙인찍힌 가실에게 선교사의 송금도 중단되었고 중국으로 진출해서 전쟁에 열을 올린 일본은 공출을 너무 많이 해가서 철희에게 부쳐오는 돈도 점점 줄어들었다. 태어난 아들에게 철희는 강민석이란 이름을 지어주었고 가실은 억척스럽게 막일을 해서 가정을 이끌어가려고 무진 애를 썼다. 전쟁의 막바지, 학도병으로 모두 끌려갈 즈음 워낙 병약한 철희가 각혈을 했다.

"할 수 없어. 내 집으로 들어가서 아내와 부모님께 양해를 구하는 수밖에. 당신의 그 팩팩하는 성격만 죽이고 평범한 아낙으로 남는다면 우린 헤어지지 않고 살 수가 있을지도 몰라."

"장로의 집안에서 나를 받아들일 수 없다고 했잖아요."

"그럼 어떡해. 이대로 굶어 죽잔 말이야."

"하나님을 믿는 집안에서 우리 사이는 죄를 지은 것이니 정죄될 것이 분명해요. 여보! 우리 고생되더라도 여기 그냥 이러고 삽시다."

그러나 전쟁으로 물자가 딸리자 수저나 솥까지 무기를 만드느라고 눈이 벌게진 와중에 곱게 자란 철희로선 아내와 아들을 거느리고 살아갈 수가 없었다. 더구나 각혈이 심해지니 죽음이 다가옴을 눈으로 보는 듯했다.

"우리 여기 있다가 굶어 죽겠소. 내 아버지는 과수원과 밭을 가지고 있으니 이렇게 굶지는 않을 것이요. 그러니 아버지 집에 가서 머슴살이 해도 이렇게 주리지는 않을 터이니 돌아갑시다."

송가실은 아기를 낳은 뒤라 생명에 대한 경외감 때문인지 아니면 철희의 각혈에 기가 죽었는지 아무소리 않고 아기만을 끌어안을 뿐이었다. 역시 여자란 아기를 낳아 젖을 물리면 변한다더니 순하게 고집을 꺾어서 철희와 함께 현해탄을 건넜다. 닷새 걸려 찾아온 고향집에 발을 들여놓은 순간부터 문제는 터졌다. 아내인 옥분의 시샘이 예상외로 거셌고 고개 넘어 사는 장인장모 역시 자신이 부리던 머슴의 딸이 그것도 딸이 몸종처럼 거느렸던 가실이 사위의 사랑을 독차지하고 신학문을 배웠다고 더 멋들어지게 차리고 들어섰으니 두 집안이 벌컥 뒤집힌 셈이다. 더구나 경종이 자기 색시라고 날뛰어서 좁은 바닥에서 소문이 파다했던 가실이 아닌가. 그런 여자를 피해 일본에 보냈는데 거기까지 따라가서 아기를 낳아 온 가실을 시부모가 좋아할 리 없었다.

더구나 장로의 아들이 이 꼴이니 교회에 덕이 되지 않는다고 강 장로는 한숨을 삼켰다.

"첫째, 내가 자식을 하나님 앞에서 잘못 양육한 죄이지 어쩌겠니. 엄연히 조강지처가 있으니 민석 어멈이 물러나는 수밖에 없겠다. 더구나 이 집안은 하나님을 모신 집안이니 이런 죄를 용납할 수가 없구나."

시어머니의 의논적인 말에 가실은 독기어린 눈을 똥그랗게 뜨고 네 살이 된 민석을 끌어안았다.

"아직 이 집안의 며느리가 아기를 낳지 못했으니 호적에 자식으로 입적시켜 잘 길러 줄 터이니 어떠냐? 젊은 나이이니 나가서 새 삶을 사는 것이."

"이 아이는 절대로 이 집에 줄 수 없습니다. 반은 제 피가 섞였으니까요. 제가 데리고 나가겠습니다."

그때 마침 철희의 장인이 이 광경을 목도하게 됐다.

"저런 고얀 년이 있나. 감히 뉘 앞이라고 주둥이를 놀려. 어서 애를 놓고 썩 나가지 못할까."

"못합니다. 절 죽이세요. 인간으로 이 집에서 살 권리를 빼앗는다면 차라리 죽여주세요."

가실의 절규가 울안에 괴기가 서리도록 찡하게 울려 퍼졌다.

할 수 없이 가실의 부모가 불려왔다.

"일생 살 수 있는 토지를 사 줄 터이니, 딸을 데리고 고향으로 가게나."

강 장로의 눈물 어린 호소에 행랑아범 송씨는 손을 비비며 송구스러워했다.

"고향이 어딘가? 자넨 간도에서 살다왔다고 들었는데."

"고향은 거제도입니다. 제가 열 살 때 아버지를 따라 북간도에 가서 배운 것이 농사일뿐인데 아버님이 임종하시며 거제도 고향으로 가라고 하셨지요. 그러나 농토도 없는 고향엘 가서 뭘 합니까. 그래서 귀향하다가 인심 좋은 이 마을에 머문 것이지요."

"그럼 거제도로 가지 않겠나. 어미와 자식을 갈라내는 것도 못 할 일이고 자식을 잘못 키워 이런 죄를 하나님 앞에 지었으니 내가 용서받을 방법으로 모자가 일생 먹고 살 토지를 고향에 사 줄 터인즉 모두 거제도로 가게나."

"고맙습니다. 다시는 이 근처에 오지도 아니할 것입니다."

"더구나 민석 아범은 폐병이 깊어서 살아나리라고 장담할 수도 없는 입장일세. 하나님의 진노이니 우선 민석이 모자를 떠나보내고 죽으면 죽으리라는 각오로 하나님께 매달려 볼 참이요."

"나리의 너르신 마음에 목이 막힐 뿐입니다."

송씨 부부와 민석을 업은 가실이 철희네 과수원을 떠나는 날, 철희는 쇠약할 대로 약해져서 일어나 말할 기력도 없었다. 철희가 누워있는 방을 향해 가실이 민석을 업고 서서 울부짖었다.

"두고 봐라. 이 집안이 내 앞에서 박살나는 꼴을 내 두 눈으로 보지 않고는 절대로 눈을 감지 않을 터이니."

송가실이 내뱉은 이 말이 응어리가 되어 온 식구의 마음을 우울하게 만들었다.

삼총사의 만남

"그 시대에 본부인 이외의 여자를 더 거느리는 것이 죄라고 생각한 것은 순전히 기독교를 믿는 집안의 신앙 때문이었고 그래서 가실은 네 살 난 민석을 안고 거제도로 쫓겨난 셈이지."

김호식 노인은 연속극을 보느라고 식구들이 TV 앞에 붙어 앉아 이쪽에 신경을 쓰지 않는 사이 민구와 거실에 앉아 부채로 모기를 쫓으며 수박을 먹고 있었다.

"아버지는 어떻게 목사가 되었나요?"

"그건 병 때문이었지."

"각혈했다면 폐결핵을 말하는 것인가요?"

"그렇지."

"아버지가 몇 살이었을 적에 그 병을 앓았나요?"

"스물다섯."

"그럼 1940년이었겠네요."

"아마 그쯤일 게야. 그 시절엔 폐결핵에 걸리면 다 죽었지."

"그럼 어떻게 병을 이기셨나요?"

"믿어지지 않는 신비한 체험을 내게 들려준 적이 있었어."

"그것이 목사된 것과 관계가 있나요?"

"그럼. 그 뒤에 신학교에 갔으니까."

송가실이 네 살 난 민석을 안고 거제도로 떠나버린 뒤 강철희는 죽음을 기다릴 뿐이었다. 공부한다고 객지 생활을 오래 한데다가 일본에 있을 적에 좁은 다다미방에서 굶주리며 가실과 살았던 가난한 생활이 결정적으로 그를 쇠약하게 만들었고 그 사이 결핵균이 극성을 부린 것이다. 서흥에 돌아와 염소를 고아먹고 닭을 잡아먹고 심지어 개를 잡아먹는 등 부모님과 아내인 이옥분의 정성이 지극했으나 병은 떠나질 않았다. 부모 곁에서 일 년이 지났으나 보기에 끔찍할 정도로 바짝 말라 얼굴과 팔의 퍼런 심줄이 징그럽도록 투명하게 드러났다. 가실을 떠나보낸 고통과 부모와 아내를 대하기 창피한 것 말고도 왜 살아야 하는지 모를 회의에 강철희는 점점 빠져들었다.

"네 병은 아무래도 인간의 힘으로는 어쩔 수 없다. 하나님께 맡기고 회개하고 기도해야 넌 살아난다."

새벽마다 강 장로는 교회에 꿇어앉아 기도하다가 아들의 병이 눈에 띄게 악화하였을 때 그를 들쳐 업고 산속으로 들어갔다.

"이제 네겐 죽음뿐이 남은 것이 없다. 이대로 죽으면 젊음이 아깝고 하나님 앞이 무엇을 가지고 설 것이냐. 인간이란 자기가 살아온 일생의 보고서를 하나님 앞에 가지고 서는 법인데 넌 자신만을 위해 공부했고, 아내를 두고도 간음해서 십계명 중에서 7계를 범했으니 죽더라도 회개하고 죽어야한다. 네 죄가 아무리 주홍같이 붉을 지라도 회개하면 그리스도의 보혈로 눈같이 희어지는 걸 체험하고 죽기를 이 애비는 바랄 뿐이다."

호랑이가 나올지도 모를 깊은 산에 들어온 아버지는 집채만 한 바위 위에 기어 올라가 피를 토할 듯이 절규하는 기도를 했다. 아버지의 애간장 녹이는 기도를 들으며 철희는 죽음을 생각했다. 죽어서 땅에 묻히고 혼자 그 속에 누워 나는 어디로 가는 것일까. 흙 속은 추울까. 더울까. 외로울까. 아니면 평안한 곳일까…… 스물다섯 해를 살고 이렇게 가야 하는 것일까. 억울하다는 생각이 들자 철희는 중얼거리기 시작했다.

"……하나님, 전 죽고 싶지 않습니다. 한 여자를 사랑한 것이 꼭 회개해야 할 죄입니까. 단지 그런 이유로 제가 이런 병에 걸려 죽어야 합니까. 그건 공평치 못합니다. 살인도 하고 싸우기도 하고 심지어 하나님이 없다고 부인하는 사람도 많습니다. 그래도 전 당신을 뜨뜻미지근하게 믿었지만 부인한 적은 없습니다. 가끔 의심했지만 ……."

해가 지자 늑대 우는 소리가 무섬증을 안겨주었다. 여우울음소리도 긴 여운을 남기며 산기슭을 휘감았다. 보름달이 두둥실 떠오르도록 바위 위에 동그마니 아버지와 앉아 기도한 철희는 그래도 죽어야 한다는 결론에 이르자 눈물이 나기 시작했다.

"이 녀석아 이왕 죽게 된 마당에 네 영혼이나 구하고 가거라. 어째서 너는 지은 죄를 두려워하질 않는 것이냐."

강 장로는 가슴을 주먹으로 때려가며 아들을 위해 울부짖고 괴로워했다. 이런 아버지의 아픔과는 달리 시간이 흐를수록 철희의 정신은 맨송맨송할 뿐이었다. 내 죄가 무엇이 그리 커서 이렇게 야단들일까. 아아! 나는 억울하다. 사랑하는 여자와 같이 살 수 없는 남자요. 모두가 그 일로 괴로워하니 하나님, 당신이 정말 존재한다면 어서 내 생명을 취해 가세요. 남들도 다 죽는데 죽으면 죽는 것이지 왜 이 야단을 하는 것입니까.

그때 바위를 기어오르는 사람이 있었다. 아버지의 기도

소리를 들으며 처량하게 앉아있던 철희는 소리 나는 쪽을 보았다. 아내 옥분이가 만삭의 몸으로 시아버지와 남편이 있는 바위밑동까지 기어 올라와서 훌쩍거리며 기도를 시작했다. 미풍을 타고 그녀의 기도소리가 그의 귀에 파고 들어왔다.

"제가 대신 죽을 수 있다면 하나님 이 여인의 목숨을 취해가세요. 남편의 생명을 불쌍히 여겨 병을 고쳐주시고 하나님을 전적으로 의지하는 절대 신앙의 소유자가 되게 해주세요. 그렇게 하시는 걸 거절하신다면 제 곁에 없어도 좋으니 그의 영혼을 건져주셔요."

아내는 흐느끼다가 나중엔 간장이 녹아내릴 정도로 울부짖고 있었다. 아버지도 목이 쉬어 꺽꺽대며 울어대고 바람도 점점 더 세차게 불고 곧 비가 쏟아질 조짐이 보였다. 그 순간이었다. 번개가 치듯 그의 가슴을 쪼개고 지나가는 빛이 있었다. 아아! 가장 가슴이 아팠을 아내가 나를 미워하는 대신 저토록 간절하게 나를 위해 기도하니 나는 과연 무엇이란 말인가? 부끄러움과 함께 자신이 티끌처럼 작아 보이고 아내의 마음을 아프게 한 죄가 크다는 생각에 이르자 주체할 수 없을 정도로 눈물이 흘러나오기 시작했다.

그제야 더러운 것을 토해내듯 마구 말들이 튀어나왔다.

'하나님 저는 죄인입니다. 저를 용서해 주세요. 아내를 위해서 저를 살려 주세요. 이 생명 살려주시면 주님을 위

해 목숨을 바치겠습니다.'

천지개벽이라도 하는 것일까. 하늘을 두 쪽으로 가르는 강렬한 빛이 전신을 꿰뚫고 지나가고 고막을 찢는 우렛소리를 들으며 가슴이 펄펄 끓어올랐다. 그건 펄펄 끓는 뜨거운 물을 온몸에 퍼붓는 듯했다. 그는 기절해서 바위 위에 일자로 널브러져버렸다.

"그러면 산 기도를 한 뒤에 아버지는 살아나신 것인가요?"

"그럼. 자넨 의사이니 과학적으로 고찰해서 그럴 수 없을 것이라고 말할 수 있겠으나 아무튼 철희는 기적처럼 죽음 앞에서 살아난 거야. 신유의 은사라고들 하더군."

"그리고 신학을 공부하셨나요?"

"평양 신학교에서 삼 년을 공부하고 목사가 된 뒤에 서흥에 와서 교회를 맡아 목회하던 중에 육이오가 났지."

"그럼 전 아버지가 산 기도에서 돌아온 뒤에 태어났군요."

"그렇지."

"김경종이란 분은 어떻게 되셨나요?"

"가실이 철희를 따라 일본으로 간 뒤 서흥을 떠나버렸다고 들었어."

"그럼 전쟁 중 포로수용소에서 그를 처음 만났다면 상당한 세월이 흐른 뒤였군요."

"맞아. 경종이 그 녀석은 무서운 공산당원으로 변신해서 우리 앞에 공포의 대상으로 나타났지."

"전쟁이 흩어졌던 모두를 만나게 했군요."

"그래. 전쟁이 우리 삼총사와 송가실을 만나게 한 거지."

엉클어진 줄

고난의 수렁

사람들이 살아가며 내는 소리가 사그라진 한낮, 시골목장은 자지러질 듯이 울어대는 매미소리와 이따금 송아지가 어미를 향해 길게 목을 늘이며 '음메'하고 우는 소리뿐이었다.

뜨거운 사랑을 했고 그것이 죄가 되어 아들 딸린 연인을 거제도, 그녀의 조상들이 살았던 고향으로 보내는 이별을 했으며 죽을 수밖에 없는 병에서 신유의 은사를 체험해 목사가 된 아버지. 사랑, 이별, 병, 죽음의 고통을 통한 하나님과의 만남, 전쟁……. 아버지는 서른 중턱에 이미 이런 험난한 길을 걸은 셈이다. 지금 닥터 강의 나이보다 십 년이 어린 나이였으니 아버지는 얼마나 젊은 나이에 이런 무서운 소용돌이를 겪어야 했단 말인가! 목사가 되어서 신앙의 길을 가려다가 전쟁이 났고, 살려고 하모니카를 불며 광대짓을 하다가 사랑하는 친구, 김호식을 버리고 혼자 철조망을 기어오른 그다음 아버지는 사라져 버렸다.

"자네는 아버지를 지금도 극진히 사랑하지? 그러니 이렇게 찾아 헤매는 것이 아닌가."

"아버지를 사랑한다고요?"

"그럼. 자기를 낳아준 아버지를 어찌 잊겠는가."

"전 아버지를 미워해요. 증오한단 말이에요."

송아지의 울음소리를 들으며 김 노인은 민구가 찾아다니며 그리워하는 아버지, 부자의 관계를 송아지의 음메 소리와 연결해서 '사랑합니다.'라는 답을 기대했었다. 그랬다가 너무나 예상하지 않았던 그의 대답을 듣고 의아해진 김 노인은 다음 말을 잇지 못했고 민구도 입을 다물어 둘 사이가 잠시 서먹해졌다.

"아버지를 미워할 이유가 있는 모양이군."

"……."

"속에 묻어 두질 말고 말해 줄 수 있겠는가?"

"이미 지나가버린 일을 말해서 뭘 합니까."

"과거의 한 토막토막이 모두 이어져서 아버지를 이해할 수 있는 것이 아니겠는가."

"제가 이야길 하면 제 아버지를 저처럼 미워하실 것입

니다."

"어디 들어나 보지. 무척 충격을 받은 사건이 있었던 모양인데 오해된 부분을 내가 아버지 대신 풀어줄 수도 있으니까."

TV에선 사극을 하는지 청승맞은 퉁소가락이 애간장을 녹이며 간드러지게 이어졌다. 순간 철컥 총을 장전하는 소름끼치는 쇳소리와 굳어진 할아버지의 얼굴이 민구의 뇌리에서 생생하게 살아났다.

"목사님, 어서 피신하셔야 합니다."

마을 사람들이 서두르기 시작한 것은 교회에 대한 핍박이 노골화하기 시작했기 때문이다. 대부분 목사는 거의 모두가 신앙의 자유를 찾아 남쪽으로 가버렸고 몇몇 목사들이나 전도사들이 정든 교인들과 교회를 등지고 갈 수 없어 교회를 지키고 있었다. 평양에서 불붙기 시작한 성령 운동이 전국으로 확산되고 있었다. 평양엔 동양최대의 교회라는 장대현교회가 있었고 최고학부인 평양신학교가 있었으며 한국교회의 지도자였던 길선주 목사가 있던 고장이다. 한국의 예루살렘이라는 평양이 핍박을 받아 목사나 교인들 모두가 흩어지고 그 여파가 북한 전역을 휩쓸고 있었다.

"목사님, 잡히면 그 자리에서 죽임을 당하든지 감옥에 갇혀 고문을 당한답니다. 어서 피난을 하시라우요."

"교회를 두고 어떻게 혼자 갑니까."

강철희 목사가 시무하는 교회가 바로 고향에 있어서 이중의 핍박을 받아야 했다. 강 목사 자신에겐 교회에 불어오는 핍박이요, 아버지 강 장로에겐 과수원과 농지로 인해 대지주가 당하는 핍박을 받아오던 터였다. 이런 상황에서 목사가 강단을 버리고 어디로 간단 말인가. 아내와 민구, 갓 태어난 딸 민숙을 데리고 피신할 수도 있으나 그건 부모와 성도들인 양떼를 버리고 자신의 가족만 살겠다고 비겁하게 도주하는 것이 된다. 이런 상황에선 '예, 아니오.'를 정확하게 표현해야지 어리벙벙하니 중간에 서 있을 수 없는 시대였다. 도화지에 물감을 칠하듯 빨강색이나 파랑색을 확연히 볼 수 있는 그런 사상을 원하니 혼란은 계속되었다. 머릿속을 쪼개도 사상은 빛깔이 없는데 말이다. 그러니 힘으로 방아쇠를 당기는 쪽이 무슨 구실이든 부쳐 살상을 자행할 수 있는 소용돌이 속에서 그들은 살고 있었다. 남들처럼 약삭빠르게 괴나리봇짐을 지고 삼팔선을 넘어 어디든 산속에 숨어 있다가 살아남아 목회를 했으면 한 가족의 역사는 바뀌었을 것이다. 강 장로까지 아들, 강 목사를 어서 남쪽으로 보내려고 애썼고 아내, 이옥분도 남편이 일본에 유학 간 것처럼 금세 만나리란 소망을 가질 터이니 혼자 잠깐 피신하라고 성화였다.

육이오동란은 교회나 목사에게 가장 처절한 것이었다. 강 장로가 고향을 등질 수 없는 것처럼 강 목사도 교회를 등질 수 없었다. 민구의 아버지 강철희 목사는 다가오는 박해를 피해 최후의 수단으로 십자가가 있고 강대상이 있으며 새벽마다 엎드려 기도했던 강단의 마루 한쪽을 뜯고 그 밑에 숨는 방법을 택했다. 소나무 널판으로 만든 강단을 한 자 높이였다. 기이하게도 중간 부분에 박힌 은행 알 크기의 옹이를 빼내고 박으며 강 목사는 교회 안에서나 밖에서 일어나는 사건을 샅샅이 관찰할 수 있었다. 낮에는 강단 밑에 숨어 지냈고, 밤이면 기어 나와 맨손체조를 하며 몸을 풀었다. 석 달이 지나자 강철희 목사는 음지에서 자란 배추처럼 꺼벙하게 야위어갔다. 낮 동안 아내는 기회를 봐서 요강과 음식을 옹이를 통해 눈짓으로 대화를 나누며 슬그머니 넣어주었다. 이슬이 내리기 시작하는 새벽녘에 마당에 나와 밤공기를 마시건만 강 목사는 그렇게 사는데 회의를 느끼면서 마치 영장류의 뇌가 파충류 의식으로 뒤바뀐 기분이 들 정도였다.

인천상륙작전에 밀려 후퇴하던 인민군들이 서홍 마을로 들이닥쳤다. 그들은 교회의 종탑을 보자 미제국주의와 관계된 것이라고 십자가를 권총으로 쏘아 떨어뜨렸다.

"남조선의 첩자가 여기 숨어 있지?"

"아닙니다. 우리는 이 마을의 원주민입니다."

민구의 어머니는 머릿수건이 눈썹을 덮도록 쓰고 발등까지 내려오는 앞치마를 두르고 손을 비비며 가슴을 졸였다.

"교회 안으로 들어가 수색해 보자우."

"교회 안엔 아무도 없습니다."

교회 안으로 들어가려는 그들을 식구들이 몸으로 막은 것이 더 의심을 샀다.

"미제(美帝)새끼들이 요 교회를 아지트로 삼은 것이 분명해. 우리가 여기 있는 것도 무전으로 연락돼서 항공기가 날아올지도 몰라. 저년을 묶어서 때리면 불 거야."

어깨와 모자에 붉은 장식을 단 인민군 소좌가 이렇게 명하자 민구 어머니는 교회 밖으로 끌려 나가 종탑기둥에 묶였고 식구들이 보는 앞에서 발로 걷어차이기 시작했다. 배를 거세 게 맞은 민구 어머니는 이내 혼절해버렸다.

"네 아들 강철희는 어디 있느냐?"

그들은 이미 이 교회의 목사가 누구인지 알고 들어온 사람들이 분명했다.

"어디 있는지 나는 모른다."

민구 할머니는 죽을 각오를 하고 입술을 깨물었다.

"숨어 있는 곳을 대면 자수한 것으로 간주하고 영광스러운 인민공화국의 일꾼으로 받아들이겠다. 농민들의 피를 뽑아 팔아서 그 돈으로 일본에 유학 가서 공부했다는 정보도 다 알고 왔다. 더구나 북조선을 전복시키려고 서흥에 들어와 첩보활동을 하고 있는 것도 알고 있다."

"애매한 사람을 잡지 마시오. 인민을 위하는 사람들이 와 이리 억지를 부리오. 내 아들은 첩자가 아니고 하나님을 믿고 그 양떼를 거느리는 목사요. 당신들처럼 살인한 적이 없고 진리를 가르친 죄밖에 없소."

묵묵히 저들의 거동을 살피던 강 장로가 참다못해 앞으로 나서며 이렇게 말했다.

"저자가 누군가?"

"나는 강 목사의 아버지요. 죄 없는 내 며느리를 저렇게 묶어놓고 때리다니 금수만도 못한 짓이요."

"저 아바이 새끼가 지랄하네. 농민의 피를 빨아먹고 산 주제에 자기비판을 시켜서 때려죽여도 시원찮은데 우릴 가르치려고 야단이야."

새파랗게 젊은 인민군이 머리가 희끗희끗한 강 장로를 향해 이렇게 말하자 할머니는 참아야 한다고 할아버지에게 매달렸다.

"여보, 당신 무슨 소릴 해요. 참아요. 우리 모두 죽어요."

"고얀 놈들, 아무리 전쟁이 났다고 하지만 노인을 윗사람으로 대하지 않는 놈들의 나라는 이미 백성을 다스릴 자격이 없어."

"어호! 저 아바이 잘 먹고 살더니 이제 아주 미쳐버렸군. 남조선을 해방시켜도 저 정도로 자본주의에 물든 자는 죽여야해."

그가 눈짓으로 명령을 내리자 옆에 선 인민군이 따발총의 개머리판으로 할아버지의 목 뒤를 두 번 둔탁한 소리를 내며 쳤다. 할머니의 울부짖음이 긴 여운을 남기며 허공에 흩어졌다. 민구는 잽싸게 현장을 빠져나와 안방으로 숨어버렸다.

"좀 전에 여기 있던 꼬맹이를 때리면 숨어있는 반동새끼를 잡아낼 수 있어. 방금 도망간 녀석을 잡아 와."

소좌의 목소리가 숨어있는 민구의 방까지 들려와서 그는 아랫목에 펴놓은 이불 속으로 미끄러져 들어가 몸을 앙당그렸다. 그러자 군화를 신은 채 방안으로 들어온 인민군에게 목덜미가 잡혀 민구는 어머니가 묶여있고 할아버지가 피를 흘리며 쓰러져있는 교회마당으로 끌려 나갔다.

"네 아바이 어데 숨어있나?"

"모릅니다."

"아하! 이 새끼도 세뇌교육을 단단히 당했군. 안 되겠어. 벌거벗겨서 우리가 아이들을 다룰 때 즐겨 쓰는 방법으로 해봐."

인민군들 서넛이 우르르 몰려와서 강제로 민구의 옷을 팬츠까지 몽땅 벗기는 것이 아닌가.

"어린 것을 어쩌려고 그래요."

할머니가 그들의 바짓가랑이를 잡고 매달리다가 걷어채여서 기절해 쓰러졌다. 민구는 교회 뜰에 피 흘리며 쓰러진 할아버지와 할머니, 종각기둥에 묶여 정신을 잃고 머리를 외로 꼬고 있는 어머니, 건넌방에서 악을 쓰며 울어대는 민숙이…… 그건 완전히 카오스였고 질서 있게 살아온 그가 이해 못할 엉킨 줄이었다.

"니 아바이가 나쁜 놈이라 온 식구가 이 지경이 됐어. 그러니 반동새끼를 어서 잡아내라. 그러면 넌 김일성 수령님을 아바이로 받들고 살면서 대학까지 다니고 잘 살 수 있어."

"전 아무것도 모릅니다. 정말 아버님이 나쁜 짓을 했시까?"

"저 새끼도 자본주의사상에 물들었구먼. 개, 돼지처럼 고문을 당해야 알간."

소좌가 가죽혁대로 민구의 벌거벗은 등을 사정없이 때리기 시작했다. 무릎을 꿇고 앉았던 민구는 그 아픔이 극에 달해 신음하며 모로 쓰러졌다. 아무리 아파도 아버지가 숨어있는 곳을 말해서는 안 된다. 만약 숨어 있는 곳을 대주면 온 식구가 죽는다고 어머니는 단단히 주의를 주지 않았던가. 그런데 온 식구가 죽어가고 있지 아니한가. 내가 이렇게 매를 맞아 신음하는데도 아버지는 혼자만 살려고 나오지도 않는 비겁한 사람이 아닌가. 생각이 이에 이르자 민구는 벌떡 일어나서 교회 안으로 뚜벅뚜벅 당당하게 걸어들어갔다. 멀리 서서 사태를 지켜보던 교인들이 이를 악물고 울음을 삼키느라고 울먹이는 소리가 어린 민구의 귓가를 스쳐갔다. 승리의 미소를 감추지 못할 정도로 신바람이 난 그들이 예배당 안으로 따라 들어왔다. 가죽허리띠로 맞은 등이 그가 움직일 적마다 옥죄고 아팠다. 가장 괴로운 결단을 내려야할 지경에 이른 것이다. 여직 그가 살아오며 택한 결정은 밥을 먹을 것인가, 말 것인가, 잠을 잘 것인가, 말 것인가 등등 고작해야 간단한 선

택뿐이었는데 이번은 상황이 달랐다. 여덟 살짜리 민구가 어떡해야 할지 혼란 속에 빠져 고민하고 있는 부분은 아버지, 강철희 목사가 숨어 있는 곳을 대줘야 할지 끝까지 맞아죽어도 숨겨야 할지 중대한 결단을 내려야하는 것이다. 할아버지, 할머니, 어머니까지 몇 달간 기막히게 소중하게 돌보며 보살핀 아버지가 아닌가. 민구는 차마 강단 근처에는 가지 못하고 교인들이 없어 썰렁하게 비어있는 교회 안을 휘둘러보며 중간쯤 서버렸다.

"왜, 마음이 변했나. 다시 등을 맞아야 알갔서."

'찰싹' 민구의 벗은 등에 가죽혁대가 세차게 떨어졌다. 서 있는 자세에서 매를 맞으니 감당 못 한 민구는 교회마룻바닥에 쓰러져버렸다. 강단널빤지에 뚫린 옹이구멍으로 아버지의 눈동자와 그의 눈동자가 마주쳤다. 민구는 소좌의 혁대가 그의 배에 떨어질 것을 알았기에 두 팔로 배를 가리고 새우처럼 허리를 휘고 모로 누워버렸다. 그리고 그들이 아버지의 눈이 있는 옹이구멍을 볼까 봐 눈을 질끈 감고 속으로는 이렇게 부르짖었다. '아버지는 바보야, 바보. 식구들이 다 죽어 가는데도 혼자 살려고 숨어 있기만 하면 되는 건가.'

"어린 것을 그냥 놔두시오. 이 아이가 무슨 죄가 있다고 그렇게 때리시오."

강 목사가 강대 널판을 들치고 머리를 내밀며 소리쳤다.

"오호! 목사님이 전쟁에 나가 죽을까봐 하나님 품 안에 숨어 있었군 그래. 설교단 밑에 숨어 있었다니 이거 웃기네."

"미친 자들의 손에 죽기를 원하지 않았을 따름이오."

"우리 보고 미쳤다고."

"동족끼리 총을 겨누고 싸우는 것은 하나님 앞에 죄를 짓는 겁니다. 기분에 따라 방아쇠를 당기면 이 나라의 장래가 어떻게 되겠습니까?"

"미제국주의가 우리 사회주의보다 낫다 이 말인가?"

"미국이고 소련이고 모두 우리를 구해주지 못합니다. 우리민족이 사는 길은 창조주인 하나님을 삼천리반도의 모든 백성이 믿어 하나로 뭉치는 길밖에 없습니다."

"도대체 어디서 기독교 신앙을 얻었는가?"

"내가 가진 신앙은 체험적인 것이요."

"큰 바위나 거목(巨木)에 빌어도 병이 낫고 석녀가 아이도 낳은 법이여. 누구나 샤머니즘적인 체험을 어디서나 하는 법이니 변명을 하지 말라우. 소련의 적인 미국 사람들에게서 얻었지?"

"내가 선교사를 만났어도 내 믿음으로 신앙을 얻은 것이지 그들에게서 얻지 않았어요."

"동양인이 불교를 믿는다면 이해가 간다. 천도교도 있고 그 외에 조상들이 받들어온 것으로 잡다하게 믿을 것들이 널려있는데 하필이면 서양종교를 믿는 것이 무슨 이유인가?"

"참 진리이신 예수님을 믿어야지 다른 것들은 모두 우상이라 허상을 좇는 것이요."

"멋들어지게 변명하려고 애쓰지 마라. 미국을 위해 정치활동하려고 종교로 가장하고 있는 것이 아닌가?"

"너희들에게 복음을 말하는 것이 진주를 돼지에게 던져주는 것과 같다. 더 이상 말하지 않을 터이니 너희 좋은 대로 하라."

아버지, 강 목사는 할아버지처럼 화를 내는 것도 아니고 소리를 지르지도 않고 조용히 말한 뒤에 그들 앞에 순하게 서 있었다. 그러는 강 목사를 물끄러미 쳐다보던 젊은 소좌가 교회 벽에 걸린 예수님의 사진을 흘끔 보더니 묘한 웃음을 삼키며 그것을 떼서 강 목사의 발밑에 던졌다.

"김일성 수령님의 사진 대신 양놈새끼 사진이 걸렸군. 이것을 밟고 서서 예수를 믿는 신앙을 버려라."

"죽임을 당할지언정 밟을 수 없다."

"하찮은 사진이 생명보다 중요한가?"

"그렇다. 그 사진을 밟는다는 것은 예수님을 부인하는 행동이다. 폐병으로 벌써 죽어버렸을 나를 살려주신 주님을 이제 와서 내가 살겠다고 어떻게 밟을 수 있겠는가."

"히야! 대단한 편견을 지니고 있는데. 누가 이기나 내기해볼까. 당장 밟지 않으면 밖에 있는 네 아바이를 쏴죽이겠다."

"나는 삼 개월을 숨어 살아오며 이미 육신을 초월한 사람이다. 영을 좇는 자는 영의 일을 생각하는 법이다. 몇 년 더 살 육신을 위해 단 한 번도 날 버리신 적이 없는 예수님을 배반할 수 없다."

"이 인물이 네게 영(靈)이란 말인가? 이 반동새끼가 우릴 놀리고 있어. 이 새끼 세뇌교육을 단단히 시켜야겠어."

"육신의 생각은 사망이요, 영의 생각은 생명과 평안이니 너희들이 나를 아무리 괴롭혀도 육신일 뿐 내 영혼은 건드리지 못할 것이다."

"어이! 답답해. 잔말 말고 어이 이 사진이나 밟아라."

민구를 때렸던 혁대를 가지고 소좌가 강 목사의 얼굴을 사정없이 때렸다. 빰에서 선혈이 흘러내렸다.

"죽을 때까지 매를 맞아도 사진을 밟지 않겠는가."

"누가 나를 그리스도의 사랑에서 끊겠는가. 환난이나 곤고나 핍박이나 기근, 벌거벗는 것이나, 위험, 심지어 칼까지도 나를 넉넉히 이기지 못할 것이다."

"정말 답답한 자식이군. 할 수 없지. 밖에 나뒹구는 사람들을 차례로 죽일 수밖에. 좋았어. 만약 네가 이 그림의 주인공인 양놈의 면상을 밟아 짓이기지 않는다면 네 아버지란 자를 제일 먼저 네 면전에서 죽이겠다. 알갔나?"

그 순간 강철희 목사의 빰이 푸르르 경련을 일으켰다. 민구는 무릎으로 아버지에게 다가가서 두 다리를 감싸안았다.

"아버지, 그냥 밟아요. 그림이 할아버지보다 중합니까."

찰싹, 아버지의 손이 민구의 빰을 때렸다. 눈에서 불똥이 튀었다.

"넌 날 약하게 만드는구나. 사탄아 물러가라."

아버지는 제정신이 아니라고 민구는 생각했다. 아버지로 인해 발가벗기고 등이 갈라져 피가 나도록 매를 맞았는데도 아버지는 민구를 품에 안고 얼러주기는커녕 때리다니. 그건 민구가 태어나서 처음 느껴보는 외로움이었다. 깊은 수렁에라도 빠져드는 유의 고독이요, 소외감이기도 했다.

"어서 밟아라. 양놈의 사진을 밟을 것인지 기절해있는 네 아바이를 살릴 것인지 하나를 택해, 어서."

소좌는 이상한 고집을 부리고 있었다. 절대로 그냥은 물러설 수 없는 모양이다. 마치 채점하기 위해 고집을 시험해보겠다는 오기를 부리고 있는 것 같았다. 차라리 당장 탕 쏴 죽이면 갈등 없는 죽임을 당할 터인데 그들은 교인들이 지켜보는 가운데서 목사를 조롱하기로 작심한 사람들로 보였다.

"내가 죽을 터이니 아들을 괴롭히지 마라."

기절해 있다가 언제 깨어났는지 아직도 코에 피가 엉겨붙어 있는 강 장로가 교회로 들어서며 이렇게 말했다.

"아버지, 무슨 말씀을 하시는 것입니까."

강 목사가 강 장로를 향해 몸을 돌리고 강경하게 제지했다.

"너희들이 인간이라면 부자(父子)가 죽음으로 영이별하는 자리에 둘이만 잠시 있게 해다오."

할아버지는 벌거벗겨 부들부들 떨고 있는 손자, 민구를 안고 강 목사의 손을 잡아끌어 설교단 옆에 있는 작은 기도실로 들어갔다.

"아버지, 돌아가시면 안 됩니다. 차라리 제가 예수님의 사진을 밟겠습니다. 사실 사진이란……."

"입 닥치지 못해. 너 무슨 말을 하려는 것이냐. 이 민족이 사는 길은 모두가 하나님을 믿어 새로운 피조물이 되는 길밖에 없다. 악한 세대를 구하는 길은 소련도 아니고 미국도 아니다. 내가 믿는 하나님이 너의 하나님이요, 내가 가는 곳이 하나님의 나라라면 우린 모두 천국에서 다시 만날 수 있어. 우린 죽으나 사나 모두 그리스도의 것이니 넌 용감해야 한다. 죽음이 두려워 예수님을 부인한다면 이 민족이 살길이 끊어지는 것이다."

"사진만을 밟기를 저들이 원하는데 마음속으로 아니라 하고 밟으면 되지 않겠습니까?"

"그 사진을 밟는다는 것은 네가 여직 지켜온 믿음을 버린다는 뜻이다. 우린 맞서야 한다. 다시는 그를 십자가에 못 박아서는 안 된다."

"아아…… 저는 어떻게 해야 좋을지 모르겠어요."

"목사가 됐다지만 너는 아직 어린 신앙이다. 이 전쟁의 와중에선 이보다 더한 핍박이 올 터인데 모든 것을 성경에 다림 해보고 그걸 따라야 한다. 너에게 처음 닥친 이 시험을 인간적인 방법으로 다림 봐서는 안 된다."

강 장로는 아들 철희의 유년시절에 목수가 집을 지으며 수직을 확인하기 위해 사용한 다림줄을 설명해 준 적이 있었다. 그때 저지른 잘못이 무엇인지 기억이 나지 않지만, 그는 먹물을 듬뿍 먹은 다림줄을 벽에 늘어뜨려 수직을 그어 보이며 삶이란 이처럼 하나님과의 관계를 다림 보는 것이라고 일러준 적이 있었다. 그 다림줄에 걸린 것이 그의 첫사랑의 연인 송가실을 버리는 일이 아니었던가.

"목숨과 바꾸는 마지막 순간에도 성경에 다림 봐야 합니까?"

"물론. 우리는 죽으나 사나 그리스도의 것이니 죽음의 자리에서 더욱 정확하게 다림 봐야 하는 법이다."

"무얼 하는 것이요. 죽기로 작정했소, 사진을 밟겠소."

소좌가 신경질적으로 재촉하는 음성이 기도실 밖에서 들렸다. 강 장로는 민구를 한 번 힘 있게 껴안고 뺨에 볼을 비빈 뒤 사람들이 모여 있는 교회 앞마당으로 나갔다. 시간도 지구도 이 순간 멈춘 듯 정적이 흘렀다. 민구의 귀에선 위윙-하는 이상한 음이 계속 울렸다.

찰칵, 소좌가 총을 장전하는 소리가 정적을 갈랐다.

"전쟁은 장난이 아니잖은가? 꼭 피를 보기를 원하는가?"

강 목사가 창백한 얼굴로 소좌를 향해 덤벼들어 그의 멱살을 잡았다.

"흥, 죽어도 양놈의 사진을 밟을 수 없다는 뜻이군. 좋았어. 그럼 교인들 앞에서 아버지를 손수 쏴죽이시오. 그래야 당신은 인민공화국에 대한 충성심을 증명해 보여주는 것이고, 인민의 적인 하나님을 버리는 것이니 어서 이 총으로 쏴죽이시오."

"차라리, 날 죽여라."

강 목사가 몸을 날려 소좌를 쓰러뜨렸다.

"이렇게 나간다면 온 가족을 나란히 앉혀놓고 모조리 쏴 죽이는 수밖에 없겠군."

소좌가 빈정거리는 이 말에 아직도 기절해있는 어머니와 할머니의 머리를 향해 인민군 한 사람이 총을 겨누었다.

"잠깐. 나 혼자만 죽이겠다는 좀 전의 말과 틀리지 않는가."

할아버지가 소좌 앞에 막아섰다.

"단, 강철희가 직접 쏴야 한다는 조건으로 다른 식구들은 살려주겠다."

"이 개새끼들, 너희들이 인간이냐. 사람의 탈을 쓴 짐승들 같으니라고. 동서고금에 부모를 죽이는 자식이 있다더냐. 차라리 우리 가족, 모두가 죽기를 원한다. 어서 쏴라."

강 목사가 악을 쓰며 덤볐다. 여직 보였던 침착하고 여유 있던 자세가 허물어져 내린 것이다. 그의 이런 변화를 기다리고 있었다는 듯 소좌는 빙긋이 웃었다.

"혁명의 대열에 참가하려면 그만한 각오를 보여주어야

우리도 동무를 인정할 수 있기 때문이요."

강 장로는 죽을 준비를 하느라고 무릎을 꿇더니 기도하려고 양손을 맞잡았다. 소좌가 마구 몸부림치는 강 목사의 손에 권총을 억지로 쥐여 주려고 옥신각신하는 사이에 민구는 겁에 질려 안방으로 뛰어 들어왔고 좀 있다가 심장이 철렁 떨어지는 총성을 들었다.

여덟 살에 본 이 무서운 현장을 민구는 김 노인에게 이야기해 주는 동안 사십대의 의사답지 않게 눈물을 흘리며 떨고 있었다.

"자네는 그래서 아버지를 미워하는 모양이군."

"우린 그때 다 함께 죽었어야 해요."

닥터 강이 머리를 떨구고 비참해진 얼굴로 이렇게 중얼댔다.

"아버지가 할아버지를 죽였다고 지금도 생각하나?"

"아버지가 목사가 아니었다면 그런 끔찍한 일은 일어나질 않았을 것입니다."

"왜 대답을 피하는가? 아버지가 할아버지를 죽이는 걸 봤느냐 말일세. 그 점을 정확히 집고 넘어가야지."

"내 눈으로 보지는 않았지만 밤새워 할머니와 어머니는 울었어요. 마치 내가 아버지를 고발한 것처럼 내게 무척 냉정했단 말이에요."

"그건 자네 아버지가 인민군으로 끌려갔기 때문이야."

"유엔군이 들어온 직후 저는 어머니의 손에 이끌려 거제도로 보내졌으니 이 모두가 다 아버지 때문입니다."

"자넬 남단의 섬에 보낸 것은 전쟁의 소용돌이에서 자넬 살리려는 부모의 지극한 사랑 때문이었지."

"아니에요. 어머닌 절 미워한 거예요. 전……."

"아아! 자넨 괴로워하고 있군. 아버지가 숨어있는 교회 안으로 인민군을 데리고 들어간 것을."

"아니에요. 전 아버지가 미울 뿐이에요. 왜 목사가 되어서 식구들을 그렇게 만들었느냔 말이에요."

"자네는 참으로 존경할 만한 아버지를 가지고 있었어. 어린 아들의 가슴에 아버지가 숨겨진 곳을 일러줘서 죽게 하는 평생의 한을 심어 주지 않으려고 자네 아버지는 자발적으로 숨어있던 강단에서 나온 거야. 그 점을 생각해 본 적이 있나?"

"……."

민구는 얼굴을 들지 못하고 울음을 삼킬 뿐이었다.

"민구, 그 소좌가 왜 꼭 자네 아버지 손으로 할아버지를 죽이라고 고집했는가를 생각해 본 적이 있는가? 전쟁에선 동정이 없는 법이야. 온 가족을 사살하는 것이 상식이야. 그런데 시간을 끌어가며 성화를 밟으라는 것은 이미 계획된 연극이야. 누군가가 뒤에서 사주한 것이지."

"누가요? 그럴 리가 없어요."

"바로 송가실이야."

"아! 아버지의 옛 애인 말인가요."

"맞았어. 그녀는 공산당원으로 변신해서 쟁쟁한 혁명투사로 우리 앞에 나타났으니까."

"어떻게 그걸 아셨어요?"

"철희와 나는 강제로 인민군이 되어 끌려 다니다가 기적적으로 만나 사건의 진상을 다 들었지. 할아버지를 죽이기를 거부하는 강 목사의 손에서 소좌가 총을 빼앗아 방아쇠를 당겼다고 하더군. 그리고 북상하는 유엔군을 피해 강제로 자네 부친을 데리고 떠난 것이야."

"제가 거제도로 가게 된 것은요?"

"송가실이 공산당원이 되어서 거제도를 떠난 것을 모르고 한반도의 남단인 거제도에 피난 가 있으라고 아버지가 자네 어머니에게 일렀기 때문이야. 자네보다 네 살 위인 민석이를 기르며 살라고 자네 할아버지가 거제도의 많은 농토를 주었으니 전쟁 중에 그곳을 생각해 낸 것은 당연한 일이지."

"그럼 아버지는 우릴 찾아 헤매다가 거제도에 자리를 잡고 살아 있을지도 모르겠군요."

"아니지. 송가실을 수용소에서 만나고서야 전쟁이 나기 전에 거제도에 사준 농토를 팔아가지고 온 가족이 이북으로 가버렸다는 사실을 알았으니까. 거제도까지 피난 갔다가 허탕을 치고 피난민 대열에 끼어 고생할 가족들 걱정을 강철희 목사는 몹시 했었어."

"아아! 그랬었군요. 할머니가 서흥에 남아 아버지를 기다리며 교회를 지키겠다고 고집을 부려 어머니는 나를 흥남에서 남쪽으로 가는 배에 태워주고 어머니는 할머니가 계신 곳으로 가셨어요. 어른들이 자기 생각대로 흩어져버렸으니 어쩔 수 없이 전 고아가 된 것이군요."

"자네 어머니가 아직도 서흥에 살아계신다면 거제도의 송가실네서 자네가 이복형과 함께 잘 성장했으리라고 믿고 있겠지."

"우리집안이 이렇게 된 것은 순전히 송가실이란 여자 때문이군요."

민구는 한 번도 본 적이 없는 이 여인을 향해 무서운 증오가 끓어올랐다. 아버지를 향해 가졌던 미움의 화살이 송가실이란 여자를 향해 날카롭게 꽂혔다.

해가 지니 집안보다 밖이 더 시원했다. 민구는 집보다 먼저 식어 찬 기운을 뿜어내는 논길을 따라 걸었다. 목장 맞은편에 종탑이 달린 시골 교회가 보여 그는 발길을 그쪽으로 돌렸다. 오늘이 토요일이니 내일 주일을 위해 반주연습을 하고 있는 것일까. 은은하게 풍금소리가 울려 퍼졌다. 그는 자석에 이끌린 듯이 안으로 들어가 방석을 놓은 마룻바닥에 무릎을 꿇었다.

큰 죄에 빠진 날 위해 주 보혈 흘려주시고
또 나를 오라 하시니 주께로 거저 갑니다.

내 죄를 씻는 능력은 주 보혈밖에 없도다.
정하게 되기 원하여 주께로 거저 갑니다.
큰 죄악 씻기 원하나 내 힘이 항상 약하니.
보혈의 공로 믿고서 주께로 거저 갑니다.

아버지가 즐겨 부르던 찬송이 교회 안에 웅장하게 퍼지고 있었다. 참으로 오랜만에 접하는 어린 시절의 분위기였다. 앙금처럼 가라앉아 굳어있던 옛날이 왈칵 뒤집히며 그를 감싸서 민구는 어린아이처럼 흐느끼며 무릎 위에 눈물을 떨구었다.

'아버지는 날 위해 숨어 있던 강단에서 나온 것이다. 아버지는 나를 자신의 목숨을 내놓고 사랑한 것이다.'

가슴과 목이 뜨거워지고 시간의 흐름이 정지되었다. 공중을 나는 듯한 평화가 그의 가슴 속으로 밀려 들어왔다. 탯줄에 매달려 있을 때 누린 평화가 이런 것일까? 그는 눈물 젖은 눈으로 강대상을 우러러보며 깊은 호흡을 삼켰다. 머리가 깨끗해지고 맑아오더니 모든 사물이 새롭게 보이기 시작했다.

사망의 음침한 골짜기

또 하룻밤을 아버지의 친구 김호식 노인의 집에서 묵은 민구는 오늘은 아버지가 인민군이 되어서 무엇을 했고 어떻게 포로가 되었으며, 왜 두 분은 광대노릇을 해야만 했는지 듣기로 했다. 개인적인 신앙의 체험을 가졌고 민구의 뇌리에 새겨진 대로 강렬한 믿음의 소유자로 인민군 소좌에게 대항했던 아버지가 어쩌다가 목사의 신분을 숨기고 하모니카나 부는 광대가 되었는지 아들인 민구에겐 풀 수 없는 수수께끼였다. 강철희 목사가 철조망을 기어올라 도망하려다가 피를 흘리고 야전병원으로 실려 간 이후를 김 노인이 모른다니 이런저런 이야기를 듣는 동안에 어떤 단서라도 찾지 않겠느냐는 나름대로의 계산을 민구는 하고 있었다.

야트막한 산 위로 불끈 솟아오른 팔월의 해는 논밭에 자라는 곡식을 영글게 할 따가운 햇볕을 이른 아침부터 강렬하게 쏟았다.

"아버지는 총을 잡고 전투에 참여한 것인가요?"

"후퇴하는 부대에 배치되어서 제대로 총을 쏴보지도 않고 도망했지."

"더워지기 전에 얼른 그때의 이야기를 해주세요."

미군들에게서 빼앗은 차에 강철희 목사는 강제로 실렸다. 강 장로가 그렇게도 사랑한 교회에서 죽임을 당했고 아들인 철희는 끌려가고 있었다. 아버지의 시신을 수습해 묻어주지도 못하고 마을을 뒤로 하고 달리는 산등성이에 들국화가 요염하리만치 차가운 보라색을 머금고 있었다.

갖가지 색으로 물든 감나무 잎, 이름 모를 산나무 잎, 눈이 시리게 깊은 가을 하늘……. 강 목사의 눈에 이런 것들이 새삼 눈물겹도록 서러워 보였다. 그의 교회에서 일어났던 일을 그의 삶 속에서 숭덩 잘라 내버리고 싶었다. 하나님이 창조한 나무들은 붙박이로 한 자리에 있어도 그들이 누릴 자유와 기쁨을 만끽할 수 있건만 왜 만물의 영장인 인간은 이렇게 고통을 만들어 서로 미워하고 징그럽게 살아가야 하는 것일까. 산길에 깔린 침묵이 싫었는지 소좌가 담배 한 가치를 강 목사에게 내밀었다.

"담배를 피우겠는가?"

대꾸는 하지 않고 그는 머리를 흔들었다. 아버지를 죽인 이 사람을 나도 죽여버려야 하는 것일까. 마음속에서 무섭게 일어나는 증오를 끄느라고 강 목사는 진땀을 흘렸다.

"날 미워하지 말게. 단지 명령에 따랐을 뿐이야."

"뭐라고? 명령이라니?"

"곧 알게 될 것이요."

두 시간을 달린 끝에 닿은 곳은 인민공화국기가 나부끼는 제법 큰 도시였다. 삼 개월이나 강단 밑에 숨어 있다가 끌려나와 너무 오래 햇볕에 노출되어 있으니 현기증이 나고 속이 메스꺼웠다. 죽음을 생각하고 있었다. 죽음을 넘어서야 천국에 가는 것이 아니겠는가. 죽음을 각오하니 두려울 것도 없었다. 어디로 끌려가든 호흡이 붙어있는 동안 용감하리라 생각하며 눈을 꾸욱 감았다. 차는 시내의 중심가를 지나 한적한 곳에 위치한 기와집 앞에 섰다. 임시로 꾸며진 장교집무실로 그는 끌려갔다. 삼팔선 이북의 늦가을은 겨울 못지않게 쌀쌀했다. 들어선 방엔 이 지역에서 흔하게 볼 수 있는 무연탄난로가 있어 제법 훈훈했고 커피 냄새가 뭉근히 고여 있었다.

"임무를 수행하고 강철희를 데리고 왔습니다."

"수고했다. 동무는 잠깐 나가 있도록."

등을 돌리고 서 있는 사람은 어깨가 좁고 가냘픈 몸매로 군복이 몸에 비해 훨씬 헐렁했다. 상대방의 다리 부분만을 보며 눈을 내리뜨고 있던 강철희는 소좌가 문을 닫고 나가는 소리를 들으며 그를 향해 돌아선 사람의 얼굴을 봤다. 순간 그는 말문을 못 열고 눈을 크게 떴다가 기어들어가는 목소리로 중얼거렸다.

"아니, 당신은 송가실, 가실이 아닌가?"

붉은 계급장을 단 가실은 조용히 그러나 싸늘한 눈으로 강철희를 노려봤다.

"이렇게 만났군요."

"설마 당신이 아버지를 죽이라고 명령한 것은 아니겠지."

"폐병이 낫고 목사가 되었단 소문을 들었어요. 이곳을 지나가며 혹시나 해서 부하들을 그곳에 보내봤지요. 목사요, 장로 가정이니 모두 남조선으로 갔을 것이라고 처음엔 생각했는데 만에 하나 당신이 남이 있으면 죽이지 말고 잡아 오되 당신의 아버지는 죽이라고 했지요"

"왜, 왜 당신이 내 아버지를 죽이게 했어. 어떻게 감히 그런 일을……."

강철희는 가슴에서 치밀어 오르는 바윗덩이 같은 충격을 이기지 못해 숨을 헉헉거렸다.

"목사라는 것은 자본주의의 골수분자라는 뜻도 되지요. 제국주의의 대표적 착취도구인 종교의 앞잡이였던 치욕을 벗기 위해 자타가 공인하는 증거를 보여야 하니까요."

"넌 나의 아버지를 미워해서 이런 식으로 복수를 한 거야. 이 악독한 계집 같으니라고."

"흐흥! 나약한 분인 줄 알았더니 많이 변했군요. 내 수중에 들어왔으니 내 뜻에 따를 수밖에 없을 터인데."

"난 절대로 공산당에 들어가지 않을 것이야."

"김일성 수령님께 충성심을 보이려면 이보다 더한 고통을 감내하고 남보다 몇 배의 공을 세워야 해요. 당신은 훌륭한 공산당원이 되기 위해 첫 단계로 아버지까지 죽이는 의연한 결심을 만천하에 보인 것이지요."

"웃기지 마. 나는 아버지를 죽인 일이 없어. 모두 너희들의 각본이고 연극일 뿐이야. 차라리 나를 죽여라."

이때 가만히 문이 열리고 발소리를 죽이며 들어서는 사람이 있었다.

"오랜만이군, 철희. 우리가 이렇게 만나다니. 몇 년 만인가? 그간 십삼 년이란 세월이 흘렀군 그래."

목소리의 주인공은 장신에 몸집이 너무 크고 장대해서 거인처럼 보였다. 까맣게 탄 얼굴에서 눈과 이빨이 징그럽도록 하얗게 드러났다.

"아니, 넌 경종이 아니냐?"

"날 알아보겠나. 우리 혁명과업에 협조하게 됐다니 반갑군."

경종이 내미는 손을 철희는 무섭게 후려치며 분노에 타는 눈으로 그를 노려봤다.

"가실이도 나를 만나 이렇게 훌륭한 공산당원이 되었는데 자넨 왜 이러는가."

경종이 느물거리는 웃음을 흘리며 두 사람을 의미 있는 눈으로 흘겨봤다. 철희는 얼마간 그들 앞에 말없이 서 있다가 가실의 뺨을 힘껏 때렸다.

"거제도에서 아이를 기르며 살지, 여자가 공산당원이 되어서 어쩌자는 거야."

"흥! 아직도 여잘 구식의 틀에 박아놓고 있군. 그렇게 집안에 묻혀 썩을 여자가 아니라는 걸 몰랐다니. 그까짓 땅을 준 것에 속아 눈물 흘릴 여자인 줄 알았으면 큰 오산이야. 여자도 당당하게 혁명과업을 수행할 수 있는데 사내대장부인 동무도 이제 그런 케케묵은 부르주아사상을 말끔히 버리고 우리처럼……."

뺨을 맞고 앙칼지게 덤비는 가실과 분을 삭이지 못해

서 있는 철희를 매서운 눈으로 번갈아 보던 경종은 이마에 깊은 주름을 잡더니 이죽거렸다.

"동무의 사상성을 증명하기 위해 최 일선으로 배치해야겠소."

"아니요. 이대로 내보내면 탈주할 것이 분명하니 감옥에 넣어 고된 교육을 받게 하고, 세뇌공작을 시킨 뒤 내보내야 합니다."

송가실이 독기어린 눈으로 철희를 보며 강하게 말했다.

"그것도 좋은 생각이야."

경종의 너털너털 웃는 웃음소리에 소름이 끼친 철희는 진저리를 쳤다. 가실이 경종과 마주 서서 까르르 웃더니 밖을 향해 비단을 찢는 듯한 목소리로 외쳤다.

"이 자를 독방에 가두어라."

어이없게 강철희는 한 평 크기의 아주 작은 독방에 갇혀 혼자 있게 되었다. 시월이 다 지나가는 시기라 바닥에서 올라오는 한기는 허리를 아프게 했고 일어났다 앉았다 하는 일 이외에 아무것도 할 일이 없는 삶은 상상도 할 수 없는 번민을 안겨주었다. 아침이 오면 기억해둔 찬송가를 목청껏 부르고 외워두었던 성경 구절을 암송하고 기도를 하고 그래도 하루는 너무 길었다. 말할 상대가 없다는 사실은 인간에게 가장 참기 어려운 학대였다. 가실의 지시가 있었는지 하루에 물 두 컵과 주먹밥 한 덩이가 고작이었다. 물이라도 마음껏 마시면 영육이 헐렁한 걸 조금이라도 지탱시켜주련만 목마름과 배고픔, 게다가 혼자서 허공을 향해 부르짖는 기도의 메아리는 그를 미치게 만들었다. 나중에는 그저 '주여, 주여'를 외치며 목 놓아 울기에 이르렀다. 낙엽이 굴러가는 소리가 바람 소리를 더 확대시켜 들려주는 그런 밤이었다. 너무 좁은 곳에 갇혔기에 다리를 쭉 뻗고 앉지를 못해 저려오는 관절의 쑤심을 이를 악물고 참다가 몸부림쳤다. 강철희 목사는 논리 있게 늘어놓던 기도를 잊고 '주여'라는 한 마디에 모든 사연을 농축해서 부르짖었다.

누군가가 감방문을 가만히 두드렸다.

"지금 '주여, 주여!'라고 외치셨던가요?"

"그렇소."

"예수를 믿으시나 보지요?"

"나는 목사요."

침묵이 흘렀다.

"세상에 기독교인이 살아있다니!"

"그렇게 말하는 당신도 기독교인인가요?"

"장로의 아들이었지요."

"그런 신분에 인민군이 되었다니 믿기지 않는군."

"장로인 제 아버님은 교회 안에서 하나님을 믿는 신앙을 버리지 않는다는 이유로 제 눈앞에서 총살을 당했지요."

"아아! 어쩜 나하고 그렇게 처지가 비슷한가."

"어머니는 그 장면을 보고 총을 쏜 인민군에게 덤벼들

었다가 개머리판으로 머리를 맞아 그 자리에서 돌아가셨지요. 전 무서워서 나뭇더미 속으로 피해 숨어들었다가 끌려나와 당성을 보이라는 아우성에 이렇게 개처럼 끌려다닌답니다."

"불쌍한 사람들! 아아! 우린 모두 가엾은 인생일 뿐이야."

"전 어머니나 아버지처럼 개죽음을 당하고 싶지 않습니다. 하나님을 믿는다는 이유 하나 때문에 그렇게 죽어야만 하는 자리에서 하나님은 성경에 쓰인 대로 큰 기적을 보이질 않았습니다. 원수의 목전에서 홍해가 갈라지고 강물이 피로 변하며 하룻밤 사이에 장자를 몽땅 쳐 죽이는 그런 기적을 왜 보여주질 않았을까요. 왜, 왜 우릴 외면하셨을까요?"

"아아! 왜 하나님은 침묵하시는지 나도 몰라."

"하나님은 허상이며 있지도 않은 것을 그렇게 열심히 부르다가 죽임을 당한 부모를 생각하면 제 가슴이 찢어지려고 합니다. 지금 당신이 부르짖는 '주여'란 소리를 들으니 갑자기 가슴이 두근거리고 메슥거려 당신이 불쌍하다는 생각이 드는군요."

청년은 목소리를 죽여 소곤소곤 말했다.

"머리털 하나도 희고 검게 못 하는 인생이 어찌 하나님의 크나큰 계획을 알겠는가. 한 가지 확실한 것은 하나님은 살아계시니 반드시 당신을 향해 그의 뜻을 보여주실 것입니다."

"그런 상투적인 말을 하지 마세요. 괜스레 개죽음당하지 말고 우선 살아남아 앞길을 현명하게 계획하시길 바랍니다. 이들은 이성이 마비되었고 우리가 속한 곳은 명령으로 이어진 통제된 사회이니 헛된 죽음을 하실 필요가 없습니다. 하나님이 정말 계신다면 그런 죽음을 원하지 않으실 것입니다."

"전쟁도 여호와께 속한 것이니 어찌 죽음을 마다하겠소."

"쉬! 조용히 말하세요. 김일성은 인민들을 잘 살게 한답시고 소련식 공산주의와 스탈린식 정치를 무조건 흉내내고 있습니다. 공산주의는 숙명적으로 침략주의, 정복주의라 모든 사람의 자유와 행복은 뭉개버리는 사상이지요. 제정 러시아 황제 니콜라이 3세 이래 소련 백 년의 꿈이 바로 한반도 정복이 아니었습니까. 공산주의의 다른 얼굴인 비합리성을 우린 알고 대처해야 하는 건데 이미 늦은 셈이지요."

"아니, 당신 인민군복을 입고 그런 말을 하면 바로 총살감인 걸 모르오. 쉬! 조용히 하시오."

"당신이 목사라니 고해성사할 마음이 난 것이요. 이 말을 안 하고는 미쳐버릴 것만 같은 걸 어쩝니까."

이런 비밀스러운 대화를 나누며 한제철이란 청년이 감방을 지킬 적엔 슬그머니 문을 따주어 밖에 나와 운동을 할 수 있어 다리와 허리의 통증이 훨씬 덜했다. 삶은 옥수수나 감자, 떡 등을 숨겼다가 넣어주기도 해서 피골이 상접했던 강철희는 서서히 제 모습을 찾고 있었다. 그러던 어느 날 느닷없이 송가실이 나타난 것이다.

"누가 이 작자에게 음식을 넣어준 모양이군. 누군지 철저히 조사하라우. 반동새끼가 이 근처에서 얼찐거리는 모양이야."

"가실이 너무 하지 않소. 개인의 증오를 꼭 이런 식으로 갚아야 속이 후련하겠느냐 이 말이야."

"흐흥. 목사는 무조건 미제의 앞잡이기 때문에 총살시키든지 아니면 노린스크 강제노동수용소로 보내도 된다는 당의 지시가 있었소."

가실은 독이 오른 도둑고양이처럼 눈과 이빨에 퍼런 빛을 내뿜으며 사나운 여자로 돌변해서 입을 오리주둥이처럼 내밀었다.

"내 나라를 놔두고 왜 소련의 강제노동수용소로 가."

"죽지 않고 목숨을 부지할 길은 영하 70도가 넘는 곳에서 석탄을 캐거나 암염을 캐는 작업을 해서 당성을 보이는 것이요. 소변을 볼 때 국부가 얼어 도려내가면서도 목숨을 건지러 가는 곳이지요."

"비겁하게 개인의 원한을 전쟁을 이용해서 갚으려 하다니."

그의 이 말에 여자는 납덩이처럼 굳어진 얼굴로 변하더

니 바늘도 들어가지 않을 성싶은 음성으로 차갑게 내뱉었다.

"난 이미 김일성 수령님께 내 일생을 바친 여자요. 옛날의 그런 더러운 사랑에 연연하는 나약한 여자가 아니란 말이요. 아버지를 살인한 아들이 목사짓 하기는 글렀고 가족에게 가기도 힘들 터이니 세계의 노동자와 농민, 그리고 약소민족을 해방시키는 소비에트의 위대한 이념에 몸을 바쳐 일해서 우리 동지로 탈바꿈하겠다면 경종 동무와 의논해서 새로운 길을 열어주겠소."

가실은 일부러 목청을 높여 감옥을 지키는 자나 옆방에 갇힌 사람들이 모두 들을 수 있도록 이렇게 말했다.

"난 아버지를 죽인 일이 없어. 네가 보낸 그 소좌 녀석이 내가 보는 앞에서 아버지를 쏴 죽였어. 가실 네가 한 연극에 말려 들어간 것이야. 네가 그 각본을 썼다는 것도 내가 알고 있으니 날 더 이상 괴롭히지 마라."

"자꾸 반항하니 바이칼호 근처의 이르크추크나 치다로 보내 강제노동을 해야 맛을 알갔구만."

송가실이 강철희 목사를 시베리아로 유배시킬 의향을 보이며 으름장을 놓고 있을 때 김경종이 가실의 뒤로 슬그머니 다가와 음흉스럽게 느물거리는 미소를 삼켰다. 그들 두 사람을 본 순간 철희는 입을 다물고 돌아앉았다. 그들이 사라지자 한제철이 소리 죽여 다가와서 타일렀다.

"전 노린스크 노동봉사단에 속해 다녀온 사람들을 만난

적이 있어요. 시베리아에서 조국을 찾겠다고 총을 들고 독립운동에 나섰다가 그곳에서 잡혀 평생을 노예로 소련을 위해 일하는 우리 조선 사람들이 많다고 하더군요. 일단 그곳에 가면 살아 돌아오기 힘들다고 했어요. 죽은 자들은 벌거벗겨 얼음 속에 버리면 독수리들이 까맣게 날아와 뜯어먹어 눈 깜짝할 사이에 시체는 뼈만 앙상히 남는다는군요. 가실이란 여자 이곳에선 대단한 권력을 가진 여자지요. 고위층의 당원들과 직통이라니 어느 정도의 여자인지는 모르나 하고 싶은 일을 마음대로 하는 여자라고 하더군요. 이런 소용돌이에선 무슨 수를 써서라도 살아남아야 합니다. 무의미한 개죽음을 당할 필요가 없습니다. 무엇이나 그 여자가 시키는 것을 하세요."

한제철의 간절한 충고를 듣고 며칠을 두고 고민하던 강철희는 송가실과 김경종의 그물에서 벗어나는 방법으로 재빨리 인민군복을 받아 입었다. 그들의 눈에서 벗어나 탈출하는 길을 모색하는 것이 뱀처럼 지혜로운 처신이란 생각이 들었기 때문이다.

"우리의 위대한 혁명과업에 너를 참가시키며 옛 우정을 생각해서 너에게 베풀 수 있는 것을 한 가지 알아냈다."

"다 소용없다. 나는 너희 두 사람 앞에 나타나지 않는 것을 바랄 뿐이다."

"김호식이 있는 부대로 보내주마."

"호식이도 인민군이 되었다는 말이야?"

"왜 그렇게 놀래. 내가 지시를 해서 끌어들였지."

"으음."

"이제야 우리 삼총사는 모두 손을 잡고 위대한 혁명을 이루게 되었어."

감옥을 나온 강철희는 덕천전투에 투입되었고 거기서 그들이 말해준 대로 김호식을 극적으로 만나게 되었다. 안방 천장에 숨어 있다가 강제로 인민군이 되었다는 호식은 어떻게든 도망을 가자고 밤마다 속닥거렸다. 두 사람은 뜻이 맞아 도둑고양이처럼 탈출할 기회를 엿보았다.

"너나 나나 대지주의 아들로 이곳에선 평생 구박덩이다. 더구나 예수를 믿어 목사가 된 넌 여기서 살아남지 못할 것이 뻔하다. 게다가 바보 김일성은 소련에 속고 있으면서도 자신의 권력을 유지하려고 저러고 있는 거야. 수풍 발전소의 독일제 고성능 발전기 넉 대를 몽땅 뜯어간 대신 소련 우크라이나, 키에프, 드니에프로의 수력발전기와 바꿔치기한 걸 보면 우리 같은 맹맹이도 다 그 속셈을 아는데 어리석은 한국인 공산당원들은 모두 로스케 공산당들에게 속고 있는 거야."

"어째서 우린 일본놈들에게 당하고 소련놈들에게 당하고 살아야 하는지. 너무 슬픈 백성이야. 틈새에 긴 틈새국가야."

"우린 남쪽으로 가야 한다. 적어도 그곳에선 넌 목사로 마음대로 교회를 다니며 기도하고 찬송하고 설교할 수 있고, 난 내 능력껏 노력해서 그 열매를 따 먹을 수 있으니까. 시기를 봐. 이 행렬에서 탈출해야 한다. 지금 한창 북상 중인 인천 상륙 유엔군에게 귀순할 기회를 잡아야 한다."

"이런 복장으로 잡히는 날엔 죽는다는 것도 알고 있겠지."

"죽음을 두려워하면 잃는다는 사실을 몰라."

"소문에는 미군과 유엔군들이 곧 삭주와 초산까지 점령할 것이고 인민군들은 빠른 속도로 후퇴해서 압록강을 넘어가고 있다는 정보를 들었어. 지금이 아주 좋은 기회야."

십일 월 중순에 접어들자 산악지대인 덕천은 산봉우리에 하얀 눈이 소복이 쌓일 정도였다. 밀려가면서도 간간히 쏴대는 인민군들의 포성을 피해서 강철희와 김호식, 그리고 그들을 따라나선 또 한 사람은 형이 국군이어서 형제끼리 총을 겨눌 수 없다고 돌아선 서영석 이렇게 세 사람이었다. 골짜기를 버리고 세 사람은 무조건 산꼭대기로 올라갔다. 여자의 유방처럼 잘 생긴 높은 산봉우리에 천연기념물이라 해도 손색이 없을 이름 모를 상록수가 한 그루 서 있었다. 어찌나 푸르고 잎이 무성한지 그 밑에 셋이 앉으니 땅까지 늘어진 가지와 잎들이 그들을 추위와 외부에서 완벽하리만치 잘 보호해 주었다. 그 나무 밑에서 탈출할 음모를 세우고 그간 비축해둔 마른 쌀과 볶은 콩을 먹으며 꼼짝 않고 며칠을 숨어 지낼 수가 있었다. 갑자기 불어오는 삭풍에 싸락눈이 섞여 있고 하늘을 덮는 눈구름은 너무 짙게 드리워서 이대로 있다가는 얼어 죽을지도 모른다는 불안이 시간이 흐를수록 그들을 찍어 눌렀다.

"민가로 내려가서 우선 거추장스러운 인민군복을 벗어 던지고 민간복으로 갈아입든지 아예 미군을 찾아가 두 손 들고 귀순을 하든지 해야지 여기 하루 더 있다가는 동태가 되겠어."

"참아 봐. 우리가 소속했던 부대는 삼백 리도 넘게 북쪽으로 달아났을 것이나 아직도 뒤따라 올 부대가 없으리라고 장담할 수는 없지."

그때 마침 골짜기기로 국군들이 지나가는 것이 보였다. 게릴라 부대가 아니라 정복지를 수색하고 있어 군기가 해이해진 듯 맥이 빠진 행렬이었다.

"만세. 이제 우린 살았다. 국군에게 귀순할 뜻을 보이자."

"지금 나가면 그 자리에서 총살이다. 이건 내 경험인데 지금은 위험해. 귀순한다는 것을 믿지 않고 그대로 총을 쏘는 것이 전선의 윤리니까."

서영석이 주의를 주는 바람에 그들은 나무 밑에 몸을 숨기고 기나긴 국군의 행렬을 지켜봤다. 털어놓고 말하자면 인민군이 그렇게 빨리 남한을 휩쓸 수 있었던 것은 소련제 T34 전차의 위력 때문이었다. 한국군뿐만 아니라 미군까지도 그 전차에 대한 공포증이 대단해서 전차 비스름한 것만 봐도 싸우려는 의욕을 상실하고 비실비실 도망

가는 실정이었다. 일부 용감한 한국군들은 바주카포나 대전차포로 대응하다가 나중엔 폭탄을 안고 육탄으로 뛰어들어 가엾게 산화하기도 했다. 신병과 학도병이 가세해서 열심히 싸웠으나 총력을 기울인 북쪽의 군인들을 감당하기엔 무기나 정신적인 면, 전부 너무 열세였다. 사실 김일성의 전술방침은 엄격히 틀에 박힌 것이었다. 어떠한 경우라도 각종수단을 다 동원해서 우회하여 적의 배후로 진출, 적을 포위 섬멸할 것이며 야간행동을 강화하는 반면 공격속도를 한층 빠르게 진행하는 등 야간행동과 포위가 그들의 기본전술이었다. 이런 전술에 휘말린 한국군과 미군들은 적에게 포위될 듯싶으면 일찌감치 후퇴하는 경향이 짙었다.

강철희, 김호식 그리고 서영석 이렇게 세 사람은 전쟁의 소용돌이에서 한 발 물러나와 숨어있으니 그제야 양쪽 군인과 무기류를 비교할 수가 있었다. 독립군을 따라 열여섯 살부터 만주를 무대로 살았다는 서영석은 그들 중에서 비교적 무기에 대해 해박한 지식을 소유하고 있었다. 게다가 셋 중에서 역사를 보는 시선도 제일 예리했다.

"국군의 무기란 믿기지 않을 정도로 허술했어. 낡은 근거리 사격용 M-3형, 105밀리 곡사포를 가지고 쏘는데 사실 그건 미국에서 이미 폐물화한 것이래. 탱크도 한 대 없고 중형급 대포는 물론 4.2인치 박격포와 무반동총도 없고, 글쎄 전투기 한 대 없이 한국군이 북쪽 인민군을 맞았으니 상대도 안 되는 싸움이었지."

서영석은 기가 찬다는 듯 혀를 끌끌 찼다.

"그러나 인천상륙작전을 보면 이제 최신무기를 그새 다 갖췄으니 북쪽이 몰리고 있는 것이 아니겠어."

김호식은 이젠 남쪽이 우세하다고 들고 나와 서영석의 말을 꺾으면서 남쪽군인들 편을 들었다. 그러나 북상하는 유엔군과 한국군이 가파른 산기슭 사이에 뚫린 샛길로 접어드는 걸 지켜보며 불안한 마음을 금할 수 없었다.

"어쩌자고 이 덕천 산골의 골짜기로 저들이 파고드는지 아주 불안하단 생각이 들어. 북쪽에서 이 지세를 이용한다면 그것이 일종의 비밀무기가 될 것이 뻔한 판이니 답답해 죽겠어. 이 좁고 거칠어 보잘것없는 샛길은 고도로 기계화한 미군들의 무기를 맥도 못 추게 만들 거야. 통신병으로 있었던 동무가 내게 일러준 정보로는 저들이 가져온 무기가 어마어마해서 수송이 불가능한 지세를 이용한 게릴라전을 편다면 북쪽이 유리하다고 했어."

서영석은 마치 자신이 인천상륙작전을 직접 보았으며 무기까지 본 것 마냥 떠들었다.

"어떤 무기들을 가지고 상륙했는데."

추위를 참느라고 손등을 열심히 비비고 발가락을 꼼지락대서 동상을 막아 보려고 애를 쓰고 있던 철희도 미군들이 가지고 상륙했다는 무기에 관심을 보였다.

"중형 탱크, 항공기, 다량의 박격포, 133밀리 곡사포

등 아주 기찬 무기를 가지고 있더라는 거야, 그렇지만 저들이 남의 땅에 와서 그런 무기를 가지고 이 산골에 오면 어떻게 사용하느냐 하는 문제가 있어. 이 추위에 국군은 자꾸 북상하고 있는데 아직도 다가올 추위에 대비할 복장이 아닌 걸 자네들도 봤지. 험준한 산악지대를 길만 따라 저렇게 마구 행진하고 있으니 아무래도 허술해. 어린애들처럼 압록강 물을 누가 먼저 만져보나 내기라도 하자는 건가."

골짜기를 따라 행군하고 있는 한국군의 복장을 보며 서영석은 과거의 경험을 바탕으로 해박한 지식을 늘어놨다. 이래저래 선뜻 귀순한다고 내려가질 못한 그들은 신중한 행동을 취하기로 하고 나무 밑에 웅크리고 앉아있었다.

소련은 1950년 초에 인민군에게 중포는 물론 T-34 전차, 트럭, 자동화기 40대와 야크(YAK) 전투기, 70대의 공격 폭격기, 군용기 등 많은 현대무기를 공급했다는 것은 전쟁 전에 이미 귀 따갑게 들은 선전이었다. 남침하기 전에 완전히 편성된 8개 사단이 있었고 불완전하게 편성된 2개 사단, 모터사이클로 구성된 1개 정찰연대와 T-34 전차로 된 1개 기갑여단, 국경 경비대 5개 여단까지 갖춰 총병력 13만5천 명이 전선에 배치된 상태였다. 이런 태세에 비해 한국 측은 엄한 훈련이나 뛰어난 통솔력이 없어 와그르르 무너져내렸다. 치안유지를 위주로 훈련받은 군인들이니 죽자 사자 덤비는 싸움 앞에 그럴 수밖에 없었다.

또 미국이나 한국이 범한 큰 교만은 북한이 이룩해놓은 높은 수준의 전투능력을 바르게 평가하지 못하고 있었다는 점이다. 전차를 막을 화포도 없는 전쟁이었으니 남한을 부산만 남기고 물밀 듯이 쳐내려 간 것은 당연한 결론이었다.

오히려 그런 무기와 패길 가지고도 남한 전체를 제압하는데 꾸물거린 것이 이해가 가지 않는 일이라고 할까. 1948년 미국 국가안전보장회의는 한국에 야전군 창설을 진지하게 고려했으니 미국 점령군의 전투감퇴를 큰 이유로 내세운 맥아더의 진언으로 채택되지 않았다. 한국군은 그래서인지 전투와는 거리가 먼 군인들로 보였다. 본질적으로 치안유지를 위한 장비를 가졌으며 그에 대응하게 훈련받았기에 평지와 산에 산개한 강적과 싸우는 방법을 몰랐다고 할까. 이렇게 서영석이 얻어들은 것들과 나름대로의 분석이 얼마나 정확한지 모르지만, 인민군복을 입고 산등성이의 나무 밑에 숨어 앉은 그들은 숨 막히는 탈주병의 고뇌를 이렇게 달래며 피차 떠오르는 여러 가지 생각을 나누었다.

"맥아더의 인천상륙작전은 성공이라고 할 수 있지만, 그가 전혀 본 적이 없는 적지의 지세를 올바르게 평가하고 있는지는 제삼자가 보기에도 아니야. 저렇게 밀고 올라가기는 하지만 한반도의 서부와 동부 사이의 지형이 연락을 취하기 쉽지 않을 걸. 피차 연락이 끊기는 것은 부대들 사이에 동요를 가져오고 전투의욕을 상실케 하는 요인이 된다고 봐야지. 전쟁에 문외한인 내가 보기에도 왠지 저들의 북진이 너무 허술하다는 생각이 들어."

강철희는 한반도의 지세를 분석해 보며 불안을 감추지 못했다. 국군들의 행진이 사라진 산 밑 골짜기 길은 석양을 안고 썰렁하게 비어있었다.

"우린 이제 절대로 북쪽 편이 될 수가 없어. 이미 탈영병의 낙인이 찍혔으니 죽어도 남조선으로 가서 죽는 수밖에."

전투에서 도망치면 탈영병이 되는 것이요, 그들에게 주어지는 형벌을 아는 까닭에 김호식이 이렇게 세 사람의 갈 방향을 다시 한 번 다짐했다.

"하긴 난 국군장교를 형으로 둔 자이니 돌아가도 아오지 행일걸. 강철희, 자넨 목사이니 공산주의와 반대 길을 가고 있는 셈이야. 호식이 자넨 우리 중에서 제일 무난할 것 같은데."

"난 철희처럼 지주의 아들이니 저들이 말하는 인민의 적이야. 더구나 이렇게 탈영했으니 죽으나 사나 자네들 따라가야지."

"그렇다면 우리 셋은 어떻게든 귀순해서 남조선으로 가야 해."

"앗! 저 밑엘 봐. 어떤 노인이 삭정이를 줍고 있군. 그를 만나면 전투상황을 대략 들을 수 있고 우리가 귀순할 방법도 모색할 수 있겠군."

셋은 노인을 향해 달려 내려갔다. 겨울이 다가오니 어쩔 수 없이 땔 나무를 해야 하는 노인은 산중에 들어와 삭정이를 줍고 있음에 틀림없었다. 인민군 복장을 한 세 사람이 노인을 에워싸자 새파랗게 질려서 어찌나 벌벌 떠는지 오한이 나서 앓는 사람처럼 이빨을 맞부딪혔다.

"노인장이 사시는 마을에 국군이 들어왔지요?"

인민군의 말투가 예상 밖으로 점잖음을 알고는 노인은 마음을 진정하고 그들을 직시했다. 눈은 그들을 향해 있으면서도 몸은 여전히 사시나무처럼 떨고 있었다.

"국군에 귀순하려는 사람들이니 길을 안내해 주시겠소."

"아침나절에 인민군 두 사람이 동네 어귀에서 총살당했는데 당신들이 내려가도 마찬가지일 것이요."

"귀순하려는 사람도 죽이나요?"

"이 상황에서 귀순병을 어떻게 믿겠소. 피차 눈에 띄기만 해도 무조건 총을 쏴 죽이니 나도 자식을 가진 사람으로 마음이 아픕디다."

"우린 이미 부대에서 탈출한 지 여러 날이 돼서 이 산에서 이대로 있다가는 얼어 죽습니다."

"그럼 내가 마을에 내려가서 동태를 보고 국군들이 귀순병을 받아들이겠다고 하면 이리로 돌아오리다. 아니면 이 길을 지나가며 아리랑을 목청껏 부르며 지게를 벗어던질 터이니 그땐 뒤도 돌아보지 말고 도망가시오."

노인이 마을에 내려가자 불안해진 그들은 나무 밑에 그냥 남아있을 것이냐 아니면 더 깊은 산속으로 도망칠 것이냐를 놓고 다투기 시작했다. 노인이 국군들에게 인민군을 봤다고 밀고하면 꼼짝없이 죽임을 당해야 할 것이기 때문이다. 생전 처음 만난 노인에게 자비를 기대한 것이 틀렸다고 후회하기도 했다. 도망을 가느냐 아니면 잡혀 죽더라도 이 나무 밑에 갇혀 있느냐 떠드는 동안 해는 산봉우리를 타고 살포시 자취를 감추려고 했다. 산속의 밤은 견디기 어렵게 춥기에 그들은 우울한 얼굴로 손을 비비고 발가락을 꼼지락이는 걸 그치지 않았다.

"앗! 저 밑을 봐. 노인이 나타났어. 아리랑을 부르지 않을 뿐만 아니라 지게를 벗어 던지지도 않고 있어. 우리의 귀속이 허용되는 모양이야."

"쉬! 조용히 해. 그 뒤에 잠복한 국군들이 우리가 나타나기를 기다려 총을 쏠 수도 있어."

서영석이 독립군 시절의 경험을 살려 신중론을 폈다. 노인이 어둠이 내려덮이는 가파른 산을 올려다보느라고 목을 뒤로 꺾어가며 그들을 찾는 동안 숨 막히는 순간이 흘러갔다. 서영석이 혼자 나가 담판을 짓겠노라며 산등성이를 타고 노인 쪽으로 다가갔다. 두 사람이 만나는 장면을 지켜보며 나무 밑에 숨은 철희와 호식은 여차하면 도망갈 자세로 엉거주춤 허리를 굽혔다. 산 밑과 산 위에 긴

장감이 감돌았다. 그때 밑에서 위를 향해 서영석이 오른 손을 번쩍 올리며 안전하니 내려오라는 신호를 보냈다. 그들을 안내하는 노인은 국군에 나가 전사한 아들 생각이 나서 발 벗고 나서는 것이라며 자신의 심정을 토로했다. 불이 켜진 임시 막사로 걸음을 옮기는 노인은 잔뜩 긴장해서 연신 마른 기침을 삼켰다.

"제가 말씀드린 인민군들을 데리고 왔습니다."

막사 안에 들어선 노인이 이렇게 말하자 마당에 모닥불을 피우고 둘러 서 있던 군인들이 철커덕 소리를 내며 총을 장전해서 그들을 향해 겨누었다.

"쏘지 마시오. 이 사람들은 죄 없이 끌려간 인민군들이니 귀순해 오는 것이 아니겠소. 동족끼리 이젠 더 이상 피를 흘리지 맙시다."

노인은 두 팔을 미친 듯이 휘둘렀다. 그래도 마음이 놓이질 않는 모양이다. 만에 하나 총을 쏠 것을 대비해서 몸으로 그들을 가리고 미리 말을 맞춘 대위를 찾느라고 두리번거렸다.

"저 개자식들 한 방에 쏴 죽여도 분이 풀리지 않을 터인데 왜 막고 나서는 것이요. 이봐요. 노인, 어서 비켜요. 다 쏴 죽이게."

부모와 처자가 인민군에게 처형당해 눈이 벌겋게 뒤집힌 하사 계급장을 단 얼굴이 검은 국군이 금세 방아쇠를 당길 자세로 고함을 지르며 소동을 피웠다. 동료들이 말려도 목을 놓아 울면서 인민군복 자체가 원수인 양 헐떡거렸다.

"이봐요. 청년, 우리 정신을 차리고 이야기합시다. 우린 국군에 귀순하는 것이요. 난 강철희 목사요."

"저 자식들 위장 귀순해서 첩자가 되려는 거야. 인민군들이 목사들을 다 죽였지 살려둘 리가 없어. 예수 믿는 사람들도 숱하게 죽어 감히 예수를 믿는다는 말도 못 하는 이 전쟁터에서 목사라고 흥! 나는 못 속인다."

하사는 개머리판으로 강철희를 때리려고 야단이고 이를 막으려는 사람들이 우르르 덤비고 모닥불 가는 한참 소란했다. 그때 노인과 미리 말을 맞춰 놓았던 대위가 나타나 이 장면을 목도하고 강철희를 그의 앞으로 불러 세웠다.

"목사라고 했던가? 주기도문을 외워 보시오."

주기도문을 말하라는 걸 보면 대위는 크리스천임이 틀림없어 철희의 눈에 눈물이 핑그르 돌았다. 철희 뒤에 숨어서 얼굴을 감추고 서 있던 서영석이 장교의 음성을 듣더니 총알처럼 달려 나가 대위를 끌어안았다.

"형님, 접니다. 저 서영석입니다."

"아니, 네가 살아있다니, 어디 얼굴 좀 보자."

서영호 대위는 동생과 부모를 찾아 북으로 앞장서서 돌진하고 있던 참이었다.

"아버지, 어머니는 어찌 되었느냐?"

"예수를 믿는다고 모두 잡혀 탄광으로 갔습니다. 전 형님이 국군 장교라고 얼마나 핍박을 받았는지 죽음을 각오하고 탈출했습니다."

"잘 했다. 영석아, 우리 손을 잡고 함께 고향으로 가자. 부모님을 구출해내고 우리 손으로 그곳에 태극기를 꽂을 것이다. 지금 인민군들은 압록강을 넘어 모두 뿔뿔이 도망가고 있다."

서영호 대위는 그 자리에서 동생 서영석의 인민군복을 벗기고 국군 복으로 갈아 입혔고 강철희와 김호식에게는 원하는 대로 남하하라고 했다. 서영석은 꿈에도 그리던 형을 만나 자랑스러운 국군이 되어 북으로 떠났고 두 사람은 마을에 남았다. 쌀밥을 배불리 먹고 절절 끓는 온돌방에서 오랜만에 늘어지게 잠을 잤다. 다음날 미군들이 국군들의 뒤를 따라 그 마을에 들어왔고 산악지대라 철 이른 눈이 내리기 시작해서 남쪽의 더운 일기에 익은 미군들은 심란해서 기죽은 닭들처럼 목을 외로 꼬고 조각해 놓은 장난감 시늉을 했다. 철희와 호식은 인민군복을 벗어 던지고 노인이 준 한복을 입었으나 짧은 머리로 인해 그들이 인민군 출신임을 여실히 드러냈다.

눈 내리는 소리가 사락사락 나는 밤이 깊어갔다. 보름 안에 압록강에 도착해서 이 징그러운 전쟁이 끝날 것이라고 환호하며 서영석 형제는 트럭을 타고 흔들리며 신이 나서 떠났는데 눈이 내리다니. 어쩐지 불길했다. 별빛이 사라지고 밤하늘이 싸늘한 한기를 뿜어내는 밤이라 철희는 잠을 이룰 수가 없었다. 엄습해 오는 걱정, 근심을 떨쳐버리려고 강 목사는 이런 환상을 머리에 그렸다. 남북이 통일되면 백두산 나무를 찍어 교회를 짓고 바울처럼 개척지를 따라 돌아다니리라. 신의주, 삭주, 벽동, 초산, 만포진에 개척교회를 세워놓고 압록강 쪽으로 올라가리라. 철희는 이런 미래를 꿈꾸며 잠을 이루지 못했다. 이때 깊은 밤의 정적을 깨고 갑자기 중국 우동 집의 차르멜라 악기가 흐느끼듯이 간간이 울려왔다. 애처로운 날라리 소리 속에 피리 소리도 끼어있고 이따금 징소리도 들렸다. 싸늘한 밤하늘을 흔드는 그 희한한 소리는 들개가 달을 향해 울부짖듯 그 여운이 아주 길고 께름칙했다.

"호식아, 저 소리를 들어봐. 뭔가 불길하단 말이야."

철희가 곁에서 코를 골며 곤하게 자고 있는 호식을 흔들어 깨웠다. 잠이 덜 깬 눈으로 한참을 맹하니 누워있던 호식의 귀에 간드러진 차르멜라 음이 잡힌 모양이다. 그는 불에 덴 것처럼 벌떡 일어나 앉았다.

"저건 중공군들이 쓰는 원시적인 심리작전이야. 그럼 중공군이 한국전에 끼어들었단 말인데 이거 작은 땅에서 일이 벌어졌군. 중공군이라면 저들은 분명히 꽹과리를 치고 찬바람을 찢는 듯한 나팔을 불어대면서 물결과 같은 대군이 들짐승 같은 함성을 내지르며 몰려올 걸. 중공군들은 불쑥불쑥 끊임없이 어둠 속에서 솟아올라 골짜기를 건너고 언덕을 기어올라 개미떼처럼 밀려들 거야. 미군들이나 남쪽사람들은 독립군들을 푸대접했기에 중공군에 대한 정보를 줄 사람이 없을 터이니 큰일이군. 보나 마나 이쪽은 인해전술로 나오는 중공군에 대한 인식부족과 편견적인 과소평가로 궁지에 몰릴 거야. 자 이제 우리는 이런 물결 속에서 어떤 태도를 취하느냐가 문제다."

이렇게 장황하게 늘어놓은 호식은 팔베개를 하고 벌떡 누워 천장을 멀뚱히 응시했다. 들개 우는 소리를 닮은 뿔피리소리가 마치 늑대의 처량한 절규처럼 이따금 허공을 갈랐다.

나중에 역사는 그때의 상황을 이렇게 적고 있다.

……제4야전군 사령관인 임표가 선견부대인 4개군 12개 사단의 12만 주력을 이끌고 만주국경을 넘어왔다. 그러나 인천상륙이 성공리에 끝난 것에 들떠 북으로, 북으로 전진하는 미군이나 한국군은 오로지 압록강 물에 손을 담가볼 욕심에 선두를 다투어 달리고 있을 뿐 이런 무서운 복병이 도사리고 있는 줄을 꿈에도 몰랐다. 중공군은 북괴군과 게릴라주민들의 협력을 얻고 있어 정보가 조금도 누출되지 않았다. 특히 북괴군 게릴라는 중공군의 손발처럼 되어 정보를 전하고 무기, 탄약, 물자를 운반해 주어 중공군은 그 도움을 받아서 그저 걷기만 하면 되었다.

임표는 제42군을 중동부의 장진호 남쪽으로 진출하게 해서 동해안으로부터 강계를 목표로 하는 유엔군을 협공하는 임무를 맡았다. 제38, 제40, 제39군은 적유산맥의 남쪽 언저리에 잠복시켜 유엔군을 기다리게 해서 산악지대에 몸을 숨기는 중공 특유의 작전을 세웠다. 저들은 눈과 나무와 고지에 의지하여 보호색 동물을 가장해서 적이 통과하기를 기다렸다. 다가오는 겨울을 대비해서 중공군의 옷차림은 아주 단단했다. 누빈 솜옷에 방한모를 쓰고 쌀자루를 졌으며 추위를 견디기 위해 콩기름 한 병을 주머니에 넣고 계급이 없으므로 사령관으로부터 분대장까지 모두 지령원이라 불렀다. 장교는 옷소매와 목덜미, 그리고 바지의 재봉실이 붉어 구별될 뿐이었다. 그들이 가진 무기라고는 구 일본의 38식, 99식 소총과 미국이 중국 국부군에게 공급한 엠아이 소총, 카빈소총, 기관총이 전부였다.

모택동과 임표는 팔로군시절부터 발휘한 유격전술인 십육자 전법을 썼다. 원래는 손자병법에서 그 유래를 찾을 수 있는 것으로 방비가 없을 때 공격하여 기습과 포위를 기본으로 하는 전법이었다. 여름에는 남쪽 지방을 치지 말고 겨울에는 북쪽 지방을 치지 말라는 손자의 말에 따라 분석하면 월동준비가 불충분한 유엔군과 한국군이 여름 복장을 하고도 겁 없이 북풍을 안고 북진을 강행한 것은 중공군 입장에서 보면 때를 얻은 것이나 다름없었다.

“내가 아는 전법으로 보면 양쪽 산기슭과 능선에 중공군이 꽉 차 있을 것이 틀림없어. 서영석과 그의 형이 살아남을 가능성이 없어졌군. 불쌍해서 어떡하지.”

“아하! 호흡이 코에 붙었다는 것이 곧 삶이 아니겠어. 모두가 죽을 터인데 빨리 죽는 것이 편한 거야. 그나저나 우린 어떻게 되는 것일까?”

강철희가 간헐적으로 들려오는 이상한 소리가 멈추었을 때 밖의 동정에 신경을 쓰면서 중얼거렸다.

“자네가 믿는 하나님에게 물어보게. 이런 경우엔 하늘의 뜻에 맡길 수밖에 없어.”

호식은 한숨을 꺼지게 쉬며 여차할 경우 어디로 피할까 궁리를 하며 주위를 둘러봤다.

“이 마을의 크기가 읍이니 주민들이 있어야 하는데 왜 이다지 조용하지?”

갑자기 멀리서 호루라기 소리가 들려오더니 수류탄 터지는 소리가 났고 전후좌우에서 총질을 하는지 콩 볶듯이 귀따가운 소리가 들려왔다.

“주민들이란 힘이 센 자에게 꺾이게 마련이야. 지금은 누가 승리자인지 모르니 모두 숨어서 숨죽이고 있는 것이 분명해.”

산이 가까운 노인의 집에 묵고 있어 호식이 창호지문을 조금 열어 밖을 내다보니 눈빛에 산등성이가 훤하게 드러났다. 눈빛에 가까운 옷에 나뭇가지와 나뭇잎을 꽂은 몇 명의 중공군이 허리를 깊숙이 숙이고 산을 타기에 마치 산이 꿈틀꿈틀 움직이는 듯했다. 참으로 전율할만한 일이라 호식은 숨을 훅 들이마셨다. 날이 밝자 그런 위험이 도사린 계곡으로 뚫린 길을 향해 미군들이 전진을 강행하는 것이 아닌가.

"이봐. 어서 우리가 나가서 저들에게 주의를 줘야겠어. 중공군이 능선을 따라 잠복하고 있으니 후퇴하라고 일러줘야지. 자넨 영어를 잘 하니 어서 가서 말해주라고."

호식이 다급하게 구는 바람에 두 사람은 자신들의 안전을 잊은 채 전진하고 있는 행렬 앞으로 달려 나갔다.

"무슨 일인가?"

"드릴 말씀이 있습니다."

앞장선 흑인병사가 총을 가슴팍에 안고 허리를 굽힌 채 사방을 두리번거리며 행진하다가 소리 나는 쪽을 향해 총뿌리를 겨누었다. 토끼라도 바스락대면 발사할 태세였다. 이런 상황에 철희와 호식이 나선 건 목숨을 내놓은 것이나 다름없었다.

"머리가 짧은 걸 보니 인민군임이 틀림없다."

"아니다. 우리는 귀순한 사람들이다. 난 목사고 이 사람은 나의 친구다. 하나님 앞에서 맹세하고 하는 말인데 즉각이 행군을 중단하라. 저 계곡으로 들어가면 전멸한다."

"인민군들이 그렇게 많이 매복해 있단 말인가?"

"인민군이 아니라 중공군이 개미떼처럼 계곡에 득실거

린다."

"뭐라고? 중공군이라니 그런 거짓말이 어디 있는가. 그들이 전쟁에 가담했단 정보를 들은 적이 없고 본 적이 없다."

"앞서간 한국군들이 당한 것이 분명하다. 간밤에 우리 두 사람은 징 소리와 중국 우동집의 차르멜라 악기 소릴 들었다."

"으하하…… 웃기는 소리 마라. 전쟁터에 나와 그따위 악기를 연주하다니. 넌 우리의 행군을 저지해서 후퇴할 시간을 벌려는 속셈으로 그러는 것이다. 이 자들을 잡아 포로로 넘기도록."

그때 마침 누빈 방한복을 뒤집어 하얀 색깔을 드러낸 옷을 입은 중공군이 잡혀왔다. 그 녀석은 한국말도 영어도 일어까지 몰라 통역할 사람을 구하느라고 상당한 시간을 소모했다.

"넌 정말 중국에서 넘어온 중공군인가?"

"그렇다."

"압록강을 넘어 한국전쟁에 참전했단 말인가?"

"그렇다."

"그런데 왜 한 사람도 눈에 띄지 않는가?"

"산이나 언덕 그리고 숲속에 눈빛을 닮은 방한복을 입고 숨어 있다가 미군들이 통과한 뒤 어두워진 밤에 배후를 공격하려는 작전이라 아직 모르는 것이다."

"식량이나 무기를 운반하는 차들이 없지 않은가?"

"가난한 농가 출신인 중공군은 콩기름을 마시면서 추위를 견디고 볶은 곡식이나 쌀을 제각기 지니고 다니며 수송수단은 나귀나 노새, 소 같은 가축을 이용해서 그리 쉽게 눈에 띄는 것이 아니다."

철희는 잡혀 온 중공포로 옆에 서서 '매니매니 챠이니즈'를 연발하며 사태의 긴급성을 알아주기 바랐다.

"확증이 없지 않은가?"

미군장교는 꺼벙한 외모처럼 허술하게 그 증언을 흘려버렸다. 강철희와 김호식도 그 자리에서 포로란 이름을 달고 수용소로 넘겨졌다.

갈등의 기로

감나무가 집집마다 한두 그루 서 있는 것을 보니 남향이고 바람기가 약해 따뜻한 지역에 김호식 노인의 집이 위치한 모양이다. 마당 모퉁이에 서 있는 감나무 가지에서 까치 한 마리가 귀따갑게 울어댔다. 민구는 햇살을 타고 춤을 추는 먼지를 바라보며 느긋한 아침을 맞았다. 김노인의 건강으로 인해 아버지의 과거를 듣는 일이 많은 시간을 요해서 또 하루를 이 집에 더 묵게 되었다.

"호텔에서 전화가 왔어요."

김 노인의 아들 상근이 민구의 방문을 가볍게 두드렸

다. 앵주가 며칠간 소식을 끊더니 이제야 일을 하겠다고 전화를 하는 것이 분명했다. 그러지 않아도 오늘 하루만 여기 묵고 서울로 가려는 참이어서 시간을 잘 맞춰 전화해준 셈이다.

"강 선생님 계세요?"

앵주의 음성을 기대했던 민구는 굵직한 남자의 음성에 놀라서 순간 긴장했다.

"누구시지요?"

"앵주를 소개한 호텔의 미스터 김입니다."

"어쩐 일로 예까지 전화를 했소?"

"강 선생님이 앵주랑 그곳으로 떠난 뒤에 미국에서 사모님이 오셨습니다. 다행히 저에게 가시는 곳의 전화번호를 주셔서 며칠 기다리다가 이제 전화를 드리는 것입니다."

"사모님이라니 누굴 말하는 것이요?"

민구는 의아해서 이렇게 물었다.

"마거릿이라는 미국 여자인데……."

"세상에! 그 여자가 예까지 왔다니."

"아주 미인이던데요. 미국 여자들은 남편과 헤어져 살기를 싫어한다고 들었어요. 이분도 매일 강 선생님의 행선지를 대라고 보채서 곧 오실 것이라고 기다리게 했는데 오늘은 막 화를 내셔서 어쩔 수 없어 이렇게 전화를 한 것입니다."

"알았어요. 내일 갈 터이니 더 기다려 보라고 해요."

마거릿이 태평양을 건너오리라고는 상상도 못했다. 그의 거처를 특강을 한 학회를 통해 얻어낸 것이 틀림없었다.

"앵주는 일을 잘하고 있는지요?"

"그 말 잘 해주었어요. 앵주가 서울로 가더니 며칠 연락이 없으니 오늘이라도 여기 내려오라고 연락해 주세요."

전화를 끊고 돌아서자 등 뒤에서 퉁명스러운 음성이 들렸다.

"아버님이 함께 조반을 들자고 기다리고 계세요."

김 노인의 아들 상근이 이를 닦고 있는 민구에게 이렇게 전하고는 호미를 들고 휭하니 나가버린다. 아직도 민구의 아버지에 대해 가지고 있는 미움을 풀기 힘든 모양이다.

"잘 잤나? 자네를 만나니 내가 삼십여 년 전으로 되돌아간 기분이야. 자네가 철희를 너무 닮아서 그런 모양이지."

"아버지 혼자 살겠다고 도망갔는데도 절 그렇게 봐주시니 감사합니다."

"다 지난 이야기야. 늙어가니 용서할 마음이 드는군. 자네 부친은 시대를 잘 만났다면 한자리할 사람이었는데 아깝단 말이야. 영웅도 시대의 소산물이 아니겠어."

김호식 노인의 기억을 더듬어 들려주었던 이야기는 어떤 때는 전후가 바뀌고 어떤 때는 흥분해서 몸을 떨기도 해서 진정시키고 뜸을 들여 민구가 알고자 하는 부분을 잡아내서 물어야만 했다. 그래서 포로가 되기까지의 이야기를 듣는데 사실은 상당한 시간과 힘이 들었던 셈이다. 앞마당 바둑이가 더위로 마루 밑으로 기어들어가 네 다리를 뻗고 한숨 늘어지게 잠이 든 열한 시경에야 김 노인 앞에 민구는 무릎을 꿇고 앉았다.

“아직도 더 물어볼 것이 있는가?”

“네 제일 중요한 부분을 오늘 듣고 싶습니다.”

“뭔데?”

“왜 두 분은 광대 흉내를 내시기로 했는지요?”

“아! 그 이야기를 아직 내가 해주지 않았던가?”

김 노인이 막 서두를 꺼내려는 참에 대문이 시끌시끌했다. 놀랍게도 마거릿이 콜택시에서 내려 대문 앞에 서 있어 이웃 사람들이 구경나와 그렇게 소란했던 것이다. 그녀는 민구를 보자 달려와서 그의 목을 감싸 안고 키스를 퍼부었다. 이 마을의 강아지까지 이상한 눈빛을 하고 그녀를 지켜보는 것에 거부감을 느꼈는지 마거릿은 스르르 그의 목에 감았던 팔을 풀었다.

“마거릿, 제발 미국으로 돌아가 줄 수 없겠어. 난 지금 아버지를 찾아 헤매는 중이라 당신과 엔조이할 시간이나 마음이 없어.”

“당신의 한 달 휴가가 반이나 지났어요. 빨리 결혼식 하러 미국으로 가요. 신혼여행지로 케냐나 발리섬, 아니면 자메이카 중에서 고르면 어떨까요. 달링, 당신이 고르는 곳으로 무조건 따라갈 거예요.”

"내가 언제 당신과 결혼한다고 했어."

"양어머니, 미리암 때문이지요? 그 문제라면 걱정하지 마세요. 모두 해결해 놓고 왔어요."

"무엇을 해결했다는 거야?"

"당신과 곧 결혼해서 우리의 보금자리로 당신 소유의 집을 쓰겠다고 했더니 아무소리 않고 양로원으로 옮겨갔어요. 사립양로원인 부르크힐에서 지낼 수 있도록 독방을 제가 봐드리고 짐을 다 날라다 아름답게 배치해주었지요. 달링, 제가 당신을 위해 얼마나 수고했는지 아시겠지요."

"맙소사! 어쩌라고 시키지도 않는 일을 했어. 난 어머니를 모시고 살 참인데."

"우리와 함께 살면 불편하시다고 했어요. 그분의 소망을 들어드리는 것이 제일 좋은 효도를 하는 일이 아니겠어요."

"일거리를 만들어 놨군. 양어머니와 지금 찾아다니는 아버지까지 모두 함께 모시고 살 작정인데, 내 뜻도 모르고 마음대로 짐을 옮겨 놓다니."

"어머! 당신 머리에 이상이 생긴 것이 아니에요? 이 나이에 노인들을 모시고 산다니 양로원을 운영할 작정인가요?"

"부모를 모시고 사는 것이 내가 어릴 적부터 배운 삶이요, 풍습이야."

"무슨 지랄 같은 그런 풍습이 있어요. 당신은 거지 같은 그런 풍습을 미국서 교육을 받고도 고수하겠다 이 말이에요?"

"이어받은 핏줄이 서양 것이 될 수 없듯이 뇌리에 박힌 삶의 패턴을 어떻게 바꾸겠어."

"절 사랑한다면 제가 싫어하는 풍습을 따를 수 없는 것이 아닐까요?"

"사랑이라. 그 말 잘 해주었어. 여직 내가 사랑이라고 생각한 사랑은 진정한 사랑이 아니었어. 참사랑은 고통이 따르는 것이지. 거기서 얻어지는 심오한 관계를 사랑이라 할 수 있겠지. 긴 세월 인내로 얻어지는 그런 종류의 사랑이 진짜 사랑이야."

닥터 강민구는 아버지의 사랑 이야기를 김 노인에게서 들을 뒤 그가 사랑이라고 생각한 것은 너무 천박한 것이었음을 새삼 깨닫게 되어서 이렇게 대꾸했다. 마거릿은 알아들을 수 없는 이런 말을 하는 민구에 놀라 눈이 동그래졌다. 소매 없는 딸기 색 원피를 입어 드러난 팔이 눈이 시리게 희고 깨끗해 보였다. 어깨까지 물결치는 노란 머리를 몇 번 쓰다듬고 눈물어린 파란 눈으로 민구를 응시하다가 후딱 일어나 대문을 나서는 것이 아닌가. 민구는 그런 그녀를 따라 걸었다. 버스가 다니는 큰길로 뚫린 작은 길을 십여 분간 걸으면서 입을 먼저 연 쪽은 여자였다.

"우린 이렇게 헤어지는 건가요?"

"아버지를 찾아다니면서 난 새로운 사람이 돼는 기분이

야."

"새로 태어난 사람이라니요?"

"여직 살아온 삶에서 완전히 돌아선 그런 어떤……."

"무슨 뜻인지 모르겠어요. 우리의 따뜻하고 평화롭고 걱정, 근심 없는 삶의 터전을 왜 버려두고 공기 나쁘고 냄새나고 복잡한 곳을 이러고 헤매고 다녀요. 어서 미국으로 가요. 제가 봐둔 예쁜 집으로 우리 이사해요. 제가 수십 권의 카탈로그를 보고나서 찍어 놓은 집이 있어요."

"난 집 같은 것에 관심이 없어. 당신은 절대로 이해하지 못할 거야. 이성으로는 설명할 수 없는 이상하고 새로운 경험을 내가 하고 있으니까."

"당신이 태어난 곳에 처음 왔으니까 감상적이 돼서 그래요. 그러니 전 호텔에 들어가서 쇼핑을 하고 일주일을 더 기다리지요. 우린 사랑하는 사이였으니 미국행 비행기에 오르면 제정신으로 돌아올 것이고 우리 그때 우리의 결혼을 이야기해요."

민구는 구릿한 냄새가 밴 시골길을 걸으며 곁에 있는 마거릿이 새삼 아름답다는 생각이 들었다. 영혼의 상태야 어쨌든 민구를 찾아서 사랑한다는 것을 보이려 태평양을 건너온 여자가 아닌가. 그러나 눈에 보이는 것만을 찾아 헤맨 그가 미국생활이 얼마나 공허한 것인가를 알게 된 지금 뿌리가 깊지 않은 육체끼리의 부딪침으로 가정을 이룰 마음은 없었다.

마거릿을 호텔에 데려다주고 오니 오후가 훼청하니 기운 뒤였다. 대문을 들어서니 김 노인은 안방에서 신문을 펴들고 앉아있었다. 민구를 보자 콧등에 걸린 돋보기를 들고 빤히 그의 눈을 노려봤다.

"그 여자가 자네 부인인가?"

"아닙니다."

"다행이군. 결혼만은 한국 여자하고 해야지."

김 노인의 얼굴에 마음이 놓인다는 즐거운 표정이 살아났다.

"민구, 전화 받아 봐요. 호텔이라는데."

상근이 안방에서 수화기를 들고 마루를 향해 소리쳤다. 누굴까. 마거릿이 화가 나서 기다리지 못하고 미국으로 간다는 전화임에 틀림없었다. 조금 미안하긴 해도 그가 전혀 겪어보지 못했으며 상상도 못 할 아버지세대의 흔적을 더듬는 일이 너무나 큰 충격을 그에게 안겨주어 살갗에 닿는 쾌감이나 안락함과 풍족함이 넘치는 느긋한 나태함에 빠져드는 것이 역겨웠다. 버터 맛 같은 평안은 생의 의미를 뜨뜻미지근하게 해서 멍청한 얼뜨기 성품을 인간에게 심어주는 것일까. 환각제 복용자가 급속도로 늘어나는 것도 따지고 보면 너무 배부르고 평화로워 무슨 사건이 터지기를 고대하는 지나친 풍요로움이 안겨준 병일 것이다. 아버지의 행적을 더듬는 나날이 그의 뼈와 살과 혼을 받은 이 민족이 겪은 무서운 소용돌이를 직시할 수 있는 좋은 계기가 되어서 그는 깊은 사색에 빠져들었다.

그가 그렇게 원하는 곳이 고아로 양부모 밑에서 자란 미국이었다면 너무 감격해서 하루에도 수십 번 마거릿을 껴안았을 것이나 지금 민구는 점점 맑아가는 그의 영혼을 더럽힐 용기가 없었다. 이 나라의 끔찍한 역사의 터널을 뚫고 온 이들이 들려주는 이야기가 기이한 힘을 지니고 그를 사로잡았기 때문이다. 민구가 수화기를 들고도 말이 없으니 저쪽에서 먼저 말을 했다.

"저 미스터 김입니다."

"미국 여자 문제라면 어서 미국으로 가라고 해요. 난 이곳 일이 너무 바빠 언제 상경할지 모르니까."

"강 선생님. 그런 일로 전화를 드린 것이 아닙니다. 사실은 앵주 문제인데요."

"그래. 일주일 전에 서울로 가더니 무소식이라 나도 자네에게 물어볼 참이었어."

"앵주가 증발했어요."

"증발이라니. 무슨 소리야."

"그 애가 사실은 운동권에 들어서 강제로 휴학을 시켜놓은 상태인데 집에도 안 들어오고 없어졌어요."

"집에서 찾지 못하는 걸 내가 어찌 찾겠는가."

"선생님만이 찾을 수 있어요. 제발 찾아주세요."

"허! 참 모를 일이군. 숨어서 내가 말해야 나온답디까?"

"그 애 말을 꺾을 사람은 우리나라에는 아무도 없어요."

"여기 일 끝나면 봅시다. 무슨 소린지 감이 안 잡히지만."

민구는 아버지 찾기도 바쁜데 엉뚱하게 고용한 아가씨 일까지 해결해야 하는 짐을 맡은 것이나 그게 그다지 기분 나쁘게 받아들여지지 않았다.

"누구야?"

"호텔직원의 전화입니다."

"그 미국 여잔가?"

"아니에요. 절 안내하던 아가씨가 가출했대요."

"요즘 젊은것들은 배가 고프지 않으니까 잘난 척하고 공산주의도 좋다고 한다더군."

"제 아버지 이야기를 계속 듣고 싶습니다."

"철조망을 넘을 적에 가지고 가신 그 쪽지에 무엇이라고 쓰여 있었는지 알고 싶어요. 상근 씨는 모른다고 하지만 숨기시고 있다는 마음이 드네요. 전 한 달간의 휴가가 끝나면 미국으로 갑니다. 수술이 많아 병원에 가면 다시 여길 찾아오기 힘듭니다."

"나도 지금까지 그 종이쪽에 대한 수수께끼를 가지고 있어."

"그다음 질문은 어째서 두 분은 광대가 되셨습니까?"

"등짝에 PW라고 찍힌 국방색 포로복을 받아 입으며 난 자네의 아버지에게 이런 제안을 했지. 이런 와중에서 살아남기 위해 절대로 목사냄새를 풍기지 말고 신분을 숨기라고 했지."

"제 아버님이 그 제안을 받아들이셨나요?"

"아니지. 엄청난 신앙체험까지 한 자네 아버지가 그렇게 호락호락하게 내 말을 들었겠어."

"공산주의를 신봉해서 그것을 위해 싸우다 잡힌 사람들이니 그들에게 전도한다는 것은 목숨을 건 짓이라고 결론을 내려 광대가 되시기로 하셨겠지요."

"처음부터 광대노릇을 한 건 아니야. 동래에서 거제도로 실려 와 68수용소에 배치 받은 뒤 일이 터진 거야."

그는 얼음이 둥둥 뜬 시원한 미숫가루를 양치질하듯 후루룩 소릴 내며 마시고 말문을 열었다. 거제도에 포로로 실려 왔을 초창기에 모두 북쪽에서 잡혀온 사람들이니 인공국으로 돌아갈 것이란 그 진리 같은 사실이 날이 갈수록 서서히 무너져 내리고 있었다. 북으론 절대 가지 않겠다는 사람들의 숫자가 늘어나기 때문이다. 북으로 가서 어찌할 것인가 하고 조용히 지난날을 더듬어보니 미래의 운명을 예측할 수 없었던 것이다. 자유의사귀환원칙이 나오자 북으로 갈 사람들은 수용소의 헤게모니를 잡아 이것을 공산주의 방향으로 이끌 음모를 짜기 시작했다. 그때부터 조작, 음모, 미움, 공포가 범벅이 되어서 혼란이 시작되었고 그들은 귀신처럼 어둠을 좋아해서 언제나 해가 져야 일을 착수했다.

"정전 회담이 이뤄지면 우리가 모두 조국에 돌아갈 것이다. 지금이라도 늦지 않았으니 조국과 인민을 위하여

전쟁터로 나갔던 의기를 되살려 비록 수용소에 갇혀 있으나 용기 있게 싸워 훌륭한 인민군이 되는 것이다."

손나팔을 불며 그들은 천막을 돌면서 고함쳤다. 그들이 사라지면 입을 삐쭉이며 노골적인 분노를 나타내던 사람들 앞에 세상일은 한갓 꿈이고 우린 나그네이니 하나님을 믿으라고 열성을 내서 전도하는 노인이 있었다. 예수를 믿는 사람들을 신자당이라고 불렀고 며칠 전 그들 중 여러 명이 죽임을 당한 끔찍한 사건이 있어서 노인의 이런 행동은 목숨을 건 짓이었다. 구약에 나오는 예언자처럼 그의 백발은 눈이 시렸고 살아야 할 날을 계수해야 할 정도로 죽음이 임박한 그런 할아버지였다. 젊은이였다면 한 주먹 쥐어 박혔던지 몰매를 맞았으련만 이미 병들어 눈곱 낀 칠순 노인을 그저 미친 사람이려니 하고 모두 그냥 흘겨보기만 했다. 그는 이 천막, 저 천막 안으로 뛰어 들어가 "예수천당"을 외치고 잽싸게 달아났다. 이런 노인을 포로들은 미친 노인의 짓거리 정도로 넘겨버리고 있었다. 그의 예수천당이란 모토를 하도 많이 들으니 귀에 녹음이 돼서 비가 구질구질 오는 날이나 구름이 낮게 드리운 날은 마음속으로 살그머니 파고드는 기이한 힘을 지니고 있었다. 노인의 이런 행위가 포로 중 숨어 있던 독실한 크리스천들에게 은밀하게 십자가사업을 벌일 빌미를 주었다. 십여 명으로 추정되는 조직이 좌익 이상으로 강하게 결속하기 시작했다. 성경과 찬송가 거죽을 헌 신문지나 잡지로 발라 위장하고 전투에 임하는 자세로 나선 것이다. 유물론을 주장하는 북의 사람들이 유신론을 주장하는 기독교인을 눈엣가시처럼 여기기 시작한 것은 피할 수 없는 숙명이었다.

어느 날 갑자기 예수천당을 외치고 다니던 노인이 고열로 숨을 몰아쉬며 누구든지 그를 위해 찬송을 불러달라고 목마른 애기처럼 헐떡였다. 노인의 죽음 앞에서 포로들은 미움도 전쟁도 한갓 안개처럼 마음이 녹아들기 시작했다. 이때 열두 명의 기독청년들이 그의 손을 잡고 처음엔 들릴락 말락 하게 입을 달싹이다가 나중엔 목청껏 찬송을 부르기 시작했다. 숨어서 드러내놓고 예배를 보지 못하던 그들이 봇물 터지듯 기도하며 찬송을 부르기 시작한 것이다. 노래가 반복될수록 천막 안은 수십 명 아니 수백 명이 코러스로 아름다운 음률을 만들어내서 막사 안에 울려 퍼지기 시작했다. 해방 전까지 애국가곡으로 불렸던 탓도 있겠으나 스코틀랜드의 민요곡인 올드 랭 사인에 가사를 부쳤기에 모두의 귀에 익은 것이다.

천부여 의지 없어서 손들고 옵니다.
주 나를 박대하시면 나 어디 가리까
내 죄를 씻기 위하여 피 흘려주시니
곧 회개하는 맘으로 주 앞에 옵니다.
전부터 계신 주께서 영 죽을 영혼을

보혈로 구해주시니 그 사랑 한 없네

……

예서제서 흐느끼는 소리가 났다. 민요곡에 부쳐진 찬송 내용이 고통 받는 그들의 영혼을 잡아 흔들어서 따라 부르며 흐느끼고 나니 뿌듯한 소망과 용기와 위로가 샘솟듯이 넘쳐흘러 강 같은 평화가 그들을 감쌌기 때문이었다. 그때가 7월 13일 밤 9시였다. 그들의 흐느낌 속에 불도 꺼졌고 어둠 속에서 목청껏 찬송을 부를 뿐인데 갑자기 그들 속에서 이런 구호가 터져 나왔다.

"악질 반동들을 숙청하라."

"으윽, 아이쿠, 사람 살려, 아아……."

그건 아비규환이었다. 탄광의 갱이 무너져 내리면 이럴까. 그 와중에도 목이 찢어지게 외치는 자가 있다.

"인민동지 여러분, 북조선 인민군은 김일성 아바지 수령 동지의 영웅적 지도하에 기아선상에 허덕이는 남조선 인민해방을 위해 여기까지 왔습네다. 기운 내라우요. 그까짓 애잔한 노래에 정신을 빼앗겨 훌쩍이면 가랑이에 매단 것을 아예 떼내버리라우요."

마구잡이로 휘두르는 몽둥이에 맞아 신음하며 포로들이 쓰러졌다. 찬송은 지휘자의 종결사인을 따르듯이 순식간에 뚝 그쳤다. 피비린내가 역한 사이를 누비며 강철희는 숨을 거두는 자의 손을 잡고 기도를 해주고, 아는 의학

상식을 동원해서 출혈을 막아보려고 땀을 흘리며 돌아다녔다.

"이봐, 철희. 약한 자를 돕는 걸 나무라는 건 아니지만 자네가 목사인 것만은 숨기게. 이러다간 자네도 죽임을 당할 거야."

김호식은 제비처럼 몸을 움직여 부상자를 돌보는 철희를 따라다니며 귀엣말로 주의를 주었다. 철희는 그 말을 들었는지 못 들었는지 묵묵히 다친 포로들을 열심히 돌볼 뿐이었다.

"시체를 가시줄(철조망) 밖으로 던져버려."

조금 전에 맛보았던 영혼을 울리는 평화는 삽시간에 사라지고 천막 안은 지옥으로 변해버렸다.

"노래를 지도한 새끼들을 인민재판에 부칩시다."

"그럽시다."

어두움 속에서도 그들은 용케 열 두 명의 청년들을 끌어냈다.

"때려죽이기는 힘드니 휘발유를 뿌려 죽입시다."

"옳소. 저들은 인민재판을 받을 건더기도 없소."

종금 전에 흐느끼며 찬송을 따라 불렀던 그 편안함과 안온함을 던져버리고 그들은 큰 힘에 아부해서 목숨을 건지려는 듯 눈에 핏발을 세우고 소릴 질렀다. 잠잠히 있으면 끌려 나갈지도 모른다는 괴기스런 공포가 찬막 안을 채웠기 때문이다.

"동무 여러분, 이 사람 김민우가 여러분께 호소합니다."

이런 와중에도 지금까지 부상해서 군림하는 지도자가 없었는데 어디에 숨어 있었는지 새 얼굴이 그들 앞에 섰다. 그를 보자 철희와 호식은 너무 놀라 감전이라도 된 듯 입을 딱 벌렸다. 포로복을 입은 사람은 배재학당 시절 항상 붙어 다녔던 김경종이 틀림없었기 때문이다. 살색이 구릿빛으로 변해 언뜻 알아보기 힘들었지만 분명 그의 목소리는 옛날 그대로 바리톤이었고 짝 달라붙은 눈 하며 매부리코가 경종임을 첫눈에 알아볼 수 있었다. 덕천 전투에 철희를 밀어 넣기 전날 송가실 뒤에 서서 의뭉스러운 승리의 웃음을 삼켰던 경종의 모습이 철희의 뇌리에 스쳐 갔다.

"어버이 수령님께 방해되는 모든 것은 혁명수행에 장애물임을 왜 모르십니까. 모든 종교는 인간의 생각에 의해서 만들어진 하나의 환상이나 망상인 것을 알아야 합니다. 인간은 자유로워야 합니다. 그러므로 신을 존재해서는 안 됩니다."

조금 전에 흐느끼고 울어가며 높은 곳을 향해 끌렸던 부르짖음이 부끄러워 얼굴을 들고 항의하는 사람이 단 한 명도 없었다. 이에 힘을 얻은 김민우라는 가명을 쓴 경종은 저항할 수 없는 열변으로 무리를 눌렀다.

"아까 부른 것이 기독교 노래임을 난 압니다. 하나님에 대한 믿음은 인간정신이 빈궁하고 비참하여 지친 상태에 있을 적에 발생하게 되는 것입니다. 종교란 인간의 본성을 저버리고 구속하고 자신을 인간다움에서 소외시키는 못난 행위입니다. 마르크스는 종교를 인간의 위안물로 간주했지요. 지상엔 비인간적인 것만 존재하기 때문에 하늘에서 진정한 인간을 찾고자 하는 어리석은 인간의 꿈이 종교인고로 인간을 위한 아편이라고 했습니다. 환상의 태양인 하나님의 주위를 맴도는 것을 중지하고 참된 자신의 생활을 우리는 누려야 합니다. 위대한 수령님은 우리에게 이런 사회를 만들어주려고 애쓰시고 있는 것입니다."

인간이란 힘 앞에 무력한 존재이고 죽음 앞에 복종하는 속성을 지녔기에 비길 만한 힘 앞에선 피를 보고 흥분하지만 엄청난 힘 앞에선 피와 죽음을 보고 속으로 기어들어 가게 마련이다. 경종의 이론에 머리를 끄덕이는 포로들이 늘어나기 시작했다.

경종은 고보시절부터 마르크스주의를 신봉하는 열렬한 도취경에 빠져있었다. 그때도 학생들 앞에서 이런 내용의 말을 해서 박수를 받은 적이 있었다. 그 시절 유일한 점화의 수단인 성냥개비를 척 꺼내 불을 붙여 태운 뒤에 그는 이상야릇한 미소를 지으며 학우들을 둘러봤다.

"평범한 사람의 인생이 이와 같지 않을까요? 이 성냥개비는 처음에는 작은 불꽃을 냅니다. 다음에는 더 큰 불꽃을 내고 결국엔 죽어버립니다. 남은 것이라곤 조금도 쓸모없는 재뿐이지요. 인간은 살고 일하고 가정을 이루고 자녀를 낳고 그리고 종당엔 죽게 되지요. 그가 죽었을 땐 그의 가족들과 친한 몇 명의 친구들이 슬퍼해주겠지요. 그리고 영원히 망각 속으로 사라집니다. 이런 인생은 쓸데없는 불필요한 인생입니다. 그러나 위험과 여행과 투옥과 많은 체험이 있는 인생이 바로 세계의 모퉁이돌이 되는 것입니다. 이런 뚜렷하게 굳은 목표를 가진 삶을 살아보지 않으시렵니까. 그런 인생을 살면 죽음이 왔을 적엔 수많은 동료들이 애도하며 슬퍼할 것입니다."

그는 어디서 그런 사상서적을 구해 읽었는지 청산유수로 십대 동료들을 혹하게 하는 구수한 이론을 늘어놨다. '삶이란 도대체 무엇인가, 인간이란 동물처럼 먹고 자고 배설하고 낳고 죽는 것이라면 무슨 가치가 있단 말인가' 라고 고민하는 나이였기에 모두 그의 말에 매혹되어 어떤 한 가지 목적을 위한 삶에 대한 매력을 두고두고 생각할 수밖에 없었다. 환상을 좇는 자들을 잡아 죽이는 것이 경종이 말하는 자유를 누리는 것으로 생각한 포로들은 천부여 의지 없어서 손들고 온다는 찬송을 기운차게 불러 그들을 그런 이상한 환각에 빠져들게 한 포로들을 찾는 데 조금도 주저하지 않았다. 열두 명 크리스천의 입이 탈지면으로 막아질 즈음 아직 입이 막히지 않은 한 사람이 모두를 향해 말했다.

"여러분들은 모두 불쌍한 사람들입니다. 주님! 저들이 하는 일을 알지 못하고 있으니 저들의 죄를 용서해 주십

시오."

그 순간 숙연한 공기가 감돌아 침울한 기운이 묵직하게 저들을 눌렀다.

"주문을 외니까 모두들 떠는 모양인데 하나님이 어디 있는가. 본 사람이 있으면 손을 들어 봐."

김민우로 변신한 경종이 손을 번쩍 들며 위압적인 목소리로 외쳤다. 손을 드는 사람은 아무도 없었다. 그것은 곧 자신이 기독교인임을 들어내는 것이기 때문이다. 바다모기가 기승을 떨치며 포로들에게 덤벼들었다. 처량하도록 밝은 달빛이 죽음으로 몰고 가는 사람들의 행렬을 비췄다. 이따금 멀리서 파도 소리가 들릴 뿐이었다. 그들의 무덤으로 쓰일 장소는 수용소 뒤에 있는 변소를 지나 나무를 쌓아둔 창고 옆이었다. 입술에 솜이 뭉텅이로 막혀있어 저들을 소리를 내서 기도할 수가 없었다. 두 손은 뒤로 묶여있어 경건하게 손을 모아 기도를 할 수도 없었다. 그러나 도살장으로 끌려가는 순한 양들처럼 발악하며 몸을 뒤틀거나 처연한 얼굴로 사람들의 동정을 구해 살려는 의지를 보이지 않았다. 이런 과정을 묵묵히 지켜보던 포로 중에서 누군가가 외쳤다.

"아픈 사람을 돌보는 자도 예수쟁이다."

"벙어리처럼 멍청히 일만 하는 놈 말이냐?"

"그렇다. 그놈도 예수를 믿는 놈이다."

몇 분 내에 강철희 목사가 그들의 손에 이끌려 나왔다.

"이 사람은 예수가 누구인지도 모르는 사람이다. 맴이 여자처럼 착해서 다친 포로들을 돌보고 워낙 노래를 좋아하니까 따라 불렀을 뿐이다."

김호식이 끌려가는 철희의 허리를 붙잡고 늘어졌다.

"아니다. 가끔 중얼중얼 기도하는 걸 본 적이 있다."

"중들도 중얼대며 염불을 하는데 왜 하필이면 이 사람만을 몰아서 죽이려 하는가."

김호식은 결사적이었다. 그러나 다수의 힘에 밀려 강철희는 열두 명이 생매장을 기다리는 곳으로 끌려갔다. 단물을 찾느라고 깊게 파놓은 웅덩이에 열두 명은 나란히 세워져서 생매장하느라고 흙을 퍼붓는 포로들을 덤덤한 눈으로 응시하고 있었다.

"저자도 웅덩이 이 끝에 밀어 넣어."

경종은 철희를 정말로 생판 모르고 있는지 재판정의 판사보다 더 우렁차고 준엄하게 철희의 사형언도를 내렸다.

"입을 막아야지요."

"저놈은 워낙 벙어리처럼 조용한 놈이니 그냥 둬."

"여보게, 철희 뭐라고 좀 변명을 하라고. 왜 개죽음을 하려는 것인가."

김호식이 절규했지만, 철희는 무슨 생각을 하는지 상을 찡그리고 묵묵히 그들이 하는 대로 몸을 맡길 뿐이었다.

"이봐, 자네 김경종이 아닌가? 우린 친구야, 친구."

호식이 경종의 손을 와락 잡으며 애걸했다.

"경종이 누군지 나는 모른다. 내 이름은 김민우다. 설령 아는 사이라 해도 혁명과 주의를 위해선 친구도 가족도 없다."

그는 냉담하게 김호식의 손을 뿌리쳤다.

둘러선 포로들도 사람이 산 채로 땅에 묻히는 걸 보며 자신들이 그 질고에서 제외된 것에 안도의 숨을 내쉬며 침묵했다. 모두가 힘을 합쳐 고함을 치며 항의한다면 이들의 생명을 구할 수 있으련만 그들은 내심 너희들이 믿는 하나님이 어떤 기적을 베푸는지 보자 하는 엉큼한 계산을 감추지 못하고 있었다. 강철희의 몸에도 흙을 덮기 시작했다. 머리만 내놓았을 뿐 그도 이렇게 놔두면 목숨이 끊기는 건 시간문제였다.

"저 사람은 예수가 누구인지도 모른단 말이야. 이렇게 죄 없는 사람을 죽이면 나중에 그 죄를 어떻게 감당하려고 그래."

김호식이 묻히는 강철희의 머리 주변에 쌓이는 흙을 양손으로 파내며 악을 썼다. 경종이 이런 호식을 향해 단호하게 말했다.

"저 자식도 같은 기독교인이 틀림없다. 함께 묻어라."

그때서야 강철희가 무겁게 입을 열었다.

"호식이가 어떤 사람인 줄 자네는 잘 알지 않는가. 호식이에게 손을 대지 말게 경종이."

"히야! 이건 정말 재미있는데. 그럴 것이 아니라 아직

죽지 않은 열두 명이 저자가 목사라는 증거를 대면 꼼짝 없겠지. 왜 죽어야 하는지 그 이유를 똑똑히 알게 해 주지. 우리 공산당은 절대로 무죄한 인민을 죽이지 않는다는 확증을 여러 동무들 앞에서 똑똑히 보여주지. 자! 저자들 입에 틀어막은 탈지면을 빼내고 저자가 목사인가 아닌가를 말하게 해."

그들은 온몸이 흙에 묻혀 헐떡이는 열두 사람의 입에서 솜을 끄집어냈다. 그러나 그 누구도 강철희가 목사라고 말하는 사람이 없었다. 교교하게 비치는 달빛에 드러난 그들의 죽어가는 모습은 너무나 조용했다. 그들 가운데 한 사람이 입을 열어 힘을 다해 말했다.

"저 사람은 기독교인이 아니니 어서 꺼내시오."

그의 말이 어찌 힘이 있었는지 철희의 목 언저리 주변의 흙을 다른 포로들이 우르르 덤벼들어 함께 파내기 시작했다. 이성으로 설명할 수 없는 힘에 이끌려 그들은 철희를 끌어냈다. 흙 속에서 빠져나온 강철희는 막 호흡이 끊겨가는 가운데 사람을 향해 가서 그의 얼굴을 끌어안으려고 무릎을 꿇었다. 죽어가는 이가 입을 달싹였으나 소리가 되어 나오질 않아 철희는 그의 입에 귀를 바짝 가져갔다.

"목사님, 살아남으셔서 이 불쌍한 사람들을 위해 일하……."

"어떻게 당신은 날……."

이름도 모르는 그 가운데 사람은 스르르 머리를 숙였다. 흙에 묻힌 살갗의 세포가 숨을 못 쉬어 육신의 호흡이 끊긴 것이다.

"들어라. 나는 목사다. 나를 죽여라."

강철희가 휙 몸을 돌려 일어서더니 당당하게 민우 앞에 섰다. 순간 둘러선 모두의 눈이 저들을 향했다. 김호식이 악을 썼다.

"철희, 무슨 소릴 하는 거야. 왜 개죽음을 하려는 거야."

철희는 민우의 가슴을 대바늘로 쑤셔대듯이 쥐어박고는 김호식의 울부짖음도 멀리하고 미친 듯이 생매장된 사람들 주변의 흙을 손으로 후벼 파기 시작했다.

"으흐흐…… 드디어 막강한 놈을 잡았군. 자신의 입으로 스스로 목사라고 고백했으니 이보다 더한 증거가 있겠는가. 어서 저자도 생매장하도록."

경종의 입가엔 만족한 웃음이 피어올랐다. 사람들이 우르르 몰려들었다.

"그냥 죽이기는 아까우니 발가벗기고 때려서 기독교인들을 더 잡아내도록 해. 저자들은 눈으로 서로 신호를 해서 말은 안 해도 누가 예수쟁이인 줄 다 안다고 했어. 어서 죽지 않을 정도로 고문을 가해가면서 천막 안에 있는 반동분자들을 다 잡아내도록."

달빛을 가르는 날카로운 가죽 띠가 강철희의 등에 쉴 새 없이 철썩철썩 떨어지기 시작했다. 머리만을 내놓고 이미 싸늘하게 죽어버린 열두 명의 예수쟁이들은 강철희가 당하는 무서운 아픔을 아랑곳하지 않고 그들이 믿는 하늘나라에 갔는지 모두 평화로운 웃음을 입가에 품고 있었다.

"곧 날이 밝을 터이니 그만 때리고 오늘 저녁 저자가 스스로 예수쟁이들을 잡아내도록 해."

"빨리 묻어 죽입시다. 시간을 질질 끌어야 소란만 하고 미국놈들이 예수쟁이를 제일로 끼고 도는데 괜스레 부스럼을 만들 필요가 없습니다."

"다음날로 미루라면 미뤄."

결연히 호령하는 김민우의 음성에 모두 꼼짝 못하고 철희는 김호식의 등에 업혀서 천막 안으로 들어왔다. 캠프 안을 무력으로 장악한 민우는 가명을 쓴 경종이었고 그날부터 그는 포로들을 움직이는 빅 브라더로 둔갑해 있었다.

해가 뜨니 언제 그런 일이 있었느냐는 듯이 모두가 태연했다. 빛은 난무하는 공포를 쓸어내기에 충분한 힘을 지니고 있었다.

강철희와 김호식은 천막의 맨 가장자리에 자리를 잡고 있어 외면하는 포로들 틈에서 귀엣말을 주고받았다.

"어쩌자고 넌 그렇게 지각없는 짓을 했니?"

"차라리 죽는 것이 나아."

"살아서 이 소용돌이가 진정한 뒤에 증언해야 한다."

"증언도 창피하다. 우리에겐 적이 없다. 단지 최면에 걸린 것뿐이다. 히틀러의 최면이 이 민족에게로 옮겨왔다고 할까."

"넌 나와의 약속도 어기고 자꾸 목사라고 나서면 어쩔 셈이냐. 너만 죽는 것이 아니고 너와 단짝인 나까지 위험하다, 먼 훗날 포로의 신분에서 벗어나서 자유인이 되었을 적에 네 신분을 노출하고 나서라."

"경종인 이미 내가 목사인 걸 알고 있어."

"어떻게?"

"내가 서흥에서 잡혔을 때 만났거든. 선심 쓴다며 날 네가 있는 부대로 보냈다는 사실을 잊었니?"

"아, 참 그랬었지. 김민우라는 가면을 쓰고 날뛰는 걸 보면 무서운 놈이야."

"열두 사람이 죽는 장면을 보며 난 내가 왜 죽음을 두려워하고 이 세상에 연연하고 있는지 자신이 미워 견딜 수 없어."

"목숨은 이 세상 천하보다 귀한 것이야. 그들의 죽음에 무슨 그런 거대한 의미를 부여하지 마라. 그저 개죽음을 당한 것뿐이야. 어느 인간이나 태어나서 교육받고 성인이 되어서 가정을 가져야 할 의무가 있는 법이야. 넌 모셔야 할 어머니가 살아 계시고 널 하늘같이 받드는 아내가 있으며 눈에 넣어도 아프지 않을 어린 아들 민구가 있어. 갓 태어난 딸 민숙이는 어떻게 하고. 우린 무슨 일이 있어도 살아 남아야해."

아내, 어린 것들, 어머니, 저들이 철희의 뇌리를 스쳐갔다. 살아야겠다는 소리가 내부에서 강하게 박동했다.

"사는 길은 이 천막을 벗어나는 길밖에 없다."

이렇게 중얼거리며 철희는 돌들을 주워 모아서 통로보다 높이 만들어 모포를 깐 땅바닥에서 벌떡 일어나 앉았다. 등허리에 맞은 채찍자리가 아픈지 그는 끄응 신음하며 오만상을 찌푸렸다.

"어떻게 탈출할 것인가가 문제야."

김호식도 그의 말에 눈에 생기를 담으며 바짝 다가앉았다.

"너는 영어를 아니까 네가 잘 아는 할로 오케이에게 부탁하면 그 말을 들어줄 수도 있을 거야. 그는 격일로 철조망 밖을 지키는 경비병이 아니냐."

할로 오케이는 한 번도 실전 경험이 없는 물가에 내놓은 어린아이처럼 떨며 말도 제대로 못 하는 순해 빠진 미국 텍사스주 출신의 농사꾼이었다. 대화가 통하는 철희에게 다가와 가끔 레이션 박스에서 꺼낸 분말우유나 땅콩버터를 주는 너무 착해, 용감한 군인은 될 수 없는 미국청년이었다. 이런 나약한 미국 병사를 떠올린 것은 이런 죽음의 골짜기에 그를 구해 줄 수 있는 나라를 가지지 못한 처지에 매달릴 수밖에 없는 끈이었다. 강철희와 호식은 점심을 먹은 뒤에 광장에 나와 체조를 하는 동안 자연스럽게 철조망 가로 다가갔다.

"하이, 오랜만이다."

"쉬, 조용히 하고 내 말을 들어봐."

강철희가 겁에 질린 작은 소리로 말하자 텍사스 할로우 오케이는 눈이 동그래져서 귀를 기울였다.

"여기선 밤마다 린치를 당해 죽는 사람들이 많다. 어젯밤에도 예수를 믿는다는 이유로 생매장당한 사람이 열두 명이나 된다."

"그럴 수 없다. 믿을 수 없는 일이다."

"나와 내 친구를 여기서 탈출시켜주지 않으면 오늘 밤에 죽임을 당한다. 내 말을 믿을 수 없으면 창고 뒤에 우물을 파기 위해 포로들이 일자로 파놓은 웅덩이를 메웠으니 거길 파보면 어제 생매장된 열두 명의 시체가 나올 것이다."

텍사스 할로우는 권총이 흔들리는지 허리춤을 꼭 붙들고는 경비대를 향해 뛰기 시작했다.

이웃에 자리 잡은 66수용소에서 군가를 불러 고막이 얼얼했다. 수용소의 거센 적화공작이 무르익어 적색 일색인 66군관 수용소에선 프락치를 통해 비밀지령을 계속 모든 수용소로 전달했다. 운 나쁘게 그 옆에 위치한 68수용소는 이런 프락치들이 드나들기 꼭 좋은 자리였다. 철희와 호식이 속한 68수용소는 민우라는 가명을 쓰고 들어온 경종이 때문에 좌익이 득세하고 있어 군가로 66수용소를 지원하고 나섰다. 그러자 흩어져 있는 캠프에서 우익이 장악한 수용소는 남쪽의 군가를 불러 자배기 깨지는 듯한 군가로 남북이 갈렸다. 갑자기 고현 골짜기는 군가싸움터로 변한 셈이다. 그 이후 점차 북쪽 색이 짙은 천막에선 이제 공공연하게 낮에도 구호를 외치고 군가를 부르며 이마에 피 칠을 한 수건을 질끈 동여매고 인공기를 게양하기도 했다. 심리적으로 위축되지 않으려고 우익 수용소에서도 군가로 맞서며 태극기를 흔들었다. 군가투쟁이 치열해지자 그 군가를 지휘할 사람도 필요했다. 지휘자의 신호에 따라 인민군 노래를 부르면 한쪽에선 국군의 노래로 대항했다. 66수용소는 산을 등진 중턱에 위치했기에 음향의 조건이 유리해서 새벽이건 밤이건 낮이건 이쪽의 안면을 방해하려고 군가를 불러대며 작업까지 거부할 지경이었다. 맞장구를 치며 대항하는 날은 짧으면 삼십 분, 길면 두 시간 이상을 서로 대치했다. 승부가 나지 않은 적엔 인접 수용소에 응원을 청해 합동공세를 취했고 나중엔 피차 자진해서 욕바가지를 퍼붓고 유행가를 뽑기도 했다.

"밥 먹을 시간이네."

"그래, 그럼 밥 먹고 또 하지."

이래서 식사시간이 와야 군가투쟁이 잠잠해지는 이상한 풍조가 수용소를 휩쓴 것을 손꼽아 보니 꼭 닷새가 되었다. 군가 투쟁의 시끄러움 속에 열두 명 젊은 기독청년들의 죽음을 생각하면 영 밥을 먹을 수 없어 철희는 모래알 씹듯이 밥알을 혀끝으로 세고 있었다. 창고 쪽에서 웅성거리는 소리가 났다. 모두들 간밤에 저지른 일이 생각나서 미군들이 몰려와 생매장 장소를 파헤치는 것에 신경을 곤두세웠다. 입에 솜을 빼내면 금세 숨을 쉴 것 같은 열두 구의 얼굴이 드러났다. 그곳으로 철희는 달려갔다.

"나를 살려 달라. 그냥 놔두면 난 오늘 밤에 이런 식으로 죽임을 당할 것이다. 내 말을 믿어다오."

강철희는 포로들이 보는 앞에서 영어로 간절히 애걸하는 것이 영어를 못 알아듣는 포로들도 그가 어제의 사건을 고자질한다고 모두 피부로 느낄 정도였다.

"단지 크리스천이란 이유 때문에 이렇게 잔인하게 죽였단 말인가?"

"기독교와 그들의 이데올로기가 생판 다르기 때문이다."

"북쪽을 위해 싸우다 잡힌 똑같은 포로들이 사상이 다르다고 이렇게 죽일 수 있단 말인가?"

"미국의 공산당과 달리 한국의 공산당들은 이렇다."

"쎄임, 쎄임, 북쪽사람들끼리 무엇이 데모크라시고 무엇이 코뮤니즘이냐?"

"한국정세를 그토록 모르면서 너희 미국인들이 어떻게 이 나라의 비극에 끼어들어 왔는지 이상하다."

"우리도 무엇을 위해 이렇게 나와 싸우고 있는지 모르겠다."

강철희가 아무리 살려달라고 애걸을 해도 대위 마크를 단 미군은 고개만 흔들 뿐이었다. 차례차례 죽은 이들의 형체가 드러났다. 아직 더운 피가 가시지 않은 열두 명의 시체는 성경과 찬송가를 포로복 앞가슴에 품고 진흙 바닥에 미륵불처럼 입을 굳게 다물고 누워있었다. 정녕 그들이 믿는 예수가 있다면 이런 일이 일어날 수 있단 말인가. 억장이 무너지는 일이었다.

강철희는 버려둔 채 그들은 시체들만 가지고 사라졌다. 철조망 안은 해가 뉘엿이 서쪽으로 기울자 그는 그들 앞에 끌려갔다.

"어떤 정보를 미국놈들에게 주었는가?"

"정보를 준 것은 없다. 예수를 믿기 때문에 죽인 것이라고 했을 뿐이다. 그것이 죄가 된단 말인가."

"너도 미군들하고 사바사바해서 포로들이 먹을 음식을 빼돌려 밖에 땅도 사고 집도 사둔 자본주의의 첩자가 아닌가?"

"옳소. 저자를 죽이시오."

포로들이 이 대목에 이르러서는 주먹을 쥐고 아우성쳤다.

"목사를 죽이면 예수쟁이들이 싹 사라질 거야. 미국의 앞잡이를 잔인하게 죽여 하나님을 믿는 자들이 어떤 처벌을 받는지 귀감을 삼으면 저희들이 어떻게 감히 하나님을 믿는다고 하겠어. 그러면 무서워서 다시는 양놈의 신(神)

을 믿는 사람이 수용소 안에 없을 것이다."

민우는 하얀 이를 웃을 때마다 히죽이 징그럽게 내놓으며 느물거리는 얼굴로 철희를 노려보며 이렇게 말했다.

"네 마음대로 해라. 그러나 한 가지 확실한 것은 내 육체를 네 마음대로 할 수 있을지 모르지만 내 영혼은 건드릴 수 없다는 점이다."

"죽어서 부활한다, 이 말인가?"

"돼지 같은 너에게 진주를 던져주지 않겠다."

철희의 이 말에 약이 잔뜩 오른 민우가 고함을 질렀다.

"어제 죽은 자들의 신(神)이 살아있다면 예수처럼 살아야 할 것이 아니냐. 왜 너의 신은 잠잠하냐?"

독기 올라 번뜩이는 민우의 눈이 철희의 얼굴을 얄밉도록 빤히 놀려보며 따졌다.

"그건 너 같은 놈에겐 비밀이다."

철희가 측은한 눈길을 민우라는 가명을 쓰고 있는 경종에게 던지며 당당하게 대답했다.

"그냥 죽이는 것보다는 이 자를 이용하는 것이 좋겠다. 숨어 있는 기독교인들을 더도 말고 스무 명을 잡아내게 하자. 그걸 우리 편에 가담한 증거로 삼고 살려주면 우린 동지를 한 사람 얻는 것이 아니겠는가."

두 사람의 다툼을 지켜보던 옆 인물이 이렇게 제의했다.

"누가 예수를 믿는지 난 알지를 못한다."

강철희가 이렇게 말하며 머리를 세차게 흔들었다.

"좋아, 가시방망이로 이 자가 고백할 때까지 심하게 쳐라."

곧 철희의 포로윗도리가 벗겨졌고 다섯 가닥으로 철조망을 끊어 엿가락처럼 얽어 묶은 몽둥이가 그의 등에 떨어졌다. 철조망 가시에 상한 등 살갗에서 검은 피가 흘러내렸다. 한 대, 두 대…… 가시 방망이를 든 건장한 체격의 포로는 그런 일에 익숙해져 감정이 죽었는지 조금도 표정을 바꾸지 않고 연거푸 철희의 등을 난타하기 시작했다.

"난 누가 예수를 믿는지 모른다. 나를 죽이면 다 끝이 날 것 아닌가. 어서 날 죽여라."

철희는 서흥의 산 개울, 냉천에서 일어난 일들을 참기 어려운 아픔의 순간에 떠올렸다. 가실에게서 손을 떼라고 으르렁거리며 지주인 주제에 가엾은 여자를 가지고 놀다 버릴 것이라면 가난한 사람끼리 행복하게 살도록 경종에게 가실을 넘기고 물러서라고 야단칠 적의 그의 얼굴 말이다. 사실 가실이 그렇게 적극적인 성격을 띤 여자가 아니었으면 지금쯤 경종의 색시가 돼 있을 것이 틀림없었다. 그랬었다면 경종이 그를 이렇게 대했을까? 이런 고통의 시간에 가실의 얼굴이 떠오르다니…….

"이래도 입을 열지 않으면 할 수 없지. 저자가 돌본 자는 다 예수쟁이니 모두 끌어내도록 이자를 쳐라."

"이봐, 경종이 자네는 가실이 때문에 감정이 있어 그러지?"

"저자가 무슨 소릴 하는지 모르지만, 혁명엔 개인적인 감정이 개입할 수 없어."

처절한 순간이었다. 전신에 떨어지는 가시방망이에 못 이겨 강철희가 그간 돌봐준 병자들 스무 명을 한 사람씩 끌어냈다. 숨 막히는 적막이 천막 안을 감쌌고 불려나온 사람들 얼굴살갗이 공포에 질려 푸들푸들 떨렸다.

"한 사람씩 특급으로 처리해."

왼쪽 가장자리에 서 있는 열일곱 살의 소년은 강제로 인민군에 끌려나와 전투에서 낙오되어 잡혀온 포로였다. 수용소 안의 험악한 공기를 참지 못해 간질기가 자꾸 발작해서 거의 매일 그의 곁에 놔두고 돌본 탓에 끌려나온 것이다. 아직도 청년의 골격이 형성되지 않아 젖내가 물씬 풍기는 소년티를 간직하고 있어서 늘 울음 끝이 질겼었다. 세찬 구둣발이 그의 정강이를 걷어차자 그는 앞으로 푹 쓰러졌다. 철희는 그가 앞으로 고꾸라지자 이를 피해 얼굴을 돌렸다. 가시방망이에 가슴언저리와 무릎이 짓이겨져서 피가 철희의 전신에서 흘러나오고 있었다.

"미제들이 꾸미는 악독한 계획을 넌 미리 알았을 터이고 그 연락책을 맡았지."

"……."

"저들은 세균을 거제도에 뿌려 포로들을 몰살할 계획이다. 포로를 의학실험용으로 사용하기 위해 그 시체들까지 파내어가서 연구한 뒤에 우리를 실험인간으로 삼을 것을 계획하고 있다."

소년은 두 손을 모아 빌며 흐느끼며 애걸했다.

"전, 전 그런 일 알지를 못합니다."

"저자가 목사의 탈을 쓰고 들어온 첩자인 걸 진작부터 알고 있었고 그의 지령에 따라 여기 앉아있는 모두를 포섭했지."

"전 아무것도 모릅니다. 저 아저씨가 제게 친절히 대해줘서 고맙게 생각했을 뿐입니다."

어린 포로는 아기처럼 엉엉 울었다.

"이 개 같은 자식, 경종 놈아, 이 애 대신 날 죽여라."

"첩자노릇 한 것이 드러나니깐 무서워서 이러누나."

"짐승만도 못한 자식, 내가 너와 어린 시절 나누었던 우정이 후회가 된다."

"이 자 앞에서 이놈을 가시방망이로 때려죽이게. 양놈의 신을 믿는 것과 그들과 내통하는 것이 민족과 김일성 수령님께 반역자임을 포로들에게 알려야 해."

열일곱 살 난 가련한 병자, 소년의 얼굴과 목에 가시방망이가 세 대 떨어지자 철희 앞으로 푹 쓰러져서 몸을 떨더니 잠시 후에 숨을 거두었다.

"나를 먼저 죽여라. 나로 인해서 이 사람들을 죽이지 마라."

"그렇게 죽기가 소원이라면 죽여주지."

민우가 앞에 선 행동 대원에게 눈짓하는 찰나, 문 쪽에서 소리가 났다.

"강철희에게 손을 대지 마라."

갑자기 어둠을 가르는 날카로운 소리가 무리지어 서 있는 사람들 뒤에서 났다. 목소리에 담긴 거역할 수 없는 권위에 눌려 그들은 잠잠했다. 달을 등지고 이쪽을 향해 걸어오는 발자국 소리에 그들은 깎아놓은 목각인형처럼 숨도 크게 쉬지를 못했다.

"이 자의 사상성을 내가 보장한다. 이 자는 김일성 수령님께 충성하기 위해 자신의 사상성과 다른 자신의 아버지를 죽인 사람이다. 내가 이 자를 미제국주의자들과 함께 어울려 정보를 얻어내도록 해놓았는데 그것도 모르는 너희들이 어떻게 거제도를 공산화할 수 있단 말인가."

지금까지 상좌에 앉아 소리치던 민우가 어둠에 묻혀 들려오는 목소리에 기분이 몹시 상한 듯 이마에 주름을 깊이 잡았다.

"저자를 내 처소로 보내도록."

강철희는 질질 끌려 지하에 마련된 방으로 들어갔다.

"비밀히 이 자와 할 이야기가 있으니 모두 물러나도록."

어둑한 등잔불이 그를 끌고 온 사람에 막혀 우련한 그림자를 던졌기에 그늘에서 철희는 눈을 감고 서서히 숨을 몰아쉬었다.

"김민우 동무가 너무 날뛴단 말이야."

"맞아요. 이 자를 이용하면 더 많은 정보를 얻어낼 수 있어 수용소를 적화시키는 데 도움이 될 것입니다."

"알았어. 이 자를 잘 다뤄 보시오."

철희를 끌고 온 자가 나가자 어둑한 한구석에 몸을 숨기고 있던 사람이 철희를 향해 다가왔다.

"앗! 당신 송가실이 여길 어떻게."

"동무가 간 곳을 내가 모를 리가 있겠소."

"잔인하군. 날 예까지 끌고 온 자가 누구요?"

"이곳의 거두요. 뭐가 이상해요."

"놀랍군."

"그 사람만이 당신을 구할 수 있는 다급한 상황이었으니까요."

"난 죽기로 결심한 놈이니 날 여기서 내보내시오."

"북조선에 살아남으려면 변신한 목사임을 입증해야 해요. 남북의 대결은 결국 기독교와 사회주의의 대결이니까요."

"나로 인해 죽어가는 스무 명의 포로들을 구해줘. 내가 당신에게 마지막 하는 부탁이야. 제발, 저들을 살려줘."

"안 돼요. 저들이 죽어야 당신의 당성이 인정돼서 안전해져요. 이곳 포로들은 모두 북송될 것이니 북쪽으로 가서도 목사였음을 부인하기 위해 몇 번이고 이런 일을 해야 해요."

"육체의 고통에 굴복한 내가 정말 싫어. 난 차라리 죽음을 택하겠어. 날 죽게 놔줘."

철희가 이렇게 절규하자 가실은 싸늘하게 웃었다.

"당신이 믿는 하나님이 주권자가 아니면 나와 경종이 주장하는 인간이 주권자가 되겠지요. 아무튼, 둘 중의 하나는 비 진리니까요."

"선교사의 양딸이었던 여자가 어떻게 이렇게까지 변신할 수 있어."

"인간은 자유로워야 해요. 인간은 그들 위에 어떤 형태라도 지배하는 주인을 가져서도 안 된단 말이지요."

"날 죽게 버려두지 왜 이렇게 따라다니며 괴롭히는 거야."

"이상적인 유토피아를 세우는 일에 당신을 참여하게 하고 싶어서 그래요."

"경종일 만났어. 그가 여기에 있는 걸 알고 있었겠지?"

"알아요. 박사현이 우릴 여기 보낼 때 함께 들어 왔지요."

"난 스무 명이나 죽게 만든 비겁한 놈이야. 아아! 난 살 수 없는 놈이야."

"그건 당신의 훈장을 위해 어쩔 수 없는 것이지요."

"적어도 김호식이라도 살려야 해. 그 한 사람만은 죽게 놔둘 수 없어."

강철희는 송가실에게 와락 달려들어 그녀의 다리를 껴안았다. 호식이는 끝줄에 앉아 있었으니 아직 처형되지 않았을 것이기 때문이다. 화장을 지운 그녀는 남자 포로복에 싸여서 대장부의 모습을 하고 있었다. 그렇지만 다리를 껴안은 철희를 그윽하게 내려다보다가 그의 두 손을 보듬어 잡으려고 막 허리를 굽히는 순간이었다. 문 쪽에서 인기척이 났다. 당황해서 급히 허리를 편 가실의 눈에 독한 빛이 번쩍했다.

"조사할 것이 있으니 특급으로 매를 맞는 자 중에 김호식이란 자를 데리고 와. 대질시킬 것이 있으니."

"애인끼리 만나 정을 통하는데 내가 나타나서 미안하군."

문소리를 듣고 가실이 태도를 바꾸는 바로 그 찰나에 경종이 문을 밀치고 들어섰다.

"김민우 동무, 말조심 하라우요."

"아직도 이 자를 사랑해서 이 짓을 하는가?"

"조사할 것이 있어 그랬수다. 메 잘못이요."

"그 수작에 내가 넘어갈 것 같은가."

"어서 이 자를 의자에 묶어."

송가실이 갑자기 태도를 바꿔 철희가 묶이는 걸 재촉하며 표독스럽게 매를 들어 그의 등과 다리를 때렸다. 이런 소란 통에 새파랗게 질린 김호식이 끌려왔다. 두 사람은 경종이 지켜보는 앞에서 무서운 채찍질을 당했다.

그들이 눈을 떴을 땐 나란히 64야전병원 침대에 누워 있었다. 혼절해 있는 사이에 실려 왔기에 어떻게 병원으로 옮겨졌는지 그것은 수수께끼였다.

김호식 노인은 긴 이야기 끝에 피곤한지 큰대(大)자로

아랫목에 누웠다. 시골에서나 맡을 수 있는 땀 냄새와 풀 냄새, 게다가 거름이 썩는 냄새가 아우러졌고 시원해진 뜰에서 삶는 감자 냄새가 물씬 풍겼다.

"야전병원에서 나와 광대가 되는 걸 거부할 수 없었던 이유가 바로 거기에 있었군요."

"그렇지 철희는 완전히 엉클어진 줄처럼 혼돈된 세상에서 방향을 잡을 수 없었던 거야. 스무 명이나 되는 포로들을 자기 손으로 끌어내서 죽게 했으니 그 갈등이 얼마나 컸겠나. 그래서 우린 이 소용돌이에서 살아남으려고 광대짓을 한 거지."

"그런 상황에 G-밥통에서 나온 송가실을 보고 아버지는 얼마나 놀랐을까요. 전 다분히 이해가 가요. 그러니 죽기 살기로 철조망을 기어올랐겠지요."

"그렇다고 봐야지. 야전병원에서 캠프로 배치 받을 때 철희가 가실과 경종을 만날까 봐 얼굴을 숨기고 얼마나 떨었는데."

"그 후에 아버지를 한 번도 못 보셨나요."

"우린 그렇게 이별하고 한 번도 만나질 못했어. 남쪽 땅에 살아있다면 날 찾아왔으련만. 지난 번 이산가족 찾기에도 내가 매일 가서 목에 그 녀석의 이름을 달고 야단쳤지만 여직 소식이 없으니 북쪽으로 갔거나 죽은 놈이야."

"아버지를 찾기 위해 남긴 기록이 절 여기까지 오게 만들었으니 얼마나 감사합니까."

"그렇군. 꼽추 광대니 하모니카 광대니 하는 기이한 용어가 자넬 나와 연결시켜줄 줄 누가 알았겠나."

김 노인의 눈에 엷은 물기가 서리더니 이내 눈물이 주르륵 두 볼을 타고 흘러내렸다.

강민구는 하루 더 묵고 가라는 김 노인의 손을 애써 뿌리치고 미국에 가기 전에 들리겠다는 인사를 남기고 총총히 시골길을 따라 걸었다. 버스 타는 곳까지 따라 나와 손을 흔드는 아버지의 친구, 김호식을 보며 이제까지 느껴보지 못했던 종류의 사랑이 뭉클 그의 가슴을 채웠다.

생명의 줄

대학가인 신촌은 입을 것과 먹을 것이 차고 넘치는 풍요로운 곳이었다. 골목마다 술집과 음식점이 연이어 있었고 어둠이 내리니 포장마차들이 줄이어 섰다. 동전 한두 개로 따끈하게 먹을 수 있는 야채호빵이나 떡볶이 그리고 꼬챙이 오뎅을 먹으려고 젊은이들이 수없이 포장을 들치고 드나들었다. 미스터 김이 준 앵주의 주소를 들고 돌아다녔으나 신촌지리를 잘 모르는 민구 혼자 힘으로는 도저히 찾아낼 재간이 없었다. 세 시간이 넘게 이대입구를 맴돌던 닥터 강민구는 허기를 달랠 겸 호빵 굽는 포장마차의 천막을 들치고 들어섰다. 질펀하게 기름을 부어 구어내는 호빵을 두 개 사 들고 십대 아이들 틈에 끼어서 먹고는 그들에게 앵주의 주소를 내밀었다. 다행히 그 근처에 사는 소녀가 있어 민구는 기름이 듬뿍 묻은 손가락을 바지에 문지르며 그녀를 따라나섰다.

"이 주소가 있는 건물을 찾았지만 상점들뿐이더군."

"아저씨도 무식하셔요. 이런 곳에 사는 사람들은 아주 가난한 사람들인데 일층만 보고 찾으면 어떡해요. 옥상을 봐야지요."

"옥상이라니?"

"앵주라는 사람도 굉장히 가난해서 저 위 옥상에 지은 허술한 곳에 방 한 칸을 얻어 살고 있을 걸요."

열두어 살 먹어 뵈는 소녀가 손가락으로 가리킨 곳은 낡은 육층건물의 꼭대기였다. 일층엔 음식점, 오락실, 양품점과 제과점이 요란한 치장을 하고 있어 민구는 이 건물 근처를 여러 번 왔었으나 위는 보지 않고 그냥 지나쳤던 것이다.

"이 건물 꼭대기로 올라가란 말인가?"

"맞아요. 이쪽 끝에 난 층계로 한없이 올라가세요."

소녀는 자신 있게 맡겨진 임무를 다한 뒤 아주 의기양양하게 씩 웃고는 행인들 사이로 사라졌다. 그녀가 일러준 층계는 일층에 자리 잡은 눈부신 상점들과 달리 난간의 군데군데가 떨어져 나갔고 벽은 사람들 손이 수없이 스쳐서 더러운 지문으로 앙괭이를 그리고 있었다. 층마다 있는 화장실에선 코와 눈이 싸해지는 오물냄새가 그의 비위를 건드렸다. 아버지를 추적하는 줄이 중간에서 뚝 끊어져서 그러지 않아도 심란한 터에 엉뚱하게 도우미로 쓰는 아가씨까지 찾아다녀야 하는 처지에 놓인 것이 기가 찼으나 어떤 이상한 줄에 끌려 그는 앵주 찾기를 포기하지 않고 숨을 헐떡이며 계단을 올랐다.

그렇게도 발랄하고 구김살 없던 앵주가 아침저녁으로 이 층계를 오르내렸단 말인가. 길거리에 넘치는 부요함과 이 층계가 풍기는 가난에 찌든 냄새는 얼마나 대조적이란 말인가. 옥상엔 기저귀와 브래지어, 팬츠, 아이들의 옷가지들로 빨랫줄이 축 휠 정도로 널려 있었다. 가난은 곧 더러움을 뜻하는 것일까. 방 하나를 한 세대가 차지하고 살아가는 저들의 삶의 터전은 너무 지저분했다. 머리를 숙여야 들어갈 정도의 문을 그들은 팔월의 더위를 이기려고 활짝 열어젖히고 있어 그 안의 내용물들이 몽땅 드러났다. 거실과 화장실, 부엌과 식당, 침실과 베란다가 인간이 살 수 있는 최소한의 생존공간이라고 믿어온 민구의 눈에 비친 저들의 삶의 터전은 그를 무척 당혹하게 만들었다. 현관이 부엌이요, 침실이 거실이며 식당인 좁은 공간에 삶의 도구들이 널려 있었기 때문이다. 낯선 신사가 높은 층계를 타고 올라와 서성거리니 조무래기들이 하나, 둘 민구의 주위에 모여들기 시작했다.

"아저씨, 누굴 찾아오셨어요?"

"앵주라는 아가씨를 찾고 있는데."

"와아! 앵주 누나 신랑감인가 보다."

이제 겨우 다섯 살이 됐을 사내 녀석이 나이에 어울리

지 않게 어른처럼 진지하게 말해서 민구 쪽이 오히려 피식 웃음이 터져 나왔다.

"아저씨는 앵주 집을 찾고 있는 거예요. 어느 집인지 좀 알려다오."

둘러선 아이들 중에 제일 큰 아이가 민구의 손을 잡아끌더니 옥상의 가장자리에 있는 방으로 안내했다.

"저 방인데 지금 앵주 누나랑 엄마는 없고 여동생이 있어요."

"그럼 그 앨 불러주렴."

"아이쿠! 아저씨는 바보야. 그 언닌 다리가 아파 걷지 못해 오줌이 마려워도 장사나간 엄마가 돌아올 때까지 울고 있어요."

"아저씨가 너무 몰랐었구나. 내가 그 방에 들어가서 만나지."

이렇게 말하고 성큼 안으로 들어섰으나 문지방 근처에 놓인 석유곤로 가장자리에 두께로 엉겨 붙은 음식찌꺼기에 눈길이 닿자 욕지기가 났다. 밀폐된 공간에 괴어있던 냄새가 코를 찔러 방엘 들어가야 할지 어쩔지 몰라 잠시 당황했다.

"엄만가? 어서 와. 나 응가 하고 싶은데 참느라고 혼이 났어. 아침에 엄마가 해놓고 간 고등어조림이 상했나 봐."

열 살이 넘었을 소녀가 방을 다 차지하고 누워서 문 쪽을 애타게 바라보고 있었다. 직업은 속일 수 없는 것인가 보다. 환자를 보니 의사로서의 기능이 놀랍도록 활발하게 작동을 했다. 요강에 앉혀 변을 보게 한 뒤 그는 아이의 몸을 찬찬히 진찰했다.

"누구세요?"

"언니를 찾아온 손님이다. 어디가 아프지?"

"작년부터 다리가 아파서 걷지를 못하고 있어요."

"무슨 병이래?"

"몰라요."

"뭘 좀 먹었니?"

"엄마가 곧 돌아오실 거예요."

"엄마는 뭘 하시지?"

"이 건물 뒤에서 장사하지요. 여름엔 아이스크림을 만들어 팔고 겨울엔 쥐포를 구워 팔아요. 학생들이 길에서 먹는 걸 좋아한다나 봐요."

"이름이 뭐지?"

"앵숙이요."

넓적다리 아랫부분의 뼈를 누르니 뼛속에서 자라고 있는 골육종으로 인해 종이를 만진 듯 야릇한 감이 잡혀옴을 민구는 의사의 본능으로 감지했다. 빨리 수술을 하면 다리를 절단하지 않아도 되련만……. 민구는 호주머니를 뒤져 껌을 한 통 꺼내 아이의 손에 쥐여 주고 앵주 엄마를 찾아 나섰다. 우유에 식용 물감과 설탕을 섞은 병을 매단 아이스크림 기계에 매달려 둘러선 아이들에게 팔 아이스크림을 콘에 담고 있었다.

"얼마짜리를 드릴까요?"

가난과 볕에 찌든 여자가 민구를 보지도 않고 이렇게 물었다.

"앵주 어머님을 찾아왔습니다."

여자는 눈에 잔뜩 겁을 먹으며 얼굴색이 창백해졌다.

"그 앤 휴학을 하고 집에만 있는데요. 이젠 데모 같은 덴 참가할 아이가 아니니, 이 어미를 믿어주세요."

"무슨 말씀을 하시는지 모르겠는데 앵주를 한 달간 고용한 사람입니다. 갑자기 연락도 없이 나오질 않아 찾아왔습니다."

순간 여자 얼굴의 경직이 풀어지더니 오래된 형광등처럼 서서히 울먹이며 땀을 닦던 손수건을 눈가에 가져갔다.

"어머니는 앵주가 어디 있는지 아시지요?"

"이런 일이 없었는데 갑자기 집을 나가버렸어요. 앵숙이가 몹쓸 병에 들지 않았다면 매사에 반항하는 아이가 아니었는데."

"앵숙이의 병명이 무엇인지 아십니까?"

"뼛속에 혹이 나서 수술을 하라는데 수술비 삼백만 원이 당장 필요해서 걱정했더니 앵주가 집을 나갔어요."

"급히 서두르면 다리를 절단하는 사태까지 가지

는……."

"알고 있어요. 그러니 앵주도 마음이 편안했겠어요. 그놈의 돈이 원수지요. 남편이 4년 전에 죽은 뒤 혼자 힘으로 두 아이를 지금까지 길렀어요. 그간은 몸으로 때우고 살았는데 저도 이제 막일을 할 수 없이 몸이 망가져서……."

"수술은 제가 알아보겠습니다. 앵주나 찾아주세요. 전 그 애의 도움이 필요하니까요."

여자는 앵주 이야기보다 수술해 줄 가능성을 보여준 민구의 말이 고마워 후드득 눈물을 떨구었다.

병원이 그에게 허락한 한 달 내에 아버지를 찾아야하는데 이런 짐이 지워지다니. 철조망을 기어오르다 사라진 아버지를 지금까지 살아있을 포로들을 만나 수소문해봐야 하는데 시간을 이렇게 빼앗기고 있다니 안타까웠다. 그 순간 뻔쩍 떠오르는 이름이 있었다. 중의 신분으로 포로로 잡혀 성경을 암송했다는 차영호를 찾아야 한다는 생각이었다.

하지만 자신의 일이 바쁘다고 이런 가여운 환경에 처한 집안을 모르세라 내던지고 아버지만을 찾아다닐 수는 없었다. 어떻게 지켜온 나라인가! 한과 설움의 뭉치가 거름이 되어 살아남은 사람들을 감히 어떻게 외면할 수가 있겠는가. 수술비로 몽땅 돈을 내놓는 것보다 그의 대학병원에 와서 2년간 공부하고 간 닥터 김형보를 찾기로 했다. 강남에 개인병원을 냈으니 귀국하면 찾아달라는 편지를 누차 받았기에 그를 떠올린 것이다. 그 사람이라면 미국 와서 공부하는 동안 지대한 영향을 준 민구를 극진히 대해 줄 것이며, 민구가 수술팀에 참가함으로써 그를 즐겁게 해줄 수도 있을 것이기 때문이다. 택시를 타고 주소를 주니 삼십 분도 채 되지 않아 김정형외과 앞에 그를 내려 주었다. 상상했던 것보다 큰 규모의 병원이었다. 불쑥 나타난 민구를 맞는 김형보는 처음엔 의아해서 머쓱하게 서 있다가 아버지를 찾아 나섰다는 그의 설명을 듣고 나서야 손을 잡아 흔들었다.

"자네 병원에서 내가 수술을 한 건 할 수 있겠나?"

"영광이지요. 그나저나 누굴 수술하려고요?"

"아주 가여운 소녀인데 자네랑 미국에서처럼 한 팀이 돼서 하고 싶군."

"아하! 내겐 더 없는 좋은 기회지요."

"비용은 내가 낼 터이니 부담 갖지 말게."

"무슨 수술인가요?"

"엑스레이를 찍어봐야 알 일이지만 골수성 골육종인 것 같아. 서둘면 다리를 절단하지 않아도 될 긴급한 수술이야."

"좋아요. 어서 입원시키지요."

앵숙은 그날로 김정형외과에 입원되었고 다음날 수술실에 들어갔다. 이십 일 만에 들어보는 메스라 민구는 자신의 직업에 돌아온 가벼운 흥분까지 느꼈다. 닥터 김과 세 시간 이상을 서 있었으나 조국에 돌아와서 그것도 사랑이 발동해서 위험수위 직전에 살려내야 할 생명을 다루는 귀한 시간이라 허튼수작 한마디도 하지 않고 땀을 흘렸다. 그가 찾아다니고 있는 아버지가 차라리 영문학이나 신학을 하지 않고 민구처럼 의사가 되었더라면 어떤 길을 걸었을까. 어느 시대나 생명을 다루는 의사라는 직업은 전쟁터에서도 이데올로기를 초월한 일을 할 수 있어 그처럼 험난한 길을 걷지 않아도 되었을 터인데. 민구는 수술하는 동안 완전히 몰아의 상태에 빠져있다가 현실로 돌아오니 다시 아버지를 생각할 수밖에 없었다.

"이 소녀가 이산가족 찾기에서 찾아낸 친척인가요?"

"아니야."

"이렇게 힘든 수술을 벼락 치듯 서둘러서 난 아주 가까운 사람인 줄 알았는데요."

"그저 사랑을 베풀고 싶었을 뿐이야."

"갑자기 성인군자가 된 것 같군요."

"아버지를 추적하다 보니 누구라도 사랑하지 않고는 견디지 못할 심정인 걸 어떻게 설명해 주지."

"아버지를 찾을만한 어떤 실마리를 잡았어요?"

"조금 틈새가 보이더니 완전히 깜깜절벽이야."

"육이오가 난 지 벌써 서른여덟 해가 되었는데 그렇게 쉽게 찾을 수 있겠어요."

"어떡해서든 꼭 아버지를 찾고 말 거야."

"그 나이에 아버지가 뭐 그리 중요한가요. 유대인처럼 조국이 곤궁할 때 돈이나 듬뿍 보내주면 되지요."

"조국을 사랑하려면 아버지가 지내온 행적을 모르곤 절대로 불가능해. 신기하게도 아버지를 찾아 나선 지 이십 일이 되었는데 난 엄청 변하고 있거든."

"어떻게 변했다는 거야요."

닥터 김은 눈을 가늘게 뜨고 유화를 감상하듯이 닥터 강의 위 아래를 훑어봤다. 이지적으로 빛나는 눈과 뾰족한 입, 팡팡한 뺨 위로 흐르는 영리한 티는 그제나 이제나 변함이 없었다.

"처음엔 아버지가 영웅이거나 기삿거리라도 되는 사람이길 기대하며 조국을 찾았어. 어린 눈에 비쳤던 아버지는 자신의 신앙에 철저했고 강인했었으니까. 그러나 이십 일을 헤매고 다닌 끝에 발견한 아버지는 스올의 뱃속에 팽개쳐진 나약한 인간이었으며 처절하게 겁이 많은 사람이었다는 점이야."

닥터 김은 수술하고 난 뒤에 으레 찾아오는 느글거림을 메우기 위해 술을 마시고 싶은 충동이 울컥 치밀었으나 닥터 강이 하도 진지하게 말을 해서 선뜻 어디로 가자고 서두를 꺼내지 못하고 우물댔다. 그때 앵숙의 어머니가 그들 앞에 다가오더니 허리를 깊숙이 숙여 절을 하고 가만히 흐느꼈다.

"앵주의 소식은 들었습니까?"

"아니요."

"이를 어쩌나 난 그 아가씨 도움이 필요한데."

"사방에 수소문했는데 어디로 갔는지 행방이 묘연합니다."

"학교는요?"

"큰 이상을 실현하겠다고 어미 속을 썩이더니 운동권에 들어가 활동하는 바람에 형사들이 드나들어서 학교를 휴학시켰지요. 또 돈도 없어 잘 되었구나 싶었지요."

"어떤 이상을 가졌었는데요?"

"이 사회를 누구나 잘 사는 사회로 만들기 위해 일생을 바치겠다나요. 엄마나 동생처럼 불쌍하게 사는 사람이 없는 사회를 이룰 큰 꿈을 실현할 때까지 참으라는 등 이해 못 할 소리를 늘어놓더니 앵숙이 병을 놓고 고민하다가 나가버렸지요."

환자가 어머니를 찾는다는 간호사의 전갈을 받고 그녀는 병실을 향해 달음질했다.

민구가 수술한 피곤을 풀고 닥터 김의 병원에 들려보니 앵숙은 몹시 괴로워하고 있었다. 장사도 나가지 못한 앵주 어머니가 침대에 붙어 앉아 딸의 손을 잡고 간절히 기도를 드리고 있다가 그가 들어오는 소릴 듣더니 황급히 일어나 머리를 숙였다.

"죽을 수밖에 없는 딸을 구해 주셔서 뭐라 감사할 지……."

"교회에 나가시는군요."

"애 아빠가 죽을 때까지 못 나가게 해서 무척 괴로웠지만 이제 혼자 됐으니 처녀시절처럼 다니던 교회에 나가고 있습니다."

"혹시 저처럼 황해도에서 피난 온 실향민이 아닙니까?"

여자는 가만히 머리를 흔들었다. 뭣을 바라고 이런 질문을 민구는 던지고 있는 것일까. 분명 그의 무의식 속에는 남북을 합쳐야 아주 쬐고만 이 땅덩이에 살아남은 사람들이 모두 그와 연관이 돼 있을 것이란 생각에 젖어 있었다. 그가 미국에 살적엔 조국은 한갓 조그마한 마을이거나 가슴으로 품을 수 있는 작은 집단이었기 때문이기도 하다.

앵숙의 바짝 마른 헤벌린 입을 물 적신 솜으로 축여주고는 인사도 없이 민구는 병실을 빠져나왔다. 택시를 타니 앵주가 적을 둔 학교를 찾기는 어렵지 않았다. 학적부로 가서 앵주가 왜 휴학을 했는지 알아보고 그냥 돌아서기 뭘 해 민구는 국문과라는 팻말이 붙은 방 앞을 서성거렸다. 가을 학기에 수강할 과목을 점검해 보느라고 학교에 들른 학생들과 도서관을 찾는 학구파들로 학교는 제법 붐볐다. 그때 민구의 눈에 띄는 여학생이 있었다. 좁은 청바지를 입고 진홍색 매니큐어를 칠한 여자는 눈두덩에 마스카라를 넓게 칠해서 예사 여학생과 다른 감을 지닌 학생이었다.

"국문과에 적을 두었는지요?"

"네, 맞는데요."

"강앵주란 학생을 찾으러 왔습니다."

"휴학했는데요."

"알고 있습니다."

"그런데 여긴 왜 오셨어요?"

"앵주의 동생 앵숙이가 위독해서 빨리 찾아야 합니다."

얼떨결에 민구는 거짓말을 했다. 그래야 앵주의 행방을 알 것 같아서였다.

"정말 위독한가요?"

"네."

"어쩌나. 이런 걸 알려줘야 하는지 모르겠네요."

"앵주가 있는 곳을 알고는 있지요?"

"그런데 나가는 아이가 아닌데 하도 조르기에 제가 어제 처음으로 소개해줬어요. 동생의 수술비 때문에 무척 울어대서 가엾어서 그랬는데."

"어딥니까? 얼른 찾아야 합니다."

그녀는 민구를 데리고 복도 끝 으슥한 곳으로 갔다. 그리고 주위를 날카롭게 살피더니 그의 귀에 소곤대는 것이 아닌가.

"이태원에 있는 카사블랑카로 가보세요."

"그곳이 뭣 하는 곳이요?"

"가보세요. 아저씨는 서울사람이 아니신가 봐."

멍청히 복도를 걸어 나온 민구는 앵주의 친구가 일러준 카사블랑카를 찾아 나섰다. 여름은 여덟 시에도 그다지 짙은 어둠을 드리우질 못했다. 귀청이 찢어질 듯 요란한 음악이 인간본능을 자극해서 몸을 뒤틀리게 해서 기가 약한 검둥이나 백인들은 궁둥이와 어깨를 들썩이며 몸을 배배 꼬았다. 그들과 짝한 여인들은 모두 검은 머리를 어깨까지 느린 집시 스타일이거나 아프리카 검둥이 여인들처럼 에프로 스타일의 머리를 하고 있었다. 실내 장식이나 분위기가 뉴욕의 할렘가나 필라델피아의 다운타운에 위치한 술집에 들어왔다는 착각이 들 정도였다. 민구는 뒷자리에서도 맨 구석진 곳을 찾아가 자릴 잡고 앉았다. 그의 눈은 연신 앵주를 찾아 번뜩였다. 앵주가 카운터에 앉아 있을 것 같아서였다. 동생의 수술비를 벌려고 몸을 도사리고 토끼눈을 하고 있을 것이란 생각에 돈 받는 곳을 연신 기웃댔다. 에어컨을 얼마나 높은 도수에 맞췄는지 긴팔 옷을 입어도 섬뜩한 한기가 홀 안에 서려 있었다. 아무리 고개를 늘이고 봐도 앵주는 눈에 띄질 않았다. 한 시간을 무료하게 앉아 있다가 민구는 장미를 가슴에 달아 드러나려는 젖무덤을 간신히 가린 호스티스를 불러 술을 건네며 짐짓 지나는 말처럼 물었다.

"앵주라는 아가씨가 여기 있지요?"

“앵주요? 모르는 이름인데요. 아하! 학생 호스티스인 모양이군. 여기에 얼굴을 나타낼 리가 있나요. 뒷방에 있다가 지정한 분들만 만나지요.”

“그럼 오늘은 내가 그 아가씰 부르고 싶은데.”

“호호…… 특별손님에게만 주인언니가 서비스하는 거라 제 소관이 아니지만 제가 도와드리지요.”

빨간 장미를 단 여자가 언니라는 여인을 민구 옆자리에 끌고 왔다. 번쩍이는 금색구슬을 주렁주렁 매단 드레스를 입은 여인은 머리를 뒤로 왕관처럼 틀어 올려 키도 커 보이고 얼굴형도 길어 소피아 로렌을 닮아보였다. 얼굴에 비해 지나치게 큰 입과 눈, 그리고 솜이라도 넣었는지 너무 큰 젖무덤 때문에 그렇게 보이는가 보다. 민구는 수표를 꺼내 사인해서 그녀의 손에 쥐여 주었다. 액수를 힐끔 보더니 그녀는 민구에게 따라오라는 신호를 하고 밀실로 안내했다. 어쩌다가 앵주 같이 도도하고 자존심 강한 여대생이 여기까지 왔을까. 그녀가 어머니 옆에서 큰소리쳤다는 모두가 잘 사는 사회로 뚫린 길이 고작 여기란 말인가. 그의 신경은 고슴도치처럼 빳빳하게 곤두섰으나 그의 영혼은 속살을 드러낸 호수처럼 맑아왔다. 석 주 동안에 바라본 조국은 물가에 내어놓은 아이처럼 마음이 놓이지 않기도 했지만 도도하게 흐르는 물을 보듯이 뿌듯함을 안겨주어 밑을 헤아릴 수 없는 깊은 강물이기도 했다. 자신만을 생각해서 자신으로 돌아가는 인본주의의 물결에 휩

싸인 그의 미국 생활에 비해 아버지의 행적을 추적하며 바라본 조국은 수없이 자신만을 위해 동그라미를 그린 외로운 사람들의 집단이 아니었다. 비록 얽히고 설킨 인간관계지만 자신만을 위해 둥근 왕관을 쓰고 있는 민구의 생활에 비해 옆으로 자신의 줄을 늘이고 있는 이곳 사람들의 삶 속엔 위에 것을 향해 처절한 몸부림을 치도록 만든 배경이 있었다. 이스라엘 민족이 키부츠 생활을 하려면 자신의 줄을 서로를 향해 던져야 하고 조국을 잃고 방황하는 외로움이 서로서로를 단단한 사랑의 줄로 묶고 있듯이 그의 조국도 땅만을 바라보는 그런 동물적인 삶을 영위하는 곳이 아니라 연단의 풀무 속에서 정금을 얻기 위해 타오르고 있는 살맛나는 곳이라는 생각에 미쳤다. 앵주도 이런 강물을 따라 흐르고 있기에 생명의 소중함을 잘 알고, 삶에 대해 무한한 애정을 가졌을 것이 분명했다. 밀실에 혼자 앉아 있자니 한국에 와서 보고 들은 여러 가지 일들이 주마등처럼 지나갔고 자신이 제법 성숙한 남자가 된 것 같은 기분에 빠져들어 천천히 담배를 빼물었다. 그때 노크도 없이 문이 열렸다. 민구는 깊은 사색의 강에서 퍼뜩 깨어나 자신이 지금 앵주를 찾으러 왔다는 사실을 깨닫고 숨소리까지 죽이고 문에 선 사람에게 신경을 모았다.

"앉아도 돼요?"

등 뒤에 들리는 음성은 틀림없는 앵주의 목소리라 민구

는 숨이 훅 막혀왔다. 어떻게 행동을 연결해야 한단 말인가. 고역이었다.

"앵주, 나야."

순간 잠깐의 침묵이 흐르더니 그녀는 문을 박차고 나가 뛰기 시작했다. 민구도 잽싸게 그녀의 뒤를 따랐다. 앵주는 비상구를 향해 뛰었고 그 시간 외부인의 침입을 막기 위해 잠겨있는 탓에 쉽게 그의 손에 잡혔다. 앵주는 민구가 앉았던 밀실로 끌려들어왔고 두 사람이 벌리는 가벼운 싸움으로 얇은 칸막이가 휘청거렸다.

"나하고 이야기를 하자고."

"민구 씨는 한국 사람이 아니니 제 일에 끼어들 수 없어요."

"그런 말 말라고. 나도 엄연히 이 나라에서 살과 뼈를 받은 사람이야. 앵주까지 날 이방인 취급하지 말아줘."

"전 모두를 증오해요. 특히 나의 삶을 해치는 모든 걸요."

"앵주의 처지를 내가 아니까 나하고 대화를 나누자고."

"알긴 뭘 알아요. 한이 맺혀 아우성치는 현장과 먼 곳에 있는 사람이 어떻게 나 같은 사람과 대화를 해요."

"한이 맺혀 아우성치는 곳이 하나님이 우릴 만나 주시는 자리요, 우리의 새 삶이 출발하는 지점이야."

"아유! 많이 변하셨어요. 하나님이 없다고 종이쪽에 써 보여준 걸 잊으셨어요."

"아버지를 찾다 보니 이런 감이 잡혀 오는 거야."

"민구 씬 너무 치사해요. 꼭 이런 방법으로 절 찾아야 했나요?"

"이럴 수밖에 없었던 사정을 내가 충분히 이해하니까 이렇게 왔지. 우리 차분히 이야기를 나누자고."

"싫어요. 값싼 동정은 받기 싫어요."

"내 국적 때문인가?"

"전 미국을 벌레처럼 징그러운 나라로 생각하고 있어요."

"왜 그렇게 미국을 미워하지?"

"민구 씨 나이의 어른들은 모두가 미국 예찬론자들이지요. 전쟁 때 구호물자가 없었다면 우린 모두 굶어 죽었을 거야. 미군이 오지 않았다면 우린 모두 빨갱이 손에 죽었을 거야 해가며 미국을 떠받드는 병에 걸려 있어요. 답답한 노릇이지요. 그까짓 꿀꿀이죽하고 배급밀가루, 가축에게나 먹이는 강냉이나 메수수에 속아 넘어간 거야요. 솔직히 말해서 남의 나라가 어떻게 다른 나라를 도와주겠어요. 다 속셈이 있는 것이지요."

앵주는 툭 튀어나온 입을 더 빼죽이 내밀며 아주 야유조로 말했다. 속에 부글부글 고인 미움이 조금만 건드려도 줄줄 터져 나올 듯 눈에 살기까지 어렸다.

"미국이 취한 이득이 무엇인데?"

"과잉 생산된 농산물을 바다에 버리기보다 한국이란 땅

에 풀어놓고 시장화한 것이지요. 꿀꿀이죽에 팔아버린 민족적 자존심을 생각하면 어른들이 미워 미치겠어요. 미국이란 나라는 한반도를 일본 제국주의로부터 해방시켜 준 은인이 아니라 얼굴만 바뀐 점령군인데 우리 어른들이 그걸 몰랐다 이 말이에요. 해방 이후 한국의 경제는 미국의 과잉상품을 처리하는 곳이요, 식민지 하청경제로 변했지요. 미국이 한국을 원조한 내막은 한국을 미국의 자본시장 및 상품시장화 시키려는 전략이었지요. 신 식민지형 종속경제국이 돼버린 셈이지요. 미국에게 중요한 것은 한국의 민주화나 인권이 아니라 한국의 전략적 가치랍니다. 그러니 반미투쟁이 없이 진정한 민주화나 민족통일은 불가능해요. 같은 피와 얼을 받은 민족을 두 쪽으로 나눈 것도 미국의 계획이었고, 우리끼리 총칼을 겨누고 죽게 만든 광주사태도 저들의 책임이 커요. 군부독재에 대한 지원은 말할 것도 없고 경제적 침탈까지 하나하나 따지고 보면 피가 역류한다니까요."

"모두 미국 탓으로 돌리고 있군. 비겁한 자는 모든 허물을 타인에게 돌리는 법이야."

민구의 이 말에 앵주는 입을 꼭 다물어버렸다. 민구가 아기를 달래듯이 앵주의 팔을 잡아끌며 어색하게 웃었다. 웃는 얼굴을 향해 앵주는 주위를 살펴보며 나지막한 목소리로 종알댔다.

"양키 고 홈. 양키놈들은 저들이 가지고 온 핵무기를 가지고 자기 나라로 돌아가야 해요. 이 나라를 이대로 둔다면 북한은 미제폭탄으로, 남한은 소련제폭탄으로 몽땅 쑥밭이 되고 말 것이니까요. 민구 씨가 한국 피를 받았으나 여기에 살고 있지 않으니 이렇게 막말을 할 수 있지, 잘못하다간 저는……."

앵주가 오른손으로 목을 싹 자르는 시늉을 해 보였다.

"미국과 소련이 물러만 가면 이 나라가 그렇게 쉽게 통일이 된다고 생각하나?"

"우리끼리 손을 잡지요. 외세의 간섭 없이 무력을 사용하지 않고 이념과 체제를 초월하여 민족적 대단결을 이룩하는 길만이 우리의 소원인 통일을 이룩하는 방법이지요."

"그럼 왜 여태 이러고 있어?"

"아저씨는 순진하셔. 한국의 피를 받았으면서도 그걸 몰라 묻고 있어요. 이 나라의 위정자들이 통치수단으로 반공의식과 친미주의를 내세우고, 분단을 이용해 독재했는데 그 일익을 미국이 부추기며 슬슬 알맹이를 우리에게서 빼먹고 있는 것이지요."

"40년이 넘게 완전히 절단되었던 사람들이 손을 잡을 경우 끓어오르는 갈등을 무엇으로 가라앉히지?"

"그건 나중 문제예요. 우선 통일이 중요해요."

앵주의 암팡진 목소리에 질려 민구는 대꾸를 못하고 그저 묵묵히 흐린 불빛이 머문 탁자를 내려다보았다.

"참 이상하지, 근데 많은 사람들이 아직도 미국, 미국 하면서 이민을 원하고 있는데 앵주는 미국을 걸레처럼 내팽개치니."

"걱정 근심 없는 미국에 몸과 마음을 두고 전쟁이 나든지 여차하면 도망갈 한국 탈을 쓴 박쥐들을 많이 봤지요. 이 나라의 부유층 자녀들은 모두 미국으로 유학 갔거나 이민 가있고 부모는 재산을 슬슬 미국으로 빼돌리고 일 년에 한두 번씩 미국을 드나들며 육이오 같은 전쟁이 나도 피난처를 마련했으니 걱정 없다는 느긋함에 젖어 있지요."

"미국보다 더 좋은 곳을 바라보고 사는 앵주 엄마를 생각한 적이 있어. 환난은 인내를 낳고, 인내는 연단을, 연단은 소망을 낳는 법이야."

"흥! 민구 씨는 나처럼 처절한 경우를 당해 보지 않아 그런 말을 할 수 있는 거예요. 그런 말은 부유한 사람들에게서 수없이 들어왔어요. 제 경우를 민구 씨가 당했다고 입장을 바꿔놓고 생각해 보세요. 민구 씨가 나와 동등한 입장에 있다면 이해할지 모르지만 절 어떻게 감히 이해하겠어요?"

"가난을 부끄러워하는 것인가?"

"육신이 건강할 적엔 가난을 이길 수 있어요. 그러나 병들어 죽어갈 적엔 가난은 증오를 낳고 절망과 자포자기를 낳아요."

"앵숙이 때문이라면 벌써 일이 끝났어."

앵숙의 이름이 민구의 입에서 나오자 앵주는 입술을 바르르 떨더니 눈물이 핑그르르 돌았다.

"그 애가 결국 죽은 것인가요?"

"회복 단계니 어서 영동에 있는 김형보 정형외과로 가 봐."

"아! 고마워요. 다리가 잘리지 않고 건강해지는 것인가요?"

"물론이지."

"어떻게 그 애가 수술 받아야 한다는 걸 알았지요?"

"난 의사니까. 내가 직접 집도했지."

"민구 씨가 수술을 했다고요?"

"왜, 내가 수술을 하면 못쓰나."

"사업가라고 했잖아요."

"그건 앵주의 추측이지 내가 한 말이 아니잖아."

"수술비용이 얼만지 꼭 갚겠어요."

"한국은 빚이 많다고 들었는데 앵주가 개인적인 빚까지 지면 이 나라는 빚으로 깨어지는 것이 아니야."

"내 동생을 살려주었다고 민구 씨가 생각하는 방향으로 나를 끌어넣을 필요 없어요. 돈 가진 자들은 모두 그들끼리만 배불리 먹고, 돈은 돈을 낳는 악순환에 이 나라는 빠져있으니까요."

"그럼 앵주는 이런 사회를 개혁하려고 데모를 하다가

휴학을 했나?"

"이상은 좋았는데 현실은 그것이 아니었어요."

"무슨 뜻이야?"

"휴학하고 앵숙이가 아프기에 돈도 벌고 신성한 노동을 하려고 학력을 속이고 공장에 들어갔었지요."

"언제?"

"민구 씨가 꼽추 광대할아버지 댁에 머물 동안 전 돈이 꼭 필요해서 다급해진 것이지요."

"얼마나 멋진 생각이야. 공장에서 일해 깨끗한 돈을 벌어야지 여긴 왜 왔나?"

이렇게 말하는 민구를 앵주는 슬픈 눈으로 한참 바라봤다. 얇은 칸막이를 뚫고 귀 따가운 음악이 두 사람의 대화를 방해할 정도로 파고들어왔다.

"공장에 가서 일주일 일 하고 쓰러졌으니 저 자신에 너무 실망했어요. 전 책이나 읽고 입과 머리로 논리적 전개를 할 수 있지, 제 몸은 열악한 음식과 노동에 견딜 수가 없었어요. 가난한 가운데서 자랐지만 이미 내가 미워하는 부류에 속하도록 길들여진 걸 알았지요. 더구나 동생이 죽어 가는데 공장에서 일해서는 절대로 돈을 모을 수가 없었지요. 할 수 없이 전 세상과 이런 방법으로 타협하기로 했지만, 너무 괴로웠지요. 그러나 동생이 다리가 잘려 일생 병신으로 살아가게 하는 것보다 내가 이렇게라도 희생하는 것이 옳다고 판단했어요."

"그래 오늘이 처음인가?"

"네, 민구 씨가 첫 손님이구요."

"그럼 이제 데모 따위는 앉기로 작정했나?"

"아니요. 다시 투쟁할 거예요."

"투쟁과 데모로 사회를 개혁할 수 있다고 생각하나? 부의 평등은 사랑에 기초를 둬야 해. 위를 향해 눈을 돌리고 이웃을 사랑할 수 있는 심성으로 인간을 개조하지 않으면 앵주가 지향하는 그런 사회는 이 나라에 존재할 수 없어."

"그건 누구의 이론이에요?"

"요즘 아빠를 찾아다닌 끝에 터득해가고 있는 진리이지."

"그런 진리가 먹혀들어 갈 자리가 있겠어요. 그건 개인의 이론일 뿐이에요."

"아버지의 행적을 끝까지 추적해 보고 우리의 현실과 비전을 논하고 싶어. 아버지가 처한 상황은 우리의 현실에 비교할 수 없었으니까."

앵주는 상냥한 미소를 짓고 눈가의 눈물 자국을 닦았다. 두 사람은 다정한 연인처럼 손을 잡고 카사블랑카를 빠져나왔다.

"인간이 아무리 노력해도 아름다운 유토피아를 지상에 건설할 수 없는 것일까요?"

앵주가 한참 말없이 민구를 따라 걷다가 이렇게 물었

다.

"글쎄. 육안으로 볼 수 있는 구원의 줄이 세상에 없다면 그건 절망일 뿐이지. 죽음과 대결한 아버지만이 우리에게 그 해답을 줄 것 같군."

"민구 씨의 아버지가 그런 줄을 찾았다면 그건 분명히 생명의 줄일 거예요."

꿈꾸는 줄

지난날 더듬기

새벽의 서울은 긴 잠에서 깨어난 짐승처럼 조금씩 꿈틀대기 시작했다. 사람들로 번잡한 한낮이나 밤 불빛이 요란한 도심지를 익히 알아온 민구에게 새벽도시의 괴괴한 분위기는 처음이라 낯선 땅에 온 기분이었다. 여섯 시 반에 강남고속버스터미널을 출발한 버스가 경부고속도로로 접어들자 완연한 시골풍경이 펼쳐졌다. 뾰족 벼이삭을 내민 논들이 바둑판처럼 시원스럽게 서로 얽혀서 모자이크 모양으로 널려있었다. 가까이 또는 멀리 보이는 집들은 민구가 예상했던 초가가 아니고 모두 함석이나 기와지붕으로 변모해 있었다. 아담한 산들이 켜를 이뤄 에워싼 동네가 스위스의 농가모습을 닮았는데도 민구는 그게 그렇게 감탄스럽지가 않았다. 미국기자들이나 선교사들의 눈에 들어와 기록한 글 때문일까. 아니면 책에서 아프리카의 한구석을 묘사하듯 써놓은 글을 읽은 탓에 내면에선 그런 걸 기대했던 탓일까. 결코, 그런 것이 아니다. 그가 바란 것은 변하지 않은 한국의 예스러운 정취였다. 가르마꼬챙이로 머리를 양쪽으로 갈라 빗은 듯 또렷이 드러난 황톳길이 시멘트로 덮인 것이 섭섭했고 길게 땋은 머리끝에 자줏빛 댕기를 느린 처녀의 곱게 빗은 머리를 닮은 초가지붕이 사라진 것도 그를 시큰둥하게 만들었다. 이 시간이면 야트막한 굴뚝에서 밥 짓는 연기가 바람결을 따라 하늘하늘 동트는 하늘로 기어오르고 솔가지 타는 냄새가 콧속으로 파고들어야 하는데…….

"포로들이 갇혀 있었던 거제도에 가면 역사적 사건이 일어났던 장소이니 의외로 쉽게 아버지에 대한 소식을 들을 수 있다고 확신하는데."

민구는 옆자리에 앉은 앵주를 보며 고무적인 어조로 이렇게 말했다.

"구체적으로 거제도란 섬의 어디로 가요?"

"사실은 우리 가족이 모두 거제도의 한내라는 어촌에서 만나기로 했는데 어느 쪽이 배반했는지 우린 만나지를 못했어."

"어머! 그럼 귀국하는 날 그곳으로 직행하시지 않고 왜 그러고 계셨어요?"

"삼십육 년 전 여덟 살의 나이로 혼자 그곳에서 겨울을 나며 기다렸어도 부모님은 나를 찾아오지 않았어. 지금 간다고 해도 마찬가질 거야."

"그럼 지금은 왜 가세요?"

"나와 줄이 닿는 누군가가 아직도 거기 남아 있으리란 기대감 때문이지."

"막연히 부모님이 민구 씨를 거제도에 보내지는 않았겠지요. 민구 씨를 돌봐줄 만한 친척이 섬에 있었던 것이 아닙니까?"

그는 앵주의 질문에 입을 닫아버렸다. 얼마나 핵심을 찌르는 물음이란 말인가. 그는 약간 얼굴을 붉히며 입을 열지 않았다. 아버지, 강철희는 장로의 아들이었고 목사였지만 사랑하는 여자로 인해 고통을 겪었고 전쟁의 와중에서 가족까지 흩어지게 만들었다. 성경 인물 중 다윗은 하나님을 그렇게 진실하게 믿은 사람인데도 본부인을 두고 그것도 유부녀를 사랑하지 않았던가. 대낮에 발가벗고 목욕한 우리아의 아내 밧세바란 여자는 다분히 조신한 여자는 아니었는지 모른다. 대낮에 발가벗은 여자에 반한 일국의 왕인 다윗은 그녀의 남편을 격전지에 내보내어 죽게 하는 추악한 일을 저질렀다. 그것으로 끝이 났다면 먹고 낳고 죽는 평범한 인간의 이야기이니 이름이 남았을 이유가 없다. 그러나 그는 그 죄를 통렬하게 고백하는 기록을 성경에 남겨 공개적으로 읽게 했으니 사랑하지 말아야 할 여자를 사랑한 죄는 시대를 초월해서 언제나 괴로운 것인가 보다. 그 죄를 숨길 적에 너무 괴로워 종일 신음해서 다윗 왕은 뼈가 쇠할 지경이었으며 주의 손이 주야로 그를 눌러 진액이 말라 여름 가뭄에 내던져진 것처럼 되었다고 고백했다. 민구의 아버지도 다윗처럼 그 영혼이 상했는지 민구의 어린 눈에도 숨겨진 어두운 표정을 읽었다고 지금도 생생하게 기억하고 있다. 아버지의 첫사랑의 여자, 송가실이 사는 거제도로 향하는 배에 여덟 살 난 아들, 민구를 태우면서 어머니는 분명히 작은어머니 말을 잘 들으라고 타일렀었다. 작은어머니란 단어는 어머니가 처음으로 민구 앞에서 사용한 것이며 그게 마지막 말이 된 셈이다 한내는 버림받은 아버지의 여인이 네 살 난 아들 민석을 안고 들어간 마을이다. 그러니 민구의 배다른 형이 한내에 돌아와 살고 있을 가능성을 세월이 흐른 지금도 그는 굳게 믿고픈 마음이었다.

버스가 추풍령 휴게소에 멎었으나 민구는 그냥 앉아 눈을 감고 생각 속에 빠져들었다.

"커피 드세요."

앵주가 커피 잔을 그의 코끝에 바짝 대고 컵 끝으로 코를 간질이며 잠을 깨운다. 과묵하고 빈틈없는 성격의 소유자였던 어머니의 얼굴을 눈감고 그려보다가 눈을 떴더니 그의 얼굴에 바짝 다가와 있는 앵주의 얼굴이 어머니의 얼굴과 닮아 보인다고 생각했다. 생글거리며 웃는 바람에 눈을 질끈 감은 그녀의 얼굴이 곱고 티가 없어 산중에서 농익은 산딸기를 찾아낸 듯 신선했다.

"땅을 밟으셔야 해요. 벌써 세 시간 이상을 달렸으니까요."

앵주가 그의 손을 어린애처럼 잡아끌어 그는 커피를 받아들고 버스에서 내렸다. 구름 한 점 없는 팔월의 하늘은 태평양의 물빛보다 더 연하고 고왔다. 비행기에서 내려다본 바다는 검푸른 청색이었으나 산에서 바라보는 하늘은 형언할 길 없는 신비한 하늘색을 담고 있었다. 그건 고려자기나 이조백자에 녹아있는 빛일 거라고 생각하던 민구는 하늘과 땅 사이가 너무 넓다고 새삼 느꼈다. 갑자기 그가 딛고 선 땅이 흔들린다고 느끼는 순간 어지럼증으로 민구는 비틀거리면서도 하늘을 우러러봤다. 앵주는 아침을 먹자며 찐만두를 두 접시나 시켰다. 민구가 간장을 흘린다고 종알대며 티슈를 그의 손에 쥐여 주기도 했다. 부산떠는 앵주에게 민구는 그저 빙긋이 웃으며 하자는 대로 모든 걸 맡기고 따랐다. 어쩜 그렇게도 많이 앵주는 할머니와 어머니를 닮았단 말인가. 그건 미국의 양부모에게서나 그가 사랑했던 몇 명의 미국 여자들에게선 결코 맛볼 수 없는 푸근함을 안겨주는 정이 녹아있었다. 그가 어린 시절을 보낸 서흥에서 이웃에 사는 꽃분이랑 담 밑에서 흙을 파 사금파리에 담고 신랑, 각시놀이할 적에 맛본 그런 향내 나는 유년의 냄새이기도 했다.

"민구 씨는 아이가 몇이에요?"

당돌한 앵주의 질문에 그는 싱겁게 웃으며 그녀의 눈 속을 지긋이 응시했다. 호수처럼 깊은 그녀의 눈은 촉촉이 물기가 어린 눈이었다. 파란 눈동자에 길이 든 그에게 검은 눈은 간데없이 깊은 산속 호수의 수심(水深)을 연상케 했다. 앵주의 코는 토종 알밤을 닮아 자그마하고 통통하고 몽톡했다. 따지고 들면 앵주는 전통적으로 말하는 미인은 아니다. 외씨처럼 갸름한 얼굴이 아니라 사과처럼 동근 얼굴이고 도톰한 입은 어찌 작은지 그 입으로 큰 수저 밥은 먹기 어렵겠다는 걱정이 들 정도였다. 민구는 앵주와 이야기할 때 그 반짝이는 눈 말고도 이 작은 입을 예뻐했다. 악의라고는 한 점도 새겨있지 않은 납대대한 빰도 개성이 없어 보이지만 민구의 눈엔 갓난아이의 얼굴을 보는 듯한 착각을 안겨주는 부분이었다.

"미국에선 일찍 결혼한다니까 아마 내 나이 또래의 딸도 있겠지요."

"……."

"아들도 있지요?"

"……."

"정말 싱거운 분이시군요. 그럼 아이들이 하나도 없단 뜻인가요. 그렇다면 미안해요. 사모님은 어떤 분일까요. 왜 같이 나오지 그리셨어요. 혹 사모님은 한국 여자가 아닌 백인이거나 흑인이 아닌가요. 그러면 뿌리를 찾아 헤매는 남편 밉다고 하겠지요."

"어서 만두나 먹어. 너무 말을 많이 하니까 나 혼자 다 먹었지 않아. 앵주는 꼭 지저귀는 산새 같아서 좋아."

민구는 그녀 앞으로 일회용 접시에 하나 남은 만두를 밀어주며 싱긋 웃기만 했다.

"왜 가정 이야길 싫어하시지요. 이혼이나 별거상태인가 보군요. 그렇다면 미안해요. 이 여행 중엔 절대로 그런 질문을 던지지 않을게요."

민구는 그저 웃음으로 앵주의 말을 받아넘겼다. 마산에 도착하니 정오였다. 돌섬 뱃머리에서 한 시에 떠나는 배를 타려면 서둘러야한다며 앵주는 팔랑개비 돌듯이 나댄다. 민구는 그런 그녀 뒤를 따라서 택시에 올랐다. 코스모스 쾌속정은 하루에 세 번을 운항하기에 놓치면 두 시간 이상을 기다린다니 이곳 지리에 어두운 그는 어린 소년처럼 앵주를 잃을까 봐 정신을 바짝 차리고 따라다닐 수밖에 없었다. 여행하는 사람들로 뱃머리는 붐볐다. 모두 다 어쩌면 그다지도 멍한 표정인지 전혀 사고하기를 중단한 얼굴들로 보였다. 바닷바람에 그을린 그들의 얼굴에서 민구는 서른여덟 해 전 거제도 포로들에게 깃들었던 그런 격렬한 어떤 감정도 읽을 수 없었다. 죽음까지도 낙관하는 아주 평화로운 사람들 특유의 느긋한 멍멍함이 몸에 밴 군상들 곁에 서 있음을 실감할 뿐이었다.

한반도 동남단에 자리 잡은 거제도는 한국에서 제주도

다음가는 큰 섬으로 식빵 한가운데를 찢어낸 것처럼 들쭉날쭉한 해안선으로 둘러 싸여있다. 민구가 탄 코스모스호가 닿을 고현은 배꼽처럼 쏘옥 들어간 도시다. 거세진 빗줄기가 승객들이 앉아있는 자리까지 파고들었지만 그 누구도 움직이지 않고 선창을 통해 바다를 바라봤다. 찡한 아픔이 예리하게 민구의 가슴 속을 전류처럼 타고 흘렀다. 이런 걸 고독이라 부르는 것일까.

민구는 여덟 살의 나이에 이 바다를 건넜다. 어머니가 그의 윗호주머니를 옷핀으로 채워주며 잃어버리지 말라고 당부한 그 공책에 모든 걸 걸고 그는 이 낯선 바다 위를 표류한 것이다.

"너 혼자냐? 저런! 어린 것이 단신으로 피난을 가나 봐."

아들딸들을 새끼줄로 묶어 모두 이곳까지 잃어버리지 않고 데려왔는데 너희 부모는 어쩌자고 어린 널 이렇게 버려서 혼자 이 배를 탔느냐며 혀를 차는 여인이 있었다. 그에게 인절미처럼 썬 옥수수떡을 준 그 여인은 어머니 나이 또래였다. 민구는 그때 눈물 한 방울 흘리지 않고 그 떡을 받아 먹었다. 그녀가 거느린 아이 중에 그의 나이또래 여자아이가 있었기 때문이다. 민구보다 어려보이는 소년이 그에게 말을 걸었다.

"거제도 어디에 가니?"

"공책에 있어."

"어디까지 가는지 내가 도울 수 있으면 도와주마."

민구가 어린아이에게까지 골이 난 것처럼 통명스럽게 말하니까 여인이 끼어들었다. 민구는 윗주머니의 핀을 풀고 손바닥 크기의 도톰한 공책을 꺼내 여인에게 주었다.

"이건 족보를 베낀 거구나. 쯧쯧 이런 족보가 무슨 도움이 된다고. 가만있자. 뒤에 네가 갈 곳의 주소가 있구나. 경남 거제군 연초면 한내리라고 되어 있네."

"엄마, 우리가 가는 곳과 같지."

"그래. 여기에 누가 살고 있기에 어린 네가 혼자 가니?"

"저도 몰라요. 엄마가 절 큰 배에 밀어 넣고 거기 가서 죽지 말고 살아 있으라고 했어요."

"쯧쯧…… 부산만 남기고 모두 함락됐으니 피난민들이 죽을 기를 쓰고 섬으로 도망가니까 네 엄마도 널 살리려고 그렇게 했겠지. 널 따라오지 못한 엄마는 얼마나 가슴이 아팠겠니."

여인은 민구를 무릎 위에 앉히고 그를 위해 울어주었으나 그는 그때도 울지 않았다. 어머니의 말처럼 울어서도 안 되지만 처음 찾아가는 작은 어머니를 만날 무섬증이 오금을 저리게 했기 때문이다.

남해는 비가 자주 오는 곳일까. 우울한 그의 마음처럼 흐린 하늘을 이고 옆으로 누워버린 빗줄기가 뱃전을 친다. 울적한 그의 눈에 비친 바다와 섬은 온통 안개가 자욱

이 내려 아무리 눈을 닦고 봐도 끝없이 이어지는 산과 바다는 엷은 베일을 두른 듯 흐려 보였다.

"어머! 저 큰 배들 좀 봐요. 얼마나 멋있어요."

앵주가 민구의 팔을 아프도록 때리며 함성을 지른다.

"어머! 저건 LST가 아니야."

그는 놀래서 벌떡 일어섰다. 미국 사람들이 산처럼 먹을 것을 실어 날랐던 것과 똑같은 배들이 고현의 왼쪽 해안에 두 채나 정박해 있다. 지금도 저 배들이 먹을 것을 이 섬에 실어 나르고 있단 말인가.

"왜 그렇게 놀라요. 저건 삼성조선소에서 만든 배라는 군요."

"아! 나는 LST인 줄 알았어."

"싱겁군요. 한국동란이 끝난 지 이미 한 세대가 더 되게 흘러갔는데 무슨 소릴 하고 있어요."

쾌속정으로 한 시간도 걸리지 않는 거리를 그땐 세상 끝까지 간다고 생각하지 않았던가. 쾌속정이란 빠른 탓도 있겠지만 나이란 시간을 재는 지각에도 변화를 안겨주는 모양이다.

"미국에 가면 모두 박사학위를 받아 오는데 민구 씨는 무엇을 하셨어요. 남들이 다 받는 들박이라도 받지 그랬어요."

"들박이 뭔데."

"덜 익어서 들판에 널린 박으로 가박이란 뜻이지요."

"그런 걸 받아 어디에 쓰지."

"순진하셔. 한국엔 박사 병에 걸린 사람들이 많아서 미국에 가서 들박이라도 따와야 마음이 놓이는 사람들이 지천이에요."

"앵주 신랑감은 들박 가진 사람이 후보자가 되겠네."

"들박하고 사느니 육체를 혹사하며 거기서 얻어지는 것으로 살아가는 거짓 없는 농부나 공돌이하고 사는 편이 낫지요."

민구가 공돌이란 말뜻을 몰라 어리둥절하며 멈칫거리는 동안 앵주는 배에서 내려 택시가 즐비한 곳으로 달음질치고 있었다. 민구는 너무나 변한 고현의 도시화에 잠시 멈춰 서서 눈을 껌벅였다.

그 순간 환각처럼 그의 눈앞에 펼쳐지는 것이 있었다. 줄지어 늘어선 국방색 천막들의 물결과 피로 물들인 검자줏빛 깃발들이 함성과 함께 넘실거려 그는 그 자리에 우뚝 서버렸다. 국방색우비인 판초를 비누로 이기고 손톱으로 긁어내서 얻어낸 흰 천에 핏물을 들여 만든 붉은 깃발은 크기가 다양했다. 손바닥만 한 것을 위시해서 제일 큰 것은 삼 미터 크기의 거대한 깃발들이 광장과 천막 사이의 공터를 뒤덮었다.

"높이 들어라. 붉은 깃발을……."

미친 듯이 불러대는 적기 가와 적색 가로 고현골짜기는

들끓었는데 민구가 어른이 되어서 찾아오니 평화로운 마을로 변해 있었다. 몇 십 층 되는 건 아니지만 제법 발돋움한 건물들이 늘비했고 도로도 반듯하게 뚫려 전쟁의 흔적을 찾을 길이 없었다.

"민구 씨, 어서 타요."

"어디로 가는 거야."

"민구 씨의 친척들이 산다는 곳이요."

앵주 곁에 앉으며 그제야 그는 여행용 가방에서 공책을 꺼냈다.

'너는 살아남아야 한다. 무슨 일이 있어도 이 소용돌이에서 살아야 한다. 네가 갈 곳은 거제군 연초면 한내 송가실 댁이다.'

어머니의 음성이 멀리서 산울림이 되어 돌아오듯 그의 귓가에 맴돌았다. 공책의 글씨는 토막연필에 침을 찍어가며 썼는지 가물가물 흐려져 있었다. 그는 볼펜으로 삼십팔 년 전에 어머니가 써 놓은 글자를 따라 펜맨십을 연습하듯 다시 써넣었다. 뭉클 어머니에 대한 그리움과 함께 코끝이 찡해 왔다.

"어디로 모실까요?"

"한내로 갑시다."

"한내까지는 비포장도로이고 길이 멀어 돈 더 주셔야 갑니다."

"고현의 한 모퉁이 거리 이름이 한내가 아닌가요."

앵주가 놀래서 묻는다.

"고현이 지금은 신현으로 바뀌었지요. 한내는 여기서 해안을 끼고 한참 가는 곳인데 그 한촌에 누굴 찾아가십니까?"

"피난시절 살았던 곳을 찾아온 거예요."

"피난민이 단 한 사람도 없이 모두 육지로 나갔지요. 일 년에 한 사람 정도 댁처럼 옛날을 회상하며 찾아드는 손님이 있지요. 대개가 성공해서 옛날을 그리며 찾아오는 사람들이지요."

택시는 엠피 다리를 건너 해안을 낀 산길로 접어들었다. 거제도의 흙은 그 빛깔이 아주 특이했다. 일반적으로 보는 그런 누르끄름한 황토가 아니라 돼지고기를 연상할 만큼 희뿌연 빨간색을 띠는 것이 특색이었다. 민구는 배가 고플 적에 그 흙이 석쇠에서 지글거리며 구워지는 고기이기를 바란 적이 있었다. 알라딘의 램프처럼 말 한 마디에 고기로 둔갑해주기를 염원했던 어린 시절을 새삼 떠올렸다. 여전히 흙은 그 옛날의 그 빛을 지니고 바다를 끼고 길을 내주고 있었다. 멸치를 말리느라고 두어 채 있는 길가의 집들 말고는 행인은커녕 강아지 한 마리 없이 황톳길은 비어 있었다.

"아저씨, 저기 보이는 산이 앵산이지요?"

"맞습니다. 머리가 총명하신 모양이지요. 그때 다녀가신 분치고 그 산 이름을 기억하시는 분이 많지 않아요."

"한내는 많이 변했겠지요."

"웬걸요. 옛날 그대로입니다. 인적이 닿기 힘든 곳이에요. 이렇게 비포장도로로 남아 있는 걸 보면 생산성이 없고 관광지로도 적합지 못하다는 뜻도 되지요. 이곳으로 피난 오셨다면 배고파서 아주 시급했겠네요."

"시급하단 말이 이곳 사투리인가 보지요?"

앵주가 기사의 끝말을 잡고 늘어진다. 국문학을 전공하고 있는 탓인지 사투리에 호기심이 발동하는 모양이다.

"혼났다는 뜻이야. 기사 아저씨 몽창스레 씨부렁이시네요."

민구가 기사의 사투리를 풀어주고 피난 시절 썼던 사투리 한 마디를 덧붙였다.

"아하하! 그 시절에 쓰던 말을 아직 기억하시다니 머리가 아주 좋은 분이시군요. 그런 머리로 육지에 나가 대성공하신 것이 분명해요."

아기머리통 크기의 돌들이 길 가운데 널려있어 택시가 덜컹일 적마다 머리가 택시 천장에 세차게 부딪혔다. 신작로는 직선으로 뚫리지 않고 창자처럼 구불대서 차는 속도를 내지 못하고 비트적거렸다. 마산의 돌섬 뱃머리에서 고현까지 오는 거리보다 더 시간을 잡아먹는 길이었다.

그 길을 민구는 옷가지를 넣어 싼 검은 보자기를 어깨에 메고 배에서 만난 피난민 가족을 따라 걸었었다. 충무도 인민군이 진주해서 거제도 고현과 부산은 피난민들로 붐볐다. 누구라도 조금만 떼밀면 바다로 빠질 수밖에 없을 지경으로 시끌시끌했다. 어린 나이에 민구의 눈에 비친 부산이나 고현은 마치 바늘을 세워놓은 것처럼 꽂혀서 서로 어깨를 비비며 촘촘히 걸어 다녔었다. 그러나 그 당시 민구가 찾아가는 한내라는 마을로 향한 길은 한산했다. 험해서 그런지 겁먹은 몇몇 피난민들이 허우적거리며 한가한 곳을 찾아들었거나 연고자를 찾아가는 사람들뿐이었다. 사람들이 모이는 곳에 먹을 것이 있지 이렇게 외딴곳엔 먹이가 귀하다는 뜻도 된다. 그래서 한내는 민구에게 배고픔을 안겨준 진저리쳐지는 곳이었다.

평평한 해안을 끼고 운치 있는 소나무들이 무리를 이뤄 오래된 마을임을 자신 있게 드러냈다. 직각으로 꺾어져 병풍을 두른 듯한 산 밑에 집들이 옹기종기 자리를 잡고 있다. 마을에 들어오니 길은 비었으나 바닷가엔 노인들과 여자들, 왁왁 소리 지르는 아이들로 들썩했다. 고기잡이 할 그물을 깁고 있는 모양이다. 울컥 비릿한 바닷내음이 택시 문을 열고 내려서는 민구의 코로 깊숙이 파고든다.

"나가실 겁니까? 대기료 내시면 돼요. 기다리지요."

"아닙니다. 여기서 머물 것입니다."

"여관도 호텔도 없는 곳이고 음식을 파는 곳도 없는데요."

"피난 와서도 살았어요."

택시는 아쉬운 듯 한참 멈춰 섰다가 떠나버렸다. 옛날에 비해 집들도 산도 바다도 민구의 눈에 초라할 정도로 작아 보이는 것은 나이 탓에 사물을 가늠하는 눈이 달라졌기 때문이리라. 그는 산 밑에 자리 잡은 마을을 한참 말없이 응시하다가 천천히 새빨간 종탑을 이고 있는 교회로 향했다.

두껍게 가라앉은 앙금

사택에 찾아든 손님을 위해 임시로 지어놓은 방에 민구는 짐을 풀었다. 방바닥이 너무 낮아 채마밭과 거의 엇비슷한 높이여서 그런지 누워있어도 이웃집의 개 짖는 소리, 산길을 따라 걷고 있는 아이들 발자국의 울림, 이웃끼리 모여 두런거리는 미세한 소리에도 머리가 흔들릴 정도로 민구는 예민해 있었다. 옥수수를 삶아 가지고 온 교인, 설 여문 고구마를 미리 캐서 삶았으니 맛이나 보라고 들고 온 교인들과 담소하는 목사님 내외분의 정겨운 웃음소리도 간간히 들려왔다. 서홍 과수원 옆에 자리 잡은 교회 사택에 돌아와 있다는 착각이 들 지경이었다. 어촌교회 사택에 누워 솔가지 태운 냄새가 밴 이불을 덮고 누워있으니 서홍 고향산천이 민구의 눈앞에 훤히 펼쳐지더니 삼십대의 젊은 아버지, 육십대의 할아버지모습이 처연하리만치 생생하게 살아났다.

신동이 태어났다고 숨어서 기쁨을 가누지 못했던 할아버지의 손을 잡고 민구는 서당을 다녔었다. 신학문의 물결이 거세게 밀려올 때이건만 할아버지는 장로님답게 세상을 보는 시야가 넓었다. 이 나라 곳곳에 아로새겨진 한문의 문화를 알아야한다는 지론을 가지고 민구를 서당에 넣었던 것이다. 세 군데나 있던 서당이 신학문에 밀려 문을 닫아갈 즈음 유일하게 남은 양지골 서당에 할아버지는 열심을 내서 민구를 끌고 다녔었다. 어린 손자는 할아버지를 기쁘게 해드릴 목적으로 두꺼비가 파리를 잡아먹듯 넙죽넙죽 강요하는 한자를 받아 외웠었다. 손자가 한문을 익혀가는 것을 보는 재미가 일제의 핍박 밑에 우울하게 지냈던 할아버지를 위로해주었고 해방 뒤 암담한 좌익이니 우익이니 하는 소용돌이 속에서 누리는 유일한 낙이기도 했다. 할머니와 할아버지가 거하는 과수원 안채의 안방 벽에 써 붙인 천자문을 할아버지의 무릎 위에 앉아 어린 민구가 몸을 좌우로 흔들며 순식간에 열자를 외워 창호지 위에 붓으로 그려 놓으면 할아버지는 '으흥, 으흠. 고녀석 참 기특해'를 연발하며 헛기침을 했었다. 민구는 어른들에게 인정받는다는 사실을 떠나 엿보다도 더 단단하고 달콤한 누런 눈깔사탕을 받아먹는 재미에 촉각을 곤두세우고 외웠건만 할아버지에겐 조금도 그런 감이 잡히질 않는 모양이었다. 그 시절에 배운 한문 실력이 사십 줄에 선 민구가 아버지를 찾는데 도움을 주고 있으니 눈깔

사탕의 위력은 지금까지 그 여력을 발휘하고 있는 셈이다.

아버지는 할아버지와 달리 민구에게 한글을 깨우치게 하느라고 열을 올렸다. 교회사택의 안방 벽에 한문 대신에 기역, 니은, 디귿…… 아야어여오요……를 써 붙이고 천자문을 외울 때처럼 몸을 좌우로 흔들게 하고 조금이라도 게으르면 아버지는 회초리를 들고 호령을 했다. 민구는 할아버지와 아버지 사이를 오가며 한문과 한글을 익히느라고 소학교에 들어가기 전에 무척 바빴었다.

어머니, 아버지 그리고 민구 셋이서 드리는 가정예배에서 민구와 성경을 더듬으면서라도 읽을 수 있을 때 아버지가 보여준 것은 민구가 보기에도 아니꼬운 아주 인색한 미소를 살짝 흘린 것이 고작이었다. 해질녘 아버지는 민구의 손을 잡고 붉게 물들어가는 서쪽하늘을 바라보며 냉천을 따라 놀이청을 향해 걸으면서 이것저것 유심히 관찰하게 했다. 저녁별에 길게 누운 그늘을 밟으며 사위를 둘러보고 둥지를 찾아가는 산새들이 쏜살같이 머리를 짓 숙이고 날아가면 아버지는 아주 진지한 질문을 민구에게 던졌다.

"넌 누가 만들었느냐?"

"아버지 어머니입니다."

"그건 육신의 부모이고, 너의 본래의 아버지는 누구냐?"

"하나님 아버지입니다."

"네가 죽은 뒤에 갈 곳이 어딘지 아느냐?"

"하늘나라입니다."

"예수님은 누구냐?"

"하나님의 아들입니다."

"이 세상을 누가 창조했느냐?"

"그야 하나님이 말씀으로 창조했습니다."

"그럼 저기 둥지로 날아가는 새는 누가 창조했느냐?"

"하나님입니다."

목 언저리에 노란 깃털을 두른 이름 모를 산새를 보며 아버지와 아들은 창조주의 놀라운 솜씨에 감탄했다. 민구의 삶 속에 아버지는 창조의 가치관을 은연중에 심어주어서 민구는 성인이 된 지금 하나님을 부인하며 살아가면서도 그것으로 인해 신음할 적이 많았다. 창세기 1장 1절의 '태초에 하나님이 천지를 창조 하시니라.'를 믿는 믿음 위에 하나님의 문화는 시작하는 것이라고 믿었던 아버지는 어린 민구를 그다지도 열심히 교육한 것이 아니겠는가. 황해도 서흥의 가을은 오만가지 색을 자랑하는 나뭇잎으로 인해 초록색을 누르는 계절이었다. 성경구절을 단 한자도 틀리지 않고 외워야 하는데 어쩌다가 암송을 완벽하게 못하면 아버지는 무섭게 회초리를 들었다. 냉천에 나가 앉아 성경을 외우면서 조금 전에 얻어맞은 종아리가 아파서 민구는 개울물에 다리를 담그고 훌쩍이면서 열심히 중얼거렸다. 신명기 6장 4절과 5절의 말씀이었다.

"이스라엘아 들으라. 우리 하나님 여호와는 오직 하나인 여호와시니 너는 마음을 다하고 성품을 다하고 힘을 다하여 네 하나님 여호와를 사랑하라."

민구는 지금도 나뭇잎이 물드는 가을이 오면 꼭 한 번씩 신명기의 이 구절을 상기하며 아버지와의 유일한 끈을 확인했었다. 사십의 중턱에 섰으면서도 유년의 삶이 민구를 사로잡고 있기에 새우처럼 허리를 휘고 한내교회의 사택에 누워 눈꼬리를 눈물로 적시다가 잠이 들었다.

새벽녘인가. 머리가 깨지도록 울리는 굉음에 눈을 뜬 민구는 한참동안 이게 무슨 소리인가 해서 눈만 껌벅거렸다. 차차 잠이 달아나고 머리가 맑아오면서 그것은 그가 자고 있는 방에서 불과 열 발자국도 안 되는 곳에 세워진 종탑에서 울려 퍼지는 새벽종소리임을 알았다. 모기장을 밀치고 가만히 내다보니 목사님이 종을 기도하는 자세로 천천히 잡아당기고 있었다. 새벽미명을 안고 종을 치는 분이 아버지와 너무 닮아 보여 민구의 가슴이 후드득 뛰기 시작했다. 아버지는 어린 민구를 주일새벽이면 어김없이 깨워 새벽기도회에 데리고 나갔다.

민구는 서둘러 옷을 주워 입고 교회로 나갔다. 폐 깊숙이 싸늘하고 맑은 바다공기가 상쾌하게 파고 들어왔다. 열 평 크기의 마룻바닥 교회는 그가 조국을 떠난 뒤 늘 추억으로 그의 머리에 자리 잡았던 교회와 비슷했다. 방석도 없는 마루 위에 꿇어앉으니 여섯, 일곱 살 적의 순수한 어린 경건심이 그의 가슴 속에서 피어올랐다.

어촌에서는 새벽이 가장 바쁜 시간대이기에 칠순이 넘어 몸을 잘 가누지 못하는 노인 한 분과 제단에서 밤을 새운 할머니 한 분, 그리고 맨 뒷자리에 앉은 사모님이 전부였다. 민구까지 모두 네 사람의 교인을 위해 목사님은 넥타이를 매고 양복을 입고 강대상에 서 있었다. 그의 아버지, 강철희 목사도 농번기의 새벽기도회에 어머니와 민구, 두 사람을 놓고 정장차림으로 서지 않았던가. 너무나 오래 잊고 있었던 아버지의 정장모습이 그의 마음을 파고들어와 민구는 머리를 떨구고 오랜 세월 잊고 지냈던 하나님을 가만히 불렀다.

"제 아버지를 불치병에서 구해주신 하나님, 그렇게 굳건한 믿음을 가졌던 제 아버지를 왜 버리셨습니까. 당신의 권능의 손으로 그를 바위틈에 숨기시고 당신의 크신 두 손으로 덮으실 수도 있지 않았습니까? 당신의 아들 예수님도 십자가상에서 엘리 엘리 라마 사박다니(나의 하나님, 나의 하나님, 어찌하여 나를 버리시나이까.)하고 절규했다면 인간인 제 아버지가 죽음을 앞둔 아픔에서 어찌 견뎌낼 수가 있었겠습니까. 제 아버지를 불쌍히 여겨주소서. 철조망을 넘어 어디로 갔으며 어떤 괴로운 삶을 사는지 제가 꼭 알 수 있도록 그가 있는 곳으로 저를 안내하시든지 그것이 불가능하다면 그 후의 소식이라도 듣게 하소서. 비록 아버지의 삶이 가룟 유다와 같은 삶이었다 해도 좋습니다. 제가 여직 아버지를 미워한 것을……."

모기를 쫓기 위해 틀어놓은 선풍기가 너무 오래 돌아가서 목쉰 소리를 냈지만 민구는 혼자 남아 무릎 위에 눈물을 떨구며 아버지를 향해 봇물 터지듯 흐르는 그리움을 달래느라고 몸부림쳤다.

"부두에 나가시겠어요? 여긴 아낙어가 잡히는 곳이라 이 시간에 배들이 들어온답니다."

먼동이 터서 어둠이 완전히 물러난 뒤에도 민구가 교회에서 나오질 않자 목사님이 들어와 가만히 그의 어깨를 흔들며 이렇게 말했다. 어느새 그는 넥타이와 양복을 벗어버리고 어부처럼 허름한 옷을 입고 그의 곁에 서 있었다.

"아침 식사는 매운탕을 끓이라고 했어요. 멀리서 찾아온 교회 손님이라고 교인들이 새벽에 그물에 걸린 낙지를 가져오기도 하고 잘기는 하지만 잡어들을 우물가에 가져다 놨더군요."

민구는 아낙어 살 돈을 가지러 방에 들어가 지갑을 찾아 바지주머니에 찔러 넣고 목사님을 따라나섰다.

"이 교회가 서른여덟 해 전의 제 기억에는 없었는데 맞습니까?"

"그럴 테지요. 금년으로 창립 15주년을 맞았으니까요."

"마을에 비해 교회가 너무 작다는 생각이 드는군요."

"이렇게 작은 교회를 채울 교인이 없답니다."

"전도를 하셔야지요."

"그게 힘들어요. 고깃배를 타는 사람들은 대대로 섬겨오던 신을 절대로 떠나려하지 않아요. 강 선생님이 어린 시절 본 것과 변한 것은 하나도 없을 겁니다."

주일에 모인 교인 수가 이십 명을 채우지 못한다니 목사님이 무엇으로 생계를 유지하는지 모를 일이었다. 그나마 마루는 삐걱대고 유리창은 돌멩이에 맞았는지 여러 장이 깨져있었다.

"여기에 교회가 존재하는 것도 기적입니다. 제가 여기 오기 전에 교역자들이 일 년을 못 넘기고 떠나버릴 정도였답니다."

"먹고 살 것이 없어서 그랬겠지요."

"생계비는 이차적인 문제입니다. 밤이면 동네사람들이 슬그머니 숨어들어와 돌을 던지고 교회 종을 난타하고 사라지지요. 하나님보다 더 힘이 센 그들의 신이 그랬다며 교회를 헐라는 거야요."

"지금도 그런 짓을 합니까? 어젯밤엔 조용했는데요."

"제가 와선 그런 일이 드뭅니다. 제가 이 고장 출신이니 동향인에 약한 것이 우리민족 아닙니까. 날 봐서 참아주는 것이지요. 그렇다고 그런 짓이 아주 근절된 것은 아닙니다. 달이 없는 밤이면 바람처럼 나타나 유리창을 깨고 달아나거나 종을 치고 도망가지만 모른 척하고 지내지요."

돌담을 끼고 뚫린 길을 따라 걷다가 민구는 아침이슬에

젖은 비파를 보고 그 앞에 멈춰 섰다. 가는 털이 빈틈없이 난 비파 잎은 너무 두꺼워 아무리 배가 고파도 따먹을 수 있는 이파리가 아니어서 어린 민구를 슬프게 한 적이 있는 나무였다. 문득 오수리 죽림포에 홀로 살았다는 곤발네 할머니가 떠올랐다. 삼백 년 이래 처음 당했다는 흉년에 가난한 과부가 손수 농사지어 거둬들인 수수와 조로 엿을 고와 오줌통에 감춰놓고 굶주림에 허덕이다 죽어가는 아이들에게 한 주먹씩 떼어주어 살려냈다는 거제도 토속전설 속의 할머니다. 그 시절에 민구는 꿈속에서라도 그 할머니를 만나려 애타게 기다렸지만 단 한 번도 곤발네는 허기져 죽음을 생각하는 어린 민구 앞에 나타나질 않았었다. 아버지가 믿는 하나님 때문에 이렇게 섬에 버려진 민구에겐 이 섬 아이들이 흔히 듣는 그런 류의 꾸중도 들을 수가 없었다.

"너는 대숲 곤발네 할머니 집으로 가라. 거기에 가면 게으르게 놀아도 오줌통에 담아놓은 엿을 줄 것이여."

"싫어요."

오줌통에 담아놓은 엿이란 말에 비위가 거스린 아이들이 도리질을 하며 피하는 아이들 틈에도 그가 설 자리는 없었던 것이다. 도랑을 따라 가순아(家順兒)나뭇잎이 한창 무성했다. 그 시절엔 배고픈 피난민들이 구역질나는 가순아 잎도 다투어 따먹었었다. 청진이나 원산에서 피난 온 사람들은 가파른 앵산으로 기어 올라가 산 흙을 파헤치고 메를 캐기도 하고 나무껍질을 벗겨 먹기도 했다.

팔월의 바닷바람이 끈적끈적한 소금기를 실어 와서 민구의 머리털이 금세 뻣뻣해졌다. 갈퀴손을 해서 머리를 빗는 손에 소금이 묻어나는 것 같았다. 아열대식물인 동백, 팔손이, 소철, 종려나무가 육지에서는 화분에 담겨 귀하게 길러지는데 여기서는 울안에 무성하게 자라고 있어 기후가 온화한 곳임을 알 수가 있었다. 그 춥고 암울했던 전쟁의 겨울에 민구가 이렇게 좋은 기후의 섬에 와서 그나마 얼어 죽지 않고 살아남은 것이 아니겠는가.

밤새워 통발에 기어든 아낙어을 뭍에 건져 올리자 죽겠다고 허우적였다. 돛단배 크기의 작은 배를 모는 영세어부들이 근해에 나가 밤새워 잡아온 아낙어는 이곳에서 소비되는 것이 아니었다. 바닷물이 담긴 통에 넣어져서 대도시로 나갈 때까지 살아있어야 제값을 받을 수 있어서 아주 소중하게 다뤄졌다. 어린아이 새끼손가락만 한 돌게가 물이 빠진 자갈밭을 겁 없이 기어 돌아다닌다. 전쟁의 겨울에 민구가 바닷가에 나와 수없이 잡았다가 버린 그런 게들이었다. 공해로 찌들어가는 항구와는 달리 바다 밑이 나일론 망사 옷을 입은 것처럼 훤히 드러났다.

"저 배들이 LST가 정박했던 자리에 있으니 아직도 이곳은 전쟁을 치르고 있다는 생각이 제게 드는 걸요."

민구가 바라보는 쪽을 목사님도 보며 안개가 걷혀가는 바다 위를 나는 갈매기들 수를 세었다.

"강 선생님을 알아보는 노인이 한 분도 없어 어쩌지요."

"그야 너무 당연하지요. 전 여기서 겨울을 나고 배고픔을 참지 못해 혼자 한내를 빠져나갔으니까요. 먹을 것이 지천으로 쌓여있던 고현의 보급창고 근처를 배회하다가 고아원으로 보내졌고 그것이 태평양을 횡단하는 제 인생의 전환점이 되었지요. 아버지도 어머니도 제가 남의 집 처마 밑에서 잠을 자며 기다린 그 긴긴 겨울에 절 찾아 여기 오시지 않는 걸 보면 제가 죽었다고 포기했거나 그쪽에 피치 못할 사정이 있었겠지요."

"전쟁이 끝나고도 포로들 문제로 2년간이나 이 섬은 소란했답니다. 그 소용돌이가 지난 뒤 한 달에 한 번씩 여기 와서 아이를 찾아 헤매는 남자가 있었다고 노인들이 그러더군요. 벌써 삼십여 년이 지난 옛이야기지만 그분이 강 선생님의 아버지일 가능성도 있겠지요."

"얼마동안 그분이 아이를 찾아다녔나요?"

"몇 년 전까지 매달 한내를 중심으로 고현까지 애타게 돌아다녔다는데 그 후 발을 뚝 끊었다는군요."

"그분이 그럼 제 아버지일까요?"

민구는 가슴이 철렁 내려앉고 얼굴이 붉어져서 숨이 가빠왔다. 아아! 아버지는 그를 찾아 한내를 오랜 세월을 두고 돌아다녔는데 그는 바다를 건너가 따뜻한 양부모 밑에서 편히 지내고 있었으니. 그러나 고아원을 샅샅이 뒤지고 찾아다녔다면 미국으로 입양된 것을 알아낼 수도 있었을 터인데 왜 그런 머리를 갖지 못했을까.

"십 년 전까지 해마다 여름이면 실성한 여자가 아들을 찾으려고 이 마을에 와서 구슬피 울다가 가곤 했는데 병들었는지 오질 않아 처음 몇 년은 동네 사람들이 기다리기까지 했다는군요."

"그분이 제 어머니가 아닐까요? 그 여인이 찾는 아이의 이름이 혹시 모세이거나 민구가 아니었나요?"

"미친 여자가 하는 말이니 누가 아이의 이름에 신경을 썼겠어요. 더구나 십 년 전 일인 걸요."

"제가 한내로 보내졌을 때 찾아온 집은 송가네였어요. 송가실을 찾아온 것이지요."

"송씨 가문이라면 이 마을을 뜬 지 오래되었다고 하더군요. 그 집과 친히 지냈던 집안이 있으니 만나보면 소식을 들을 수 있겠지요."

살아서 펄떡이는 아낙어를 몇 마리 사들고 두 사람은 아침 햇살을 담뿍 안고 있는 교회로 돌아왔다.

"한겨울만 여기서 나고 떠난 것이 실수였다는 후회가 듭니다. 고아원으로 보내질 때 필사적으로 도망해서 한내에 와서 아버지나 어머니를 기다렸어야하는 것인데 후회됩니다. 이런 교회가 그때 있었다면 전 교회에서 자며 한내에 머물러 있었을 터인데 그 시절엔 교회가 없었으니."

"설령 교회가 있었다 해도 전쟁의 배고픔에서 살아남지 못했을 걸요."

나물을 캐고 해조류를 뜯어 먹는 것도 가족이 있어야 어울려 먹는 것이지 8살 어린 민구에겐 한내에 머물러 등을 비빌 곳이 없었다. 유일한 소망이었던 송가실네도 전쟁이 나기 수년 전에 섬을 떠나 북으로 가버린 뒤였기 때문이다. 앵산 기슭 가파른 곳에 송가실을 기억하는 집안이 살고 있었다. 뿔이 무섭게 자라고 몸집이 우람한 황소 한 마리가 길을 막고 있어 한참 기다려 뜸을 들인 뒤에 그들은 황소 곁을 지나 대문 안으로 들어갔다. 마루에 온 식구들이 상을 중심으로 둘러앉아 아침을 먹고 있다가 낯선 손님이 오니 엉거주춤 일제히 일어섰다.

"이분이 미국에서 부모를 찾으러 여기까지 나온 강민구 선생님입니다. 송가실을 찾아오셨다지 뭡니까."

목사님이 민구가 이른 시간에 여길 찾아온 이유를 자상하게 말하는 순간 그들을 불에 덴 사람들처럼 주저하는 빛이 완연했다.

"그 사람들이 여길 뜬 지 하도 오래 돼서……."

"제가 알고 싶은 것은 그 여자가 이 섬에 올 때 데리고 온 아들의 소식을 듣고 싶은데요."

"섬을 떠날 때 조부모가 손자를 데리고 갔고 그 후 그들은 여기에 돌아오지 않았어요."

"농토는 어떻게 하고 갔습니까?"

"몇 년 내에 온다고 내게 맡기고 갔는데……."

저들이 강민구가 들어섰을 적에 놀라는 이유를 알만했

다.

"저는 그 가정과 깊은 관계가 있는 사람입니다. 왜 농토까지 버리고 그 가정이 여길 떠야 했는지 그 당시의 상황을 아시는 대로 상세히 말씀해 주시겠어요."

고희를 넘긴 이 집안의 가장 연로하신 할아버지가 민구의 얼굴을 보지 않고 앵산을 향해 앉아 더듬더듬 옛날을 회상했다. 송가네가 한내를 찾아온 것은 해방되기 삼년 전이었다. 돈을 듬뿍 벌어 와서 땅을 사고 집도 짓고 해서 타향살이에 돈을 제법 벌어온 송가집안을 모두 부러워했다. 중국으로 가서 돈을 벌어오겠다고 떠난 집안이 어른들은 타향에 묻혔지만, 자식들이라도 고향을 찾아왔으니 기특하다고 모두 저들을 칭송했다. 하지만 아들 하나를 낳고 혼자 됐다는 송가실은 아이를 버려두고 육지로 나갈 짐을 꾸렸다. 그때 가실의 아버지는 딸이 육지에 나가는 것이 못마땅해서 동네가 떠나가게 딸과 다투고 언성을 높였다.

"이 섬에서 살지 육지에 나오지 말라고 강 장로가 말했지?"

"저들의 죄를 이렇게 숨겨둔다고 드러나지 않을 줄 아세요."

"그래선 못 쓴다. 이 많은 땅을 사준 분을 그렇게 몰아붙이면 천벌을 받는다."

"북쪽으로 가서 혁명에 가담할 것입니다. 부자가 없이

평등하게 사는 나라를 건설하고 사랑하는데도 헤어져야 하는 전통을 깨트리는 일에 앞장선 투사가 될 것입니다. 강가 놈의 집안을 짓밟아 풍비박산을 내버릴 테니 두고 보세요."

"은혜를 원수로 갚지 마라. 그분들이 그래도 하나님을 믿으니까 우리를 이렇게 사람 취급해서 땅을 사주었지 다른 사람들이었다면 그냥 길거리로 쫓아냈어."

송가실은 이런 아버지를 향해 악을 썼다.

"민석 아범에게 편지해도 이젠 답장이 없어요. 날 이 지경으로 만들어놓고 자기는 성자가 된 것처럼 신학을 해서 목사가 된다나요. 한 여자의 가슴에 못을 박은 남자가 목사가 된다고. 흥! 어디 두고 보라지."

"그 집 근처에도 가지 마라. 우리에게 땅을 이만큼 줄 때 이미 보상받은 것이 아니겠니."

"버려놓고 내 인생을 돈으로 보상한다고, 어림없는 소리!"

"제발 육지로 가지 마라. 여기서 땅을 파먹고 민석일 길러가며 재미있게 살자. 첩을 거느린 것이 부의 상징인데도 그 집안 신분이 하나님을 믿으니 그것이 죄라며 이렇게 땅을 사주며 우리에게 사죄했는데 과거는 잊어버려라."

"돈으로 해결한 수작이 역겨워요. 두고 보세요. 우리 천민계급이 그들을 누르고 살 시대가 오도록 제가 싸울 것입니다."

딸의 격렬한 성격을 아는 송가네는 고현 나루터에서 먼저 딸, 가실을 육지로 떠나보냈고 삼 년이 지나 해방이 되던 해 딸의 편지를 받고 민석을 데리고 두 노인은 서둘러서 한내를 떠났다.

"그들이 떠난 뒤에 어떤 소식을 들으셨나요?"

"나와의 정분이 있고 토지를 내게 부탁하고 갔으니 몇 번 편지가 왔으나 알려진 빨갱이가 됐다는 송가실의 소문을 듣고 내 쪽에서 소식을 먼저 끊고 편지는 불태워버렸지요. 그 시절에 잘못하면 이런 일로도 빨갱이하고 내통한다고 잡혀가는 시절이었으니까요."

"그럼 송씨네는 아무도 이곳엘 온 적이 없군요."

민구가 아주 낙담해서 이렇게 말하며 머리를 떨구었다. 여기서도 아버지를 찾는 줄이 끊긴다면 그가 아버지의 과거를 추적하는 일이 꽉 막히기 때문이다.

"이런 말을 해야 할지 모르지만 소문으로는……."

"소문이라도 좋으니 송씨 집안에 관한 것이라면 무엇이나 말씀해 주세요."

그래도 노인은 내키지 않는지 입을 열지 않았고 나중엔 겁이 나는지 마른 침을 삼켰다.

"헛소문이라도 좋아요. 모두 지나 가버린 옛이야기니까요."

목사님이 이렇게 재촉을 했다.

"포로들이 여기 갇혀 있을 적에 송가실이 간호사가 돼서 야전병원에 근무하는 걸 봤다는 사람도 있고 양공주로 옥산리 열마지기골을 배회하는 걸 똑똑히 봤다는 사람도 있었어요."

"으음."

민구가 신음했다. 여직 얻어낸 정보를 놓고 분석해보면 송가실이 수용소 안팎을 드나든 것이 분명해졌기 때문이다. 멀리서 온 손님을 위해 차린 조반상엔 이 지역에 흔한 해초묵이 놓였고 잡어를 넣고 끓인 매운탕이 입안에 군침이 돌게 했다. 오늘 하루도 엄청나게 더울 것을 예고하듯이 햇살이 벌써 기승을 부리기 시작해서 세 사람 모두 땀을 흘리며 조반을 들었다.

"야아! 아버지를 찾는 일이 여기서 끝이 나는 것인가 봐요."

민구가 수저를 놓고 땀을 닦으며 이렇게 말했다.

"중이 성경을 암송해서 상을 탔다고 했지요. 그분을 만나면 뭔가를 얻어낼 것 같은 기분이에요. 여자의 직감이에요."

"차영호란 사람 말이지?"

"맞아요. 그분을 수소문해서 찾아가 보면 실마리가 잡힐 것 같아요."

앵주가 이마에 밴 땀을 연신 손수건으로 찍어내며 민구에게 힘을 주었다.

"어서 서둘러 고현으로 갑시다. 포로들이 살았던 현장을 보고 아직도 이 섬에 살아남은 포로를 만나보면 강 선생이 원하는 무엇을 찾을 수도 있을 거요. 내가 알기로는 거제도에 주저앉은 포로가 유일하게 한 분 생존해 있으니 군청에 가서 협조를 구할 수 있습니다."

목사님이 외출복으로 차려입고 서두는 바람에 한 시간 간격으로 지나가는 버스를 타려고 앵주와 민구도 큰 길로 달려 나갔다. 얼굴 타는 것이 두려운 앵주는 챙이 넓은 밀짚모자를 보물단지처럼 가슴에 보듬어 안고 일행에 끼어들었다. 거제도는 너무 큰 섬이라 조금도 섬 맛이 나질 않았으나 만나는 사람마다 바닷바람에 얼굴이 그을려 섬사람임을 속일 수 없었다.

군청에선 관광 책자와 『내 고장 전설』이란 책을 얻을 수 있었을 뿐 포로수용소에 관한 기록은 거의가 이미 잡지에 실린 것들을 베껴놓은 실정이었다.

"포로들 때문에 저희 군민들은 전쟁이 끝난 뒤 2년간을 피난민 아닌 피난살이를 감수해야 했습니다. 고현에 살았던 주민들이 모두 소개당했으니까요. 거제도가 모두의 이미지에 포로수용소로 남는 것이 싫습니다."

군청의 홍보를 맡으신 분이 이렇게 서두를 꺼냈다. 이미 포로 문제로 끊임없이 매스컴을 탄 탓에 찾아간 민구도 아마 취재를 나온 신문이나 잡지 기자일 것으로 생각한 모양이다.

"전 아버지를 찾아 미국에서 나온 전쟁고아입니다. 아버지의 이름을 포로들의 혈인명단에서 확인했거든요."

"아! 그래요."

갑자기 홍보담당 직원의 태도가 변해 아주 친절해졌다. 삼십육 년이 지나 남북으로 뿔뿔이 흩어져버린 포로를 찾아 나선 이 얼간이를 어떻게 맞아야 할지 어리둥절해진 탓일 게다.

"십칠만 명의 포로가 가버린 지 서른여섯 해가 넘었습니다. 일부는 친공포로로 북으로 갔고 일부는 반공포로석방으로 남쪽 땅에 남아 이제 모두 노년기를 맞았을 것입니다."

"제 아버님은 목사였고 아주 눈에 띄는 인물이라 혹시 기억하실 분이 있을까 하는 바람으로 여길 왔습니다."

"그럼 이 지방에 생존해 있는 포로를 한번 만나보시겠어요. 십칠만 명의 포로들 중에 유일하게 여기 남아 산 증인으로 살아가는 분이 있어요."

"너무 감사합니다. 만날 수 있도록 협조해 주세요."

민구는 너무 고마워서 머리를 수없이 조아렸다.

"찾으시는 분의 성함이 무엇입니까?"

"강철희. 밝을 철자에 빛날 희자입니다."

도트 준장의 집무실이 있던 곳에서 길 하나를 사이에 두고 자리 잡은 마을에 평생 포로수용소를 떠나지 않고 살고 있는 포로 할아버지 집을 찾을 수가 있었다. 수용소를 헐어내 버린 터 위에 마을이 세워졌으니 그는 포로 생활까지 합치면 서른여덟 해를 이 땅에서 살아 검은 머리가 백발에 이른 것이다. 그가 사는 집은 고현에서 드물게 보는 좋은 양옥이었으나 생각했던 것처럼 쉽게 면담할 수가 없었다.

"태평양을 건너 예까지 왔으니 좀 만나 뵐 수가 없을까요?"

"병중이라 절대로 안 됩니다."

험한 일로 손끝이 뭉그러진 그의 아내가 필사적으로 막아선다. 북쪽사람들이 즐겨 입었음직한 검은 치마에 하얀 저고리를 입은 그녀는 선불리 볼 수 없는 위엄마저 갖추고 냉정하게 민구와 앵주를 가로막았다. 정갈하게 정돈된 거실. 문이 열려있어 안이 드려다 뵈는 부엌은 모든 물건이 제 자리에 놓여 있어 실제보다 더 좋은 집으로 보였다.

"전쟁이 끝난 지가 언제인데 아직도 우리를 포로 취급하는 거요. 해마다 여름이 오면 기자들이 수없이 취재하러 오니 살 수가 없어요. 아픈 사람을 놓고 몇 시간씩 찍어간 TV에도 단 일 분 방영합니다. 그 일 분을 위해 남편의 영혼과 육신이 얼마나 괴롬을 당하는지 아세요. 제발 이젠 우리를 포로의 망령에서 벗어나게 해 주세요."

"미안합니다. 이분의 경우는 아주 달라요. 신문이나 잡지에 실리는 것이 아니고 포로였던 아버지를 찾아 미국에서 예까지 오셨답니다."

앵주가 애걸하자 마음이 내킨 여인이 조금 유순해졌다. 손님을 뙤약볕이 내리쬐는 마당에 세워두고 말도 꺼내지 못하게 서슬이 퍼렇던 태도를 바꾸어 들어오라고 턱으로 허락의 뜻을 보였다.

"오 분만 만나시오. 녹음기나 사진기는 절대 금합니다."

거실에서 한참 앉아 기다리니 눈꺼풀이 쉴 새 없이 경련을 일으키고 몸이 부자연스러운 할아버지를 부축하고 여인이 나타났다. 노인은 귀가 먹었으니 큰 소리로 말하라고 그녀가 남편의 뒤에 서서 손짓으로 신호를 보냈다.

"제 아버님은 거제도 포로수용소에 갇혀 있던 포로였습니다. 이름은 강철희인데 목사였고 하모니카를 아주 잘 불었답니다. 이분을 아시는지요? 키가 작고 발등엔 인두에 덴 자국이 있었답니다."

민구는 오 분이라는 허용된 시간을 인식하고 노인의 귀에 입을 바짝 대고 고함치듯 말하자 노인은 귀를 기울여 민구의 말을 듣더니 이내 모르겠다고 머리를 흔들었다. 희미하게나마 걸었던 기대가 무너져 내리자 민구는 맥이 탁 풀려 말문을 열지 못했다.

앵주가 대신 노인에게 물었다.

"어쩌다가 포로가 되셨어요?"

"난 귀순병이지 포로가 아냐. 날 자꾸 포로라고 부르지 마."

"왜 귀순병을 포로에 넣었지요?"

“자유대한에 살려고 귀순했는데 멍청한 미국놈들이 나를 포로 취급한 거야. 자본가의 아들이라고 강제로 인민군에 끌려 나갔고 그놈들의 치하에서 사는 것이 싫어 도망쳤는데 지금까지 나를 포로라고 부르니 기가 막혀 속이 탄다니까.”

포로라는 말에 민감한 반응을 보인 노인은 병든 사람답지 않게 카랑한 음성으로 대들어서 온몸에 고집이 서리서리 했다.

“우리가 동물원의 원숭이가 아니니까 고만 하세요. 그 시절에 받은 충격으로 저렇게 고생하시는 분을 자꾸 괴롭히지 마세요.”

“저도 전쟁의 피해자입니다. 고아로 긴 세월을 미국에서 외롭게 자란 놈입니다. 이 가정 혼자만 그런 슬픔을 당한 것이 아닙니다.”

민구가 노인의 갈라지는 음성에 맞먹게 날카롭게 말해도 여인은 못 들은 척 노인을 부축해서 안방에 뉘고 나왔다.

“누가 우리의 불행을 책임질 것입니까. 정부가 질 것입니까. 아니면 이웃이 질 것입니까. 고아로 미국에 보내졌다니 쯧쯧…… 불쌍해라. 내 경우도 얼마나 비참한 줄 알아요. 가족이 모두 폭격에 죽고 열여덟 살 처녀가 혼자 전쟁을 겪었으니 말이요.”

여인이 얼굴의 근육을 떨며 훌쩍이기 시작했다. 상당히 씁쓸한 만남이었다. 자상하게 포로생활을 들려줄 것을 기대했는데 그들은 과거를 지워버리려고 의식적으로 노력하고 있었다. 행복했던 시절을 회상하는 것보다 고생과 눈물로 얼룩진 과거는 아름답다고 하던데 타의에 의해서 가늠할 수 없는 상처를 입은 옛일은 시간이 지나도 흉물스러운 것으로 남아있는가 보다.

"아무래도 여기서 아버지를 찾기는 끝이 나는 것 같아."

민구는 너무 낙담해서 어깨를 늘어뜨리고 힘없이 그 집을 빠져나오며 한숨지었다.

"인내를 가지고 더 추적해야지요. 아직도 이 나라엔 반공포로로 풀려나와 사는 사람들이 많아요."

앵주가 어른스럽게 민구를 다독였다.

"맞아. 차영호란 중이 있었지. 그 사람을 만나려면 중들을 동원해서 수소문해야 하나."

"중이라는 신분으로 압축했으니 쉽게 찾아볼 수 있어요."

그래도 무엇이 석연치 않은지 민구가 시무룩한 표정을 감추지 못하자 앵주는 새가 조잘거리듯이 이렇게 말했다.

"제게 보여주시겠다는 생명의 줄을 끝까지 따라가서 잡아야지요. 민구 씨의 아버지가 그 어려운 전쟁의 소용돌이에서 죽음을 앞에 놓고 철조망을 넘으면서까지 발버둥쳐서 어떤 줄을 잡았는지 꼭 알고 싶어요. 학원가를 뒤덮은 최루탄이 안개로 변해 전국을 감싸고 노사분규의 바람이 거세게 불어닥치는 이 혼란한 상황을 뚫고 나갈 길을 그분이 꼭 우리에게 제시해 줄 것이 분명해요. 그분이 사셨던 시대는 지금보다 더 처절했었으니까요."

"그래. 끝까지 아버지를 찾아보기로 하자."

두 사람은 구렁이처럼 몸을 늘이고 누워있는 계룡산을 등지고 고현의 중심을 꿰뚫는 큰길로 나와 힘차게 걸었다. 앵주와 민구 둘이서 포로 댁을 찾아가라고 일러주고 시내에 전도를 나간 목사님을 만나기로 한 다방 '약속의 땅' 간판이 그들 앞에 또렷하게 다가왔다.

포로 아버지와 하모니카

어촌의 아침은 비릿한 바다냄새와 먼지 없는 공기를 뚫고 치솟는 갈매기의 울음소리로 시작했다. 새벽일을 서둘러 마친 아낙들이 잰걸음으로 교회 문을 밀치고 들어섰다. 부서진 풍금은 제멋대로 소리를 질러대는 바람에 반주도 없이 주일아침예배가 진행되었다. 개펄과 논밭 일로 피곤이 얼굴에 고인 이십여 명의 교인들은 민구를 둘러싸고 호기심에 들떠있었다. 여덟 살에 깡통을 차고 한내에서 겨울을 났다니 노인들은 모두 한마디씩 했다.

"그때 버려진 아이들이 하나둘이었나. 마당에 쌓아놓은 짚을 들치면 굶어서 얼어 죽은 아이들이 그 속에 버려졌었지. 그래도 선생은 용케 안 죽고 살은 건 기적이야. 인명이 재천이라고 살 놈은 어디에 가도 산다니까."

"전 맨땅이나 산에서 자지 않고 굴뚝을 껴안고 잤어요."

“끼니는 어떻게 때웠나?”

“바다에 나가면 파도에 밀려오는 음식찌꺼기가 있었지요.”

민구는 교회에서 상거(相距)가 가까운 곳에서 철썩이는 하늘을 닮은 바다를 눈을 지그시 감고 바라봤다.

그 당시 옹기점의 굴뚝에서 피어오르는 연기처럼 하늘을 가리는 큰 불길이 솟아올랐다. 보급 창고에 불이 난 것이다. 그다음 날부터 타다만 오만가지 잡동사니들이 물결을 타고 한내의 해변으로 밀려왔었다. 삼성조선소의 배 두 척이 그 시절의 LST처럼 장중한 자태를 과시하고 있어서 민구는 더욱 실감나게 그 옛날을 회상할 수 있었다. 뒤꿈치가 불에 살짝 타버린 구두를 바닷가의 돌을 주워 자근자근 두드려 펴면 신을 만한 구두로 둔갑해서 민구는 그 구두로 배불리 한 끼 밥을 얻어먹을 수 있었다. 지금 생각해 보면 그것이 오트밀인데 그 시절엔 무엇인지도 모르고 주워 먹은 것을 생각하면 웃음이 났다. 탄내가 매콤하게 배어있고 바닷물에 젖어 밀려온 눌린 보리 통을 주워들고 다니며 배고플 적마다 한 주먹씩 꺼내 입에 넣고 꼭꼭 씹으면 달착지근한 맛이 우러났었다. 잠자고 나면 바다는 이상한 것들을 갯벌에 실어다 놨다. 생선내장 썩는 냄새보다 더 고약한 사람의 손가락이나 발목에서 잘려진 발이 파도를 타고 밀려와 귀신이 나온다고 아이들은 바다를 두려워하기도 했다. 먹으로 용의 형상을 뜬 문신이 새겨진 팔뚝이 밀려왔을 적엔 군인 내보낸 남편을 생각하며 통곡하는 여인들의 곡성이 한내 마을을 초상집으로 만들기도 했다.

포로들끼리 싸움이 붙어 극악한 포로들이 사람을 죽여 도끼로 토막을 내서 똥통에 넣어 바다에 버렸다는 것이다. 산 하나를 사이에 두고 같은 바다를 끼고 있는 한내는 그해 겨울 물고기를 엄청 많이 잡았는데도 줄지 않고 풍성하게 몰려들었다. 십칠만 명에 달하는 포로들의 인분과 맞아죽은 시체를 먹이로 삼은 플랑크톤이 번식해서 고기들이 많아졌다며 바다에서 잡은 고기를 꺼리는 피난민들도 있었다.

그러나 민구에게 바다는 꿈이요, 생명줄이었다. 처마 밑에서 자고 제일 먼저 눈을 비비며 바닷가에 나가면 운이 좋은 날은 땅콩버터와 포도잼 깡통이 담긴 반쯤 타버린 상자를 줍기도 하고 소매 끝이나 허리 부분이 연기로 그슬려 꺼매진 옷가지도 주워서 먹을 것과 바꿀 수 있었다. 그 당시에 발생했던 보급창고의 대화재가 그를 먹여 살린 셈이다. 먹을 것을 잔뜩 싣고 있는 산을 닮은 배는 민구가 동경하는 보물섬이었고, 거기에 타고 있는 코쟁이들은 하늘을 나는 천사들처럼 보였다. 저 배를 타고 미국으로 간다면 다시는 이 나라에 돌아오지 않으리. 이 배고픔을 면할 수만 있다면 여기서 저 배까지 헤엄칠 수도 있는데…… 전쟁이 없고 먹을 것이 많은 나라가 곧 천국이요, 아버지가 말하는 하나님의 나라가 아니겠는가. 민구는 자고 깨면 바닷가에 나가 멀리 떠 있는 배들을 바라보며 기도를 했다.

"이 나라를 뜨게 해 주세요. 다시는 이 무섭고 배고픈 나라에 돌아오지 않을 테니까요. 요셉이 형제들에게 버림받고 애굽에 팔려가 고생을 하지만 총리대신이 된 것처럼 내게도 그런 기회를 주세요."

매일 아침 그는 바닷가에 주저앉아 두 손을 맞잡고 그렇게 기도를 했다. 겨울이 가고 봄이 왔을 때 그는 깡통의 양쪽에 구멍을 뚫어 철사 줄에 꿰어 어깨에 메고 국군이 쓰다버린 찌그러진 철모를 쓰고 굴뚝을 껴안고 잠을 자고 나서 얼굴엔 앙괭이를 그리고 두 눈을 반짝이며 한내를 벗어나는 출 한내를 감행했다. 그의 모든 꿈이요, 소망인 LST를 향해 그는 군인처럼 당당하게 걸었다. 그것이 1951년 어느 봄날이었다.

"민구 씨, 오늘은 수용소 현장을 둘러봐요. 어린 시절에 본 것들이 남아 있을 수도 있고 목사님 말씀으로는 그 당시 수용소를 드나든 분을 만날 수도 있대요."

앵주가 설쳐대는 바람에 민구는 택시를 전세내서 고현으로 향했다. 닭의 벼슬을 닮아 계룡산이란 이름이 붙은 산이 배고프던 어린 시절에 본 것만큼 웅장하지가 않았다. 뚜렷한 산봉우리가 없이 일자로 밋밋하게 이어지는 계룡산은 길게 누워있는 구렁이의 형상이었다.

거제도는 수용소 소장만도 열셋이나 잡아먹은 험악한 곳이라 장군들의 무덤이란 말까지 나왔다고 역사엔 기록되어있다. 포로들이 소장을 납치한 사건도 있어 세계역사상 기네스북에 오를 사건을 연출한 곳이기도 하다. 납치당했던 프란시스 T. 도트 준장과 그 후임 소장인 찰리 콜슨 준장이 강등당해서 대령으로 떨어지게 한 현장이 고현인 셈이다. 삼백여 명의 반공포로들이 집단 학살당한 곳이기도 하다. 한반도의 전쟁이 막바지에 이르자 한반도 남단에 위치한 섬에 포로수용소를 짓고 실려 온 포로들이 갇힌 상태에서 두 편으로 나뉘어 격렬한 전쟁이 치러진 현장이다.

두 개의 이데올로기가 거제도란 섬에서 그것도 포로로 갇힌 수용소 안에서 박치기를 했다. 휴전 상태로 돌입한 시기인데도 이 섬에 모인 포로들은 패를 갈라 싸움질을 했다. 낮에는 미군들과 한국경비대가 있어 조용히 넘어갔지만, 밤이 되면 포로들끼리 남은 수용소 안은 남과 북으로 갈렸다. 조직력이 강한 북쪽이 자연히 수용소를 장악해서 밤은 지옥으로 변했다. 죽임을 당하는 측에선 고통없이 순간적으로 죽는 것이 좋은 법이다. 교수형보다는 총살이 낫고, 총살보다는 전기의자가 좋다고 한다. 갇혀있는 포로들이 서로 잡아 죽이는 방법은 개, 돼지를 죽이는 것보다 더 시간이 걸리고 처참했다. 주로 타살과 린치를 가해서 죽이는 것이니 이 가운데서 살아남기 위해 민구의 아버지는 과연 어떤 태도를 취했단 말인가. 살기 위해 아버지는 김호식 노인과 함께 광대가 되었다고 하지 않았던가. 순간 민구는 아버지에 대한 강렬한 연민의 정이 피어올라 눈시울을 붉혔다.

계룡산 발치, 고현중학교 앞에 위치한 인민군 군관수용소는 사면의 벽만 앙상한 해골처럼 남아 있었다. 이학구 소좌와 협상하는 도트 준장의 그림이 벽에 어설픈 솜씨로 그려져 있어 민구는 잠시 멈춰 서서 풍상에 닦인 벽돌을 쓰다듬었다.

안내 표지판에는 다음과 같이 기록돼 있었다.

거제도 포로수용소는 북한 괴뢰군이 6·25 남침(1950. 6.25.~1953.7.23.)중에 일어난 사건으로 UN군에 포로가 된 공산군을 수용하던 곳이다. 1951. 2. 1일부터 입지조건이 좋은 이곳, 거제도에 이 포로수용소를 설치하고 약 17만 명에 달하는 포로들을 수용하였다.

반공포로와 친공포로 간에 유혈 살생이 자주 발생하고 심지어는 1952. 5. 7일에는 포로수용소 수령관인 도트 준장(Francis T.Dodd)이 포로들에게 납치 되어 3일 만에 석방되는 불미스러운 사건이 발생하기도 하였다.

그리고 고 이승만 전 대통령이 자신의 결단에 의하여 반공포로 2만7천여 명을 석방하여 자유를 찾게 함으로 세계를 놀라게 한 일화는 유명하다.

1953. 7. 27일에 성립된 휴전협정으로 수용소는 폐쇄되고 친공포로들은 판문점을 통해서 북쪽으로 송환되었다.

지금은 거제도 포로수용소 건물이 모두 철거되고 경비부대와 시설 잔해 30여 동만이 그 당시의 상황을 살아있는 증인처럼 잘 말해주고 있으며 비바람과 함께 역사의 길을 간다.

종아리를 가리게 자란 풀들을 해치고 걷다가 앵주와 민구는 장교들의 극장이라고 추측되어지는 둥근 돌 위에 나란히 앉았다.

“어릴 적에 여길 온 기억이 나세요?”

“깡통을 든 고아가 어떻게 이곳까지 접근할 수 있었겠어.”

“역사란 정말 흘러간 물처럼 쓸쓸한 것이군요. 끼리끼리 악다구니를 치고 죽이고 미워하다가 사라지고 땅은 남아 여전히 새로 찾아오는 사람들을 품어주고 있으니. 오! 아름다운 자연이여, 긍휼하신 신의 품이여!”

앵주가 연극대사를 외우듯이 목청을 가다듬어 천천히 말하자 민구도 가슴에 안겨오는 많은 것을 고작 이렇게 표현했다.

“인생이란 덧없는 것이야. 역사의 현장을 찾아보지 않고 어떻게 인생을 논하겠어.”

포로들로 들끓던 천막들이 촘촘히 들어섰던 계룡산과 이름 모를 앞산 사이의 계곡은 이제 홍수가 휩쓴 뒤처럼 싹 쓸려나가고 신흥도시로 변모해 그 옛날의 흔적을 찾을 길이 없었다.

전설에 의하면 진시황이 동남동녀 삼천 명을 거느리고 불로초를 구하러 거제도의 삼신산과 송도에 왔었다고 한다. 주민들은 이 섬을 사랑해서 겨울에는 사냥하고 여름에는 낚시하고 봄철에는 나물 캐고 가을에는 먹어주는 거제도라고 읊조린다. 앵산에 올라 일본의 대마도를 바라보고 계룡산에 올라 포로수용소를 내려다본 독수리 한 마리가 노루를 덮쳐 잘 잡숫고는 앵산으로 날아가 검은 산염소를 또 한 마리 잘 잡숫고 이산 저산을 비행했다는 곳. 여름이면 소를 방목하고 염소를 사철 산에 풀어놓고 기르는 아름다운 한국의 알프스라고 주민들은 이 섬을 자랑한다.

순수해서 나눠먹기 좋아하는 민심이 전쟁으로 버려진 여덟 살의 민구를 살렸는지도 모른다. 시금치, 멸치, 갈치, 꽁치, 가물치, 삼치 등 치자로 끝나는 것들이 흔한 곳. 민구는 안개처럼 흐려오는 눈을 비비며 평화롭게 자리 잡은 주택들을 바라보면서 옛 포로들의 거처를 떠올리고 우두커니 앉아 있었다.

고현은 산들 사이에 끼어 길고 편편해서 지형이 아주 잘 생긴 곳이다. 돌들이 지천인 제법 큰 개울이 변함없이 흐르고 있었다. 개울을 중심으로 양쪽에 펼쳐진 논밭은 포로수용소를 짓기에 아주 좋은 입지조건을 갖추고 있었다. 양정리 골짜기는 경비중대 막사와 장교숙소의 흔적으로 앙상한 한 면의 벽이 남아 있었고 무거워 옮겨갈 수 없는 돌들의 잔해가 나동그라져 있을 뿐이었다. 증오의 소용돌이 속에서 이를 갈고 두고 온 가족의 이름을 부르며 한숨짓던 젊은이들이 한때 이 골짜기를 매웠었지만, 이제는 소들이 한가하게 풀을 뜯고 개울물이 돌들 사이를 빠져나가며 세미하게 내는 소리뿐이었다. 밭가에 돌담을 수없이 쌓아놓은 것은 포로들이 막사를 지으려고 운반한 돌들이 분명했다. 그 많은 돌들을 캐내느라고 양정리 골짜기에 농사를 짓기 시작한 것은 아주 최근이며 아직도 밭 밑을 조금만 파고 들어가도 포로들이 다져놓은 돌들이 너무 두껍게 깔려있어 아예 더 파기를 포기한다니 역사는 아직도 그 아픔의 흔적을 고분처럼 끌어안고 있는 셈이다. 큰 국사봉과 작은 국사봉이 형제처럼 나란히 누워있는 제산리의 산비탈에 인가는 없고 벽만 앙상히 남은 세 채의 막사가 길이 넘게 자란 풀 속에 묻혀있었다.

앵주가 찍어주는 사진기 앞에 표정 없이 선 민구는 너무나 헐렁하게 비어있는 역사의 현장에 서서 그저 멍해질 따름이었다.

"어머! 민구 씨 여길 보세요. 사람 사는 곳이 있어요."

앵주가 가리킨 곳에 찌그러진 비닐하우스 움막이 있었

다.

"왜 이들은 여기에 살고 있을까요?"

"떠날 수 없는 어떤 사연이 있나 보지."

"그래요. 포로로 풀려나서 살다가 늙어서 여길 찾아왔는지도 몰라요."

두 사람은 탐정의 눈을 하고 조심스럽게 그 움막으로 다가갔다. 인기척이 없는 걸 보면 사람이 사는 움막이 아닌지도 모른다. 그러나 민구가 안으로 머리를 디미니 얼굴에 지옥버섯이 빈틈없이 번진 노인이 몸을 좌우로 흔들며 입을 오물거린다.

"저 말씀 좀 묻겠는데요."

앵주가 할아버지 귀에 입을 대고 소리쳐도 노인은 천장 쪽에 눈을 고정한 채 반응이 없다.

"혹시 제산리에 갇혔던 포로가 아니신가요?"

"앵주, 아무나 붙잡고 포로였느냐고 물으면 어떻게 해."

"그렇지 않고야 이런 외진 곳에 살 리가 있어요. 만에 하나 민구 씨의 아버지일 수도 있잖아요. 민구 씨를 찾아 헤매다 지쳐서 이곳에 움막을 짓고 기다리고 있다고 생각지 않으세요."

"국문과 학생이라 상상력 하나는 대단하군. 과학적이고 논리적으로 추리를 해야지 그렇게 비약을 하면 안 되지."

"여자는 직감이라는 것이 있어요."

노인은 중풍인지 오른쪽을 쓰지 못하고 연신 체머리를

흔들었다.

"만약에 저분이 민구 씨의 아버지라면 어떻게 하겠어요?"

"모시고 가야지."

"어디로?"

"미국으로."

"양로원이 아니고요."

"무슨 소릴."

인생 속에 많은 사연이 들어있는 법. 민구는 그 노인이 어쩌면 그의 아버지일 수도 있다는 앵주의 가상을 털어내질 못하고 무슨 징표라도 찾으려는 듯이 움막 안을 기웃거렸다. 김호식 노인처럼 포로수용소에서 받은 충격으로 인해 정신이상이 와서 저러고 있다고 말할 수도 있지 아니한가. 아니면 아들인 민구를 찾아 헤매다 너무 상심한 것이 병이 되어서 저렇게 폐인이 되었다면…… 아아! 그럴 리가 없어. 아버지는 목사인데 아무리 큰 충격을 받았어도 믿음으로 승리할 수 있을 거야. 그는 호주머니를 뒤져 퍼런 지폐를 몇 장 노인의 무릎 위에 얹어 놨다.

"그걸 쓸 줄 알겠어요?"

"보호자가 있으니 이렇게 살아 있는 것이 아니겠어."

개울을 끼고 내려오며 앵주는 메뚜기를 잡아 풀줄기에 끼우며 고향이란 노래를 흥얼거렸다. 참으로 평화롭고 아름다운 골짜기였다.

"민구 씨, 저 아래 동네에 내려가서 그 당시 살았던 사람 중에 생존한 분을 찾아 물어보면 어떨까요?"

"좋은 생각이야. 그럽시다."

막사의 지붕을 뜯어내다가 지붕을 얹은 집들이 많은 걸 보면 아직도 그 사건은 이 땅에 뿌리를 내려 지워지지 않는 것이 분명한데 그 수용소에 갇혔다가 사라져버린 민구의 아버지는 도대체 어디로 가버린 것일까.

민구가 깡통을 메고 다니다 지쳐 길가에 쪼그리고 앉아 있으면 피난민이나 미군이나 국군까지 그냥 지나가지는 않았다. 한반도에서 동족끼리 불을 뿜다가 설치된 포로수용소는 평화롭던 섬을 장터로 만들어버렸다. 그저 평화롭고 가난하고 조용한 섬으로 초가집들이 양지바른 비탈에 올망졸망 늘어선 그런 곳이 한국전쟁의 마침표를 찍는 장소로 둔갑해서 시끌시끌했다. 파도 소리와 새소리, 이따금 방목한 소와 염소들이 하늘을 향해 내지르는 소리가 이 섬을 채울 뿐이었는데 갑자기 전국의 포로들과 피난민, 미군, 산 높이의 무지하게 큰 배들이 밀려와서 황금을 찾아 몰려든 미국 서부의 어느 마을처럼 북적거렸다. 민구는 포로들이 시체를 끌고나와 묻으러가는 공동묘지를 가끔 어슬렁거리며 따라가 본 적이 있었다. 우는 이도 없이 쓰레기를 묻어버리듯 구덩이에 밀어 넣는 그런 매장의 현장은 꽃상여가 있고 호곡이 있으며 청승맞은 상여꾼들의 노래를 기대했던 그를 슬프게 했다.

"포로들의 무덤을 찾아가 볼까?"

"무덤에 팻말이나 비석이 있을까요?"

"그냥 가보고 싶어. 난 어린 나이에 혼자 공동묘지 주변을 돌아다니며 아버지가 말해준 천국이 그 가까이에 있나 보기를 원했었지. 거지요, 고아인 내게 죽음이란 곧 부모를 만날 수 있는 유일한 길이라는 생각을 했거든."

"무덤이란 무서운 귀신을 연상시키는 장소가 아닐까요."

"아버지는 죽음이 천국에 들어가는 관문이라고 내게 가르쳤으니까 그런 무섬증은 없었어. 어른들도 오기를 꺼리는 풀이 무성한 무덤가에 누워 한나절을 보내고 배가 고프면 미군들이 있는 막사 근처를 배회하고 먹을 것이 쌓인 보급창고주변을 맴돌다가 고아원으로 보내졌지."

"무덤엔 할미꽃이 빨갛게 피어있었겠지요."

"피이! 무슨 그런 낭만이 그 시절에 있었겠어. 이 고장은 쑥이 무성해서 무덤가에 누우면 쑥 냄새가 코를 찔렀었지."

"초상집에서 향을 피우는 것은 시체가 부패하면서 내는 냄새를 상쇄하려는 거래요. 쑥이 자연스럽게 시체 썩는 냄새를 죽였겠군요."

"소설을 쓸 학생이라 이야기에 잔가지 치는 솜씨가 있군."

"우리가 이렇게 역사의 길을 따라다닌 걸 소설로 쓴다면 멋지겠어요."

"하하…… 써 보지. 내가 영어로 번역해서 미국에 풀어 놓으면 앵주가 백만장자가 될지도 모르니까."

이렇게 노닥이며 찾아간 송정리의 포로 공동묘지 자리엔 아파트가 들어섰고 논밭이 건물들 주위에 아담하게 자리를 잡고 있었다. 잘못 왔나싶어 택시 기사에게 몇 번을 물었다.

"여기가 포로들의 무덤이 있던 곳인가요?"

"맞아요. 이름도 군번도 없이 그냥 죽어 묻혔으니 누가 돌보겠습니까. 남북 어디에선가는 아직도 여기 묻힌 자식을 기다리는 부모나 일가친척들이 있겠지요."

"시체들이 썩어 거름이 좋을 테니 농사는 잘 되었겠네요."

"말 마시오. 원한이 서린 시체라 그런지 십 년 전까지도 그 땅에선 농사를 못 지었다오. 잎이 벨벨 말리고 독약을 마신 것처럼 말라죽었으니까."

"원한이 아니라 너무 많이 묻어 땅이 지나치게 걸어 그랬겠지요."

어쩌면 아버지도 이곳에 묻혀 빗물에 씻겨 거름으로 화해 사라진 것이 아닐까 하는 생각에 이르자 민구는 논둑에 앉아버렸다. 광대라 살아남았을 터인데…… 자고로 남을 웃기는 사람을 죽이는 예는 드물며 더구나 아버지는 살아남기 위해 친구를 버려두고 혼자 철조망을 기어오르지 않았던가.

"민구 씨. 사실 전 현실에 대한 불만으로 기를 쓰고 데모에 끼어든 문제 학생이지요. 어른들은 절 운동권 학생이라고 해요"

"문제아란 뜻이군."

"어른들의 눈엔 골치 아픈 케이스 스터디 감이지요."

"케이스 스터디에 끼인 학생은 천재이거나 맹추 둘 중 하난데 앵주는 어느 쪽일까."

"이 나라의 역사에 얼룩진 상처를 알고 나면 이 나라에 태어난 젊은이들은 누구나 문제아가 될 수밖에 없어요."

"그건 어느 나라나 마찬가지야. 정보사회의 물결을 타고 소외된 계층의 신음소리가 매스컴을 타고 더 확대되어 들리고 있어서 문제가 더 커 보이는 것이지. 또 가진 자와 못 가진 자 간의 갈등, 기성세대와 젊은세대 사이의 대화 불통 등등 문제는 어디에나 있게 마련이야."

"우리의 상처는 그런 정도가 아니에요. 적산과 원조물자의 독점, 차관도입, 정부의 특혜융자, 독과점 및 물가상승, 저임금으로 50여 개의 재벌은 1조 원대의 재산을 쌓아올리고 여기서 신음하는 가난한 자들의 소리는 부의 장벽에 막히고 깔려 한이 쌓여 가는데……."

"이 나라의 사정을 난 잘 모르지만 앵주가 사는 걸 보고 가슴이 아팠어."

민구의 이 말에 앵주의 눈에 눈물이 그렁하게 고여 왔다.

"아버지는 탄광촌에서 석탄을 캐는 광부였지요. 전 어

린 시절을 강원도 탄광촌에서 자랐어요. 아버지는 참으로 열심히 일하셨어요. 정직하게 성실하게 살려고 무척 몸부림쳤지만 쥐꼬리만한 봉급에 영양실조가 돼서 시름시름 앓았어요. 척추에 이상이 생겨 오 년을 집에 앉은뱅이로 있으니 우린 어머니의 일터를 따라 서울로 왔고 아버지가 앉아서 뭉그적이며 집안 살림을 도왔지요."

"그런 가운데서 앵주 같은 예쁜 딸이 자랐으니 착하군."

민구는 앵주의 등을 다정하게 다독거려 주었다.

"전 요즘 변해가고 있어요. 강철희 씨를 추적해가는 과정에 내가 넓고 넓은 바다로 이끌리어가는 기분이에요. 여직은 얕은 물가에서 철썩거렸는데 깊은 물로 가니 소리 없이 도도하게 흐르는 물속에 너무 많은 것이 녹아있어 제 가슴이 바다처럼 넓고 깊어가는 기분이라니까요."

"나도 그래. 내 나라가 너무 가엾어서 가슴이 저려. 이 땅과 사람들을 모두 쓰다듬고 싶단 뜻이야. 누구나 모두 정신적 상처를 입은 내 이웃이니까."

"아리랑고개의 한이 도도하게 흐르는 강물에 녹아들어 더 힘을 얻는다면 어떨까요?"

"설마 더 극성스럽게 데모를 하겠다는 뜻은 아니겠지."

"더욱 거세게 데모를 해서라도 조국을 지켜야겠다는 생각이 강철처럼 강하게 마음속에 자리를 잡는데요."

"그렇게 해서 문제가 해결될 것인가?"

"가만히 있을 수는 없잖아요. 생각해보세요. 이 나라가 걸어온 길과 지금 걷고 있는 길과 앞으로 걸어야 할 길을요."

"누구나 정치 맛을 보면 그 무서운 마력에 빨려들어가 빠져나오지를 못하고 부정을 저지른다고 하더군."

"마력에서 빠져나오게 하는 방법이 없을까요? 국가란 위정자를 위시해서 모두 한 몸이거든요. 한 부분이 잘못하면 모두가 괴로움을 당하는 법이에요, 어떤 수를 써서라도 이 나라는 바로 세워져야 해요."

"앵주는 데모로 그렇게 할 수 있다고 생각하고 있나?"

"힘이 약해요. 우린 아우성만 쳤지 너무 힘에 겨워 속이 녹아들 뿐이에요."

"민족의 비극인 육이오를 뼈아픈 교훈으로 삼는다면 기막힌 정치가 이 땅에 뿌리를 내릴 터인데 왜 그렇게 소란한지."

"한국전쟁이 누구 탓이라고 생각해요?"

"숙명의 탁랑(濁浪)이 우리 선조들이 걸어온 길이라는 걸 여직 몰랐어."

"목사의 아들이 그런 소릴 하면 못써요. 숙명이란 말은 약한 자의 변명이니까요. 이 민족이 실력이 있었다면 사상과 사상의 싸움이 그것을 주장하는 자들의 땅에서 일어나야지, 왜 남의 땅에 와서 야단입니까. 두 세계의 축소판이 왜 하필이면 우리나라에서 붙어야 하느냐 이 말이에요."

"그래서 숙명의 탁랑이란 말을 하지 않았어. 먹이를 노리는 맹수들의 싸움이 이와 비슷한 거야."

"인간이란 동물과 다른 점이 있다고 전 믿거든요. 바로 그 양심과 도덕이라는 거예요."

"그것을 바라고 앵주는 데모를 하는 모양이군. 양심과 도덕을 바탕으로 한 윤리는 가장 초라한 개인에게 적용되는 것이지 국가나 정부에겐 적용되는 것이 아니야."

"그렇다면 이 세계의 가는 길은 어디일까요?"

"요한계시록에 다 쓰여 있다고들 하더군."

"피이! 난 우리 엄마처럼 그런 교인은 싫어요."

"어째서 엄마가 믿는 하나님이 싫은가?"

"현실을 무시하고 하늘나라만을 찾거든요. 나라가 어떻게 되든지 상관하지 않고 자기만을 위하는 이기주의자로 행동해요. 제가 데모를 해도 어머니는 야단을 쳐요. 하나님의 허락 없이는 이런 사태도 일어나지 않는다나요. 저부터 회개하라고 야단이니. 아이쿠! 답답해서."

앵주는 괜스레 열을 내고 토라져서 대화는 중단됐다.

통반장을 만나 수소문한 끝에 해 질 무렵에야 운 좋게 그들은 환갑을 넘긴 촌로와 마주 앉았다. 비록 햇볕에 타서 피부는 검지만 장신에 얼굴도 잘생긴 귀골생김새의 노인이었다. 카투사로 미군들과 일했던 노인으로 비교적 포로와 미군의 관계를 자상하게 알고 있는 분이었다.

"할아버지가 판문점까지 따라가서 포로들을 북쪽으로

인계하는 걸 지켜보셨다면서요?"

앵주가 작은 녹음기를 앞에 놓고 이렇게 질문을 하자 녹음기에 신경이 쓰이는지 노인은 어눌하게 말끝을 뭉기며 이야기를 꺼내놓지 않았다.

"강철희란 포로의 행방을 알려고 왔어요. 그는 포로 당시에 목사였대요. 우리가 수소문한 바로 수용소 안에서 광대처럼 하모니카를 불고 기타를 치며 춤을 췄다고 해요."

"하모니카를 불었다고. 가만있자. 생각나는 사람이 있어요. 하모니카를 부는 아주 기이한 사람이 포로 중에 끼어 있어서 지금도 내가 기억을 생생하게 하고 있지."

"그분의 이름이 강철희였나요?"

"이름까지 기억은 하지 못해도 포로가 하모니카를 불었다 이 말이요. 아주 주장이 강한 포로여서 내가 지금도 기억한다고."

김 카투사라고 포로들 사이에서 불렸다는 노인은 신나서 그 당신의 일을 늘어놓기 시작했다.

십칠만 명이 내다 버리는 인분으로 인해 고현 앞바다는 똥 빛을 닮은 누런색이었다. 진흙을 목침 크기로 만들어 그늘에 말려 벽을 쌓고 지붕은 철 함석으로 잇는 일도 끝나고 포로분류심사도 완료돼서 거제도에 남은 포로들은 모두 북송을 기다리는 참이었다. 철조망 밖을 지키는 헌병들은 안에서 무슨 굿을 하든 상관하지 않았다. 철조망 밖으로 나오지만 않으면 만사 오케이였다. 미군들은 자신들이 일등국민이란 자만심을 잔뜩 가지고 있지만 거제도에 보내진 군인들은 제일 말썽꾸러기고 무식무능한 사람들이 태반이었다. 그들은 글을 몰라 편지도 못 쓰는 경우가 허다했으니 가족과 헤어진 외로움을 처리 못해 빌빌거렸다.

그러니 이데올로기를 따지는 독 오른 포로들을 다스릴 능력도 없었다. 제일 문제가 된 것은 그들이 왜 한국까지 나와서 싸워야 하는지 명분을 모르기 때문에 더 사무적이고 매사가 노골적으로 귀찮은 것이었다. 그러니 철조망 밖을 지키는 일과 한국인 카투사를 데리고 각 막사에 들러 포로들의 머릿수를 세어 기록하는 것이 주 임무였다. 제네바 협정을 끔찍이 무서워해서 수용소 안에 들어갈 때도 철저히 무장을 해제하고 기록카드를 들고 다니며 포로들의 머릿수를 확인하는 일이 고작이었다. 포로들은 철조망에 갇혀서 할 일이 없었다. 매일 먹고 하는 일이라는 게 간단한 청소를 하고 운동을 했다. 운동이라는 것은 배구를 한다거나 축구를 하는 것이 아니다. 배드민턴이나 정구를 하는 것은 더더구나 아니다. 그 많은 인원이 어떻게 그런 운동을 할 수 있단 말인가. 그저 두 주먹을 불끈 쥐고 철조망 안을 뱅글뱅글 도는 일이 고작이었다. 좁은 장소에 쥐를 가둬놔도 서로 죽이고 난리를 피운다는 실험 결과가 나왔다는데 하물며 사람을 이 년 반이나 가둬놨으니 무슨 일이나 터져야 살맛이 난다고 생각하는 그들이었다.

1953년 6월 18일, 그러니까 반공포로들을 이승만 대통령이 독단적으로 풀어줬다는 소식을 들은 지 반 년이 지난 날 거제도에 남은 친공포로들도 지루한 감금생활을 끝내고 판문점으로 갈 날이 다가왔다. 거대한 화물선에 제일 먼저 환자포로들이 실렸다. 김 카투사는 일제강점기에 배운 서툰 영어로 통역도 해주고 미군들과 함께 기록카드를 운반하는 책임을 맡았다. 환자들이니 편히 누워 가라고 층을 만들어 침대를 만들어서 배 안은 화물선이지만 아주 쾌적했다.

"미제 앞잡이, 너는 나라를 팔아먹은 인민의 적이야."

삼 층 침대에 누운 포로가 통로를 지나는 김 카투사에게 침을 뱉었다. 그러자 일제히 환자포로들이 몸을 반쯤 일으켜 그를 향해 침을 뱉기 시작했다. 동행한 미군 두 사람은 겁에 질려 와들와들 떨 뿐 입을 딱 다물고 묵묵히 그 통로를 빠져나왔다. 갑판에 나와 김 카투사는 철모를 벗어보니 둥근 철모는 빈틈없이 침과 가래로 얼룩져있어 울컥 구역질이 났다.

사십 시간 화물선을 타고 가서 내린 곳이 인천이었다. 인천서 문산까지 기차를 타고 갈 때 친공포로들은 제 나름대로 생각에 빠져들어 차창 밖만을 응시했다. 우울증에 걸린 환자들처럼 저들은 입을 열지 않았다. 그러나 문산서 포로를 교환하는 판문점으로 가는 트럭에 올라타자 이들은 변하기 시작했다. "휘익-" 소름끼치는 휘파람 신호가 떨어지면 물건들을 하나씩 밖으로 던지기 시작했다. 맨 처음엔 담요를 뭉쳐서 일제히 밖으로 내던졌다. 그다음엔 구두를 던졌다. 순식간에 포로 중에 구두를 신은 사람은 단 한 사람도 없었다. 그 소란 중에 하모니카를 신나게 부는 포로가 있었다, 씩씩한 군가를 불러서 포로들은 그 가락에 맞춰 율동하듯 몸에 지닌 것들을 던졌다. 마치 포커놀이를 할 때 재미로 처녀의 옷을 하나씩 벗기는 장난을 치고 있다는 생각이 들 정도였다. 하모니카의 리드미컬한 음에 맞춰 혁대가 밖으로 일제히 던져졌다. 런닝셔츠가 줄이어 날아가고 단정하게 입은 PW가 새겨진 국방색 포로복도 벗어서 던졌다. 수백 대가 늘어서서 달리는 트럭들 속에서 쇼를 하듯 일제히 괴기한 신호에 응해 벗어던지는 걸 보면 그들의 조직은 이미 그런 일까지도 모의한 모양이다. 팬츠만 입은 포로들은 오히려 옷을 입은 호위병들이 이상해 보인다는 듯이 킬킬 웃어댔다. 저들은 팬츠차림에 일제히 모자는 쓰고 있었다. 그 모자는 자랑스러운 인민군 모자로 손수 만든 것이라 벗어던지질 않는 것이다. 인솔하려고 따라다니는 미군들도 처음엔 키드득 웃었다. 그러나 갈수록 행동이 과격해지자 스리쿼터나 경비트럭에 탄 미군들은 그들의 짓거리를 이해 못 해 입을 딱 벌릴 뿐이었다.

그러나 단 한 사람, 하모니카를 부는 포로만은 정복을 하고 있었다. 하모니카를 불면서 어찌 그들과 동작을 함께 하겠는가 하고 이해해 주던 포로들이 그를 향해 항의하기 시작했다.

"네레 메가 잘 났네. 똑똑하니까네 길쎄 우리 맴을 알 터인데. 덩말 치사하고 더러운 미제 옷을 입고 갈 작정인가."

그래도 하모니카를 계속 불었다. 나의 살던 고향이 나오자 '야! 때려치워. 저 새끼 미제 첩자가 아니야.' 이런 욕설이 터져 나와도 그는 끄떡 않고 오로지 하모니카에 정력을 다 쏟았다.

"저 새끼 옷을 칼로 싹 찢어버리라우요."

그때까지 묵묵히 하모니카를 불던 포로가 모두를 향해 소리 질렀다.

"우리는 왜 이래야 하는가. 도대체 왜 형제끼리 싸워야 하느냐 이 말이야. 너희들이 좋아하는 이데올로기가 뭐냐. 그것이 우리의 것이란 말이냐. 우린 양 대국에 희생된 불쌍한 민족인데 왜 우리끼리 정신을 차리고 살지 못하느냐 말이다. 이 나라가 사는 길은 모두가 하나님을 믿어 회개하고 새사람이 되어야 한다."

"저놈을 죽여라. 저놈이 바로 예수쟁이가 아닌가. 신분을 위장한 남반부 첩자임에 틀림없다. 저 미제의 앞잡이를 죽여라."

달리는 트럭에서 그들은 일제히 하모니카를 불던 포로에게 덤벼들었다. 혹시라도 덤비는 자세를 취하지 않으면 오해받을 것이 두렵다는 듯이 허공을 향해 헛손질하는 사람도 있었다.

"맞아요. 그분이 바로 제 아버지 강철희입니다. 그래서 그분은 어떻게 되었나요?"

민구는 다급하게 김 카투사 노인의 손을 잡으며 물었다. 잠시 그는 입술을 침으로 축이고 뜸을 들이더니 맥없이 말했다.

"판문점 다리에서 포로들은 팬츠까지 벗어 던지고 모자만을 쓰고는 춤을 추며 그쪽에서 마중 나온 군의관과 간호사를 향해 달리더군. 자유의 춤인지 원한의 춤인지 모를 기괴한 몸짓을 하며 자유의 다리를 건너가는데 포로복을 단정하게 그대로 입은 그 하모니카 포로는 다리 중간에 우뚝 멈춰 서서 벌거숭이 춤을 추는 포로들을 개선장군처럼 떠억 버티고 서서 노려보더군."

"그래서요."

민구의 입술이 파르르 떨렸다.

"하모니카 포로가 그런 자세로 서 있자 저쪽 북측에서 와르르 달려와 그를 잡아당기고 이쪽 남측에서도 와 달려가 그를 잡고 늘어지고 수라장이었어."

"그래서 어떻게 되었어요?"

"하모니카를 불던 포로는 양쪽 사람들의 손을 먼지 털듯이 탁탁 털어버리고 북쪽으로 뚜벅뚜벅 용감하게 걸어서 건너갔지. 양쪽 모두 숨을 죽이고 그런 기이한 행동을 하는 포로를 바라볼 뿐이었다고."

"그게 정말입니까. 아버진 북으로 가버리셨단 말이지요."

김 카투사 노인은 머리를 크게 주억거렸다. 목사님이니 남쪽에 남았으리라 생각하고 한 달 가까이 헤맸는데 북으로 가셨다니. 허탈감이 민구를 사로잡았다.

"젊은이에게 도움이 될지 모르겠는데 몇 년 전에 하모니카 포로를 찾아서 예까지 온 사람이 있었어."

"꼽추 광대란 이름을 가진 노인이 아니었던가요? KBS 이산가족 찾기에 나갔으니 여기까지 찾아왔을 거예요."

"아니야. 잿빛 적삼에 머리를 박박 깎는 중이었어. 이름이 기억이 나지 않는군."

"혹시 차영호가 아닌가요?"

"차씨였던 것 같아요. 가만있자. 내가 그분의 주소를 적어놓은 종이쪽을 농 서랍에 넣어뒀는데."

김 카투사 노인은 반 시간이 넘도록 농 서랍을 엎어놓고 종이쪽을 찾느라고 부산을 떨었다.

"아! 여기 있네."

노인은 먼지가 풀썩 날 정도로 닳은 종이쪽을 민구에게 내밀었다.

"인천 앞바다의 대청도에 사는 차영호. 강철희를 찾아 헤매는 사람을 만나면 이리로 연락 바람."

강철희란 이름을 보는 순간 천둥번개가 치듯 번쩍 민구의 머리부터 발끝까지 전류가 흘렀다.

다림줄

작은 그리스도

"민구 씨가 병원으로 돌아가겠다고 약속한 날이 이제 며칠 남았지요?"

"닷새."

"만에 하나 아버지를 이쪽 남한 땅에서 만나신다면 그 닷새를 몇 배로 연장하셔야지요."

"북쪽으로 가신 분이 남쪽에 계실 리가 없어."

"우리가 지금 찾아가는 섬에서는 이북을 한 눈에 볼 수 있대요. 누군가가 말하기를 한국은 남북을 전부 합쳐 놓고 유화를 감상하듯 멀찍이 앉아 눈을 가늘게 뜨고 바라보면 꼭 아시아 대륙의 귀걸이 같대요. 우린 오늘 그 귀걸이를 옆에서 바라볼 수 있겠네요. 민구 씨의 아버님이 살아계신다면 귀걸이의 어느 부분엔가 자리를 잡으셨겠지요."

인천 연안부두에서 경기호를 타고 장장 9시간을 가야 도착하는 섬에 차영호 스님은 살고 있다. 그것도 그 배를 타면 한 시간을 단축할 수 있지만 웅진호를 타는 날이면 10시간이 걸리는 외딴 섬이다. 이틀 밤을 그 섬에서 묵어야 인천으로 되돌아올 수 있는 거리여서 앵주와 민구는 전날 밤 대강 필요한 약이나 세면도구를 사느라고 부산을 떨었다. 한 척의 배가 인천 연안 부두에서 섬을 향해 출발하면 다른 한 척이 그 섬에서 인천을 향해 출항한다. 한 척으로 세 섬을 순항하는데 소청도에서 반 시간을 가야 대청도에 도착하고 거기서 또 사십 분을 가야 백령도에 닿을 수 있다고 한다. 얽히고설킨 사연 끝에 얻어낸 차영호 스님의 주소는 경기도 웅진군 대청면 대청리에 있는 암자라 소청도에서 반 시간을 더 가 대청도에서 하선하면 된다. 황해와 남해는 섬들이 많아 수평선을 보기 어렵다고 하지만 그렇지도 않았다. 대청도로 기수를 돌린 경기호는 아침 8시에 연안을 떠나서 처음엔 안개에 가려 앞이 보이질 않더니 해가 하늘 한가운데를 향해 움직임에 따라 시야가 트이기 시작했다. 속이 후련하도록 탁 트인 망망대해가 시원스럽게 앞에 펼쳐져서 앵주와 민구는 난간에 기대서서 끼룩거리며 바다와 하늘 사이를 힘차게 비행하는 갈매기를 향해 환호했다.

"차영호 스님은 참 이상해요. 왜 황금어장인 도시를 버려두고 사람 수가 형편없을 섬에 머무를까요. 하긴 불교란 예부터 냄새나는 사바세계를 피해 심심산골로 들어갔으니까요."

"이유가 있을 거야. 지도상으로 보면 대청도는 황해도에 속해야 하는데 삼팔선을 가를 때 남쪽으로 속해지는 바람에 경기도로 들어온 것이 아니겠어. 실향민의 설움 같은 것이 숨어있겠지."

"혹시 민구 씨 아버지가 스님과 함께 섬에 숨어 사시는 것이 아닐까요? 그렇다면 간첩……."

"저런! 앵주는 너무 비약해서 문제야. 분명히 자유의 다리에서 북으로 가셨다고 했잖아."

난간에 기대선 두 사람은 세차게 부는 바닷바람에 머리칼을 날리며 눈부시게 쏟아지는 햇살이 파도에 부딪혀 반사되어오는 강렬한 빛을 참지 못해 실눈을 뜨고 수평선을 응시했다.

"아아! 바다는 너무 커요. 하늘을 닮으려고 애쓰기에 그 빛깔도 하늘색을 닮았다고 생각해요. 하늘 같은 마음, 바다 같은 사랑을 가졌다면 우리나라도 남북으로 갈라지지 않았을 터인데."

"요나를 아나?"

엉뚱하게 민구가 구약의 인물 요나를 들고 나와 진지하게 물었다. 망망대해를 보니 고기 뱃속에 갇혔던 동화 속의 주인공 같은 요나를 떠올린 모양이다.

"구약에 나오는 가장 인간적인 선지자지요. 전 그분을 무척 존경해요. 너무 인간적이라 성자처럼 보이질 않아 성경 인물 중에 제일 친근감이 느껴져서 주일학교에 다닐 적에 요나서를 읽으며 무릎을 친 적이 많았다니까요."

민구는 차영호 스님과 강철희 목사, 두 분을 요나와 연결해서 생각했다. 출렁이는 바다가 그에게 이런 연상 작용을 했나 보다. 앵주의 뺨이 바닷바람에 푹 익은 복숭아 볼을 닮았다. 점심을 먹고 올라와 봐도 바다는 너무 잔잔해서 단단하게 굳어진 파란 대리석처럼 보였다. 두 사람은 똑같이 난간에서 펄쩍 뛰어내려 단단한 대리석 위를 거닐고 싶다는 유혹을 누를 수가 없었다.

푸른 하늘 은하수 하얀 쪽배엔
계수나무 한 나무 토끼 한 마리
돛대도 아니 달고 삿대도 없이
가기도 잘도 간다, 서쪽 나라로.

앵주가 파란 하늘에 토끼 형상으로 흘러가는 구름을 바라보며 나직이 읊조리자 민구가 콧노래로 따라 불렀다. 전쟁을 어른들처럼 생생하게 겪지 않은 세대지만 아버지를 찾아 헤매며 들게 된 아버지 세대의 설움이 울컥 그들의 가슴에 전해 와서 둘의 눈망울에 그득 이슬을 머금게 했다.

저녁 5시에야 그들을 대청도에 내려주고 백령도를 향해 배는 조급히 떠나버렸다. 생각보다 섬은 커서 암자를 찾는데도 한 시간을 헤맸다. 암자란 사람을 피해 산꼭대기나 험한 산속, 아니면 외딴 산기슭에 자리를 잡고 있어서 긴긴 여름 해가 수평선에 몸을 거의 감출 즈음에야 암자를 찾을 수 있었다. 부엌에서 태우는 청솔냄새가 메케하게 암자 뜰에 스며들었다. 너무 외진 곳이라 일 년 내내 인적이 끊긴 탓일까. 민구가 두어 번 헛기침해도 인기척이 없었다. 잠시 뜸을 들이며 기다리던 두 사람은 부엌문 안으로 머릴 디밀었다. 파리라도 미끄러져 내리게 파랗게 윤이 나는 까까중머리의 나이 어린 사미승이 설거지를 하고 있었다.

"저 말씀 좀 묻겠습니다. 여기가 차영호 스님이 계신 곳이 아닌가요?"

갑작스러운 방문객에 화들짝 놀란 사미승이 딱딱한 누룽지를 입에 물고 있다가 얼른 뱉어내고 입을 열었다.

"덕월 스님을 말씀하시는 것입니까?"

"법명은 모르겠고, 차영호란 이름만 알고 왔습니다."

"스님은 낙조가 들 때 언제나 갯바위에 나가 앉아계시지요. 예서 좀 멀긴 하지만 절 따라 오세요."

토끼처럼 가볍게 앞장서서 걷는 사미승의 뒤를 따라 얼마를 걸었을까. 굴송톨이(바구니)를 든 조무래기들이 한쪽에서 굴을 따느라고 수군거리고 그 옆 바위 위에 벅수처럼 미동도 하지 않는 노인이 넋을 놓고 석양을 등지고 앉아 아득히 먼 곳을 응시하고 있었다.

"스님은 매일 저렇게 나가 앉아 있는 것이 일과 중의 하나랍니다."

"누굴 기다리시나요?"

"북쪽 땅을 바라보시는 것이지요."

"가족이 있나 보지요. 그곳에요."

"북쪽에 피붙이들이야 있겠지만 그런 것만은 아니에요."

"그럼, 그 나이에 누구나 갖는 고향에 대한 향수 같은 것이겠지요."

"아니에요. 북으로 가버린 친구를 못 잊어 그런다고 해요."

"아! 북으로 간 친구를 그리워한다고요?"

민구의 억양이 어찌 센지 생각 없이 들으면 싸움을 걸어오는 저돌적인 사람이란 인상까지 풍겼다. 북으로 가버린 친구라는 말 속에 깔린 뜻이 직감적으로 그의 머리에서 형성되어서 기쁨을 누를 수가 없었다. 민구의 머릿속으로 섬광처럼 아버지의 이름이 스쳐 갔다. 그의 아버지, 강철희를 그리며 저렇게 갯바위에 나가 앉아 있는 것이 틀림없다. 그러다가 그는 머릴 흔들었다. 앵주와 다니다 보니 그녀의 도를 넘는 상상력이 전염된 것이 틀림없었기 때문이다. 논두을 따라 걸으면서 바라본 바다색은 주황색이었다. 바다는 언제나 얄밉도록 하늘색을 흉내 낸다. 그 누가 바다색을 파랗기만 하다고 했을까. 바다는 그들이 갯바위를 향해 걷는 동안 하늘을 닮아 차츰 가지색으로 변해갔다. 노승은 세 사람이 저벅거리며 다가가도 전혀 개의치 않고 실눈을 뜨고 이제 완전히 땅거미에 잡혀 사라져버린 육지에서 눈길을 떼지 않았다.

"스님, 육지에서 손님이 왔어요."

그래도 노승은 돌장승처럼 꼼짝하지 않았다.

"강철희 목사의 아들, 강민구가 스님을 찾아 왔습니다."

그 순간 달군 인두에라도 댄 듯 온몸을 꿈틀하더니 눈을 지그시 감았다. 돌 틈에 숨어있던 고동들이 어둠이 내려오자 마음 놓고 갯가로 설설 기어오르고 먹이를 찾아 나온 주먹만 한 게도 겁 없이 마른 갯바위 위로 기어올랐다. 긴 침묵을 참지 못하고 민구는 노승의 얼굴에 자신의 얼굴을 바짝 가져가더니 귀먹은 노인에게 말하듯이 언성을 높였다.

"포로수용소에 있던 아버지를 찾아 나선 강민구입니다. 제 아버지의 이름은 강철희, 밝은 철에 빛날 희자로 목사였습니다."

노승의 뺨 위로 눈물이 번져 그물처럼 주름진 눈가를 타로 턱으로 번지르르하게 퍼져나갔다.

"기다렸어. 꼭 오리라 믿었지."

노승을 떨리는 손으로 민구의 양손을 감쌌다. 노승이 하는 대로 손을 맡긴 민구는 그의 가슴이 거칠게 뛰고 있음을 가슴에 닿는 손등을 통해 감지할 수 있었다.

"휴전이 되고 거제도 한내에 수십 번 갔었어. 자네를 찾으러 말일세. 강철희가 내게 부탁한 것을 지킬 수 있게 되었으니 이젠 눈을 감아도 한이 없네. 삼 년 전에 만난 김카투사란 노인에게 내 주소를 주고 왔는데 그걸 자네가 얻은 모양이군. 살아있다면 자네가 거제도를 찾으리라 확신하고 주소를 적어놓고 왔었지. 왜 이제야 나타났는가, 이 사람아! 어디서 어떻게 어린 것이 그 긴 세월을 지냈단 말인가."

차영호 스님은 민구의 등을 어루만지며 말을 더듬었다.

"전 그 섬에서 미국으로 입양이 되었답니다. 지금은 미국에서 알려진 유명한 정형외과의사가 되었지요."

"이제 죽어 자네 아버지를 만나도 우린 껄껄 웃으며 서로 껴안을 수 있어. 잘 왔네. 잘 왔어."

잎을 넌출하게 늘어뜨린 이름 모를 나무가 뜰 가에 있어 민구는 새삼스럽게 이곳이 육지에서 멀리 떨어진 섬임을 실감했다. 바닷바람이 시원하게 저녁을 먹는 방까지 들어왔으나 고추조림이 너무 매워 땀을 흘리며 민구는 연신 혀를 호호 불며 내밀었다. 탐스럽게 밥을 먹는 민구를 대견하게 바라보며 노승은 그저 빙긋이 웃음을 머금고 있을 따름이었다.

"아버지가 감추었다는 종이쪽지를 아시는지요?"

"암, 자네가 올 줄 알고 내가 소중히 보관해 두었지. 죽기 전에 자네를 만나게 해달라고 얼마나 간절하게 빌었는데."

민구는 너무 놀라 수저를 놓고 노승의 눈을 뚫어지게 응시했다. 김두호란 포로가 죽었을 때 호주머니에 간직했던 바로 그 쪽지가 아버지 손을 거쳐 차영호 손에 들어가 서른여섯 해 동안 민구를 기다리고 있었다니 믿어지지 않았다. 그리고 그 쪽지의 주인이 마치 민구인 것처럼 그는 말하고 있지 않은가.

"김두호가 남긴 쪽지 말고도 강철희 목사는 자네 앞으로 일기를 남겼다네. 난 그것을 전해주지 못하고 죽을 수가 없어서 이 땅 위에 더 살게 해달라고 얼마나 빌었는지 몰라."

"너무 고맙습니다. 제가 일찍 아버지를 찾아나서야 하는 것인데 용서해 주세요."

"이렇게라도 만난 것이 자네 부친이 믿는 좋으신 하나님의 은혜가 아니겠는가. 방파제로 나가지. 여긴 모기가 많지만, 그곳에 앉으면 짠 바람 탓에 모기들이 한 마리도 없으니까. 우리 호젓하게 거기 나가 이야기를 하자우."

앵주가 그들 뒤를 바짝 따라오자 노인은 물었다.

"딸인가?"

"아닙니다. 제가 한국에 와서 한 달간 채용한 비서입니다. 아무래도 혼자 다니기엔 제가 아직 한국에 서툴거든요."

"그래. 자네는 아이들이 몇이나 되나?"

"아직 미혼입니다."

"쯧쯧…… 어서 결혼하고 안정해야지."

완전히 어둠이 내려앉은 바다는 암흑 가운데서도 여전히 그 자리에 있음을 과시하려고 지독한 갯냄새를 풍기며 철썩였고 바람은 그들이 앉아 있는 곳으로 쉴 새 없이 불어왔다.

"김호식 씨를 아시는지요?"

"처음 듣는 이름이야."

"그럼 아버지와는 어떻게 알게 되셨나요?"

"포로수용소에서 만났어."

"아버지는 왜 남쪽에 남지 않고 북쪽으로 가셨나요? 목사가 그쪽으로 갔다는 것은 이해할 수 없는 일이에요."

"다 그럴만한 이유가 있어. 자네에게 내가 할 일이 바로 그것을 알려주는 것이지."

모기가 없어 좋았으나 밤이 깊어가자 바닷바람이 제법 쌀쌀했다. 노승은 들고 온 잠바를 민구에게 주면서 입으라고 손짓으로 그의 뜻을 전하고 자신은 낮에 더워서 걷어 올렸던 승복의 팔소매를 내려 팔뚝을 가렸다. 앵주는 민구 옆에 바짝 붙어 앉아 치마로 발끝을 가리고 추운지 어깨를 웅숭그렸다.

포로들에겐 하루하루 흘러가는 것이 암담할 뿐이었다. 포로란 누구인가? 인간인가, 동물인가. 포로는 죽어도 울어줄 사람이 없고 살든 죽든 모두가 무관심했다. 시간이

정해진 일반 사회의 수인에 비해 포로란 형량도 모르고 갇혀 있어야 하니 더욱 답답해 죽을 지경이었다. 더구나 전쟁의 와중에 놔두고 온 가족의 생사도 확인 못하고 있으니 오장육부가 다 타들어 갈 지경이었다. 태 먹은 독이라도 천막근처에 있다면 가정의 훈훈한 냄새를 맡으련만 풀색 옷을 입고 있으며 거하는 천막이나 뒷산까지 엇비슷한 초록색이니 포로들은 그 단조로움에 미칠 지경이었다.

1952년 초부터 매일 오징어 국이 나와 코에 오징어 냄새가 고여 있었다. 제네바 협정을 준수하라는 적십자사의 배려로 수용소 당국은 인도주의적 정신에 입각한 입장을 고수해서 매일 포로들에게 쌀, 보리 4파운드를 지급해주었다. 일정량을 배급받아 먹고 사는 포로들에게 가장 참기 어려운 것은 배고픔보다 정신적 갈등이었다. 좌익과 우익으로 나뉘어 싸우는 것도 그랬고, 반공포로들이 강제북송 되느냐 마느냐 하는 문제도 심각했다.

강철희는 철조망을 기어오르다 다친 온몸의 상처가 아물 즈음 즉시 85수용소에 수감되었다. 김호식이 있는 수용소를 보내지 않은 것은 현장을 지켜보다가 총을 쏜 미병사 할로우 오케이의 배려였다. 85수용소에는 기독교 신자가 비교적 많아서 주일마다 광장에 집회가 있었다. 강신정 목사나 옥호열 선교사가 들어와 마이크도 없이 육성으로 설교를 했다. 더구나 천막교회가 수용소 안에 세워져서 새벽이나 밤, 아무 때고 조용히 나가 기도할 수가 있었다. 강철희와 차영호가 만난 것은 바로 이 수용소 안에서 같은 천막에 배치 받았고 그것도 나란히 잠자리를 잡고 있었기 때문이다. 처음 만났을 때 그들은 서로 말을 하지 않았다. 한 사람은 중이었고 또 한 사람은 목사였으나 피차 숨기고 있어 자세히는 몰라도 이질감을 느낀 것이 당연했다. 두 사람은 눈을 감고 중얼거렸으나 찾는 신(神)이 달랐다. 차영호 쪽보다 강철희 쪽이 눈물을 흘리는 일이 많았고, 밤늦게까지 막사로 돌아오지 않으면 차영호가 그를 찾아 천막교회에 나타나곤 했다. 이건 순전히 인간적인 배려였다. 서로가 외로우니 이렇게라도 살아있음을 확인할 수밖에 없었다.

두 사람이 서로를 깊이 알게 된 날은 천둥치고 비가 억수로 퍼붓던 어느 밤이었다. 강철희가 돌아오지 않아 잠을 이루지 못하고 뒤척이던 차영호는 늘 그랬던 것처럼 천막교회로 그를 찾으러 갔다. 강철희는 아무도 없고 불도 켜지지 않은 교회에 무릎을 꿇고 앉아 통곡하고 있었다.

“주여! 가시 방망이가 무서워 죽음을 두려워했습니다. 그래서 스무 명이나 죽게 했습니다. 주여! 주여! 순교를 마음으로 원했지만 죽음의 자리에 서면 왜 그렇게 떨리는지 용기가 없어집니다. 아무래도 죽음은 무섭습니다. 죽음이 다가오면 겁이 나서 오금을 펴지 못하고 육체의 소리를 따르게 됩니다. 주여, 주여…….”

강철희는 보기에도 민망할 정도로 머리를 앞뒤로 주억거리며 심하고 격렬하게 통곡해서 천막교회 안은 울음소리로 가득 찼다. 뒤에 숨어 서서 이런 강철희를 보며 차영호는 도저히 이해할 수 없는 부분이 있었다. 좌익의 괴수도 아닌 사람이, 그것도 사람을 죽이라고 아우성치는 자들을 숨어서 피하는 사람이 스스로 죄인이라고 울부짖다니! 저렇게 울부짖을 사람은 당연히 따로 있는데 저 사람이 저렇게 가슴을 치며 우는 이유가 무엇일까. 그러나 이상하게 그의 간절한 기도 내용이 차영호의 가슴을 파고들어와 까닭 없이 슬퍼져서 그도 따라서 눈물을 흘렸다. 그때 차영호의 가슴은 울부짖는 이를 향해 강한 사랑의 줄이 팽팽히 당겨졌다.

점심을 먹고 난 뒤 식곤증을 달래며 강철희는 팔베개하고 누워 아들, 민구가 태어나던 날을 떠올렸다. 아내의 산고가 꼬박 하루를 넘겨 어머니와 할머니는 뜬눈으로 밤을 밝혔건만 새벽에 잠지를 달고 나온 손자를 보고 힘이 솟아난 어머니는 대문에 인줄을 달았다. 새끼줄 사이사이에 붉은 통고추 세 개가 숯덩이와 나란히 조기두름처럼 매달려있었다. 노랑, 검정, 빨강이 그의 눈앞에 선명하게 나타나자 철희는 빙긋이 미소를 지었다.

"자네가 암송하고 있는 성경구절이 굉장히 심오한 모양이군. 행복한 미소가 포로 얼굴에 나타나니 오히려 이상해 보여."

그즈음 수용소 안은 성경암송의 열기로 가득했다. 예수를 믿지 않는 사람도 시간을 보내기 위해 또는 푸짐한 상을 타려고 누구나 성경을 외우고 있었기 때문이다.

"고향의 금줄을 생각하는 중이었소."

"딸이었다면 솔잎 세 가지가 숯을 사이에 두고 끼워있었겠지."

"처음엔 아들이었어. 민구라고 불렀는데 이 녀석이 머리가 출중해서 신동에 가까웠다니까."

"이 시대에 머리가 좋아 무엇 하겠나."

"석방되어 사회에 나가 아들, 민구를 만나면 목사가 되지 말고 의사가 되라고 할 참이야."

"의사가 무엇이 좋은가?"

"사회가 이렇게 격변할 땐 묵묵히 봉사하고 살 수 있는 직업이라는 생각이 들어서 그래."

강철희가 이렇게 말하며 선교사들이 준 영어로 쓰인 쪽복음을 담요 밑에서 꺼내 깨알 같은 글씨를 읽어 내려갔다.

"자네는 영어를 잘 하나 보군."

"자네도 읽고 싶으면 읽을 수 있는데."

"성경을 암송한 사람에게 준다는 상품목록을 보니 영일사전, 만년필, 하모니카, 빗, 연필…… 상당히 많더군, 필요한 것이 있으면 성경을 암송하지 그래."

"예수를 믿을 마음은 없지만, 입으로 그저 암송만 한다면 영일사전을 상으로 탈 수가 있을까?"

"어려운 불법을 다 외워 통달한 사람이 성경을 암송 못할까. 내가 외우는 걸 따라 외우구려."

철희가 외우는 요한복음을 영호가 따라 함께 외우기 시작했다. 내기를 하듯 그들은 다투어 중얼거리며 오로지 성경을 암송하느라고 하루하루를 보냈다. 요한복음 전권을 암송하는 기간으로 한 달을 허용해서 일등상인 영일(英日)사전을 타기 위해선 한자도 틀리지 말고 완벽하게 외워야 했다. 더운 여름날 천막 안은 찜통이라 다른 포로들은 모두 광장으로 나갔고 철희와 영호 두 사람만이 요한복음을 외우느라고 남아 있었다.

"이걸 외웠다가 우리가 속한 수용소가 적화되면 인민재판에 부쳐지는 것이 아닐까?"

"성경을 외웠다고 죽이겠나. 머릿속에 들어있어 보이지 않는 것을 어찌 저들이 알아내겠어. 저들은 육신은 박살내도 영혼은 죽일 수 없어."

"영일사전을 탈 욕심에 이걸 외우지만 어쩐지 무서워. 저들의 삼대 적은 지식인, 부자, 그리고 기독교인이라고 했어."

"이 수용소는 광장에 집회가 있고 더구나 교회도 있으니 당근(진짜 빨갱이)이 모여 있는 곳이 아니야. 사과들이 포로로 잡혀 있는 곳이야."

"모르는 소리 말게. 몇 분 내로 전황이 뒤집히는 걸 우린 수 없이 보아오지 않았는가."

"죽으면 죽지. 이젠 죽음이 무섭지 않아."

"자네는 죽음이 무서워서 사람들을 죽게 끌어냈다면서. 그나저나 죽은 뒤에 자네가 가는 곳은 어딘가?"

"하나님의 나라."

"그게 어디 있어. 윤회한다면 믿겠는데."

"아니야. 우린 일회적인 삶을 사는 거야. 윤회가 아니고 창조주가 우릴 만들었으면 심판이 있다는 직선상의 믿음이지. 불교에서 말하는 윤회와는 달라. 창조가 있으면 심판이 있는 것이 아니겠는가."

"모를 이야기야."

철희는 이마의 땀을 닦으며 요한복음 3장 14절에서 16절까지를 외우고 있어 영호도 따라서 했다.

"모세가 광야에서 뱀을 든 것 같이 인자도 들려야 하리니 이는 저를 믿는 자마다 영생을 얻게 하려 하심이니라. 하나님이 세상을 이처럼 사랑하사 독생자를 주셨으니 이는 저를 믿는 자마다 멸망치 않고 영생을 얻게 하려 하심이니라."

철희를 따라 내용을 생각하지 않고 딸딸 외우던 영호가 머리를 갸웃거렸다.

"상당한 뜻이 감춰진 내용 같아. 영일사전을 탈 욕심으로 이러고 있지만, 그 속에 담긴 내용이나 알고 지나갑시다."

"모세라는 이스라엘 민족지도자가 애굽에서 칠십만 명

이나 되는 자기 백성을 거느리고 대탈출을 했을 적에 사막에서 사십 년을 방황하는 훈련을 하나님이 시켰지. 종살이에서 벗어난 자유보다 육신의 배부름을 원하며 불평하는 사람들이 늘어나고 설상가상으로 사막의 불 뱀이 그들을 물어 독이 온몸에 퍼져 죽는 사람들이 속출했어. 그 때 모세는 하나님의 명령대로 놋 뱀을 만들어 세워놓고 그걸 바라보면 살아나고 그걸 우습게 여겨 보지 않고 이죽거린 이들은 죽어버렸어. 믿음으로 쳐다본 사람들만이 살아났다는 뜻이야."

"듣고 보니 아주 쉬운 거군."

"진리란 원래 소박하고 쉬운 것이 아니겠어."

"예수님도 놋 뱀처럼 십자가상에서 들리니 우리가 그를 쳐다보면 영생을 얻는다 이 말이군."

"맞아. 그걸 이해하게 한 것은 자네의 지혜가 아니고 성령의 역사야."

"불교의 진리에 비해 너무 간단하네."

"그런 믿음이 바로 이신득의(以信得義)의 원리야. 믿음으로 의롭다 여김을 받는 것이지. 인간이 수행을 하거나 수고해서 의롭게 되는 것이 아니고 단순히 믿으면 되는 것이야. 자네는 신을 찾아 고행하지만, 하나님은 반대로 인간을 찾아옴으로 그 첫 단계로 믿기만 하면 되는 것이지. 이성을 초월한 세계를 보는 눈은 믿음에서 생기는 것이니 이런 믿음의 눈으로 우리나라를 진단해 보면 이 민족이 살길이 명백해지는 것이야. 포로들이 당하는 환난은 당연한 것이지. 인간이란 본래 약한 존재가 아니겠는가. 산천에 흩어져 자연을 벗 삼아 살아가는 사람들이나 도시에 사는 사람들 누구나 인간이 만든 법이나 도덕에 묶여 질서를 유지하며 가면의 너울을 쓰고 살아서 이렇게 무서운 독소가 이 민족의 심성에 숨어있는지 피차 몰랐단 말이야. 마음속에 더러운 것을 담뿍 담고 숨기고 살아오면서 그 속을 이렇게 꺼내볼 수 있는 것은 오랫동안 갇혀 지내니 인간 본연의 속 것들이 드러난 거야. 인간 속에 있는 것은 썩어가는 시체를 간직한 무덤이고 혀로는 속임을 베풀고 입술에는 독사의 독이 있으며 입에는 저주와 악독함이 가득하고 발은 피를 흘리는데 빨라서 파멸과 고생이 그 길에 있어 평강의 길을 알지 못하고 헤매는 것이 인간 본연의 모습인 것을 나는 이번 포로 생활에서 확실하게 깨달았네."

"그럼 자네의 논리는 이 민족이 사는 길은 하나님을 믿어야 한다는 뜻인가?"

"맞아. 새로운 피조물이 돼야 이런 비극이 없어지는 거야. 불화와 미움으로 치닫는 이 길에서 돌아서서 손에 손을 잡고 벽을 넘어서 모두 함께 소망을 품고 위를 바라보며 사는 것이지. 눈에 보이는 인간적인 소망이 아니라 하나님이 성경에서 제시해 주는 영적인 소망이지."

"자네가 말하는 그런 피조물이 된다면 우리가 수용소

안에서 벌이는 이런 끔찍한 증오와 광기가 사라질까? 자네가 믿는 하나님은 어떤 피조물로 인간을 바꿔놓는단 말인가?"

"타인의 발을 씻길 정도로 이웃을 사랑하고 봉사하는 마음을 가진 인간으로 변화 받은 새로운 피조물들은 이웃들과 손에 손을 잡고 살아가게 되지. 위로는 이런 마음을 품게 한 창조주를 바라보고 서로를 사랑하고 살아가기에 세상에서 가장 아름다운 공동체가 이뤄질 수 있는 거야."

"그런 공동체가 이뤄질 가능성이 있다고 자네는 생각하는가. 세계 역사상 그런 기록을 남긴 국가가 있단 말인가?"

"그런 공동체를 이루라고 하나님은 이런 시련을 이 민족에게 주시는 것이 아니겠는가?"

"너무 어려워서 난 이해할 수 없어."

"의심을 버리고 입으로 시인하고 마음으로 믿어 그의 이름을 부르면 성령의 역사로 가슴이 뜨거워지고 힘이 생겨 밖에 나가 그 진리를 증거하지 않고는 못 견디는 거여."

두 사람은 이런 토론을 벌인 뒤 각자 깊은 사색에 잠겼다. 자신의 신념을 절대시하며 절대로 타인의 비판을 허용하지 않고 옳다고 생각한 것을 행동으로 옮기는 이데올로기에 비해 기독교란 어떤 것이란 말인가. 차영호는 스스로에게 계속해서 질문을 던졌다. 죽는 것이 무섭다고 벌벌 떠는 지극히 연약한 존재인 강철희의 입에서 나오는 말은 깊은 진리를 담고 있어 보였다. 그의 태도나 지금 암송하고 있는 요한복음을 보면 비판받을 때 겸손하게 자신을 돌아보고 자신의 믿음을 객관화시킬 수 있으니 이 민족이 사는 길은 이 길이 아닐까. 차영호는 성경을 암송하며 철회를 깊이 알아갈수록 깊은 갈등에 빠져들었다.

차영호가 요한복음을 암송해서 영일사전을 탄 밤은 북한 송환을 결사반대한다는 혈서를 쓴 날이기도 했다. 포로들은 남쪽에 있을지도 모르는 친척을 찾을 꿈에 들떠있었고 미군이 지키는 땅에 포로가 되었으니 곧 풀려나리란 기대로 전쟁의 숨 막힘이 어느 정도 사라진 듯도 했다. 가로로 여섯 줄, 세로로 다섯 줄 늘어선 막사들은 노(no) 빨갱이들로 이뤄진 평온한 곳이라고 자처하기에 마음놓고 성경을 펼쳐놓고 읽을 수 있었고 암송자들은 상품을 타는 재미에 흠뻑 빠져 있었다. 더구나 그날 오후에 준공한 벽돌로 지은 교회 머리에 '우리는 공산주의를 때려 부숴야 한다.(We must destroy communism!)'란 구호를 나무판에 영어로 새겨 붙인 고로 이곳만은 안전하다고 자부하는 터였다. 81수용소에서 작년 5월 38명으로 시작된 성경학원이 할 일 없이 슬픔에 빠져있는 포로들에게 호기심을 불러일으켜 4천 명 가까이 늘어나자 수용소마다 교회를 짓느라고 법석이었다. 예수행전, 사도행전, 교회사, 한글, 영어, 음악을 교과과정에 넣어 문맹을 퇴치하고, 삼 개월 공부하고 졸업장을 주는 바람에 아이부터 노인까지 천막 안은 비좁을 정도로 모여앉아 열심히 배웠다. 사경회도

한 달에 한 번꼴로 열려 잠시도 쉴 틈이 없었다. 주일예배, 새벽기도회, 수요기도회가 생기면서 85수용소는 제법 사람 사는 냄새를 풍겼다.

"난 요한복음을 암송해서 사전을 탔으니 이제, 철희 자네를 따라다니는 걸 중단해도 되지?"

철희는 그 말에 대꾸는 않고 뒷산에서 주워온 어른주먹 크기의 나무토막을 깎아 다듬고 있었다.

"자네. 내 말에 왜 대답을 안 하는가. 너무 기회주의자라 실망했다 이 뜻인가?"

"자네에게 무엇인가를 주고 싶어 못 견디겠군. 나무토막에 예수의 얼굴을 조각하는 동안이 너무 행복해."

"자네가 늘 공박하는 것처럼 나무나 돌이 어찌 인간의 마음을 알아보고 복을 준다고 그런 걸 조각해."

"이걸 깎으며 자네를 위해 기도하고 있어. 원래 이런 일에 소질이 없지만, 자네를 위해 할 수 있는 유일한 방법으로 알고 깎아내는 거야."

대못의 끝을 돌로 짓이겨 칼날처럼 납작하게 만들어가지고 철희는 열심히 나무를 조각하기 시작했다. 물결치는 머리가 칫날 나무 위에 새겨졌다. 이상하게도 머리 부분에 옹이가 깊게 박혀있어 그가 이마를 파 내려갈 때 피를 흘리고 있는 것처럼 옹이 꼬리가 짙은 갈색으로 선명하게 상처를 남겼다.

1950년 전쟁이 났으니 햇수로 삼 년째 접어들어 포로

생활에도 슬슬 신물이 날 즈음이었다. 62수용소에선 시범폭동을 일으켜 친공포로들이 강제일괄송환을 주장해서 포로심사를 방해했다는 소식이 들여왔다. 82명이나 그 폭동에서 맞아죽었고 그들이 게양한 인공기는 죽은 사람들이 흘린 피로 그려서 처음엔 선명한 핏빛의 깃발이었던 것이 시간이 흐름에 따라 죽은 검자주색으로 변해 그걸 바라보는 이들의 가슴을 섬뜩하게 만든다는 소문도 들렸다. 그러나 85수용소에 갇힌 철희와 차영호는 그래도 천막교회가 있고 성경을 암송하는 자유가 주어져서 두 줄 둘러친 철조망을 의지하고 평안함에 젖어 있었다.

"우린 괜찮을 거야. 미국놈들은 우리가 피로 찍은 혈인 곁에 첨부한 탄원서를 보면 기절할 듯이 놀라 강제로 북송시키지는 않을 걸세."

차영호가 이웃한 수용소의 폭동을 보고 그래도 이 수용소만은 안전하리란 확신을 다짐하기 위해 이렇게 중얼댔다.

"마음을 놓아선 안 돼. 저들의 세포조직이 교묘히 파고들 가능성도 있으니까, 우리의 북송반대를 미군들이 들어줄 가능성이 없을지도 몰라. 사실 그들도 골치 아프니까 포로들이 속했던 곳인 북쪽으로 모두 실려 보낼 확률이 더 크다고 보는데."

강철희가 그의 말을 받아 반박했다.

"그건 역사적 전례를 몰라서 하는 말이야. 미국놈들은

그런 점에선 다분히 인간적인 결정을 내릴 것이 뻔해. 바로 몇 년 전에 터진 사건이지. 제2차 대전이 끝난 1945년 유럽 주둔미군은 독일군으로부터 약 오천 명의 소련군포로를 인수했었지. 그 포로 중에 소련으로 송환되는 걸 거부하는 포로들이 많았는데 소련정부의 강력한 요구로 강제 송환시켰더니 큰 비극이 일어나서 트루먼 행정부가 휘청했거든."

"자넨 영어를 잘 해서 그런 외국 소식에도 밝은 모양이군. 어떤 비극이었는데 미국 같은 큰 나라가 흔들렸어."

"포로들이 탄 열차가 소련과 인접한 오스트리아 산악지대의 높은 다리를 통과할 때 수를 셀 수 없이 많은 포로들이 집단투신자살을 하는 불상사가 일어났거든. 이때 미국 여론은 아무리 포로지만 송환을 거부한 사람들을 강제로 보낸 것은 인류 최대의 인권유린이라고 신문방송을 통해 떠들었다는군."

"그렇다면 송환분류심사는 이런 전례를 거울삼아 철저히 이뤄질 것이니 우린 행운을 맞는 거란 말이지."

"그러나 전문일(全文一)이란 가명으로 남일의 지시로 51년 11월 위장투항 수용된 박사현(朴士鉉)이 문제야. 그는 포로조직 실질적 지도자로 거제도에 침투되었다니 일은 그렇게 순조롭지는 않을걸. 송환심사에 응하지 못하도록 비밀통신수단을 이용해서 파격적인 방법으로 배후조종할 거야. 너무 방심해선 안 되네."

둘은 팔베개를 하고 나란히 누워 칙칙한 국방색 천막천장을 응시했다. 그때 갑자기 천막 문이 활짝 젖혀지더니 몇 명이 들어섰다. 맨 앞장선 놈이 심한 이북 사투리로 막사 안이 쩌렁하게 울리도록 말했다.

"다른 수용소에선 남반부 인민해방을 위해 밤을 낮 삼아 활약하는 디 동무들은 가만있어 되겠소. 포로새끼들이 뭐 살판났다고 목을 따며 자본주의자들이 가르치는 노래를 부르오. 게다가 자본주의자들의 신조를 외워주고 거지같은 물건을 받고 있으니 이게 말이나 되갔시오. 디금 당장 대갈통에 박힌 미제 구더기들을 날래 빼버리라우요. 다른 수용소에서 여길 뭐라 부르는지 모르디요. 신자당(信者黨)이라 합디다."

이렇게 쇳소리를 내며 떠드는 자가 있어 모두 숨을 죽였다. 이때 어둠에 몸을 숨기고 말하는 이의 뒤에 섰던 자가 앞으로 나왔다.

"동무들이 형세판단을 잘못하고 있는 것이요. 뭔가 오해를 한 것이 틀림없소. 우리 인민군은 현대장비를 지급받고 있소. 소비에트 혁명동지들과 중화인민공화국 모 주석께서 보내주는 거지요, 이런 판에 동무들은 우물 안 개구리 마냥 성경나부랭이나 읽고 개구리처럼 맹꽁맹꽁 노래나 부르고 있는데 그거 쓸데없는 짓이라우요."

눈두덩과 뺨 사이에 푹 묻힌 작은 눈을 가진 사내가 우람한 가슴을 쫙 펴고 그들 앞에 서자 막사 안은 조용해졌다. 저자가 박시현의 신복이라는군. 드디어 저들의 세포 조직이 여기까지 파고 들어왔으니 엉성한 우리 수용소에 무서운 바람이 불기 시작했군. 살아남으려면 입을 다물고 벙어리가 돼야 해. 예서제서 수군대기 시작했다. 순간 강철희의 얼굴이 하얗게 질리더니 차영호 뒤에 몸을 숨겼다. 철희의 가슴이 어찌 뛰는지 심장의 박동소리가 영호의 귀에까지 들려왔다. 마치 폭포가 굉음을 내며 쏟아져 내리는 듯한 소리를 철희 자신도 들었는지 가슴을 두 손으로 지그시 눌렀다. 그럴 수밖에 없는 것이 조마거리며 숨어살며 그렇게도 만나기를 꺼렸던 김경종이 철희의 앞에 나타난 것이다. 360만 평에 17만여 명이나 되는 포로들 속에 숨어버린 그를 어찌 알고 예까지 찾아온 것일까. 심장의 박동이 영호의 귀에까지 너무 크게 전해졌는지 이상한 기미를 눈치 챈 그는 두 다리를 쩍 벌려서 그의 등 뒤에 철희를 숨겨주었다.

"거제도 포로수용소가 지난 51년 2월 1일 시작된 이래 적들의 야만행위가 얼마나 극악한가를 76수용소에서 증명했소. 5월 7일에 수용소장인 도트를 납치해서 우리가 주장한 내용을 여러분도 알아야 하오."

그가 나열하는 말들은 이러했다.

첫째, 고문, 대량학살, 기총사격, 독가스와 세균무기 및 원자탄실험에 포로 사용을 즉각 중지하고 포로의 인권과 생명을 유지하라.

둘째, 조선인민군과 중국인민의용군포로들의 불법적인 송환분류를 즉각 중지하고 전원 송환하라.

셋째, 포로대표단을 인정하고 그들의 활동을 보장하라 등등의 우리 요구에 그들은 메라 답한 줄 아오. 도트의 후임인 콜슨 소장이 다음과 같이 서명해서 우리 포로들에게 넘겨주었다.

그는 신바람이 나서 이렇게 큰 목소리로 낭독했다.

'나는 유엔군이 다수의 포로들을 살상한 유혈사건이 있었음을 시인한다. 나는 국제법원칙에 의하여 장차 본 수용소 포로들을 인도적으로 대우할 것을 약속한다. 나는 장차 폭행 및 유혈사건이 없도록 최선을 다하겠다. 장차 이런 사건이 발생하면 내가 책임을 지겠다. 송환분류강제심사에 관하여는 도트장군이 무사히 석방되면 본 수용소 포로들에 대한 강제심사나 개별심사는 없을 것을 확인한다. 도트장군이 동의하고 내가 승인한 조건에 의하여 북조선인민군 및 중화인민의용군의 포로들로 구성된 포로대표단 조직을 승인한다.'

"해서 우리는 78시간 만에 도트를 내놓은 것이요. 동무들! 우린 모두 곧 북송되는 것이 확실한데 늦장부리지 말고 김일성 장군에게 우리의 충성을 보입시다. 자! 우리 이 노래를 불러 각오를 새롭게 합시다."

장백산 줄기줄기 피어린 자-국……

우리의 애국자가 누구인가를……

이번에는 저번 수용소에서 썼던 김민우라는 가명이 아니라 또 다른 가명인 김철우란 이름을 달고 나타난 김경종이 선창을 하자 모두 목이 터져라 합창하기 시작했다. 참으로 모를 일이었다. 좀 전까지 미움으로 이를 갈았던 상대방을 높이고 찬양하는 노래를 힘차게 일제히 부르고 있지 아니한가.

한국전쟁에 또 하나의 전선이 된 거제도 포로수용소의 한 천막 76수용소 포로들에게 포로수용소장인 도드 준장이 납치된 사건이 일어났다. 포로들에게 포로가 된 포로수용소장이 장교들만 수용한 66수용소에 있던 이학구 총좌(總佐)와 일대일로 교환하자는 협상 뒤끝이다. 이미 콜슨 준장이 대답한 것을 다시 거론하는 걸 보면 뭔가 켕기는 것이 있는 것이 분명했다.

"동무들 내 말을 들으시오. 우리 포로들을 정당하게 대우할 것과 포로분류중지, 자치권 인정, 수용소 간의 연락을 허락하라고 단식투쟁을 합시다."

이 말에 어느 누구도 저들이 주장하는 걸 꺾고 반기를 드는 자가 없었다. 포로들은 걱정이 태산 같았으나 어찌해야 좋을지 몰라 서로의 눈치를 살필 뿐이었다. 포로의 일인분이 쌀과 보리를 섞어 4파운드인고로 밥의 양이 적당히 배부를 정도의 것인데 그마저 못 먹게 되니 참으로 걱정이었다. 첫날은 그저 멍멍히 지나갔으나 둘째 날부터 뱃속에서 쪼르륵 소리가 났고 회충이 동해서 입가에 맑은 침이 돌아 입언저리로 흘러내렸다. 그렇다고 단식투쟁을 하지 말자는 말을 누구도 쉽게 할 수 없었다. 인민재판을 열어 죽이겠다면 꼼짝 못하고 당하기 때문이었다. 불과 며칠 전에 북송을 결사반대한다며 터놓고 말하던 그들이 아니던가. 혈인탄원서를 내고도 마음이 놓이질 않아 북송 결사반대를 쓴 띠를 두르자, 가슴팍에 태극기를 먹물로 문신해 넣자, 이마에 대한민국 지도를 그려 넣자, 피를 내어 나누어 마시고 마음을 합치자, 반공이란 문신을 왼쪽 어깨와 팔뚝에 새기도록 잉크로 살을 뜨자…… 이렇게 떠들던 그들이었는데 김철우란 가명을 쓴 경종이 나타나자 그들은 감히 생명과 관계된 밥을 먹자고 입을 열지 못했다. 사흘로 접어들자 눈앞이 캄캄해지고 오로지 보이는 것은 고향집에서 먹었던 음식들뿐이었다. 감자로 끼니를 잇던 여름이나 쑥을 뜯어 보리와 얼버무려 먹던 보릿고개도 이보다 덜 힘들었다는 생각이 들어 모두 우울할 뿐이었다. 닷새가 되자 군화를 끓여 먹거나 태워 먹는 사람들이 있었다. 그것도 요기가 되는지 모르지만 신고 있던 구두가 식량 대용으로 쓰일 줄을 어떤 전략가도 몰랐을 것이다. 배고픔이 사흘을 고비로 서서히 사라지고 무력증으로 몸은 밑으로 가라앉지만, 정신은 기막히게 맑아 왔다. 무엇을 위한 또 누구를 위한 단식이란 말인가. 강철희는 차영호와 나란히 누워 구름 속으로 빠져드는 것 같은 이상한 황홀감에 젖어들었다.

"이봐, 철희, 난 아무래도 죽을 것 같아. 난 어려서 미음을 먹고 자라난 데다 몸이 약해 밥을 이렇게 굶으면 견딜 수가 없이 어지러워."

"예수님은 40일을 금식하고도 살아나셨어. 인간이 물을 먹으면 한 달은 살 수 있으니 저들이 단식이라고 떠들지만 물은 먹어야 해. 단식이란 물까지 먹지 않겠단 말이니 일주일 이상 견디지 못할 거야. 몰래 나가 물을 퍼먹어."

"아이쿠! 배야."

갑자기 영호는 배를 끌어안고 몸부림쳤다.

"무엇이나 먹을 것을 좀 주어. 미음을 먹었으면 좋겠어."

하도 심하게 뒹굴며 아파해서 군화를 끓인 물을 국 깡통에 담아다 입에 흘려 넣어주는 사람이 있었으나 그의 몸부림은 멈추지를 않았다. 여단의 간부들이 김철우란 가명을 쓰는 경종을 앞세우고 영호가 배 아프다고 몸부림치는 막사엘 들어왔다. 영호를 가슴에 안은 채 들어서는 그를 증오에 차서 노려보는 철희의 눈과 경종의 눈이 마주쳤다. 묘한 미소가 경종의 입가에 나타났다.

"이 캠프로 수감되었다는 걸 64야전병원 망을 타고 들었지."

그는 막사에 있는 사람들이 다 들으라는 듯 목청을 돋웠다. 철희를 경계하며 증오하는 눈빛이 포로들의 얼굴에 나타났고 이내 차가운 냉기가 막사 안을 채웠다. 야전병원에서 왔다면 좌익의 오열이란 뜻이기 때문이다.

"개 같은 자식."

철희가 영호를 담요 위에 내려놓고 그를 한 대 칠 자세로 벌떡 일어났다. 경종을 따라 들어온 간부들의 눈에 순간 번쩍하는 독기가 서렸다.

"저자를 데리고 나가."

몸집이 큰 두 사람이 철희의 양어깨를 잡더니 질질 끌고 나갔다. 철희가 잡혀간 곳은 땅굴 속이었다. 옆의 수용소와 연결되는 땅굴로 전깃불도 밝게 켜진 별천지였다.

"담배를 피우겠나?"

경종이 천연덕스럽게 철희에게 담배 한 가치를 내밀었다. 대답이 없자, 그는 의자를 그에게 밀어주었다. 철희는 그것마저 거절하지 않고 털썩 맥없이 허기진 몸을 의자 위에 던졌다.

"수용소를 사상전쟁터로 삼는 이유가 뭔가?"

"우린 평범한 전쟁포로가 아니라 전투원들이니까."

"어째서 여기서 야단인가?"

"여긴 최 일선이니까."

"자네의 유토피아는 결국 이렇게 해야만 건설되는 것이란 말인가?"

"새로운 세계의 초석으로서 나는 명백하고 확고한 목표를 가졌지. 우리의 유토피아인 거대한 가정의 구성원은 위험과 여행과 투옥, 살인, 폭력 등 다양한 체험을 가진 사람들이야."

"무기도 없는 주제에 무슨 전쟁을 한다고 그러는가. 제발 사람을 죽이는 일만은 말아주게. 지금 85수용소에 지시한 단식투쟁이 얼마나 무모한 짓인 줄 아는가?"

"자네 그렇게 나약하니까 유신론을 찰떡같이 믿는 것이 아니겠는가. 자네가 믿는 하나님은 페니키아의 몰록 숭배를 발전시킨 것에 불과해. 제발 불쌍한 망상에서 벗어나게나. 예수는 신화적 존재인데 나중에 역사성을 부여받은 것이 아니겠는가."

"자네가 신봉하는 공산주의도 엄밀히 따지고 보면 종교가 아니겠는가. 기독교의 주권자는 하나님이고, 마르크스주의의 주권자는 인간이란 점에서 자네와 난 영원한 적일 수밖에 없군."

경종과의 사이에 비행기를 타고도 넘지 못하게 높이 쌓여진 벽을 보며 철희는 숨이 막혀왔다. 고보 시절 그가 입에 게거품을 물며 떠들 땐 뭔가 있어 보이기도 했는데 이 지경에 이르러 지금 그가 쫓고 있는 것은 과연 무엇이란 말인가. 미움과 죽음, 장벽과 가시철조망, 지뢰밭과 수많은 피난민 무리를 낳은 사상의 줄이 왜 이다지 경종을 무섭게 잡아당기고 있단 말인가. 기독교가 맡은 일을 얼마나 감당하지 못했으면 그간 벌어진 큰 영적진공상태를 채우려고 마르크스주의가 종교와도 같은 양상으로 퍼져나가게 되었단 말인가. 철희의 침묵이 항복인 걸로 받아드리고 신이 난 그는 눈짓으로 옆에 선 간부에게 지하방에 딸린 창고 문을 열게 했다. 놀랍게도 거기엔 천막지주로 만든 창들이 산적해 있었고 칼, 곤봉, 도끼, 철조망을 끊어 만든 몽둥이, 휘발유수류탄 등 셀 수 없이 많은 사제무기들이 쌓여있었다.

"이래도 무기가 없다고 무시할 것인가?"

"사람을 죽여서 과연 얻는 것이 무엇인가를 생각해 보게."

"혁명은 변화를 야기시키는 행동이야. 우리의 목표는 혁명 자체이고 이상적인 국가는 혁명을 통해 성취되는 것이야."

"혁명을 해서 이룬 국가에 사랑이 없다면 그건 울리는 북이요, 꽹과리일 뿐이지. 혁명에 수반되는 폭력이 난무하는 자리에 인간이 갈망하는 사랑이 어떻게 비집고 들어갈 수가 있단 말인가. 사랑의 통치가 인간사회윤리의 목표인 걸 자넨 몰랐는가."

"사랑이란 인간을 꼬이기 위한 아편이나 마찬가지지. 중세부터 지금까지 그런 말로 인민의 눈을 멀게 하여 얼마나 많은 착취를 했는가. 목사란 그런 의미에서 위선자라고 할 수밖에 없겠지. 아니, 목사를 성자라고 한다면 그 많은 세월이 흐르는 동안 어째서 인간이 바라는 유토피아를 지상에 세우지 못했느냐 이 말이야. 기독교가 다스린 중세의 긴 역사를 암흑시대란 말로 역사가가 기록한 것은 무슨 이유이지?"

"역사는 하나님의 왕국을 실현하기 위한 투쟁의 역사야."

"보이지 않는 하나님의 명령을 어떻게 따르고 실현해."

"성령이 하나님왕국의 실현을 위해 투쟁하는 자들을 인도하고 있어. 자넨 하나님의 왕권을 인간의 무한한 지배로 완전히 대치할 수 있다고 생각하는가?"

"신을 믿지 않는 사람보다 신을 가진 사람을 다루기 더 힘이 드는군. 목표를 달성하기 위해선 종교비판이 첫 단계란 말을 이제야 이해할 것 같아."

"자네의 독선적인 이데올로기는 혁명에 비전을 두기에 무자비하지. 그래서 국민들의 죄악과 약점들을 영원히 보존하여 잊지 않도록 표시하고 서류철로 쌓아 올리고 있지 아니한가. 내가 믿는 하나님은 상한 갈대도 꺾지 아니하며 꺼져가는 등불도 끄지 아니하는 은혜의 하나님이지. 용서를 해주며 새로운 출발을 하게 한다고 할까. 사랑의 하나님을 본받아 우리민족은 사랑으로 뭉쳐져야 하는 것이야."

철희의 이 말에 경종의 얼굴은 온통 비웃음으로 가득 차오르더니 날카로운 작은 눈에 얼음같이 찬 빛이 번쩍했다.

"그래서 자넨 가실에게 애를 낳게 하고 헌신짝처럼 버렸어."

"아! 가실이. 내가 하나님을 만나기 전에 저지른 죄지."

“거짓말 마. 자넨 내게서 마지막 꿈인 가실까지 앗아간 놈이야. 네 부모가 가진 재산으로도 만족하지 못하고 못 가진 자의 마지막 자존심마저 짓밟은 자식이야.”

“지금 가실은 어디 있는가?”

“이 수용소 안에 있다고 믿는가. 자네를 살려준 탓에 사상성을 의심받아 처치했네.”

“이봐. 경종이. 설마 가실일 죽였다는 뜻은 아니겠지.”

“흥, 가실과 자식에 대한 미련이 남아있는 모양이군.”

“제발 가실이가 어떻게 되었는지 알려주게.”

“나쁜 자식. 아직도 가실을 생각할 자격이 있다고 믿는 모양이군. 당의 명령을 어긴 죄로 지금 평양에 불려가 있어.”

“얼마나 엄청난 죄를 가실이 지었단 말인가?”

“자네를 끝까지 돌봐주며 살려주는 이상한 행동이 당성을 의심받게 한 것이야. 지난번에 호식과 널 죽이지 않고 야전병원으로 옮겨놓은 것이 죄목이야. 왜 뭐가 잘못됐나?”

으음! 하고 깊은 신음을 삼킨 철희는 괴로워서 잠시 눈을 감았다가 힘없이 뜨더니 애원하는 목소리로 말했다.

“나는 모든 일에 죄인일세. 가실에게나 자네에게 하나님을 알게 못 한 죄가 크네.”

“그 위선적인 말을 집어치울 수 없어!”

경종이 버럭 소리를 질렀다.

“배가 아파 괴로워하는 친구를 살리고 싶네. 먹을 것을 조금 줄 수 없겠나.”

“자네가 믿는 하나님에게 밥을 달라고 하면 줄 거야.”

대화의 단절에 철희는 마른 침을 삼키며 여길 빠져나갈 방법을 생각했다. 막사에 두고 온 차영호 생각에 이르자 가슴이 바짝 타들어 갔다.

“가실을 살릴 마음이 있다면 또 자네가 주장하는 사랑이란 것을 보여줄 의사가 있다면 직접 나서서 85수용소를 친공으로 바꿔보게. 그러면 나도 자네가 믿는 하나님을 한번 생각해 보지.”

김경종이 은근한 목소리로 이렇게 말하며 마치 주위에서 누가 듣기라도 하는 듯 사뭇 불안한 얼굴을 감추지 못했다. 그러고 보니 경종이 좀 전에 보였던 당당함이 초조함 가운데 감춰진 다른 면임을 짐작할 수 있었다.

“누굴 놀리는 것인가?”

“가실이나 나에 대해 사죄의 빛을 보이니까 하는 말인데 자네의 하나님론이나 사랑론을 믿을 마음을 내게 주려면 먼저 85수용소를 친공수용소로 바꾸는 데 앞장 서달란 말일세.”

잠시 침묵이 둘 사이에 흘렀다. 철희가 대답을 하지 않자 경종이 일어나 상자에서 주섬주섬 무엇인가를 한 아름 가득 안고 돌아섰다.

“자네를 믿겠네.”

"……."

그의 가슴에 안겨주는 서너 개 레이션 깡통들을 차영호를 위해 감히 거절하지 못하고 받아든 철희는 막사로 돌아왔다. 자정이 넘어서야 영호 곁에 돌아온 철희는 이미 몸이 싸늘하게 식어가는 그를 보며 가슴이 아팠다. 다른 포로들 모르게 경종에게서 받아 숨겨온 음식을 배불뚝이처럼 배꼽 부분에 감춘 철희는 엉거주춤하게 몸을 굽히고 그의 손을 잡는 찰나 차영호는 훅 숨을 몰아쉬더니 입가에 거품을 물었다. 기겁한 철희는 그의 상체를 끌어안았다. 영호의 얼굴은 노랗게 변했고 몸이 뻣뻣하게 굳어갔다. 회충이 심하면 먹을 것이 없을 때 위벽을 뚫고 나가 머리로도 가고 몸의 여러 부위로 뚫고 돌아다녀 사람을 죽게 한다는 글을 읽은 생각이 났다. 예수상을 깎는데 사용하였던 칼을 집어 들었다. 못의 끝을 눌러 손수 만든 못칼을 집어 든 철희는 엄지를 째서 흐르는 피를 그의 입에 흘려 넣었다.

밤이 꽤 깊었는지 대청리 마을의 집들 중에 불을 밝힌 집이 없었다. 여름이건만 한밤중의 바다는 한기를 품고 있어 오스스 춥기까지 했다.

"아버지의 엄지손 피가 스님을 살리셨단 말인가요?"

"그런 셈이지. 얼마나 극진히 날 보살폈는지 난 자네 부친을 작은 그리스도로 알고 있어. 이제 집으로 돌아가 쉬어야지."

너무 어두워 민구와 앵주는 스님이 입은 희끄무레한 승복의 등을 보고 따라 걸었다.

"아버지가 목각을 완성하셨나요?"

"그럼. 예수님 얼굴을 새겨 넣은 아주 기막힌 목각을 만들어 주어서 나는 그것을 고이 간직해왔어. 아버지의 유물로 자네에게 넘겨주지."

"밤새워서라도 아버지의 북송 이유를 다 듣고 싶은데요. 그럼 북송을 자원하게 된 동기가 가실이란 분을 찾기 위함인가요?"

"성미가 철희처럼 무척 급하군. 내일 마저 이야기해주지. 아주 긴 이야기라 내 나이에 단숨에 해내기가 너무 벅차. 더구나 자칫 하다가는 자네가 아버지를 잘못 이해할 수도 있으니까."

민구는 모기장 안에 누워서도 새벽닭이 울 때까지 잠을 이룰 수 없어 몸을 뒤척였다. 아아! 아들, 민구를 버리고 종교의 자유가 없는 북으로 가버린 가여운 아버지가 작은 그리스도라니…….

드러난 비밀문서

잠을 설치다가 새벽녘에야 깊은 잠을 잔 탓에 민구가 눈을 떴을 적엔 아홉 시가 넘은 시각이었다.

"민구 씨 어서 일어나요. 안개가 걷혀서 뒷산에 오르니 북쪽 땅이 보여요. 덕월 스님이 그러시는데 백령도에 가면 장산곶도 볼 수 있대요."

앵주의 생기 넘친 목소리에 민구는 찌뿌드드한 다리를 몇 번 오그렸다 편 뒤 모기장 밖으로 기어 나왔다. 잠을 험하게 자서 오른팔이 모기장 밖으로 나간 모양이다. 팔뚝에 열군데도 더 되게 두드러기가 난 듯 부풀어 올라 있어서 그 옛날 아버지가 그를 무릎 위에 앉히고 해주었듯이 혀를 쑥 내밀어 잠자는 동안 입안에 고였던 침을 발랐다.

"자네하고 아침을 먹으려고 기다렸네."

"안녕히 주무셨어요."

민구는 어린 시절 할아버지나 할머니께 인사를 드리듯이 허리를 깊숙이 숙여 스님께 절을 했다. 노승은 법당을 오락가락하며 민구가 일어나기를 무척 애타게 기다렸던 모양이다. 그가 마당에 나오자 민구의 손을 잡아끌어 목욕탕으로 인도했다. 마당 한 구석에 서 있는 감나무에 아기주먹 크기의 감들이 탐스러웠다. 감나무 옆 곳간을 목욕탕으로 개조해놔서 섬에 왔지만 더위로 젖은 몸을 씻기에 안성마춤이었다. 자상한 할아버지처럼 칫솔을 가져다주고 비누랑 치약까지 챙겨주었다. 목욕할 때 벗은 옷을 걸어놓을 옷걸이까지 상세하게 일러주기도 했다. 암자 뒤뜰에 고인 돌샘에 피비씨 관을 연결해놔서 물은 계속해서 목욕탕의 돌절구처럼 생긴 그릇에 고여 넘쳐흘렀다. 여름

샘물이 너무 차서 민구는 수건을 적셔 몸을 대강 닦고 나왔다.

"자네 부친이 조각한 예수님상이네."

아침밥상이 차려진 방에서 기다리고 있던 덕월 스님이 한 뼘 크기의 목각을 그의 손에 쥐여 주었다. 완전히 나무를 깎아내서 만든 입체감 있는 목각이 아니었다. 둥근 나무토막을 세로로 반을 잘라 둥근 면을 오목하게 파가며 예수님의 얼굴을 조각한 것이었다. 무슨 나무인지 모르지만, 나뭇결이 옹골차보였다. 머리와 이마에 박힌 옹이가 가시관에 찔려 흐르는 피를 연상케 해서 첫눈에도 무척 예술적인 냄새를 풍겼다. 눈을 지그시 감은 예수님의 얼굴은 부처님처럼 넓적하고 후한 인상이 아니라 달걀형으로 길쭉했고 굳게 다문 입이 날카롭고 예민한 인상을 풍겼다.

"수용소에서 이것이 예수님상인 걸 알았다면 야단났겠지요."

"두고 온 가족을 조각했다고 생각했는지 아무도 개의치 않았어. 나와 철희만이 아는 비밀이었지."

앵주는 민구의 손에서 예수님의 상을 빼앗아 눈이나 머릿결 사이사이에 낀 때를 손수건으로 정성스럽게 닦아냈다. 머리 위와 목 밑으로 남겨진 나무껍질은 세월의 때가 끼어 기름이 번지르르 흘렀다. 아버지의 체취를 처음으로 접한 민구는 가슴이 뭉클해서 코끝이 싸하게 맵더니 눈물이 핑 돌았다.

"왜 아버지는 남쪽에 남지 않고 북쪽으로 가셨을까요?"

"오늘 그 이야기를 마저 해주려는 참이야."

"단식투쟁은 며칠이나 계속되었나요?"

"일주일 만에 끝이 났지만 스무 끼니를 굶은 포로들의 건강은 말이 아니었지. 나도 철희만 아니었으면 그때 이미 죽은 몸이지. 일주일 금식을 한 뒤에 일주일간 음식을 정상적인 분량을 먹을 수 없으니까 그것이 더 고통이었어. 철희는 하루 양으로 나온 몇 순갈의 밥을 비옷자락에 넣고 짓이겨 떡을 만들어 주었지. 죽을 쑬 수 없으니까 그 떡을 깨알만큼 떼어 입에 넣어주며 백 번을 씹으라고 했어. 입안에서 무엇이 씹히고 단물이 도니 간사스럽게도 살고 싶다는 욕심에 더 달라고 조르면 철희는 자신의 몫까지 내게 주었어."

노승의 눈에 눈물이 고이고 목이 메여 그것을 감추려는 듯 밥상 위에 놓은 숭늉을 몇 모금 마셨다. 공해 없는 섬의 하늘은 너무 깊고 파래서 앵주는 두 사람의 대화가 끊기자 하염없이 하늘을 쳐다봤다.

"김두호란 자의 호주머니에서 떨어진 비밀지령문을 볼 수 있을까요?"

"내 이야기를 다 듣고 보는 것이 좋겠어."

"바다로 나갈까요?"

"아니 여기서 이야기하지. 바닷가는 점점 햇볕이 따가

워질 거야. 자네를 만나니 감회가 새롭군. 결국, 죽은 자는 죽었고, 떠난 자는 떠났으며 나처럼 살아남은 자는 가슴이 아프군그래."

콜슨 문서로 인해 도드와 콜슨 준장 두 사람 모두 대령으로 강등 당했다. 거제도 포로수용소의 10대 소장인 도드는 76수용소 포로들에게 납치되어 세계역사상 한 번뿐일 사건의 주인공이 되었다. 포로들에게 수용소 책임자가 납치되었으니 얼마나 웃기는 일인가! 도드를 살리기 위해 11대 소장인 콜슨은 거제도가 무서운 전쟁터임을 모르고 포로들의 수작에 놀아난 셈이 돼버렸다. 어쨌든 두 준장에게 씻을 수 없는 오욕을 안겨주어 거제도는 지휘관의 묘지란 소문이 나돌 지경이었다. 12대 소장으로 온 보트너 준장은 대단한 왈가닥으로 직선적인 성격에 실천력이 강한 장군이었다. 클라크 유엔군총사령관으로부터 포로관리에 무력을 사용해도 좋다는 전권을 부여받은 보트너는 실력행사에 들어갔다. 수용소를 통폐합하는 것은 물론 좌우익포로분리작전을 시작했고, 85수용소에서 나부끼는 적색기와 플래카드를 전차를 몰고 들어가 철거 소각할 정도로 잃었던 통솔력을 확립했다. 도드를 납치했을 적에 포로의 대표로 앞장섰던 이학구를 특별영창에 감금했고 사제무기를 가지고 항거하던 포로들에게는 전차부대와 공수부대가 투입돼서 그들도 끝내는 굴복하고 말았다.

85수용소도 예외가 아니어서 단식투쟁 뒤 보트너의 강력한 조치로 친공포로들은 슬그머니 기어들어 가버렸다. 친공포로들이 잠잠해지자 세차게 복음의 물결이 그 안에서 일렁거렸다. 광장엔 만 명이 넘는 포로들이 모여 마이크도 없이 육성으로 하는 설교를 들었다. 비가 와서 광장의 흙바닥이 질척거리지만 포로들은 그것도 개의치 않고 설교에 귀를 기울였다. 왼쪽 팔에 전도자란 노란 완장을 찬 옥호열 선교사는 한국인 목사를 거느리고 들어와서 열심히 전도를 했다. 이런 상황에선 인민재판이 머리를 들 수가 없었다. 더구나 포로들에게 주라고 사들인 공책 삼천 권 중에서 미군들이 짜고 천 권만 포로들에게 나눠준 사건에 접하자 포로들 앞에서 목사님이 물건을 빼돌린 미군을 군화발로 걷어차는 광경을 지켜본 포로들은 그들도 사랑받는 인간임을 깨닫고 더욱 집회에 열심을 내어 모여 들었다.

김경종은 단식투쟁의 죄과로 혹시나 포로들이 들고일어나 자기를 죽일지 모른다는 공포에 싸여 강철희를 따라나와 광장에 앉아 있었다. 보트너 소장의 위력은 대단해서 85캠프의 상황이 급변해버린 셈이다.

그날 설교는 고린도전서 1장 18절이었다.

"십자가의 도가 멸망하는 자들에게는 미련한 것이요, 구원을 얻는 우리에게는 하나님의 능력이다."

뒤에 있는 사람까지 들으라고 설교자는 느린 어조로 힘을 주어 십자가의 도를 역설했다.

"그럼 예수를 믿지 않는 사람은 멸망한다 이 말이야?"

경종이 입을 삐죽 내밀고 상을 찌푸리더니 휭하니 일어나 막사로 걸음을 옮겼다. 철희도 군중들 틈에서 빠져나와 그의 뒤를 따랐다. 경종이 혼자말로 씨부렁거렸다.

"어째서 우리민족끼리 해결할 전쟁터에 미국놈들이 끼어드는지 모르겠어."

"그럼 북쪽은 왜 소련을 업고 나오는 거야."

차영호가 배가 아파서 거의 죽어가던 날 경종이 슬쩍 준 레이션 깡통으로 인해 그들은 조금 가까워진 듯 보였다.

"그건 이상주의적인 사회를 건설하는 일에 관계된 것이니 이쪽하곤 달라. 모두가 평등하게 사는 사회, 부자나 가난뱅이가 없는 사회, 평등하게 노동을 하는 사회, 그런 사회를 건설하기 위해 새로운 인간을 창조하는 혁명과업에 왜 모두 쌍수를 들고 환영하질 않고 감질나게 던져주는 육신의 음식이나 물질에 홀려 빨려 들어가는지 저 광장의 무리들이 한심할 지경이야. 영원한 유토피아가 도래하려면 공산주의혁명이 빨리 달성돼야 하는데 말이야."

"인간의 힘으로 유토피아를 건설할 수 있다면 인류가 이 지상에서 존재한 이래 그런 왕국이 왜 한 번도 존재한 일이 없었겠는가. 인간이 만든 유토피아는 꿈일 뿐 인간 내면에 뿌리내린 원죄가 있는 한 불가능해."

"원죄가 무엇이냐?"

"인간 속에 거하는 것들로 육체의 일을 도모하는데 예를 들면, 음행과 더러운 것과 호색과 우상숭배와 술수와 원수 맺는 것과 분쟁과 시기와 분냄과 당짓는 것과 분리함과 이단과 투기와 술취함과 방탕함과 동물처럼 땅을 바라보는 것이지."

"보나 마나 넌 성경구절을 주워섬기고 있는 것이야. 너 자신의 목소리에 네 스스로 추구하는 것이 뭐냐?"

"새로운 피조물이 되는 것이지. 그런 인간이 되면 사랑과 희락과 화평과 오래 참음과 자비와 양선과 충성과 온유와 절제를 지니게 되고 이런 것을 사회 속에서 실천하는 새로운 인간으로 변신하는 거야. 너희들이 원하는 사회를 제시하는 조건들을 필요조건은 되지만 충분조건이 아니라는 사실을 넌 간과하고 있어."

"너는 종교만이 인간을 새롭게 한다고 말하려는 것이지. 종교는 과학과 진보의 적이며 인민의 사회주의 건설을 방해하는 장애물이야. 비과학적인 종교화 미신에 대한 잔재를 뿌리째 뽑아버려야 해."

"인간은 사회구조가 변해도 절대로 육체적, 도덕적 구조는 변하지 않아. 네가 말하는 유토피아를 건설해도 거기에 사는 인간은 변하지 않는다는 뜻이지. 거짓말쟁이는 사회주의 속에서도 계속 거짓말을 할 것이며 사기꾼들은 여전히 사기행각을 벌릴 것이고 살인자들은 살인을 저지를 것이야. 네가 신봉하는 마르크스주의는 인간의 마음을 변화시킬 수는 없어. 그러니 더 이상 폭력을 휘두르지 말아줘. 폭력이 난무하는 곳에 사랑이 깃들 자리가 없지 않니. 인간을 근본적으로 변화시키는 것이 과연 무엇이겠니? 그들의 내부에 진정한 혁명을 일으킬 기쁜 소식은 서로 사랑하는 것이야. 우리가 서로 사랑하면 그 사랑은 하나님께 속한 것이니 사랑하는 자마다 하나님을 알고 사랑하지 아니하는 자는 하나님을 알지 못하니 이는 하나님은 사랑이기 때문이야."

"사랑이 그렇게 큰 것이라면 넌 왜 불쌍한 송가실을 건드려 그런 꼴을 만들었니. 가실은 그렇게 너에게 걷어 채이고도 널 사랑해서 사상성을 의심받는 짓까지 하는 바람에 널 살린 거야. 가실이 무엇 때문에 여자의 몸으로 남장을 하고 이 수용소에 기어들어왔겠어. 박사현이도 남일이 명령을 내렸기 때문에 혁명과업을 위해 억지로 온 곳이 바로 이 거제도란 말이야."

"그럼 넌 송가실을 못 잊어 이 수용소에 따라온 것이냐?"

"나는 박사현을 도우러 온 것뿐이야. 그까짓 계집 하나 때문에 여길 올 정도로 혁명과업에 나태한 사람이 아니야. 52년 6월 20일에 포로들이 총동원, 철조망을 뚫고 대학살을 자행하며 거제도를 점령할 참이었어. 일 년 넘게 세운 이 대탈출음모가 보트너란 놈이 온 뒤에 깨졌다니까. 그러나 우린 무슨 수를 써서라도 다시 수용소를 점령할 것이야."

"가실을 북으로 보냈다니 그건 자네가 한 짓이지? 가실이 날 죽음의 구덩이에서 빼내간 걸 아는 사람은 경종이 너밖에 없었으니까."

"우리의 유토피아 건설을 위해 개인적인 사정이나 인간적인 사랑에 얽매일 정도로 이 김경종은 나약한 혁명가가 아니야."

"자넨 나보다도 가실을 더 사랑한다고 하지 않았는가?"

"자네가 하나님을 위해 가실을 버렸다면 나는 노동자까지 잘 살 수 있는 새 나라 건설을 위해 가실을 버린 거야."

"누구의 나라가 영원한가는 시간이 흘러 역사가 증명하지."

"자네가 미군들과 자유롭게 말할 수 있다고 들었어. 자네를 통해 이 수용소 안을 반공사상으로 변화시킬 음모를 폈다는 정보도 들었지. 자넨 그 목적을 이루기 위해 64야전병원을 드나들며 저들과 접선하지 않았는가?"

경종의 눈에 무서운 증오의 빛이 날카롭게 번뜩였다. 도드까지 납치해서 벌린 전략이 무산되고 보트너 준장이 들어와 포로들을 분산수용해서 위기를 맞은 판에 물불 가리지 않고 포로들에게 접근해서 전도하여 빠른 속도로 번져가는 기독교신앙의 물결을 그의 힘으로 막아내기엔 너무나 거센 것이었다. 게다가 지식인들은 인민재판이나 폭력 앞에 잿더미 내려앉듯 순응하는데 유독 기독교인은 죽음도 두려워하지 않고 맞서니 기가 찰 노릇이었다.

"넌 야전병원을 본거지로 해서 미군과 접선하고 있었지."

"내가 피를 흘리고 있으니까 보기 딱해서 미군들이 병원으로 데려간 것이지 어떤 지령을 내리려고 데려간 거 아니야."

"그럼 넌 목사이면서 왜 그 신분을 끝까지 숨기고 있어?"

"그건 그건……."

강철희는 말을 더듬었다.

"지금 세계여론이 어떻게 돌아가는 줄 알아. 판문점에선 콜슨 문서로 인해 양측이 붙어 싸우고 있다고 야단이야. 포로란 엄연히 북쪽에 속한 사람이니 전원 북으로 돌려보내야 하는 것이 아니겠어. 미제새끼들이 억지를 부려 남의 나라를 식민지화하려고 욕심을 부리는 걸 모르는 한심한 남반부인민을 해방시키기 위해 동무도 위대한 이 과업에 참가해서 과오를 씻어야 해."

"나는 절대로 북쪽으로 안 가네. 내가 목사의 신분을 숨기고 있는 것은 지은 죄가 엄청나서 부끄러워 그랬을 뿐이야."

"어떤 죄를 지었나?"

"내가 살려고 너무 애를 썼어. 죽음을 두려워한 것이지. 북쪽에 남아있는 것이 내게 주어진 소명이고 죽는 것이 이 시대에 주어진 내 임무인데 난 죽음을 피했어. 너희들이 철없는 아이들처럼 휘두르는 총칼에 죽는 것이 무의미하다고 나 자신을 합리화시키려고 애를 쓴 거야. 나는 순교자가 될 수 있는 좋은 기회를 여러 번 놓쳤어. 너희들이 짜놓은 각본대로 아버지의 죽음을 보면서도 난 죽음을 무서워한 비겁한 놈이었지. 또 이십 명이나 되는 포로들을 죽게 만든…….”

“그렇게 자신을 미화시키지 말게. 죽음을 두려워하는 것이 당연한 것이고 그게 인간이 아니겠는가. 죽은 김두호는 우리가 노리던 놈이야. 남쪽이 밀파한 첩자였지. 그자가 죽자 네가 그의 호주머니에서 중요한 지령문을 꺼내갔다는 정보를 입수했어. 이제 그 지령문만 내놓으면 네가 나와 함께 북쪽에 갔을 때 이 김경종이 맹세코 너를 살릴 터이니 어서 내게 그걸 내놓게나. 박사현이 내게 내린 과업이니 제발 내게 그 지령문을 주지 않겠어.”

“내놓을 수 없네. 자네완 상관없는 것일세. 그런 상식적인 내용이 자네 같은 동물의 손에서 변조되어 죽은 뒤에까지 오명을 김두호 이름 앞에 남겨두고 싶지 않네. 이건 세월이 흐른 뒤에 역사가의 손에나 아니면 내 아들 손에 넘기고 싶네.”

“안 내놓으면 널 빨가벗겨 세워서라도 그 비밀지령문을 찾아내겠어.”

경종이 철희의 멱살을 잡고 턱밑을 강타했다. 앞가슴을 잡아 뜯어 단추들이 후드득 떨어져 나갔고 가슴팍을 무서운 힘으로 때려서 철희의 입에서 붉은 피가 철철 흘러나왔다. 단식투쟁 기간동안 사경을 헤매다가 소생하며 구석에 누워있던 차영호가 몸을 굴려 밖으로 나가 위급한 상황을 알렸으나 몇 사림이 기웃거리며 다가왔다가는 경종을 보고 슬그머니 달아나버렸다. 미친 듯이 때리는 매를 피할 생각도 않고 철희는 무참할 정도로 모든 폭력을 몸으로 받았다. 대항해서 철희가 손가락 하나 움직이지 않는 것이 경종의 분을 더 자극했다.

"흥! 왼쪽 뺨을 때리면 오른쪽 뺨을 내밀라는 그런 웃기는 가르침을 내게 보이려고 연극을 하고 있는 것이지, 이 위선자야."

팬츠만 남기고 철희의 포로복은 갈가리 찢어져 바닥에 던져졌다. 눈에 핏발이 선 경종은 마지막 걸친 팬츠까지 벗기려고 우악스럽게 손을 뻗칠 즈음 광장의 집회가 끝나고 사람들이 막사로 우르르 몰려들어왔다.

"저놈을 잡아라. 저놈이 많은 사람을 인민재판에 부쳐 죽인 놈이다."

사람들이 모여들자 차영호가 두 사람 가운데 끼어들어 경종을 가르치며 고발했다. 반항하는 경종을 포로들이 삥 둘러서서 닥치는 대로 때리기 시작했다. 두 손으로 얼굴을 가리더니 새우등을 하고 그들이 때리는 대로 이리저리 밀리는 그를 철희가 감싸 안았다.

"다시는 폭력으로 사람을 죽이지 맙시다. 잘못이 있다

면 법으로 해결합시다. 우리가 그들이 한 대로 똑같이 이런 짓을 한다면 그들과 우리가 다른 점이 무엇입니까."

철희가 감싸주는 바람에 군중들이 때리기를 주춤하는 틈을 타고 경종은 새우등을 풀었다. 철희에 비해 머리 하나는 더 큰 그는 타고난 웅변가였다. 눈이 새우처럼 생겼고 검은 살빛이랑 두툼한 얼굴이 메주를 연상케 하고 워낙 체격이 우람해서 대중을 누르는 힘이 있었다.

"내가 이 사람을 때리는 것은 이 사람이 바로 우리를 이간시키는 첩자이기 때문입니다. 여러분이 모두 아시다시피 64야전병원이 첩자들의 교섭 장소가 아닙니까. 이 자는 그곳을 내가 알기로는 두 번이나 드나들었습니다. 기독교인을 가장하고 북쪽의 지령을 남일로부터 받아서 인민군 전사란 계급으로 거제도 포로수용소에 숨어들어온 전일문 일당입니다. 전일문은 악명 높은 박사현의 가명이지요. 진정한 기독교인이라면 왜 오늘도 광장집회를 빠져나왔겠습니까. 보다 못한 제가 의분을 참지 못해 이렇게 때리기 시작한 것입니다."

64포로병원의 의사나 간호사들 상당수가 친공분자들인 것은 누구나 아는 사실이었다. 정보를 교환해서 조직활동을 하려면 우선 꾀병으로 입원해서 중환자 시늉을 하고 누워 있다가 지령을 받아 각 수용소에 명령을 전달하고 정보를 수집해서 내보내기에 더없이 좋은 장소였기 때문이다.

"저자는 김철우가 아니라 유명한 김경종이요. 포로들을 무수히 죽인 악질이란 말이요."

모여든 포로들이 갈피를 잡지 못하고 우두커니 서 있자 차영호가 다시 경종을 고발했다.

그러자 경종은 아직 병으로 일어서지도 못하는 차영호를 세차게 두어 번 발길로 걷어차고 의젓하게 포로들 앞에 섰다.

"들이시오. 이 자들은 둘이 짜고 이 막사에 들어온 세포조직원들이오. 이제야 말하지만, 강철희란 저자는 지주인 아버지가 부끄럽다고 아버지를 때려죽인 놈이요. 사실은 목사란 이름으로 포로들 가운데서 행세하라는 지령을 받았지만, 성경을 너무 모르니까 감히 목사란 이름을 쓰지 못하고 열심히 성경을 암송했던 것이오. 저들이 얼마나 성경을 열심히 암송했는가를 여러분들이 잘 알 것이요. 영일사전도 상으로 탔고 공책이랑 성경까지 타서 저희끼리 한구석에 누워 속닥거리는 것을 여러분도 보지 않았소. 더구나 저놈들은 남일이 이 거제도를 점령하도록 대학살을 자행하라는 지령문을 가지고 내려온 놈들이오. 그래서 내가 지금 그 지령문을 내놓으라고 이렇게 옷을 벗기고 때리고 있는 중이오."

그의 말은 설득력이 강한 웅변이었다. 그래서 포로들 모두는 최면에라도 걸린 듯 그쪽으로 기울어졌다. 경종의 말이 끝나자 포로들은 우우하며 웅성거리기 시작했다. 저놈들을 잡아 죽여라. 우리 속에 침투한 악질분자들을 이 기회에 모두 색출해서 우리 손으로 죽여버리자. 또다시 서로를 고발하느라고 소란했고 우당탕하는 사이에 천막 한가운데로 사람들이 끌려 나왔다. 강철희와 차영호를 위시해서 서른다섯 명이나 되는 포로들을 향해 저들은 손가락질해가며 외쳐댔다.

"흰 것이 단 한 방울도 없는 새빨간 거짓말쟁이가 바로 저놈이다. 우리도 저들이 행한 것과 똑같이 죽여서 천막 뒤에 묻어버리자. 저런 놈들을 살려서 북쪽으로 보내면 우리를 죽이겠다고 자손대대로 날뛸 것이 아니냐. 어떻게 죽이는 것이 지금까지 쥐도 새도 모르게 죽어간 포로들의 영혼을 위로하는 방법이 되겠느냐. 생매장을 하자. 아니다. 저들이 한 것과 똑같이 특급으로 때려죽이자!"

포로들은 특출한 지도자도 없이 좌왕우왕하고 있었다. 아무도 천막 가운데 끌려나온 포로들을 살리자는 사람은 없었다. 잘못 말했다가는 빨갱이를 동정한다고 맞아 죽을지도 모르는 상황이었기 때문이다. 경종이 이런 틈을 타서 나섰다.

"천막 뒤쪽을 내일 팝시다. 이들이 모두 들어갈 만큼 파서 생매장하는 것이 제일 좋습니다."

기운이 없어 빨갱이로 몰리고도 말을 못 하던 차영호가 누워 있다가 힘을 다해 일어나 앉았다.

"나는 금강산 절미사의 주지승이었다. 중까지 인민군으

로 내보내서 싸움터로 나왔다가 저들의 살상에 실망하고 투항귀순한 사람이다. 미군들이 일반포로들과 투항한 귀순자들을 구별하지 않고 함께 몰아넣은 것이 이런 비극을 몰고 온 것이다."

"저건 변명이다. 빨갱이들이 얼마나 악랄하게 거짓말을 하는 줄 우리는 모두 알고 있지 아니하냐."

김경종이 단호하게 맞섰다.

"그럼 단식투쟁을 하자고 앞장서서 지휘한 너는 누구냐?"

그제야 포로들은 경종이 여단의 간부로서 단식을 하자고 몰고간 인물임을 상기했다.

"나는 지금도 포로들의 건강과 일신상의 보호를 위해 더 좋은 조건을 베풀어달라고 당장이라도 미군들과 투쟁할 의사가 있는 놈이다. 단식투쟁 뒤에 일주일간 급식이 줄어든 것은 단식한 사람들을 위한 저들의 배려였지 우리를 학대하려는 것은 아니었다. 내가 앞장섰던 것은 우리를 남과 북으로 갈라놓으려는 미국놈들이 미웠기 때문이다. 우리는 배달민족으로서 한 피를 받은 형제들이 아니냐. 나는 이 민족을 사랑한다. 만에 하나 내가 단식투쟁을 벌인 것에 잘못이 있다면 나의 이런 조국 사랑을 탓해주기 바란다. 왜 우리는 동족끼리 이렇게 싸워야 하는지 그것이 슬플 뿐이다. 그래서 뭔가를 하려고 애쓴 것이다. 다시 말해서 급식을 더 많이 달라고 요구했으며 우리 포로들을 인간 취급해 달라고 했다. 그리고……."

경종의 열띤 웅변에 포로들은 그저 입을 벌릴 뿐이었다. 더구나 이런 연설을 한 후에 경종은 목을 놓아 어이어이 울어버려 천막 안의 폴로들은 갑자기 애국자가 된 기분에 싸여 암울한 조국의 비극을 놓고 함께 눈시울을 붉혔다.

"여러분, 정신을 차리고 이들의 얼굴을 기억했다가 내일 구덩이를 판 뒤에 죽여야 합니다."

김경종이 이렇게 나가자, 포로들 중에서 한 사람이 일어섰다.

"어찌 사람이 사람을 죽일 수 있겠는가. 우리 모두가 거제도에 포로로 잡혀 와서 신물이 나게 사람이 죽어 나가는 것을 보아왔다. 역사의 흐름을 봐도 보복은 보복을 낳는 법이다. 우리가 남쪽에 남기를 원한다면 곧 있을 개별 면회심사 때 남쪽을 택하고 여기 우리가 잡아 놓은 저들은 북쪽을 택해서 가면 되는 것이 아니겠는가. 전쟁이 난 지도 햇수로 벌써 삼 년째다. 우린 왜 동족이 이런 사태로까지 갔는지 피차에 진정하고 생각할 때가 됐다고 생각한다."

인도자가 없어 갈피를 잡지 못하던 포로들 중에서 새벽이면 천막교회에서 기도회를 인도하고 수요저녁이면 성경을 가르쳐서 전도사로 불리는 박인영이 이렇게 말하자 포로들은 조용히 그의 말에 귀를 기울였다. 자석에라도 끌린 듯 그의 말에 머리를 주억거리던 그들은 하나, 둘 슬그머니 일어나서 제자리로 돌아갔다. 죽음의 자리에서 살아난 서른다섯 명은 말없이 잠자리로 돌아가 온갖 생각에 사로잡혔다. 영호와 철희도 나란히 함께 누웠으나 잠이 오질 않았다.

"자네가 비밀지령문을 가졌다는데 그것이 뭣인가?"

"쉿! 조용히 해. 내가 잘 간직했다네."

"그럼 자네는 경종이 말한 것처럼 진짜 첩자인가? 도대체 어느 쪽인가. 좌익인가, 우익인가?"

"좌익도 우익도 아니네."

"그럼 자넨 뭔가?"

"배를 잘못 탄 사람일세."

"어디 가는 배를 타려 했는데."

"니느웨로 가라고 하나님이 명했는데 겁이 나서 다시스로 가는 배를 탄 것이지."

며칠 전 요나서 쪽복음을 철희가 집회에서 받아온 적이 있었다. 4장뿐이 안 되는 짧은 것이라 머리가 좋은 차영호가 영어를 배울 때 필요한 공책을 상으로 타려고 결사적으로 암송해서 내용을 잘 알고 있었다.

"엉뚱하게 왜 요나서의 니느웨가 나와. 농담하지 말고 그 지령문의 내용이 뭣인지 내게 말해주지 그래."

"밝으면 읽어 보게."

"팬츠만 입었어도 경종이란 저 독종이 찾아내지 못한 종이쪽을 어디서 찾아 읽으란 말인가."

"내 일기장 표지 속에 넣고 풀칠해 버렸지."

철희는 누가 들을세라 영호의 귀에 대고 속삭였다.

"뒷간에 가고 싶은데 혼자서는 무서워 갈 수가 없군. 자네 나와 함께 가주지 않겠어."

허약체질인 차영호는 단식투쟁 이후 며칠이 지났건만 몸을 잘 가누지 못하는 데다 경종의 구둣발에 채여서 왼쪽다리를 몹시 절었다. 할 수 없이 철희는 그의 왼쪽어깨 밑에 팔을 넣어 부축하고 천막에서 한참 떨어진 곳에 있는 급조된 화장실로 갔다. 태풍이 불어오는지 바닷바람이 상당히 세찼다. 출렁이는 파도소리가 아주 가까이서 들여왔다. 영호를 부축해서 도라무통 위에 널빤지를 두 개 걸쳐놓은 변기에 앉혔다. 여름이라 냄새가 지독했지만 그런 자세로 쪼그리고 앉아있기가 병든 몸으로 힘이 들었던지 영호는 철희의 손을 놓지 않았다. 자정이 지난 시간이라 사위는 괴괴했다. 그때 천막화장실 한구석에 무엇이 꿈틀했다. 철희와 영호는 긴장해서 숨을 죽였다. 무엇인가 화장실 구석에 숨어있는 것이 분명했다. 먹이가 부족해서 구더기가 들끓는 똥통에 쥐들이 수없이 드나드는 것을 익히 알고 있었으나 지금 구석에서 나는 소리는 쥐 소리가 아니었다.

"누구냐? 사람이면 대답을 해라."

철희가 고함쳤다. 그래도 화장실의 한구석은 조용했다. 바람이 하도 세차게 불어와서 천막이 펄럭일 수도 있어

두 사람은 다시 귀를 기울였다. 끄르릉 끄르릉……. 그건 참기 힘들어 내지르는 신음소리였다. 머리나 심장을 비켜나 꽂힌 화살 탓에 도망쳐 숨어든 선불 맞은 산짐승이 고통을 삼키는 소리였다. 그믐밤이라 너무 어두워 뒷간의 나무다리도 더듬어 올라가야 할 정도로 칠흑같이 깜깜한 밤이 아닌가. 한 손으로 영호를 붙잡고 또 한 손으로 구석구석을 더듬던 철희는 하마터면 비명을 지를 뻔했다. 뭉클 사람의 몸이 손에 닿았기 때문이다.

"누구냐?"

대답이 없었다.

그때 번개가 치며 빛이 번쩍해서 화장실 안이 잠시 환해졌다. 놀랍게도 그들이 본 것은 뒷간구석에 웅크리고 앉아 땀을 비 오듯이 흘리고 있는 김경종이었다.

"이놈 너 잘 만났다. 우리를 무죄하게 몰아붙여 죽이려 했던 놈아. 왜 여기 숨어서 지랄을 하고 있는 것이냐."

영호가 대변을 보는 자세로 앉아 그를 향해 욕을 했다. 천둥이 멀리 굴러가는 소리를 내며 사라지고 또다시 번개가 번쩍했다. 경종이 앉아 있는 발등으로 구더기들이 기어올라 움실거렸고 번갯불에 놀란 쥐들이 어둠을 찾아 이리저리 몸을 피했다. 순간적으로 엿본 경종의 얼굴은 너무나 창백했다. 땀으로 얼굴은 흠뻑 젖어있었고 어디가 몹시 아픈지 얼굴을 찡그리고 있었다.

"왜 여기 있는가?"

"날이 새면 나갈 것이야."

"밤이 무서운가?"

그는 머리를 여러 번 주억거렸다. 얼마나 나약한 모습인가! 제복을 입었던 십대 시절에 배가 고파도 그렇게 당당했던 기개를 어디에 버리고 그는 저렇게 무서움에 떨고 있단 말인가.

"광장집회에 참석했던 사람들은 언젠가 내가 너에게 말해준 것처럼 새로운 피조물이 된 사람들이라 너희들이 한 것처럼 잔인하게 사람을 죽이지는 않을 터이니 무서워하지 말고 나와."

그래도 그는 머리를 두 무릎 사이에 묻고 벌벌 떨고 있었다. 그들이 밤이면 인민재판을 열어 사람을 죽였기에 기독교 일색인 85수용소에서도 보복으로 어둠을 틈타 그를 죽일 것이란 그의 확신을 꺾을 수가 없었다. 날이 새면 미군들이 지키고 있고 한국경비병들이 들어오니 낮에는 항상 평온했던 것은 그는 잘 알고 있었기 때문이다.

"85수용소에선 잔인한 짓을 행할 사람이 없으니 나와 함께 천막으로 돌아가자."

강철희가 비틀거리는 차영호를 뒷간기둥에 기대어놓고 경종의 팔을 잡아끌었다.

"85수용소를 적화하지 못한 나는 인민재판에 끌려 나갈 거야. 사제무기를 그렇게 많이 만들어서 땅굴을 파고 쌓아두었는데도 그 임무를 수행하지 못했어. 북쪽으로 가도 난 당장 죽임을 당할 거야."

어둠 속에 웅크리고 앉아 그는 선불 맞은 짐승처럼 끙끙댔다. 그의 팔을 철희가 몇 번 잡아끌었지만, 무식하고 고집 센 머슴처럼 그는 완강하게 거부했다. 뒷간을 나와 몇 발자국 걷자 영호가 철희의 손을 뿌리쳤다.

"나는 몸이 이 꼴이라 저놈을 죽일 수 없지만, 자넨 육신이 멀쩡하고도 저놈을 그냥 살려줄 참인가. 사방에 지천인 아기머리통만한 돌로 그 자식의 머리를 두어 번 치면 죽일 수가 있지 아니한가."

"영호, 미움은 미움을 낳는 법이야. 성경의 진리엔 가라지를 뽑다가 밀을 해칠 수 있다고 했어. 가라지는 심판날에 하나님이 처리하는 것이지 인간이 심판자가 될 수는 없지. 그렇게 사악하게 굴던 그가 죽음을 저렇게 무서워하는 걸 보니 가엾지 아니한가? 이제야 그는 고추를 내놓고 개울에서 가재를 잡았던 옛날의 내 친구로 돌아온 거야. 순박한 내 친구로 말이야."

날이 밝으면서 10일간 거제도 포로수용소의 포로들은 반공과 친공으로 분리수용하기 시작했다. 개인면회심사가 시작되어서 반공포로는 거제도에서 육지로 실려 나가게 되고 친공포로들은 거제도에 남기로 되었다. 자유물결을 조금 먹은 자나 기독교 물을 먹은 자들은 전부 시베리아행이니 북쪽을 포기하라는 교양강의를 공공연히 받을 수 있는 천막에 철희와 영호는 속해 있었다. 불운한 포로가 됐지만, 예수를 믿어 구원받았으니 얼마나 놀라운 축복인가. 이제 크리스천이 되었으니 본토에는 가지 않겠다는 중공포로들의 탄원서를 읽어주기도 했다. 일만 칠천 명의 중공포로들 중에서 12,440명이 혈서진정을 내서 북한이나 공산중국으로 송환되는 것을 거부했다는 소문도 들었다.

개별면회심사가 온종일 계속되었다. 천막 안에 들어서면 두 개의 문이 있는데 남쪽에 남을 사람은 심사를 거쳐 오른쪽 문으로 나가고 북쪽으로 갈 사람은 왼쪽에 난 문으로 나가라고 했다. 문을 나서면 대기해 놓은 트럭이 있으니 그걸 타고 분산 수용되는 것이었다. 차례를 기다리며 철희는 영호의 손을 한참 잡고 있다가 침착하게 낮은 목소리로 말했다.

"자네는 남쪽으로 난 오른쪽 문으로 나가겠지?"

"그걸 말이라고 하나. 지금 내가 고민하고 있는 것은 너무 남쪽 문을 외우고 있다가 만에 하나 실수라도 해서 북으로 가는 문으로 나가면 어쩌나 하는 걱정으로 가슴이 떨려 죽을 지경이야. 우린 같이 남쪽에 남아 형제처럼 살아가는 거야. 우리가 태어나기는 북쪽에서 태어났지만, 그쪽일랑 깡그리 잊어버리고 새로운 고향을 남쪽 땅에 만들면 되는 것이지."

그런 영호를 하염없이 바라보는 철희의 눈에 눈물이 그득히 고여 왔다.

“자넨 가족이 북쪽에 있어 마음이 아프겠지만 어쩌겠나. 잊어버려야지. 우린 숙명적으로 남쪽으로 가야 할 운명이 아닌가.”

“아닐세. 난 북으로 가겠네.”

철희가 정색하고 단호하게 북쪽으로 가겠다고 말하자 영호는 기가 막혀 한참 입을 열지 못했다.

“자네, 지금 제정신으로 하는 말인가.”

“난 배를 잘못 탄 놈이야. 이번에 나에게 주어진 마지막 기회를 놓치면 나는 영원히 하나님 얼굴을 직시할 수가 없을 거야.”

“난 무슨 소린지 도통 모르겠군.”

“난 엉뚱하게 다시스로 가는 배를 탄 것이야. 이방도시요, 죄악이 만연한 니느웨로 가서 장차 임할 일을 전하라고 했을 적에 요나처럼 겁이 나고 두려워 피한 것이지. 그가 증오하는 니느웨를 피해 환락의 도시요, 풍요가 넘치는 다시스로 가는 배를 탔던 것처럼 나도 북쪽에 남아 하나님이 내게 명한 걸 행해야 하는 것인데 겁이 나고 두려워 남쪽으로 가는 배를 탄 것이야. 그러니 남으로 가면 어딜 가도 겁쟁이일 뿐이지.”

“자네가 마치 구약에 나오는 선지자가 된 것으로 착각하는 모양인데 우린 그때와 아주 다른 상황에 처해있는 것이니 제발 남쪽 문으로 나와야 해. 들어가서 오른쪽에 있는 문으로 나와야 해. 알았어, 이 사람아, 내 말 알아듣겠지?"

"아니야. 우린 오늘로 이별일세. 남북이 손을 잡는 날 우리는 만날 수 있을 거야. 아아! 어쩜 우리 생전에 그런 일이 일어나지 않을지도 몰라. 그래서 더욱 난 북쪽으로 가야 해."

"이봐, 철희. 제발 마음을 바꾸게."

영호는 시시각각 다가오는 차례를 눈어림으로 세어보며 철희의 목을 끌어안았다.

"난 북쪽으로 갈 것일세. 만약 남쪽으로 간다면 난 죽을 때까지 괴로워하며 살 것일세."

"왜 북으로 가려하는가? 도대체 이유가 뭐야?"

"가실과 경종이 가여워서…… 또 두고 온 교인들이……."

"뭐라고? 자네 혹시 미친 것이 아닌가. 이번이 자네에게 주어진 마지막 기회야. 제발 마음을 바꾸게. 우리 차례가 가까워 오고 있는데, 어서. 제발 이렇게 비네."

차영호는 너무 급한 김에 두 손을 모아 싹싹 빌었다.

"부탁이 하나 있네."

"무슨 부탁인가?"

"내 아들, 민구 문제일세. 내가 거제도의 송가실에게 보내라고 아내에게 단단히 일러두었는데 그게 내 실책이었지. 아내는 내 말에 순종하기 위해 민구를 분명히 거제도로 보내고 자신은 어린 딸 민숙을 데리고 황해도 서흥 어머니에게로 갔을 거야."

"그럼 민구를 어떻게 할 것인가?"

"자네가 내 아들, 민구를 맡아주게."

그의 대답을 기다리지 않고 철희는 잽싸게 베고 자던 옷 보따리를 풀어 그 안에 고이 간직한 작은 공책을 영호에게 내밀었다.

"이것이 무엇인가?"

"비밀지령문일세."

"뭣이라고?"

"김두호의 시체에서 떨어진 것을 나는 귀중품인 줄 알고 슬쩍 감춰서 뒷간에 들어가 펴보니 그가 죽기 전에 써 놓은 글이었어. 보름달이 중천에 떠있어서 달빛에 비쳐 읽어 보고 내가 얼마나 울었는지 아는가."

"무슨 글이 쓰여 있는지 모르지만 그걸 진작 내놓아서 경종의 오해를 풀지 그걸 그렇게 간직할 게 뭐람."

"전쟁이 끝난 뒤에 민구에게 읽혀주고 싶었기 때문이야. 애비 없이 혼자 남쪽 땅에 남아 얼마나 외롭겠는가. 자네 아들로 삼고 잘 길러주게. 여기 일기장도 있네."

철희는 일기장 겉표지에 거제도 한내 송가실이 살았던 곳의 주소를 적어주고 아들을 그곳으로 보냈으니 거길 가면 비록 송가실네는 떠났어도 민구는 어리니까 그 섬 어딘가를 맴돌고 있을 것이라고 했다. 참으로 기막힌 노릇이었다. 같은 섬, 거제도에서 같은 시기에 살면서도 서로 만나지 못하고 헤매는 아버지와 아들이 있었다니! 영호는 가슴이 찡해서 그때 철희가 겪었을 그 아픔을 헤아려봤다. 여덟 살 아들, 민구는 천막 밖을 방황했고 아버지인 철희는 포로로 천막에 갇혀 있었으니 얼마나 기막힌 비극인가! 그래서 철희는 이따금 한숨을 쉬며 철조망 밖을 그렇게 응시했단 말인가.

"자네 같은 사람은 북송되면서 즉시 처형될 거야."

"……."

"자네 가실이 때문에 새삼 죄책감을 느끼는 모양이군. 경종이 자네에게 사랑이란 것을 내세워 기독교를 매도한 것에 충격을 받은 것이 분명해."

영호의 말에 철희는 아무 말도 하지 않고 잔잔한 미소를 지었다. 그의 얼굴에 어린 기막힌 기쁨의 빛이 나중에는 성스러워 보이기까지 했다.

민구는 덕월 스님의 이야기를 들으며 처연한 기분에 사로잡혀 눈물을 글썽거렸다.

"점심을 드세요."

사미승이 애호박을 썰어 넣어 끓인 수제비가 점심으로 내왔다. 앵주가 내내 옆에 앉아 그들의 대화를 메모하다가 잽싸게 일어나 상을 받았다.

"벌써 시간이 이렇게 되었나?"

그제야 시간이 꽤 흘렀음을 알고 세 사람은 이야기 속

에서 빠져나와 눈이 시리게 뙤약볕이 내리쬐는 암자의 뜨락을 내다봤다. 노승은 예수상이 새겨진 목각만을 민구에게 주었을 뿐 아직 그에게 비밀지령문이 든 아버지의 일기장을 줄 기색이 없었다.

"그날로 아버지와 헤어지셨나요?"

"그렇게 되었지. 내가 먼저 불려나가 남쪽으로 가는 오른쪽 문을 빠져나온 뒤에 철희의 차례였는데 아무리 기다려도 철흰 남쪽 문으로 나오질 않았어. 남쪽에 남기를 원해서 빠져나온 사람들이 한 트럭 가득 타자 곧 부두로 실려서 갔고 우린 배에 실려 광주로 나왔지."

"김경종이란 분은 아버지와 함께 북송되었겠네요?"

"우하하…… 그게 글쎄 웃기는 이야기라고. 눈이 빠지게 철희가 나오나 하고 기다리는 문으로 예상하지 않았던 악질 경종이란 놈이 어슬렁이며 나오질 않겠어. 참 기가 차서!"

"어머! 그 사람이 어쩌라고 남쪽으로 나왔대요. 북쪽 문으로 나가려고 너무 신경을 쓰다가 착각을 일으킨 것이 아닐까요."

앵주가 수제비를 먹던 수저를 내려놓고 놀라서 소리쳤다.

"그럼 스님과 같은 트럭을 탔나요?"

민구도 다급하게 물었다.

"내가 탄 트럭이 만원이라 바로 떠났으니 그다음 트럭

을 탔겠지. 내가 수용된 광주수용소에서 만나질 못했으니 아마 다른 지역으로 갔다가 풀려났을 거야. 반공포로들은 공산포로로부터 가해지는 폭동과 폭력에서 보호받기 위해 육지로 실려 나와 부산, 마산, 광주, 논산, 대구, 영천, 부평 등 7개 지역에 분산 수용되었지."

"그 사람의 모습이 당당했습니까?"

"아니야. 비 맞은 닭처럼 무척 기가 죽은 초라한 몰골이었어. 떠나는 트럭에서 풀 죽은 그를 보며 철희가 북송을 결심한 결정적인 요인을 막연히 알 것 같았어. 치열하게 싸울 적엔 몰랐는데 남과 북으로 갈라져가며 서러워진 거야. 가슴이 저리는 아픔이었겠지. 면회심사 전날 밤 우리가 뒷간에서 본 경종의 모습에서 나는 살의를 느꼈는데 철희는 사랑을 느꼈던 거야. 내가 철희보다 마음 밭이 더 굳어있었던 셈이지. 아무튼, 철흰 목수가 다림줄을 늘어뜨려 수직을 재듯이 하나님 앞에서 모든 걸 다림 본 뒤에 북송을 택했던 것이야."

"김경종이란 분이 남한 땅에서 어찌 되었는지 만나보셨나요?"

"으음……."

덕월 스님은 깊은 신음을 삼켰다.

"그럼 남한 땅 어디엔가 살아있단 말인가요?"

"KBS 이산가족 찾기에서 내 쪽만 알고 뒷조사를 했었지."

"잘 살고 있나요?"

"……."

"그분을 만난다면 전 무섭게 때려줄 거야요. 아버지에게 그렇게 고통을 주고 그 결과 나를 고생시킨 장본인이 바로 그 사람이 아닌가요. 지금 기분으로는 독약을 먹여서라도 죽이고 싶어요."

민구는 주먹을 불끈 쥐며 불같이 일어나는 미움으로 얼굴을 일그러뜨렸다.

"그를 도저히 용서할 수 없다, 이 말인가?"

"절대로 절대로 저는 비겁한 김경종이란 사람을 용서할 수 없습니다. 하나님이 이미 그를 벌해서 남한에서 비참한 삶을 살고 있을 것이 뻔합니다."

민구의 끈질긴 질문에도 덕월 스님은 김경종이 어떻게 살아가는지 털어놓질 않았다.

"말씀하시고 싶지 않으면 그만두세요. 김두호의 비밀지령문을 읽고 싶은데요."

"비밀지령문보다 더 자네를 사로잡을 것은 자네 부친이 남긴 일기장이야. 미국 가기 전 호텔에서 다 읽도록 하게."

그러면서도 스님은 민구에게 아버지의 일기장과 김두호란 청년이 남긴 종이쪽을 넘겨주지 않았다.

"북쪽 땅인 황해도가 보이는 갯바위로 올라가지 않으려나."

스님이 먼저 일어나 바닷가로 향했다. 앵주와 민구도

밀짚모자를 쓰고 그의 뒤를 바짝 따랐다. 뜨거운 햇살로 흙길이 냄비밑바닥처럼 달구어져서 얇은 샌들을 신은 발바닥을 견딜 수 없어 앵주는 풀섶을 골라 딛느라고 비틀거리며 걸었다. 이런 앵주를 흘끔 돌아다본 덕월 스님이 차분한 목소리로 물었다.

"이름이 무엇이라고 했지?"

"강앵주예요."

"예쁜 이름이군."

그들은 북쪽 땅이 아득히 보이는 바위 위에 나란히 앉았다.

"여길 매일 석양 무렵에 나와 앉아 계신다고 들었어요."

"내 일과지. 여기 이렇게 앉아 난 자네 아버지를 생각한다네. 이렇게 가까이 살면서 육신의 눈으로 보지는 못하지만, 영적인 세계에선 통한다네. 이제 자네가 이렇게 훌륭하게 컸으니 우린 더 깊은 영적 교류 중에 만날 수 있게 되었다네."

"아버지가 지금 북쪽 땅에 살아계신단 뜻인가요?"

"죽으나 사나 우린 영원한 생명을 누리는 사람들이 아닌가. 이생의 삶이나 죽은 뒤의 삶이 한 길 위에 있는데 억지로 그걸 떼어놓을 필요가 있겠는가."

"이렇게 앉으셔서 제 아버지를 생각하신다니 포로생활을 추억으로 매일 떠올린다는 뜻인가요?"

"아니야. 요나를 닮은 자네 아버지를 생각하는 거야."

세 사람은 몇 시간을 말없이 한 자리에 망부석처럼 앉아 있었다. 앵주의 팔뚝이 햇볕에 타서 거무죽죽한 색으로 변해갔다. 덕월 스님은 수평선으로 이어지다가 그 끝에 가서 가물거리며 사라지는 북녘 땅을 향해 눈은 고정시킨 채 이렇게 말했다.

"우리가 겪은 전쟁은 지옥을 닮은 곳이었어. 철희에겐 스올의 뱃속처럼 어둡고 깊은 곳이었지. 얼마나 깊은 수렁이었는고 하니 바다풀이 그의 머리를 감쌌고 산의 뿌리까지 내려가서 땅이 빗장으로 그를 오랫동안 막아놓은 상황이었어. 하나 그는 그 속에서 회개하고 그렇게도 두려워했던 곳으로 가서 하나님이 명한 것을 선포했음이 틀림없어. 얼마나 거기서 받는 고통이 심한지 그는 이렇게 외치고 있어. '이제 내 생명을 취하세요, 사는 것보다 죽는 것이 내게 낫습니다.'라고 절규하고 있어. 민구, 가만히 들어봐. 파도에 밀려 그의 목소리가 세미하게 들려오지."

스님은 귀를 북쪽 땅으로 돌리고 스치는 바람결이라도 잡으려는 듯이 눈을 지그시 감았다.

"아버지가 박 넝쿨 밑에 앉아 기뻐하시다가 벌레들이 새벽에 나와 다 씹어 먹어 시들어버린 상황에 처한 것이 아닐까요? 지금도 시든 박 넝쿨로 인해 사는 것보다 죽는 편이 낫다고 절규하고 계실지도 모르겠네요."

"그럼 철휜 이런 응답을 들었을 거야. 하룻밤에 났다가 하룻밤에 죽는 이 박 넝쿨을 네가 아꼈거든 하물며 이 큰 나라 북한엔 좌우를 분별치 못하는 자가 얼마나 많으며 육축도 많은데 하나님이 아끼는 것이 합당하지 않겠느냐고 하는 음성을 자네 아버지가 예언적으로 들었을 거야."

"언젠가 그날이 오면 우리나라가 하나가 되는 날일 걸요. 남북이 통일되는 날이지요."

"역시 자넨 철희의 아들이야 내가 늘 염원하는 것도 바로 그런 음성을 자네가 듣기를 바라는 거야. 그의 하나님이 건질 북한 땅을 나는 늘 기다리며 비전을 가지고 여기 이렇게 나와 앉아 있는 것이지."

다음날 인천으로 향하는 배에 오를 때야 덕월 스님은 아끼던 귀중품을 다루듯 한참 주저하다가 품에서 아버지, 강철희의 일기장을 내놓았다.

"김두호가 남긴 종이쪽은 아버지의 일기장 앞표지 한가운데 끼어있네. 인천까지 가는 배 위에서 읽어 보게. 두 사람이 이렇게 서 있으니 잘 어울리는 부부 같군."

스님의 이 말에 앵주는 얼굴을 붉히며 뱃전을 붙잡고 바다를 향해 돌아섰다. 갈매기 두 마리가 포물선을 그리며 그들 머리 위를 날았다.

"미국으로 가기 전에 자네가 꼭 다녀갈 곳이 있네."

"어딥니까?"

"강원도 철원에서 오십 리 더 들어간 산속에 있는 야곱기도원일세. 거기 가서 기도원 원장으로 있는 목사를 꼭 만나보고 미국으로 가길 바라네."

“그분의 성함이 무엇입니까?”

“야곱기도원 원장이라고 기억하고 찾아가도 만날 수 있네. 그분을 만나기 전에 꼭 자네 부친의 일기장을 읽고 가기 바라네.”

뱃고동이 울렸다. 덕월 스님은 민구를 와락 껴안고 그의 빰에 자신의 빰을 격렬하게 문질렀다. 대청도를 뒤로 하고 배는 소청도를 향해 하얀 물거품을 뒤에 남기며 속력을 냈다. 남과 북이 이어진 땅이 그들 앞에 큰 고래처럼 누워있었다. 남북을 이은 줄이 너무 튼튼해서 누가 감히 그 줄을 끊을 수 있단 말인가. 바다로, 땅으로, 하늘로, 아니 핏줄과 사랑으로 게다가 정으로 이어진 남북의 줄이 팽팽히 당겨짐을 두 사람은 가슴이 뿌듯하도록 감지할 수 있었다. 한없이 넓은 바다와 하늘이 인간의 소견머리 없음을 비웃는 듯했다.

배가 소청도를 지나 바다가 수평선으로 이어질 즈음 민구는 아버지의 일기장을 펼쳐 김두호가 남긴 종이쪽을 앞표지 속살에서 끄집어냈다. 엷은 갈색 포대종이에 깨알처럼 쓴 글씨가 오랜 세월 속에서 흐리지만 제 모습을 드러냈다.

죽음을 맞기 전에 내가 엇마간 써룬 것은 죽음이 무엇인지 몰라 운 것이다. 그러나 죽음이 인간 모두가 가는 길이라면 그 길을 기쁨으로 맞을 각오를 하니 마음이 갈사록 평안할 뿐이다. 고로 죽음을 각오하고 갈 길을 정한 뒤에 하염업시 눈물을 흘린 것은 같은 동포끼리 이렇게 무자비하게 죽이고 고문하는 것이 가슴이 아파서엿다. 나는 사상도 주의도 모른다. 우리를 무자비하게 죽이는 상대방이 일본놈이거나 소련놈, 아니면 미국놈이엇다면 나는 이렇게 가슴이 아프질 안앗을 것이다. 이런 인간적인 비애와 동족이 처한 고민을 느낄 사이도 업시 오로지 동물처럼 살려고 웅크리고 잇는 내 형제요 피붙이인 포로들을 볼 쌔 나는 죽음보다 더한 고통을 억제할 수가 업는 바이다.

내가 죽음으로 이런 동족의 비극이 업서지고 역사의 흐름에 어쩔 수 업시 바쳐져야 할 희생제물이라면 그것을 내 삶의 보람으로 삼겟다. 이렇게 내가 갈 길을 정하니 마음이 말가지고 몸이 붕 뜬 기분이다. 아주 평온하고 기쁠 뿐이다.

일언으로 말하면 내 목숨이 끊어지는 순간까지 너희들을 진심으로 미워하지 안으련다. 수용소내의 모든 동포들이여 잘 잇스시오. 사랑하는 동포여! 사랑하는 동포여! 살아서 철조망을 벗어나거들랑 내 아내랑 부모에게 김두호는 용감하게 조국을 위해 죽엇다고 전해주시오. 아! 아름다운 죽음이여! 죽음의 환희여!

1951년 8월 20일 김두호 씀

그렇게도 맑았던 하늘이 때 묻은 흰옷처럼 얼룩져 보였다. 희끄무레한 안개에 싸여 잘려진 남북이 꿰매어진 거대한 육지로 민구의 눈에 묵직하게 안겨 왔다. 하늘과 육지 모두가 회색으로 보인 것은 안개 탓만은 아니었다. 흐려진 그의 눈을 앵주의 눈과 맞추었다. 옆에 서서 김두호의 종이쪽을 곁눈질해 읽은 앵주의 뺨 위로 줄을 그으며 눈물이 흘러내리고 있었다. 두 사람은 사람들의 눈도 의식하지 않고 서로 힘껏 포옹했다.

남북의 줄

야곱기도원은 암자처럼 너무나 험악한 산중에 있었다. 무엇 때문에 덕월 스님은 유언처럼 이 기도원엘 민구가 꼭 다녀가길 바랬을까. 나무로 지은 기도원이 가파른 산비탈에 위태롭게 자리 잡고 있었다. 골짜기를 따라 늘어선 천수답이 허물어져 내리는 산사태를 막느라고 헝겊 조각을 대고 기워놓은 것처럼 논둑으로 가장자리로 두르고 산뜻하게 몸체를 드러냈다. 밤나무 숲을 벗어난 곳엔 무청이 시퍼렇게 자라 올라 그 밑에 무의 밑동이 연두색 머리를 쏙 내밀고 있었다. 앵주는 민구 옆에 바짝 붙어 걸으며 자연 속에 들어온 것이 좋은지 마냥 지껄였다.

"강철희 목사님은 지금쯤 민구 씨 어머니와 따님을 만나 행복하게 살고 있을 수도 있잖아요. 또 송가실이란 여인에게 어떤 방법으로든 사과를 했을 터이고 그 사이에서 태어난 아들도 만나 북녘 땅에서 잘 살고 있을 것이 분명해요."

앵주가 닥터 강을 따라가며 종달새처럼 조잘댔으나 그는 아무 말도 하지 않고 묵묵히 걷기만 했다. 밤새워 읽어낸 아버지의 일기장 내용이 그를 완전히 사로잡아서 말수가 적어진 것이다.

여자란 남자가 말이 없으면 더 지껄이는 법.

"이 산골에선 원시사회처럼 자급자족을 하나보군요. 콩, 고추, 배추, 쌀, 들깨, 참깨가 논둑이랑 밭에서 참 잘 자라고 있어요. 어머! 저길 봐요. 교회 앞에 기숙사처럼 나란히 지어진 집들이 나무숲에 가려 잘 보이질 않았군요. 양파가 붉은 망사자루에 담겨 그늘진 집 뒤에 셀 수 없이 매달려 있어요. 꼭 타임머신을 타고 백 년 전의 산골에 들어온 것 같아요. 너무너무 마음에 드는 곳이네요."

한 뼘이 되는 나이테를 지닌 나무를 세로로 잘라 골을 파서 파이프를 만들어 샘물을 기도원 안마당으로 연결해서 맑을 물이 밑에 받쳐놓은 항아리를 채우고 넘쳐흘러 실개울을 이루고 있었다.

앵주는 샘물에 세수를 하고 두 손을 컵처럼 오므려 물을 담아 마른 목을 축였다.

"민구 씨, 마셔보세요. 물맛이 참 달아요."

앵주가 하도 호들갑을 떨어서 민구도 그녀처럼 손을 씻고 세수를 한 다음 양손을 그릇 삼아 물을 마셨다.

"누구를 찾아오셨습니까?"

새소리, 바람 소리, 이따금 나뭇잎들이 부스럭대는 소리가 그들이 서 있는 공간을 채우고 있어 자연의 속삭임뿐이었는데 갑자기 침입한 이방인의 목소리에 두 사람은 도둑질하다 들킨 것처럼 화들짝 놀랬다.

"여기가 야곱기도원이지요? 원장님을 뵈러 왔는데요."

"원장님은 어제 본교회로 내려가셨는데요."

"본교회라니요?"

"서울에 있는 이북교회를 모르시다니."

"그럼 이 기도원에는 언제 오십니까?"

"이번엔 좀 오래 계시다 오실 것입니다. 일 년에 한두 번 이북교회에 다녀오시는 것 말고는 늘 여기에 머무신답니다. 그 교회에서 은퇴하신 뒤 원로목사로 남아 오로지 기도생활만 하시며 지내시지요. 여기 묵으며 기도하시는 목사님들이 많으니 상담하러오셨다면 아무나 소개해드릴까요?"

"아니요. 우린 꼭 원장님을 만나야 합니다."

"그럼 서울로 어이 가세요. 막차를 타려면 서둘러야 해요."

민구와 앵주는 기도원을 뒤로하고 급히 하산했다. 어서 저녁 버스를 타야 서울에 갈 수 있고 민구가 병원 측과 약속한 날짜에 대어 미국으로 가는 비행기를 탈 수 있기 때문이다.

"언제 미국으로 떠나시는 것이지요?"

"오늘이 토요일이니 내일 이북교회에 가서 원장님이라는 분을 만나보고 다음날인 월요일 저녁 비행기로 가려고 예약을 해놨으니 간신히 시간을 대어 갈 수 있게 되었군."

버스는 어둠을 가르고 총알처럼 질주했다. 차창이 밖의 어둠을 배경으로 신비함을 지닌 공주거울처럼 투명하게 그들의 상체를 또렷하게 투영했다. 앵주도 지쳤는지 입을 다물었고 민구는 어깨에 메었던 작은 백팩을 뒤져 아버지의 일기장을 꺼냈다. 이미 어젯밤에 통독한 것이지만 그는 다시 펴들었다. 물감을 타서 펜촉으로 쓴 것이라 빨간색은 개화기를 지난 진달래처럼 시들하게 문드러진 분홍색이었다. 청색물감은 요즘 시중에 한창 유행하는 청바지처럼 칙칙한 색으로 변해 있었다.

1951년 2월 15일 운(雲) 후(後) 우(雨)

아들, 민구가 보고 싶다. 총명했던 눈과 재기 넘치던 얼굴을 너무 그리다 보니 자꾸 안개 속으로 아이의 얼굴이 가물가물 사라진다. 어린 것이 전쟁의 소용돌이에서 얼마나 배가 고플까. 오! 주여! 애비 없는 아들의 아픔을 주님께 맡깁니다. 육신의 아비인 저보다 더 강한 바위요, 산성이요, 힘이신 당신을 의지하게 하소서. 어린 민구를 향한 이 주체 못 하는 사랑의 고통을 당신이 대신 져주소서. 아아! 차라리 내 손, 하나를 잘라내는 것이 낫지 아들을 향한 이 아픔을 어찌 글로 표현하리요…….

앵주는 너무 피곤했는지 민구의 어깨에 머리를 기대고 고른 숨을 쉬며 잠들어있었다. 차창에 비친 그의 얼굴은 눈물로 범벅이 되어갔다. 아버지의 진한 사랑이 숨결처럼 그의 가슴으로 전해지더니 실제로 아버지의 손이 그의 어깨를 다정하게 껴안는 것이 아닌가. 살갗에서 마음으로 강렬하게 전달되는 뜨거운 사랑의 손길에 몸을 떨며 국판 크기의 얄팍한 일기장을 몇 장 더 넘기다가 한 곳에 눈이 머물렀다.

1952년 4월 10일. 우(雨)

남반부에 있는 형이 국회의원이 되었다는 홍현식은 참으로 신앙이 돈독한 포로다. 더구나 어제 형이 예까지 찾아와 남쪽에 남으라고 강권적으로 명령했으나 개별심사 때 북으로 난 문으로 나가버렸다. 오늘까지 신자명부에 등록된 신자 중 597명이 북송을 희망했다니 놀라운 일이다. 북에서 하나님을 믿는 자들에게 닥칠 환난을 알고도 북으로 갈 결단을 내리기까지 저들은 얼마나 괴로워했을까. 북한으로 가서 죽는 한이 있어도 사랑하는 가족과 함께 하겠다는 저들의 비장한 각오 앞에 나는 얼마나 벌레 같은 존재란 말인가! 두고 온 내 교회의 성도들은 지금 어떻게 되었을까. 가여운 가실과 경종은 거기 가서 얼마나 고통을 당할까.

니느웨로 가길 거절했던 요나의 심정을 이해할 것 같다. 그렇다면 내가 바로 요나가 아닌가. 북으로 가고 싶으나 민구가 걸린다. 어린 것을 생각하면 대못이 가슴에 박히는 것 같다. 사랑하는 아들, 민구야. 내가 널 이렇게 사랑하고 있다는 걸 전할 수만 있다면…… 아비를 용서해라.

아아! 내일, 나는 결정해야 한다. 북으로 갈 것이냐, 아니면 남으로 갈 것이냐를…….

아버지의 가슴 저밈이 그에게 전달되어서 닥터 강은 아버지의 일기장을 덮고 흐려오는 눈을 감았다. 자는 줄 알았더니 어느새 잠에서 깨어난 앵주가 다시 입을 놀리기 시작했다.

"북송을 원했던 아버지를 이제 이해할 수 있으세요?"

"이해를 넘어서서 내 자신 속에 일어나는 변화를 뭐라 설명할 수 없을 지경이야."

"아아! 저도 내부에서 용솟음치는 무엇을 누를 수 없어요."

앵주는 차창에 자신의 얼굴을 비춰보고 헝클어진 머리칼을 쓰다듬었다. 버스는 급행이라 멈추지 않고 줄기차게 어둠을 가르고 서울을 향해 달렸다.

"참 이상하지 않아요. 왜 덕월 스님은 이런 산중에 있는 기도원엘 우리더러 가보라고 했을까요. 차라리 그분이 계신 이북교회로 가라고 했으면 우리가 이런 고생을 하지 않아도 될 터인데."

"무슨 이유가 있겠지."

"하긴 민구 씨를 따라다니며 많은 것을 생각했어요. 제가 옳다고 생각한 것이 흔들리고 있으니까요."

"나랑 너무나 똑같은 생각을 하고 있었군."

"강철희 목사님의 과거를 추적하며 발견한 것이 있어요. 그의 인생이 세 단계였다는 점이지요."

"앵주는 나보다 낫군. 나는 의사라 상당히 단순한데 문학도인 앵주는 보는 시각이 다르군. 어디 어떤 단계인지 들어보지."

"강 목사님은 처음에 우리처럼 뜨뜻미지근한 신앙생활을 하다가 폐결핵을 통해 체험을 하는 신앙에 이른 것이 첫 단계구요, 그 다음 신학을 공부해서 하나님에 대한 지식을 터득한 것이 두 번째 단계라고 봅니다. 세 번째 단계가 가장 어려운 것으로 의지적으로 행한 믿음의 단계인데 그것이 가장 고귀한 것이지요."

"맞아. 앵주는 아주 머리가 좋아. 예수님이 우리에게 귀한 것은 십자가 위에서 피를 흘려 죽기까지 우리를 사랑한 의지적인 행함의 단계에 섰었기 때문이 아니겠어."

"아아! 그리고 보니 우리는 깊은 물이 아니라 개울물처럼 콜랑대며 가벼운 삶을 산거예요."

대청도로 철원의 산속으로 헤맨 여독 탓에 늦잠을 자고

난 민구와 앵주가 커피숍에서 만나 이북교회를 찾아갔을 때는 열한 시 예배가 이미 시작한 뒤였다. 묵도시간인지 은은한 차임벨이 울려 나왔고 본당문은 이미 닫혀있어서 어찌할 줄 몰라 문 앞에서 어릿거렸다. 얌전하게 한복을 입은 여전도사님이 안내해서 일층에 설치된 비디오실로 갔다. 본당이 이층에 있어 다리가 불편한 노인이나 어린 아이를 데려고 온 어머니들이 예배드리는 곳이다. 의사의 바쁜 일정을 핑계 삼기도 했지만, 자신을 버린 아버지를 미워해서 지금까지 민구는 교회에 가지 않고 안방에서 일요일 아침이면 TV를 켜고 로버트 슐러나 케네디 목사의 설교를 들어온 터였다. 그래서 본당에서 쫓겨나 TV로 예배를 보는 것이 오히려 마음이 편했다. 설교자의 얼굴이 화면에 크게 클로즈업되었다. 참말로 메주를 연상시키는 얼굴이다. 시골에서 할머니가 메주를 만들 때 주물러서 뭉떵뭉떵 만들어 놓은 넙죽한 메주처럼 못생긴 얼굴이다. 눈은 짝 달라붙고 코 뿌리에서부터 튀어올라온 매부리코로 코끝이 구붓해서 웃음을 자아내는 얼굴이다. 민구는 설교하는 목사의 얼굴을 놓고 내용이 귀에 들어오지 않아 엉뚱한 생각 속으로 빠져들었다. 못생긴 눈을 쉴 새 없이 깜빡이는 것이랑 어깨를 오른쪽으로 삐딱하게 기울이고 서 있는 것이랑 넥타이가 검은 얼굴에 어울리지 않게 너무 밝은 색이라느니 저렇게 나이 든 사람이 아직도 강단을 지키니 욕심이 많아 등등 그런 따위의 생각 속을 민구는 헤매고 있었다. 설교자는 8월 15일 해방주간을 맞아 해방의 기쁨을 성경적 의미로 해석하고 있었다.

'일본이 우리를 핍박한 것은 우리 민족을 어서 속히 하나님 앞으로 돌아오게 하려는 우리 좋으신 하나님의 채찍입니다. 육이오 동란도 역사를 주관하시는 하나님이 우리 민족을 위해 준비한 채찍입니다. 그러니 여러분은 하나님이 주신 이 마지막 집행유예 기간에…….'

"설교하시는 분의 성함이 무엇입니까?"

예배시간에 늦어서 주보를 받지 못한 민구가 옆에 앉은 할머니에게 귀엣말로 물었다.

"우리 목사님을 모르시는 분이 있다니 이상하군요. 저분이 이 교회를 개척해서 이만큼 크게 키워내셨어요. 우리나라에서 유명한 부흥사시구요. 세상이 다 존경하는 김경종 목사님이십니다. 지금은 은퇴해서 야곱기도원에 계시다가 해방주간을 맞아 내려오셔서 설교하시는 것이지요."

"앗! 뭐라고요? 저 사람이 김경종이라니 믿을 수가 없어. 목사인 아버지를 그다지도 괴롭혔던 분이 목사가 되었다니."

민구는 너무 놀라 자리에서 벌떡 일어나 언성을 높였다. 옆에 앉은 사람들은 은혜로운 설교에 왜 이다지 시끄럽게 구느냐는 듯이 이마를 살짝 찡그리고 조용히 하라고 손짓으로 저지했다.

"어째서 덕월 스님이 이 교회를 먼저 일러주질 않고 강원도 산속에 있는 야곱기도원으로 가라고 했는지 알 것 같아요."

아멘으로 확신에 차서 응답하는 교인들을 향한 그의 설교는 힘이 있고 뜨거웠다. 아버지가 전쟁의 혼란 중에 일기에 언급했던 사랑의 공동체가 가질 분위기가 바로 이런 것일까. 닥터 강의 아버지가 서야 할 자리에 어쩌자고 사탄의 심부름꾼이었던 경종이 서 있단 말인가.

"민구 씨가 하실 일은 저분을 뵙고 미국으로 가는 일이예요. 덕월 스님이 그걸 원하셨던 거예요."

"김경종 목사님이 거하시는 사택이 어딥니까?"

교회를 나오며 앵주가 여전도사에게 묻자 그녀는 친절하게 교회 옆 사택을 손가락으로 가리켰다.

민구는 만에 하나 동명이인일 가능성을 생각하며 여전도사에게 이렇게 물었다.

"혹시 목사님의 고향이 어딘 줄 아세요?"

"이북에서 오셨습니다."

"이북 어디요?"

"황해도 서흥이랍니다."

"으음."

그는 깊은 신음을 삼켰다.

"지금 찾아가면 뵐 수 있을까요?"

"주일엔 바빠서 목사님 면회가 힘들겁니다. 사택에 가시면 송가실 사모님이 잘 대해 주실 것입니다."

여전도사는 묻지도 않는 사모님 이름까지 들추어 자상하게 가르쳐주었다.

"뭐, 뭐라고요? 아니, 아니 지금 무엇이라고 하셨어요. 송가실 사모님이라고 하셨어요?"

"네 무엇이 이상한가요. 우리 목사님 내외가 얼마나 신령한 분들인지 와보세요. 곧 이 교회에 등록하시게 될 것입니다."

두 사람은 그 많은 교인들이 예배를 드린 뒤 파장처럼 버글대며 교회를 빠져나가 사위가 썰렁하게 빌 때까지 교회 마당가에 서 있는 은행나무 밑 벤치에 앉아있었다. 서로 뭐라 먼저 말을 할 수가 없어 그저 그렇게 앉아 있을 뿐이었다. 앵주는 혹시나 먼저 입을 열어 무슨 말을 했다가 민구의 마음을 더 아프게 할지도 몰라서 눈치를 봤고 민구는 북쪽으로 간 아버지를 생각했다.

"민구 씨! 우리 사택으로 가서 인사하고 가요. 김두호란 청년이 죽어가며 남긴 비밀지령문이 당신을 위한 것이 아닐까요."

앵주는 민구의 마음을 살피며 바다처럼 트인 사랑을 가진 여인처럼 종알댔다.

그다음에 일어난 일들은 무중력상태에서 진행되었다. 달나라에서 우주복을 입고 떠다니는 것처럼 그렇게 민구는 유영했을 뿐이다.

예정대로 비행기에 오르는 닥터 강을 배웅 나온 앵주는 그녀에게 어울리지 않게 과묵해서 종달새처럼 떠들지도 않고 묵묵히 서 있을 따름이었다.

“잘 있어. 미국에 오도록 초청장을 띄울게.”

“건강에 주의하세요. 제때 식사하셔야 하구요.”

“날 걱정하는 사람이 생겨서 기뻐.”

“혼자 아버지를 찾아 북한으로 가시면 못써요.”

“여기서처럼 앵주랑 함께 갈 계획인데.”

필라델피아행 비행기가 곧 뜰 터이니 승객들은 빨리 탑승하라는 알림이 장내에 울려퍼졌다. 두 사람의 눈이 마주치자 민구가 먼저 손을 내밀어 얼마간 그녀의 손을 꼭 잡았다. 민구가 먼저 손을 놓고 출국 문으로 사라져버렸다.

여름날 저녁은 일곱 시가 되어도 환했다. 비행기가 김포공항을 이륙하자 닥터 강은 창에 이마를 바싹대고 아래를 내려다봤다. 시야에 다 담을 수 없는 거대한 서울을 벗어나자 무르익은 들판이 광활하게 펼쳐졌다. 자를 대고 긋고 인절미 썰 듯이 반듯반듯 잘려진 논밭들 위에 이 민족이 악착같이 살려는 의지와 사랑하려는 뜻이 빈틈없이 새겨져있었다.

민구는 주머니에 손을 넣어 아버지가 깎은 목각 예수님의 상을 만졌다. 에어컨이 도는 기내지만 손에 닿은 목각은 생명이 통하는 생물처럼 따뜻하게 느껴졌다. 비행기 창문을 통해 한반도의 북쪽을 향해 시선을 돌렸다. 아버지가 살아계실 북녘 땅을 향해서 목을 꺾어가며 멀리멀리 바라봤다. 고도에 오른 비행기가 평형을 유지해서 고공을 날기에 귀울림도 사라지고 요동도 하지 않아 극장에라도 들어와 앉은 것 같았다. 비행기는 태평양 위를 날고 있었다.

김경종 목사를 만났던 순간이 그제야 비디오를 틀어놓은 듯이 생생하게 닥터 강민구의 머리에서 살아났다. 그가 강철희의 아들임을 알아보는 순간 그는 바다를 닮은 크디큰 사랑을 지닌 너그러운 아버지처럼 그를 포옹했었다. 그때의 끔찍함이여! 번개가 치듯 번쩍하며 스쳐가듯 섬뜩한 기운은 뱀의 살갗에 닿은 기분이었다. 민구의 감정과 달리 김경종 목사는 민구를 껴안고 눈물을 흘렸었다. 북으로 갔어야 할 송가실이 어찌해서 남한에 남아 김경종의 아내가 되었는지 그때의 상황을 그들이 상세하게 늘어놓았으나 그는 멀리서 천둥치듯 굴러가는 굉음을 들었을 뿐이었다. 닥터 강을 앞에 놓고 송가실도 돌아서서 울었지만 그의 마음은 북극의 얼음처럼 단단하게 굳어져 갔을 뿐이었다. 더구나 거실에 걸린 가족사진엔 딸이 다섯이었고 그의 아버지 강철희 사이에서 낳은 민석이란 아들은 없었다. 그렇다면 그의 이복형인 민석은 북에 남아 있다는 뜻일까.

'나는 그들을 용서할 수 없다. 절대로, 절대로 용서할 수 없어. 미울 뿐이다. 죽이도록. 하나님은 어찌해서 이런

불공평한 처리를 했단 말인가.'

그렇게 중얼대자 처음 그가 조국을 찾았을 때처럼 막막한 공허함이 그를 사로잡았다. 그는 눈을 꼭 감고 자신에게 이렇게 타일렀다.

'나는 혼자가 아니다. 나는 혼자가 아니다. 내겐 내 피와 영혼을 받은 조국이란 뿌리가 있다. 나를 자신의 몸처럼 사랑하는 아버지가 있다. 나는 생명의 근원에 연결되어 있다.'

앵주의 얼굴이 그의 시야에 가득 담겨오더니 뜨거운 것이 가슴에서 치밀어 올랐다. 힘이 솟아나고 어깨 밑이 근질거리더니 독수의 날개가 양어깨 밑에서 자라나서 위로 태양을 직시하며 날아올랐다. 순간 남과 북을 연결하는 산맥 위로 북으로 간 아버지와 아들, 강민구가 자유롭게 훨훨 날아다니고 있는 환상에 빠져들었다. 그들을 따라 여기저기서 많은 무리가 밀려왔다. 모두 손에 손을 잡고 강강술래를 하듯이 둥근 원을 그리며 창공을 날았다. 문득 밑을 내려다보니 거제도 고현 골을 가르며 귀청이 찢어지게 퍼지는 함성, 함성……. 그 사이로 셀 수 없이 많은 깃발이 어지럽게 나부꼈다. 핏빛, 핏물이 흥건히 밴 인공기의 물결이 서서히 그의 뇌리에서 사라지면서 밝은 빛이 눈 안으로 그득히 고여 왔다.

한참을 이런 황홀한 환상에 빠져있던 민구는 아버지의 일기장을 소중하게 쓰다듬으며 그 첫 페이지를 넘겨 읽어

나가기 시작했다. 벌써 세 번째 읽는 것이다. 김경종과 송가실을 향해 불같이 타오르던 미움이 아버지의 일기 속으로 서서히 사그라져갔다.

'밋음 소망 사랑 그 세 가지는 항상 잇슬 것인데 그 즁에 데일은 사랑이라.'

하늘색 물감을 찍어 쓴 아버지의 일기 마지막 부분은 이렇게 끝을 맺고 있었다.

이건숙 문학전집 11

거제도 포로수용소

1쇄 발행일 | 2021년 06월 25일

지은이 | 이건숙
펴낸이 | 윤영수
펴낸곳 | 문학나무
편집 기획 | 03085 서울 종로구 동숭4나길 28-1 예일하우스 301호
이메일 | mhnmoo@hanmail.net

출판등록 | 제312-2011-000064호 1991. 1. 5.
영업 마케팅부 | 전화 | 02-302-1250, 팩스 | 02-302-1251

값 16,500원

ISBN 979-11-5629-124-4 03810